Título original: *The Mulberry Tree*
Traducción: Victoria Llorente
1.ª edición: febrero, 2017

© Deveraux, Inc., 2002
© Ediciones B, S. A., 2017
   para el sello B de Bolsillo
   Consell de Cent, 425-427 – 08009 Barcelona (España)
   www.edicionesb.com

Printed in Spain
ISBN: 978-84-9070-332-8
DL B 23554-2016

Impreso por NOVOPRINT
            Energía, 53
            08740 Sant Andreu de la Barca - Barcelona

El árbol de las moras

JUDE DEVERAUX

1

Él la necesitaba.

Cada vez que alguien —por lo general un periodista— le preguntaba cómo se las arreglaba con un hombre como Jimmie, ella sonreía y no decía nada. Sabía que, dijera lo que dijese, sería citado de forma incorrecta, así que simplemente permanecía en silencio. En una ocasión cometió la equivocación de contarle la verdad a una periodista. Parecía tan joven e indefensa que por un momento bajó la guardia.

—Me necesita —le dijo. Eso fue todo. Sólo esas dos palabras.

¿Quién hubiera pensado que un segundo de sinceridad imprudente originaría tal revuelo? La chica convirtió su frasecita en un alboroto internacional.

Lillian tenía razón al pensar que esa chica también estaba necesitada. Uf, sí, muy necesitada. Precisaba un guión, de modo que se fabricó uno. No le importó no tener nada en que basar su relato. Y parecía prometedora como periodista de investigación. Puede que no durmiera durante las dos semanas que pasaron entre el comentario y la publicación de su fábula. Consultó a psiquiatras, gurús de autoayuda y sacerdotes. Entrevistó a numerosas feministas agresivas. Toda mujer famosa que hubiera dado alguna pista de odio a los hombres fue entrevistada y mencionada por ella.

Por último Jimmie y Lillian fueron descritos como una pareja enferma. Él fue presentado como un tirano dominante en su vida pública, pero que se transformaba en un niño quejica al llegar a casa. Ella aparecía como un cruce entre el acero y un pecho maternal de flujo infinito.

Cuando el artículo vio la luz pública y causó sensación, Lillian quiso esconderse. Quería retirarse a la más remota de las doce casas de Jimmie y no salir nunca más. Pero él no le tenía miedo a nada —ése era el verdadero secreto de su éxito— y enfrentó con la cabeza bien alta las preguntas, las risas burlonas y también, lo que es peor, a los seudoterapeutas que creían que su «obligación» era exhibir a los cuatro vientos sus pensamientos y sentimientos más íntimos.

Como respuesta a todas las preguntas, Jimmie la rodeaba con su brazo, sonreía a las cámaras y se carcajeaba. Siempre tenía a mano un chiste para contestar a cualquier insolencia.

—¿Es cierto, señor Manville, que su esposa es el poder oculto detrás del trono?

Mientras el periodista formulaba la pregunta, Jimmie dirigía una sonrisa malévola a su mujer. Jimmie medía un metro ochenta y nueve y tenía la corpulencia del toro que muchos decían que en realidad era. Los uno cincuenta y ocho y la redondez de Lillian no sugerían que pudiera ser el poder oculto detrás de nadie.

—Es ella quien toma todas las decisiones. Yo no soy nada más que su hombre de paja —contestaba Jimmie, mostrando con la sonrisa sus famosos dientes. Pero aquellos que lo conocían sabían de la frialdad de su mirada. No le gustaba nada que menospreciaran lo que consideraba suyo—. No podría haber hecho nada sin ella —añadía con esa forma tan suya de bromear. Poca gente lo conocía suficientemente bien como para saber si bromeaba o no.

Tres semanas más tarde Lillian vio por casualidad al fotógrafo que ese día había acompañado al reportero. Era uno de sus preferidos porque no se deleitaba en enviar a su editor las fotos en que ella apareciera con doble papada desde su peor ángulo.

—¿Qué le pasaba a tu amigo que estaba tan interesado en mi matrimonio? —le preguntó, tratando de parecer amistosa.

—Lo han despedido —dijo.

—¿Cómo has dicho? —Ponía pilas nuevas en su cámara y no la miró.

—Despedido —repitió y luego levantó la vista; no hacia ella sino hacia Jimmie. Prudente, no dijo nada más. Y con la misma prudencia ella dejó el tema.

Jimmie y Lillian tenían un acuerdo tácito: ella no interferiría en los asuntos de él.

—Como la esposa de un mafioso —le dijo su hermana un día, más o menos al cabo de un año de la boda.

—Jimmie no mata a nadie —contestó ella enfadada.

Esa noche le contó a Jimmie las palabras que había cruzado con su hermana y durante un rato a él le brillaron los ojos de aquella manera de la que, visto en retrospectiva, ella todavía no había aprendido a cuidarse.

Un mes más tarde el marido de su hermana recibió una fabulosa oferta de trabajo en la que se le doblaba el sueldo y dispondría de casa y coche. La oferta incluía también una niñera a tiempo completo para sus hijas, tres sirvientas y la pertenencia a un distinguido club social. Un trabajo que no podían rechazar. Era en Marruecos.

Después de que el avión de Jimmie se estrellara y la dejara viuda a los treinta y tres años, los medios de comunicación de todo el mundo sólo hablaron de una cosa: Jimmie no le había dejado «nada». Ninguno de sus miles de millones —dos o veinte, nunca conseguía recordar cuántos eran— habían sido para ella.

—¿Hoy estamos arruinados o somos ricos? —le preguntaba a menudo, porque el valor de su entramado financiero fluctuaba de un día para otro, dependiendo de las actividades que realizara en ese momento.

—Hoy estamos en la ruina —podía decir él, y se reía de la misma manera que cuando le contaba la cantidad de millones que había ganado ese día.

El dinero nunca le importó. Nadie lo entendía. Para él era sólo un subproducto del juego.

—Es como todas las peladuras que tiras después de hacer la mermelada —explicaba—. Sólo que en este caso lo que todo el mundo valora son las peladuras, no la mermelada.

—Pobre gente —contestaba ella, y entonces Jimmie se reía a carcajadas y la llevaba escaleras arriba para hacerle el amor con dulzura.

En su opinión, Jimmie sabía que no iba a llegar a la vejez.

—Tengo que hacer lo que pueda, tan rápido como pueda. Y tú conmigo, ¿verdad, Pecas? —le preguntaba de vez en cuando.

—Siempre —contestaba ella desde el fondo de su alma—. Siempre.

Pero no lo siguió a la tumba. Fue olvidada, justo como Jimmie había dicho que pasaría.

—Cuidaré de ti, Pecas —dijo más de una vez. Cuando hablaba de cosas así, siempre la llamaba por el apodo que le puso la primera vez que se vieron: Pecas, por las manchitas que le salpicaban la nariz.

Cuando dijo «Cuidaré de ti», ella no dedicó a esas

palabras ni un segundo de pensamiento. Jimmie siempre la había cuidado. Quisiera lo que quisiese, él se lo daba mucho antes de que ella misma supiera de su necesidad.

—Te conozco más que tú misma —decía.

Y así era. Aunque, para ser sincera, nunca tuvo ocasión de saber mucho de sí misma. Seguir a Jimmie alrededor del planeta no le dejaba tiempo para sentarse y reflexionar.

Jimmie la conocía, y cuidó de ella. No de la forma en que la gente pensaba que debía hacerlo, sino teniendo en cuenta lo que ella necesitaba. No la dejó como viuda rica con los solteros de medio mundo clamando profesarse amor, no. Dejó el dinero y las doce casas de lujo a las únicas dos personas vivas que odiaba de verdad: sus hermanos mayores.

A ella le dejó una nota y una granja en ruinas, cubierta de malas hierbas, en una zona algo apartada de Virginia; una propiedad que ni siquiera ella sabía que poseía.

En la nota ponía:

Descubre la verdad de lo que ocurrió. ¿Querrás, Pecas? Hazlo por mí. Y recuerda que te quiero. Estés donde estés y hagas lo que hagas, no olvides nunca que te amo.

J.

Cuando vio la granja, se deshizo en lágrimas. Lo que le había permitido sobrevivir las seis semanas anteriores era una imagen ideal de ese lugar. Había fantaseado con una encantadora cabaña de troncos y con chimenea de piedra en un extremo. Había imaginado un ancho porche con mecedoras de madera labrada y jardín trasero lleno de rosales, cuyos pétalos se desprenderían con la brisa y perfumarían suavemente el ambiente.

Había pensado en una extensión de tierra ligeramente ondulada, cubierta de frutales y frambuesos; todo bien cuidado, saludable y cargado de jugosa fruta.

Sin embargo, se encontró con una atrocidad de los años sesenta. Era un edificio de dos plantas con un revestimiento exterior de color verde, de esos que no varían por mucho que pasen los años. El tipo de cobertura a la que no afectan las tormentas, el sol, la nieve o el paso del tiempo. Habría sido de un verde pálido enfermizo cuando se instaló y así seguía siendo, muchos años después.

A un lado de la casa crecía una enredadera, pero no de esas que dan al lugar un aspecto pintoresco y acogedor, sino de las que parece que se van a tragar la casa, que la engullirán entera y luego la regurgitarán con el mismo tono verde vomitivo.

—Se puede arreglar —dijo Phillip a su lado.

Lo que ella había pasado durante las semanas transcurridas desde la muerte de Jimmie no podía ni empezar a describirse con la palabra infierno.

Cuando el avión de su marido se estrelló fue Phillip quien la despertó en mitad de la noche. A ella le conmocionó verle. Como mujer del jefe, era sacrosanta. Los hombres de que él se rodeaba sabían lo que podría pasarles si se les ocurría acercarse a Lillian. Y no sólo se refería a un acercamiento sexual, sino a cualquier tipo. Ningún empleado de Jimmie, ya fuera hombre o mujer, le pidió nunca que intercediera ante su marido. Si había sido despedido sabía que dirigirse a Lillian y pedirle ayuda no serviría más que para lograr algo mucho peor que el simple despido.

Así pues, cuando ella despertó con la mano del mejor abogado de Jimmie sobre su hombro mientras él le decía que tenía que levantarse, supo inmediatamente lo que había sucedido. Sólo en el caso de que Jimmie estuviera muerto podía atreverse alguien a entrar en su dormitorio y pensar que seguiría vivo al amanecer.

—¿Cómo ha sido? —preguntó, súbitamente despejada y tratando de aparentar serenidad. Temblaba por dentro. Desde luego no puede ser verdad, se dijo. Jimmie era demasiado imponente, estaba demasiado vivo como para... como para estar... No pudo formar la palabra en su cabeza.

—Tienes que vestirte ahora mismo —dijo Phillip—. Tenemos que mantenerlo en secreto todo lo que podamos.

—¿Está herido? —preguntó ella con tono esperanzado. Era posible que estuviera preguntando por ella desde la cama de un hospital. Pero incluso mientras lo pensaba, supo que no podía ser cierto. Jimmie sabía cuánto se preocupaba por él.

«Casi preferiría que me cortaran los pies a tener que vérmelas con tu preocupación», le había dicho más de una vez. Detestaba que le regañara continuamente por fumar, beber o por no dormir.

—No —respondió Phillip con frialdad y dureza. La miró a los ojos—. James no está vivo.

Ella quiso morirse. Sumergirse bajo las cálidas sábanas y volver a dormir y que al despertar Jimmie estuviera allí, deslizando su mano inmensa bajo su camisón y gruñendo de esa manera que la hacía reír tan tontamente.

—Ahora mismo no hay tiempo para duelos —continuó Phillip—. Tenemos que ir de compras.

Eso la sacó de la conmoción.

—¿Estás loco? —repuso—. Son las cuatro de la mañana.

—Me las he ingeniado para que nos abran unos grandes almacenes. ¡Ahora vístete! —ordenó—. No tenemos tiempo que perder.

Su tono no la intimidó. Se sentó en la cama con su holgado camisón y se retiró el pelo. A Jimmie le gustaba que vistiera ropa antigua y que tuviera el pelo largo. Después de dieciséis años de matrimonio podía sentarse encima de su trenza.

—No voy a ningún sitio hasta que no me digas qué ocurre.

—Ahora no tengo tiempo... —empezó Phillip, pero se detuvo, respiró profundamente y la miró—. Podría ser expulsado del Colegio de Abogados por esto, pero preparé el testamento de James y sé lo que te espera. Puedo apartar a los buitres durante unos días, pero no más. Hasta la lectura del testamento eres todavía la mujer de James.

—Siempre seré la mujer de Jimmie —dijo con orgullo, manteniendo erguida su doble papada en la postura más valiente que pudo encontrar.

¡Jimmie! Su corazón lloraba. Jimmie, no... Podía morir cualquier otra persona, pero no Jimmie.

—Lillian. —Los ojos de Phillip estaban cargados de compasión—. No ha habido otro hombre como James Manville sobre la faz de la tierra. Siguió sus propias reglas y las de nadie más.

Esperó a que dijera algo que ella no supiera. ¿Adónde quería ir a parar? Se pasó la mano por los ojos y echó una ojeada al reloj que había junto a la cama.

—Por principio ético no puedo contarte... —empezó, pero inspiró y se sentó pesadamente junto a ella.

Si hubiera necesitado alguna prueba más de que Jimmie ya no estaba vivo, ésa habría sido la definitiva. Si hubiera existido la más remota posibilidad de que Jimmie pudiera entrar por la puerta y ver a otro hombre sentado en la cama al lado de su mujer, Phillip no se habría atrevido a tal familiaridad.

—¿Quién puede entender lo que hizo James y por qué? Trabajé con él durante más de veinte años, pero nunca lo conocí. Lillian, él... —Tuvo que detenerse para tomar aire, luego agarró su mano y la retuvo—. No te ha dejado nada. Ha legado todo a sus hermanos.

No entendió qué quería decir.

—Pero si los odia —dijo, soltando su mano de la de él.

Atlanta y Ray eran los únicos parientes vivos de Jimmie y él los despreciaba. Cuidaba de ellos económicamente, siempre estaba pagando fianzas para sacar a uno u otro de algún tipo de lío, pero los detestaba. No, peor aún, los despreciaba.

En una ocasión en que Jimmie la miraba de una manera rara, ella le preguntó qué estaba pensando. Él le dijo: «Te comerían viva.» «Parece interesante», respondió con una sonrisa, pero Jimmie no se la devolvió. «Cuando yo muera, Atlanta y Ray te perseguirán con todos los medios a su alcance. Y encontrarán abogados capaces de trabajar sobre la base de una contingencia.»

No le gustaba que Jimmie hablara con tanta frecuencia de su muerte. «Contingencia de qué tipo», preguntó sin dejar de sonreír. «¿Cuánto dinero pueden conseguir si presentan una demanda contra ti de mil pares de demonios?», repuso él con aire severo. Ella no quiso escuchar nada más, así que agitó la mano para acabar con el tema. «Phillip se ocupará de ellos», dijo.

Jimmie repuso que Phillip sería incapaz de combatir una codicia a esa escala. Para eso ella no tenía respuesta porque estaba de acuerdo con él. Diera lo que diese Jimmie a Atlanta y Ray, siempre querían más. En una ocasión en que él había debido ausentarse inesperadamente, ella encontró a Atlanta en su vestidor, contando los zapatos. No mostró el menor asomo de incomodidad. «Tienes tres pares más que yo», dijo mientras levantaba la vista hacia Lillian. Su mirada la atemorizó de tal manera que se volvió y salió huyendo de su propio dormitorio.

—¿Qué quieres decir con que les ha dejado todo a ellos? ¿Qué es todo? —preguntó. Sólo podía pensar en lo que iba a ser su vida sin Jimmie.

—Quiero decir que James legó todas sus acciones, las casas, sus propiedades en todo el mundo, las líneas aéreas y todo lo demás, a sus hermanos.

Dado que a ella le asqueaban todas y cada una de las casas que Jimmie había comprado, no pudo comprender qué había de malo en ello.

—Demasiado cristal y acero para mi gusto —comentó con un esbozo de sonrisa.

Phillip la miró airadamente.

—Lillian, esto es serio. James ya no está aquí para protegerte... Y yo no tengo poder como para hacer nada. No sé por qué lo hizo. Dios sabe que traté de hablarlo con él, pero me dijo que te daba lo que necesitabas. Eso es lo único que pude sacarle. —Se levantó y dedicó un momento a serenarse.

Jimmie le había dicho que lo que más le gustaba de Phillip era que no había nada que pudiera perturbarlo. Este asunto lo había conseguido.

Intentó formarse una imagen de su vida futura, tratando de evitar el pensamiento de cómo podía ser una vida sin la risa de Jimmie y sin la protección de sus grandes hombros, y miró a Phillip con expectación.

—¿Quieres decir que estoy en la miseria? —dijo procurando no sonreír. Las joyas que Jimmie le había regalado a lo largo de los años estaban valoradas en millones.

Phillip respiró hondo.

—Más o menos. Te ha dejado una granja en Virginia.

—Pues entonces ya es algo —añadió, mientras suavizaba el tono humorístico y esperaba a que él continuara.

—Ya sé que no es ético, pero después de redactar su testamento, envié a alguien a Virginia para que echara un vistazo al lugar. No es... gran cosa. Es...

Se volvió por un momento y a ella le pareció oírle murmurar «bastardo», pero no quiso escucharlo. Cuando volvió a mirarla su rostro se había transformado en el del profesional. Miró el reloj, uno que le había regalado Jimmie y cuyo coste superaba los veinte mil dólares. Ella poseía un modelo de menor tamaño del mismo reloj.

—¿Le hiciste algo? —preguntó él con suavidad—. ¿Otro hombre, quizá?

Ella no pudo contener el bufido de burla y su única respuesta fue lanzarle una mirada. Las mujeres de los harenes no eran guardadas bajo llaves y cerrojos de mayor calibre que la esposa de James Manville.

—De acuerdo —dijo—. He pasado meses intentando imaginármelo y ni siquiera así he llegado a aproximarme, de forma que voy a dejarlo. Cuando sea leído el testamento se desatarán todos los demonios. Todo va a ser para Atlanta y Ray, y lo que te va a quedar a ti es una granja en Virginia y cincuenta mil dólares... Una miseria. —La miró con los ojos entornados—. Lo único que puedo hacer es asegurarme de que recibas todo aquello que seamos capaces de conseguir desde ahora hasta que se haga pública la muerte de James.

Fueron aquellas palabras, «la muerte de James», las que casi pudieron con ella.

—No te derrumbes —dijo Phillip, agarrándola del brazo para hacerla incorporar—. En este momento no hay tiempo para duelos o victimismos. Tienes que vestirte. El director de los grandes almacenes nos espera.

A las cinco y media de aquella fría mañana fue empujada dentro de aquella gran tienda, donde debía comprar lo que necesitara para la granja de Virginia. Phillip le contó que el hombre que había enviado a inspeccionarla no había podido entrar en la casa, por lo que ni siquiera sabían cuántas habitaciones tenía. El adormilado director de los almacenes, quien había sido obligado a levantarse precipitadamente para abrirle las puertas a la esposa de James Manville, los seguía con sumisión y anotaba lo que ella señalaba.

Era todo tan irreal. No podía creer que nada de lo que pasaba estuviera ocurriendo, y una parte de ella, la más conmocionada, no podía soportar la espera hasta contarle a Jimmie todo esto. ¡Cómo se iba a reír! Cuanto más exagerara cada situación, más iba a reírse y más divertido sería su relato.

«Y ahí estaba yo, medio dormida, mientras le decía qué lecho quería comprar», le contaría. «¿Lecho? —me preguntó el hombrecillo, bostezando—. ¿Qué es un lecho?»

Pero no iba a haber ninguna historia que contar, porque no volvería a verlo vivo.

Sin embargo, hizo lo que le pidieron y eligió mobiliario, utensilios de cocina, electrodomésticos, ropa blanca e incluso accesorios para una casa que ni siquiera había visto. Parecía todo tan ridículo... Jimmie tenía casas abarrotadas de muebles, la mayor parte hechos por encargo y además espléndidos, con cocinas enormes provistas de todos los aparatos imaginables .

A las siete, cuando Phillip la llevaba en su coche de regreso a casa, se giró hacia el asiento de atrás, cogió un folleto y le dijo: «Te he comprado un vehículo», mientras le tendía la foto de un Toyota de tracción en las cuatro ruedas.

Estaba empezando a despertar y comenzaba a sentir

dolor. Todo le resultaba demasiado extraño; su mundo se estaba poniendo patas arriba. ¿Por qué conducía Phillip su coche? Normalmente utilizaba uno de los de Jimmie y con chófer.

—No puedes quedarte con las joyas —le dijo—. Cada pieza está catalogada y asegurada. Puedes llevarte la ropa, pero incluso en eso pienso que Atlanta te creará algunos problemas. Tiene la misma talla que tú.

—Mi talla —murmuró—. Quedarse con mi ropa...

—Desde luego puedes plantarle cara —continuó él—, pero hay algo que falla. Hace unos seis meses Atlanta insinuó que conocía algún secreto tuyo de importancia.

Phillip le dirigió una mirada con el rabillo del ojo. Otra vez volvía a indagar si había otro hombre en su vida. Pero cuándo, se preguntaba ella. A Jimmie no le gustaba estar solo, ni siquiera un segundo, y se aseguró de que ella no lo estuviera nunca.

«Me da miedo que me agarre el coco», le dijo, besándola en la nariz, cuando le preguntó por qué evitaba la soledad con tanto ahínco. Raras veces... no, Jimmie nunca daba una respuesta directa a una pregunta personal. Vivía el aquí y el ahora; vivía en el mundo que le rodeaba, no en un mundo dentro de su cabeza. No era el tipo de persona que examina por qué la gente es como es; la aceptaba y le gustaba o no.

—Yo era virgen cuando lo conocí —musitó—, y para mí sólo ha existido Jimmie. —Pero apartó la mirada cuando lo dijo porque tenía un secreto que no quería compartir con Phillip. Sólo ella lo sabía. Atlanta no podía... ¿O sí?

Sí, lo sabía.

Hacia las ocho de la mañana el mundo cómodo y seguro que la había rodeado se vino abajo. No sabía cómo Atlanta se había enterado del accidente del avión tan poco después de que ocurriera, pero lo supo. Y en el lapso de tiempo que pasó desde que la informaron hasta que la prensa tuvo noticia de la muerte de Jimmie, trabajó más que en los cuarenta y ocho años que llevaba vividos.

Al volver de aquella loca expedición de compras, ambos fueron recibidos en la puerta principal de lo que ella había creído hasta entonces su casa por guardias de seguridad que le dijeron que tenía prohibido el acceso. Le explicaron que, como únicos parientes supervivientes, Atlanta y Ray eran ahora propietarios de todo lo que había pertenecido a James Manville.

Cuando regresaron al coche Phillip sacudía la cabeza con asombro.

—¿Cómo se han enterado del testamento? ¿Cómo sabían que James se lo dejaba todo a ellos?

—Mira, Lillian —le dijo, y ella observó de nuevo que hasta la muerte de Jimmie siempre la había llamado señora Manville—, no sé cómo lo han descubierto, pero encontraré al culpable y... y... —Como era de suponer, no pudo pensar en algo suficientemente horrible para hacerle a algún empleado suyo que hubiera filtrado el contenido del testamento—. Lucharemos. Eres su esposa y lo has sido durante muchos años. Tú y yo pelearemos...

—Tenía diecisiete años cuando nos casamos —dijo en voz muy baja—, y no tenía el permiso de mi madre.

—¡Oh, Dios mío! —exclamó Phillip y abrió la boca como para soltarle lo que supuso sería una reprimenda sobre su insensatez, pero la cerró y ella se lo agradeció. ¿De qué serviría sermonearla, ahora que Jimmie ya no estaba?

Las semanas siguientes fueron horrorosas, mucho más de lo que hubiera podido imaginar. Pocas horas después de la muerte de Jimmie, Atlanta apareció en la televisión y contó a la prensa que iba a enfrentarse a «esa mujer» que había esclavizado tanto, durante todos esos años, a su querido hermano.

—Me encargaré de que reciba su merecido —dijo.

A Atlanta no le importaba que Jimmie hubiera consignado por escrito que Lillian no iba a recibir nada. En el testamento ni siquiera aparecía mencionada la granja. No; su cuñada estaba decidida a vengar todo lo que creía que ella le había hecho a lo largo de los años. No sólo quería dinero, también quería humillarla.

Sí, era evidente que había descubierto que su casamiento con Jimmie no era legal. Probablemente no le había resultado muy difícil. Sin ir más lejos, la hermana de Lillian lo sabía. Ella y su marido se habían divorciado porque no habían podido soportar la vida en Marruecos, pero su marido ya se había acostumbrado a la holgura económica y a una vida de lujo, y no podía dejarlo. Su hermana la culpó de su divorcio. Quizá llamó a Atlanta y se ofreció a proporcionarle la información de que ella no estaba casada legalmente.

Fuera como fuese, Atlanta esgrimió su certificado de nacimiento ante la prensa y luego mostró una fotocopia del certificado de matrimonio. Ella tenía diecisiete años cuando se casaron, pero mintió y dijo que tenía dieciocho.

Ya no tenía a Jimmie para protegerla de la prensa. Ahora, cada uno de los periodistas que habían recibido un mal trato por parte de él —o lo que es lo mismo, todos— revisó sus archivos, sacó las fotos más desfavorecidas de su persona y las lanzó a los ávidos medios de comunicación. No podía mirar la televisión, una revista o la pantalla del ordenador sin ver representadas su doble papada y la nariz heredada de su padre.

Le había dicho a Jimmie miles de veces que quería arreglarse esa inmensa nariz. Todo lo que él respondía era «¿Quitártela?». Siempre le decía que la amaba tal como era, así que, en definitiva, su nariz ganchuda no pareció importarle.

Cuando se enteró de lo que se decía de ella, su fea nariz fue la menor de sus preocupaciones. ¿Cómo podía describir lo que sintió al ver a cuatro respetados periodistas —tres hombres y una mujer— sentados alrededor de una mesa, debatiendo si ella había «atrapado» o no a James Manville para casarse con él? ¡Como si un hombre como Jimmie se dejara atrapar por alguien! ¡Por una chica de diecisiete años cuyo único motivo de fama era haber ganado un puñado de cintas azules en una feria estatal! No era muy verosímil.

Hubo abogados que estudiaron si estaba legalmente autorizada a disponer de cualquier cantidad de dinero de Jimmie.

De todas formas, cuando por fin fue leído el testamento y se comprobó que le había dejado todo a sus hermanos, Lillian se convirtió de improviso en la Jezabel de Estados Unidos. Todo el mundo pareció creer que ella, no se sabe cómo, había hecho caer en una trampa al pobrecito Jimmie (la joven Salomé fue la comparación utilizada con mayor frecuencia), quien por suerte lo había descubierto todo y había utilizado el testamento para «darle su merecido».

Phillip hizo lo que pudo por mantenerla alejada de la prensa, pero no le fue fácil. Ella deseaba subirse a un avión y desaparecer; escapar de todo. Pero ya no disponía de esa opción. Había quedado atrás el tiempo en que podía irse a cualquier lugar del mundo que quisiera.

Las seis semanas posteriores a la muerte de Jimmie, mientras los tribunales debatían el testamento y la prensa embrollaba cada vez más todo lo que caía en sus manos, permaneció encerrada en la espaciosa casa de Phillip. La única ocasión en que salió durante aquellas horribles semanas fue para asistir al funeral de Jimmie, pero tan envuelta en ropajes negros que muy bien podría no haber estado allí. Lo que tenía bien claro era que no iba a dar la satisfacción a la prensa, a Atlanta o a Ray, de verla llorar.

Cuando llegó a la iglesia le dijeron que no podía entrar, pero Phillip había anticipado esa posibilidad y en el acto se corporeizaron, aparentemente de la nada, media docena de hombres del tamaño de luchadores de sumo que la rodearon.

Así fue como entró en el funeral de Jimmie: rodeada por seis hombres enormes y cubierta de negro de la cabeza a los pies.

Ella estaba bien, no obstante, porque para entonces ya había comprendido que Jimmie no iba a volver nunca más y nada de lo que hiciera cualquiera le importaba mucho. Además, seguía fantaseando con la granja que le había dejado.

En una ocasión Jimmie le pidió que describiera dónde le gustaría vivir y ella le habló de una casita acogedora con un porche ancho, árboles altos alrededor y un lago cercano. «Veré lo que puedo hacer», dijo, mientras le sonreía con ojos brillantes. Pero la siguiente casa que compró fue un castillo en una isla cercana a la costa de Escocia, y allí hacía tanto frío que incluso en agosto a ella le castañeteaban los dientes.

Después de que se legalizara el testamento ella no hizo nada por dejar la casa de Phillip. Con la prensa aún rondando por el exterior y sin Jimmie, no le parecía que importara dónde estar o qué hacer. Tomaba largas duchas y se sentaba a la mesa con Phillip y su familia —su mujer Carol y sus dos hijitas—, pero apenas si probaba bocado.

Fue Phillip el que le dijo que ya era tiempo de que se fuera.

—No puedo salir ahí —replicó ella con temor, mirando hacia las cortinas que mantenía echadas noche y día—. Me están esperando.

Phillip tomó su mano y le rozó la piel con su palma. Por mucho que no tuviera un marido, Lillian todavía se sentía casada. Se deshizo de la caricia y lo miró con severidad.

Él sonrió.

—Carol y yo hemos estado hablando y pensamos que deberías... bueno, que deberías desaparecer.

—Ya. La inmolación voluntaria de la viuda hindú. La esposa que sube a la pira funeraria y sigue a su marido al más allá.

A juzgar por la cara que puso Phillip, no le hizo ninguna gracia su humor negro. A Jimmie sí le gustaba. Él solía decir que cuanto más deprimida estaba, más divertida resultaba. De haber sido así, habría debido subir al escenario el día de su funeral.

—Lillian —continuó Phillip, mientras extendía su brazo. Pero cuando alcanzó su mano otra vez, ella la retiró—. ¿Te has mirado en el espejo últimamente?

—Pues... —empezó intentando hacer un comentario sarcástico, pero entonces echó un vistazo al espejo del gran armario ropero, situado frente a la cama del cuarto de invitados. Había observado, por supuesto, que había perdido algo de peso. El no comer durante semanas acaba por lograrlo, pero no se había dado cuenta de cuánto había adelgazado. La papada había desaparecido. Tenía pómulos.

Se volvió hacia Phillip y bromeó.

—¿No te parece sorprendente? Todos los tratamientos de adelgazamiento que Jimmie me costeaba y resulta que no hacía falta más que se muriera para... ¡Bingo! Por fin, flaca.

Phillip volvió a mirarla con desaprobación.

—Lillian, he esperado hasta ahora para hablar contigo. He procurado darte algún tiempo para que aceptaras la situación de la muerte de James y de su testamento.

Inició otro sermón sobre su estupidez, al no decirles ni a él ni a Jimmie que tenía diecisiete años cuando se habían casado.

—Te hubiéramos ofrecido una boda esplendorosa. A él le hubiera encantado hacerlo por ti —había dicho Phillip al día siguiente del descubrimiento—. Hubiera sido mucho mejor que la fuga que tuviste la primera vez.

Ya había escuchado ese discurso antes y no quería volver a oírlo, así que repuso:

—¿Quieres que desaparezca?

—En realidad ha sido idea de Carol. Dijo que tal como están las cosas, el resto de tu vida va a ser una larga entrevista de prensa. La gente no va a dejar de perseguirte para que les cuentes tu vida con Jimmie. A no ser...

—¿A no ser qué?

El delgado rostro de Phillip se iluminó y por un momento ella pudo ver al «zorrillo» que Jimmie siempre había dicho que era.

—¿Te acuerdas cuando te dije que había tratado de discutir con James la redacción de su testamento? Pues yo le persuadí para que no incluyera la granja en el testamento. Le dije que si le asustaba tanto lo que su hermana pudiera hacer, entonces debería pensar que era posible que tratara también de quedarse con la granja. En aquel momento yo no había visto todavía ese sitio, y pensaba que era...

—¿Que era qué?

—Valiosa —dijo con suavidad, mirando al suelo por

un momento, para luego levantar la vista—. Verás, Lillian, ya sé que la granja no es gran cosa, pero debe de haber significado algo para James, o no la hubiera conservado durante todos estos años.

—¿Por qué la compró?

—Ésa es precisamente la cuestión; no la compró. Creo que siempre fue suya.

—Las cosas hay que comprarlas —repuso, confusa—. La gente no tira las propiedades inmobiliarias, al menos no mientras vive. —En ese momento, de golpe, empezó a entenderlo todo—. ¿Quieres decir que crees que Jimmie heredó esa granja?

Por primera vez sintió un destello de interés. Tanto Atlanta, como Ray y Jimmie, los tres, se mostraban muy reservados sobre su infancia. Cuando ella se lo preguntaba, Ray evitaba responder y cambiaba de tema. Atlanta y Jimmie mentían por completo. Un día podían decir que habían nacido en Dakota del Sur y al día siguiente en Luisiana. Sabía a ciencia cierta que Jimmie la había nombrado ante su suegra con cuatro nombres diferentes. Incluso había leído a escondidas las seis biografías que se habían escrito sobre él, pero los autores no habían tenido mejor suerte que ella a la hora de descubrir algo sobre los primeros dieciséis años de su vida.

—No lo sé con seguridad —dijo Phillip—, pero lo que sí sé es que James no compró esa granja después de que nos conociéramos.

Ante una declaración así, no podía hacer otra cosa que mirarle con asombro. Jimmie y Phillip habían estado juntos desde el principio.

—Lo único que puedo contarte es que, al decirle que Atlanta y Ray tratarían de quitarte la granja, James se puso lívido, como si tuviera miedo de algo.

—¿Jimmie asustado? —preguntó ella, perpleja.

—Me dijo: «Tienes razón, Phil, así que la pondré a tu nombre y, cuando llegue el momento, harás la cesión a Lil. Y quiero que le des esto de mi parte.»

Fue entonces cuando Phillip le tendió la nota escrita por Jimmie. Estaba en un sobre lacrado, de forma que Phillip no la había leído. La había tenido, junto con la escritura de la granja de Virginia, en la caja fuerte de su casa, a la espera de que llegara el día de entregarle las dos cosas.

Después de haber leído la nota, la dobló y volvió a meterla en el sobre. No lloró; había llorado tanto las últimas seis semanas que ya no le quedaban lágrimas. Fue a coger la escritura de la granja, pero Phillip se la quitó de las manos.

—Si la extiendo a nombre de Lillian Manville y luego registro la transferencia de la propiedad, al cabo de veinticuatro horas tendrás a los periodistas (y abogados) en la puerta de tu casa. Pero... —Se detuvo, tragándose lo que había querido decir como si ella fuera una niña a la que debía animar a ser buena.

No mordió el anzuelo; se quedó mirándolo fijamente.

—De acuerdo —se vio obligado a decir—. Lo que pensamos Carol y yo es que quizá debieras cambiar de identidad. Has perdido tanto peso que ya no pareces la esposa regordeta de James Manville.

Ese comentario la hizo entrecerrar los ojos. No quería escuchar las bromas disimuladas que tanto él como el resto de los empleados de Jimmie habían hecho a sus espaldas. Le pareció que todos esos años con Jimmie no habían pasado en balde, porque lo fulminó con la mirada.

—Está bien —volvió a decir él, para aflojar luego la respiración contenida—. Eres tú quien tiene que decidir, pero yo ya he hecho parte del trabajo, como conseguirte un nuevo documento de identidad. He tenido que utilizar los contactos de James antes de que se olviden de él. Lamento ser tan franco, pero la gente olvida rápido. Ahora, depende de ti aceptarlo.

Le tendió un pasaporte, que ella abrió. No había foto, pero sí un nombre.

—Bailey James. —Leyó en voz alta y después miró a Phillip.

—Fue idea de Carol. Tomó tu apellido de soltera, el nombre de James y... No te gusta.

El tema era que sí le había gustado la idea. Un nombre nuevo; quizás una nueva vida.

—Carol pensó que con la pérdida de peso, si te cortaras y aclararas el pelo... Si te... Bueno, si tú...

Lo miró. ¿Qué era lo que le costaba tanto decir? Vio que mantenía los ojos fijos en su nariz.

Ella había caído de cabeza tras un resbalón en el patio de la escuela, durante el primer curso, y luego se las fue arreglando para golpearse siempre la nariz. Su compañero Johnnie Miller, de sexto grado, había dicho, mientras a ella no paraba de sangrarle la nariz: «No me extraña. Tiene una nariz tan grande que golpea el suelo media hora antes de que llegue ella.» Todavía recordaba cómo la profesora había intentado no reírse, mientras le sujetaba la cabeza hacia arriba y la compadecía, aunque hizo que Johnnie se disculpara por el comentario.

—Quieres que me hagan un trabajito en la nariz, ¿es eso?

Phillip asintió, lacónico.

Se giró y echó un vistazo al espejo. Si Jimmie le hubiera dejado sus miles de millones, ella habría podido construir una prisión con altas vallas y se hubiera apartado de todos los gigolós y oportunistas que rondaran el dinero. No tenía los miles de millones, pero sí la notoriedad. Sabía que en unos diez años, más o menos, el recuerdo de Jimmie se desdibujaría de la memoria en la gente y la dejarían en paz, pero durante esos diez años...

Se volvió hacia Phillip.

—Supongo que ya tienes cirujano y todo lo demás organizado.

—Para esta noche —dijo, mirando el reloj; el de los veinte mil dólares. Atlanta llevaría ahora el de Lillian—. Si estás dispuesta, claro está.

Respiró hondo y mientras se ponía de pie dijo:

—Lo dispuesta que cabe estar, supongo.

De eso hacía dos semanas. Su nariz se había curado lo suficiente como para saber que ya era hora de marchar de la casa de Phillip y Carol. Ya no era Lillian Manville la que iba a salir al mundo, sino alguien que incluso ella no reconocía en el espejo, alguien cuyo nombre era Bailey James.

Durante el tiempo de convalecencia tras la operación, había llegado a conocer algo más a Carol. En el pasado ella había asistido a las fiestas que a Jimmie le gustaba organizar, pero él la había advertido de que era mejor no trabar demasiada amistad con empleados, así que Lillian se mostraba cortés, pero no había confidencias entre ellas. No había compartido secretos más que con Jimmie.

El cirujano realizó la operación en su consulta y pocas horas más tarde estaba de vuelta en casa de Carol y de Phillip. La primera noche la acompañó una enfermera, pero la segunda ya estaba sola cuando Carol llamó a la puerta. Respondió y ella entró de puntillas. Se sentó en el borde de la cama.

—¿Estás enfadada? —le preguntó.

—No, el médico ha hecho un buen trabajo. No hay por qué enfadarse —contestó, intentando dar a entender que no sabía de que le hablaba.

Carol no se dio por satisfecha y la miró fijamente.

—¿Quieres decir si estoy enfadada porque he pasado dieciséis años entregándole mi vida entera a un hombre que luego me ha apartado de su testamento?

Carol sonrió ante el sarcasmo.

—Los hombres son unos rastreros —dijo.

Sonrieron y cuando Lillian se tocó la dolorida narizota, se echaron a reír. Era la primera ocasión que mostraba algo de verdadero sentido del humor desde que había hablado por última vez con Jimmie.

—¿Y ahora qué te vas a poner? —preguntó Carol mientras doblaba las piernas y se acomodaba a los pies de la cama.

Era unos diez años mayor que Lillian, que hubiera jurado que a ella tampoco le resultaba extraño el bisturí del cirujano. Era rubia, bonita y resultaba evidente que se cuidaba muchísimo. Ella también solía pasar un montón de horas cuidándose. Podía estar rellena, pero bien peinada; era una regordeta cuidada.

—¿Ponerme para ir adónde? —preguntó, y el corazón le dio un vuelco. Por favor, imploró en silencio, que alguien me diga que no tengo que volver a la sala del Palacio de Justicia para que Atlanta y Ray me acusen de «controlar» a Jimmie.

—Con tu nuevo cuerpo —dijo Carol—. No puedes seguir usando mis jerseis, ¿sabes?

—¡Ah! Lo siento. Creo que no he pensado mucho en la ropa últimamente. Yo... —Se interrumpió. ¡Maldición! No podía contener las lágrimas. Quería ser el soldadito valiente y dar por cierto que, fuera lo que fuese que hubiera hecho Jimmie, había surgido del amor. Pero, cuando se veía confrontada a hechos tales como que la única ropa que poseía era la que llevaba puesta la noche en que Jimmie murió y el sudario negro que

Phillip le había dado, no podía sentir mucha valentía.

Carol alargó la mano para tocar la suya, pero de pronto se incorporó.

—Vuelvo en un momento —dijo, y salió de la habitación.

Al cabo de unos segundos estaba de nuevo allí con un montón de lo que parecían catálogos. Le había llevado tan poco tiempo conseguirlos, que Lillian supo que los tenía apilados afuera.

Los desplegó a los pies de la cama y ella miró con sorpresa.

—¿Qué es esto?

—¡Phillip me debe cinco pavos! —dijo, triunfante—. Los aposté a que no habías visto nunca un catálogo. A las casas nor... uff, bueno, a la mayoría de las casas llega a diario un promedio de seis.

Sabía que había estado a punto de decir «a las casas normales» y que se había contenido. En las casas de Jimmie un sirviente le llevaba el escaso correo en una bandeja de plata.

Cogió uno de los catálogos. Era de Norm Thompson. Dentro se mostraba el tipo de ropa que aparecía en su armario de tanto en tanto, en especial en las dos casas de las islas. Jimmie tenía a alguien a quien llamaba el «comprador», que se aseguraba de que ambos contaran con todo el vestuario que pudieran necesitar en cada una de las casas.

Carol cogió uno y le echó un vistazo rápido. En la cubierta se leía *Coldwater Creek*.

—¿Sabes? Yo solía compadecerte. Siempre parecías tan sola y tan perdida. Una vez le dije a Phillip que... —Se detuvo y volvió a inclinarse hacia el catálogo.

—¿Qué le dijiste?

—Que eras como una bombilla, y que sólo estabas encendida cuando James andaba alrededor.

No le gustaron esas palabras. Ni una pizca. La hacían parecer tan... tan nada, como si ni siquiera fuera una persona.

—¿Y qué intención tenías con esto? —le preguntó, tratando de que su voz sonara serena.

—En mi opinión estamos en deuda contigo por el regalo de boda que nos hiciste a Phillip y a mí, así que pensé que podíamos encargarte algo de ropa y lo que puedas necesitar para tu nueva vida. Lo cargaremos a la cuenta de Phillip; puede permitírselo. —Y en voz más baja añadió—: Va a ser uno de los abogados de Atlanta y Ray.

A Lillian se le cayó la mandíbula, pero cerró la boca con una mueca de dolor porque el movimiento lastimó su nueva naricilla. Tuvo ganas de gritar «¡Traidor!», pero no lo hizo.

—Refréscame la memoria. ¿Qué fue lo que Jimmie y yo os regalamos por la boda?

—Esta casa.

Por un momento fue incapaz de hablar y tuvo que apartar la vista para que Carol no le viese los ojos. Él le había regalado una casa a su abogado, a un hombre al que consideraba su amigo. Pero ahora el supuesto amigo iba a trabajar para el enemigo.

Agarró un catálogo.

—¿Tienes alguno de joyería? Necesito un reloj.

Carol sonrió y ella le devolvió la sonrisa. Acababa de formarse una amistad.

2

Phillip observó a Lillian salir del coche y caminar lentamente hacia la casa. A pesar de que había roto a llorar fugazmente cuando divisó el lugar, le parecía que estaba resistiendo muy bien. Teniendo en cuenta lo que había tenido que pasar, estaba soportándolo maravillosamente. Recordó, mientras movía la cabeza con incredulidad, todo lo que había hecho por evitar este momento. Él y algunos de sus socios habían dedicado tres tardes enteras y una mañana a tratar de convencerla de que impugnara el testamento de James Manville... Un testamento que Phillip había llegado a considerar inmoral y posiblemente ilegal.

Aunque Phillip no había sido siempre de la misma opinión. Cuando James le contó lo que quería hacer con el testamento, él arqueó las cejas. No se hubiera atrevido a que su jefe le leyera el pensamiento, creyendo que James había descubierto que su joven esposa no merecía su dinero, que probablemente estaba manteniendo una aventura fuera del matrimonio.

En vez de hablarle de lo que pensaba, Phillip había tratado de discutir a fondo los temas que provocarían con toda seguridad años de batallas legales. Nunca se le ocurrió pensar que la viuda no impugnaría el testamento. Le dijo a James que si quería dejar dinero a sus hermanos, que dividiera la fortuna en tres partes; había suficiente para todos. Pero su jefe no pareció escucharlo. Su única preocupación era asegurarse de que Lillian recibiera cierta granja de Virginia.

—Le encantará aquello —había dicho en uno de sus infrecuentes momentos de confidencias—. He chupado demasiado de ella y ésta es la forma de retribuírselo.

Para Phillip, estafar a una mujer miles de millones de dólares no parecía la mejor manera de retribución. Más bien tenía todo el aspecto de un castigo, pero mantuvo la boca cerrada.

Hasta después de la muerte de James, Phillip no conoció la verdadera naturaleza de Atlanta y Ray, a quienes quería que Lillian combatiera. Deseaba encabezar un equipo con los abogados más inteligentes y cooperadores de Estados Unidos. Quería sacarles hasta el último centavo a aquellos dos gusanos codiciosos. Nunca había visto nada semejante a lo que hicieron a Lillian durante las semanas posteriores a la muerte de James, tanto los medios de comunicación como personas que él había considerado amigos del difunto.

Con todo, Lillian no cedió. Nada de lo que dijeron pudo convencerla. Phillip y los demás abogados le contaron que podría dar el dinero a la beneficencia después de ganarlo, pero ni siquiera eso la hizo cambiar de idea.

—Jimmie era muy listo para los negocios —dijo—, e hizo esto por alguna razón. Él quiere lograr algo con ello, así que voy a respetar su voluntad.

—Manville está muerto —recalcó uno de los abogados con la cara enrojecida por la exasperación. Su pensamiento se leía en su rostro: ¿Qué clase de mujer puede rechazar miles de millones de dólares?

Al finalizar el tercer encuentro, Lillian se levantó de la mesa y dijo:

—He escuchado sus razones, y estudiado todas las pruebas que demuestran que podría ganar, pero aun así no lo haré. Voy a acatar el testamento de mi marido.
—Y se dio la vuelta y los dejó plantados.

Uno de los abogados, hombre que no había conocido a James y que por supuesto tampoco conocía a su esposa, rió con disimulo y dijo en voz baja:

—Está claro que es una mujer demasiado simple como para conocer el valor del dinero.

Lillian lo oyó, se giró lentamente y lo miró de una forma tan parecida a la de James Manville, que a Phillip le cortó la respiración.

—Lo que usted no entiende —dijo con tranquilidad— es que en la vida haya algo aparte del dinero. Dígame, si usted fuera multimillonario, muriera y no le dejara nada a su esposa, ¿ella lo combatiría, o amaría su recuerdo más que el dinero?

No se quedó a esperar la respuesta.

Los otros abogados escondieron sus rostros de aquel al que Lillian acababa de echar la bronca, incapaces de contener la risa. De hecho, acababa de superar un tercer divorcio repugnante y su ex esposa había peleado con él hasta por los pomos de las puertas, adquiridos en un anticuario.

Al final, Phillip había abandonado el intento de persuadir a Lillian para que impugnara el testamento. La noche de la última reunión se había dejado caer en la cama junto a Carol, y le había dicho:

—No sé qué más hacer.

—Ayudarla —dijo ella.

—¿Qué crees que he estado haciendo hasta ahora? —repuso con fastidio.

Carol estaba relajada; ni siquiera levantó la vista de la revista que estaba mirando.

—Has estado tratando de convertirla en lo que no es. Eres un tirano peor que James.

—Sí, ya veo que te intimido de una manera tremenda —dijo él con sarcasmo—. Suéltalo ya, ¿qué es lo que se esconde en tu cabecita?

Después de doce años de matrimonio casi podía leerle el pensamiento y sabía cuándo quería decir algo. Como siempre, ella había esperado a que fracasara; sólo entonces ofrecería su ayuda.

—Lo que tienes que hacer es ayudarla, quiera lo que quiera.

—¿Alguna idea sobre de qué se trata? —preguntó Phillip mirándola con escepticismo—. Se queda sola en la habitación de invitados y no habla con nadie. Todos aquellos que se decían amigos y con los que James solía llenar la casa ni siquiera se han molestado en llamarla y decirle lo que han sentido su muerte. —Su voz estaba cargada de indignación.

Carol reflexionó en voz alta.

—No la conozco muy bien, pero me parece que cuando estaba con James trataba por todos los medios de llevar una vida normal.

—¿Normal? ¿Con James Manville? Carol, pero ¿es que estabas ciega? Vivían en grandes mansiones por todo el mundo, rodeados de servicio. La llevé a unos grandes almacenes justo después de la muerte de James y puedo jurarte que no había entrado nunca en uno. O al menos desde que se escapó de casa para casarse con él —dijo Phillip, resoplando.

—Todo eso es cierto, pero ¿qué hacía Lillian en esas casas? ¿Organizar fiestas?

Phillip enlazó las manos detrás de la cabeza y miró el techo.

—No —dijo, pensativo—. James era el que organizaba las fiestas y ella hacía acto de presencia. No creo haber visto a nadie más desgraciado que ella en esas recepciones. Solía sentarse sola en un rincón y comer. Pobre chiquilla.

—¿La viste feliz alguna vez?

—No, no... —Iba a decir algo, pero desvió el tema—. Eso no es cierto. Un día llevé a James unos documentos para firmar. Después de haberme marchado me di cuenta de que me había olvidado algo, así que volví. Cuando entré en la casa, oí voces y fui hasta el fondo, donde los vi. Estaban solos, sin invitados ni sirvientes, y...

Phillip cerró los ojos mientras recordaba. Era una de las casas de James de muchos millones de dólares, de esas de las que Lillian había dicho que eran «todo cristal y acero». Las voces procedían de una habitación que él no había visto nunca. Estaba al lado de la cocina y como la puerta estaba abierta, miró dentro. Phillip estaba junto a unos tapices colgantes instalados por algún decorador; no era muy fácil que lo vieran. Se daba cuenta de que actuaba como un fisgón, pero cuando vio la escena se quedó paralizado.

Lillian estaba en camiseta y vaqueros, nada que ver con las ropas de alta costura con que la veía siempre, y servía a James la cena. Estaban en una salita de estar con una pequeña mesa redonda en un extremo. Por el aspecto, ningún decorador había entrado en aquella habitación. El sofá estaba cubierto con una colcha de algodón y cerca había una silla escocesa. La mesa era de pino y estaba rayada; las dos sillas que la acompañaban parecían sacadas de un mercadillo de pueblo.

Ninguno de los muebles tenía ese aspecto falso que los decoradores consiguen dar. En ese cuarto no había nada «arreglado». En cambio, se parecía a la mitad de las salas de estar de Estados Unidos y la pareja que había allí se mostraba como cualquier pareja. Mientras Lillian le servía la comida, que tenía preparada en un aparador, él hablaba sin parar. Ella lo escuchaba con mucha atención. Cuando le puso el plato delante y se echó a reír con lo que él contaba, Phillip pensó que era bellísima. No era sólo la esposa regordeta del multimillonario que nunca tenía nada que decir, sino una verdadera belleza. A la vez que se servía su plato, ella empezó a hablar y Phillip se quedó atónito al ver cómo James la escuchaba con una intensidad que no le conocía. Asentía mientras ella hablaba y Phillip comprendió que le había pedido su opinión sobre algo y que ella se la estaba dando. Vida conyugal, fueron las palabras que le vinieron a la cabeza.

En silencio, con los documentos sin firmar, Phillip se alejó de puntillas. Muchas veces a lo largo de los años había oído decir a la gente: «¿Cómo es que Manville no se deshace de ese budín de carne y se busca una mujer que no le tenga miedo a su propia sombra?» Pero era evidente que, como en todo lo demás, James Manville sabía lo que se hacía.

Aquel día, mientras se encaminaba hacia el coche, pensó que James nunca le había dado envidia. Gracias a él tenía todo el dinero que quería, así que no envidiaba sus millones, pero comprendió que aquella escena doméstica le había provocado una oleada de celos.

Carol no le había mirado ni escuchado así desde el primer año de casados. Miró los documentos sin firmar y se alegró de que no se hubiera conocido su presencia. Sería mejor que James no supiera que había observado su momento de intimidad con Lillian.

—Sí —dijo Phillip a su mujer—. La he visto feliz.

—¿Ah, sí? —exclamó Carol con tono de curiosidad—. ¿Y cuándo fue eso?

James podía estar muerto, pero Phillip no se animaba a contar lo que había visto. Sería como traicionar a su amigo. Pero el recuerdo de aquello le aumentó más la confusión. Si James amaba tanto a su mujer, ¿por qué no le había dejado al menos dinero suficiente para protegerse de la prensa?

—Hay algo que quieres contarme —le dijo a su mujer—. ¿Por qué no lo sueltas de una vez?.

—De camino al funeral, Lillian me preguntó si había visto la granja que James le había dejado.

—¿Y? ¿Qué quiere decir eso? Ese lugar es una pocilga. Es horroroso. El campo de alrededor es hermoso, pero la casa habría tenido que derribarse. Sólo un bulldozer serviría para arreglar las cosas.

—Hmmm —dijo Carol, y cerró la revista—. Nadie hace tanto dinero como James sin ser capaz de planificar. ¿Cuáles piensas que eran sus planes para esa granja?

—¿Los de asegurarla por millones de dólares y luego quemarla?

Carol lo ignoró.

—¿Cómo podrá ella llegar a vivir allí en paz? Tendrá siempre periodistas acampados en su jardín. Tendrá... —Su voz se apagó y miró a su marido, como si esperara que él se imaginara el resto de la frase.

Phillip estaba demasiado cansado como para jugar a los acertijos.

—¿Qué? —preguntó.

Y entonces fue cuando Carol le confió la idea de cambiar el aspecto de Lillian, e incluso su identidad.

Ahora, mientras Phillip salía del coche, observaba a Lillian —no, a Bailey, se recordó a sí mismo— y miraba ese feo lugar, tuvo que admitir que era evidente que parecía una persona diferente. Recordó el día en que James cerró de golpe un libro, lo dejó caer en la mesa del despacho y dijo: «No me puedo concentrar. Lil está haciendo otra vez una de esas condenadas dietas.» Gritó a su secretaria que viniese al despacho —para James Manville no se había inventado el intercomunicador— y le ordenó que mandara a Lillian una caja de cada tipo de chocolate que tuvieran en la tienda de Lady Godiva más cercana. «Eso lo arreglará. Bien, volvamos al trabajo», había dicho sonriendo.

Sin el sabotaje de su marido, Lillian había perdido bastante peso en sólo unas semanas. Cuando Phillip le contó a su mujer lo que James solía hacer para sacar a Lillian de sus dietas, ella dijo:

—Así que ése es el secreto para perder peso. —Se puso la mano en la cadera y añadió—: Lo recordaré la próxima vez que subas a un avión.

Si a la pérdida de peso se unía la cirugía de la nariz, Phillip tenía que admitir que Bailey era una mujer resultona. Los michelines habían sido reemplazados por finas curvas, y sin aquella nariz, se podían apreciar sus hermosos ojos y los labios pequeños y abultados. Una mañana durante el desayuno, Carol le acercó una espátula de metal a la oreja.

—Como sigas mirándola de esa manera, te clavo esto... —dijo.

Phillip tuvo que admitir que Bailey estaba guapa.

—¿Crees que alguien me reconocerá? —fue lo primero que preguntó Lillian nada más quitarle las vendas.

—Nadie —le aseguraron Carol, el médico y Phillip, a la vez que cada uno de ellos trataba de no decir nada sobre cuánto mejor estaba ahora, porque habría equivalido a decir lo mal que había estado antes.

Ahora Phillip salió del coche y se encaminó hacia el coche que había detrás del suyo, para retirar las maletas y llevarlas a la casa. Había arreglado las cosas para que los fueran a buscar al aeropuerto en dos vehículos: el todoterreno que había comprado para Lillian y un sedán negro del servicio de alquiler local que los siguiera para llevarlo a él de regreso.

En el vuelo hacia el aeropuerto Dulles, de Washington D.C., Lillian había apoyado la cabeza en el respaldo y había cerrado los ojos. Cuando Phillip le hablaba, ella sólo asentía. Se imaginaba que no le dirigía la palabra porque había aceptado trabajar con Atlanta y Ray. Quería explicarle la razón, pero al mismo tiempo, cuanto menos supiera, mejor. Si ella no iba a luchar por sí misma, entonces sería él quien lo hiciera por ella. Y la única forma que conocía era la de trabajar desde dentro.

El camino desde el aeropuerto hasta la pequeña ciudad de montaña de Calburn, donde estaba situada la granja, había llevado tres horas de carretera. En ese recorrido Lillian dejó de lado su enojo y bombardeó a Phillip con preguntas sobre todo lo que supiera de la ciudad y de la casa.

Honestamente, aunque había sido amigo de James Manville durante veinte años, el abogado no sabía nada sobre su infancia. Lo sentía por Lillian. De hecho, no tenía ninguna seguridad de que esa granja tuviera siquiera alguna conexión con el pasado de su amigo.

—¿Cómo puede ser que Jimmie fuese de la misma sangre que gente como Atlanta y Ray? —preguntó ella—. No puedo entenderlo.

Phillip estuvo tentado de decir: «Eso es porque nunca viste a James hacer negocios. Si lo hubieras visto, sabrías que se parecía más a ellos de lo que imaginas.» Pero no lo dijo. Pensó que era mejor que ella se quedara con sus visiones soñadoras sobre el marido muerto.

Lillian —ahora Bailey, aunque a Phillip le costara recordarlo— rodeó la casa para ver la parte posterior. El hombre enviado por Phillip había tomado fotos del edificio, por lo que sabía que por detrás la fachada estaba más enmarañada que por delante; le espantó que ella tuviera que verlo justo desde ese ángulo. Utilizó la llave que James le había dado cuando firmó la escritura de la propiedad y abrió la entrada principal.

La puerta se salió de sus goznes herrumbrosos y fue a parar al suelo. Asombrado, Phillip se dio la vuelta y miró al hombre que le seguía, cargado de maletas. Se giró de nuevo, pasó sobre la puerta caída y entró en la casa.

El lugar era espantoso. Desde el techo hasta el suelo colgaban telarañas gruesas y polvorientas. Se podía oír el ruido de los bichos —ratones, ratas y todo lo demás que hay en las casas de campo— que correteaban por debajo del suelo. Los rayos de sol que atravesaban las sucias ventanas mostraban cómo flotaba por el aire un polvo acumulado durante años.

—Vuelva con las maletas al coche —le dijo Phillip por encima del hombro al que iba detrás—. La señora no va a quedarse aquí.

Esperó hasta que el hombre se hubo marchado, volvió a pasar por encima de la puerta y salió fuera. Hasta ese momento nunca había pensado en James Manville como en un diablo. Que hubiera dejado a su esposa ese lugar inmundo y que esperara que ella viviera allí sólo podía ser obra de un loco o de un verdadero demonio. Sabía a ciencia cierta que James no estaba loco, así que quedaba...

Con los labios apretados por la rabia, Phillip rodeó la casa y encontró a Bailey.

Las fotos no habían mentido: la parte de atrás era aún peor que la de delante. Árboles enormes, enredaderas cubiertas de espinas de apariencia letal, arbustos altos como árboles, y malas hierbas tan altas como si se tratara de una película de ciencia ficción y cada una de ellas luchara con las demás por el espacio y la luz. Aquella masa enmarañada le produjo un escalofrío. A su derecha había piedras colocadas en el suelo para formar un estrecho sendero entre unas hierbas tan altas como él mismo. Las muchas abejas que zumbaban a su alrededor le hicieron acelerar el paso.

—Lillian —llamó, y al punto se contuvo.

Como el abogado que era, miró alrededor para ver si alguien le había oído cometer la equivocación de llamarla por su antiguo nombre. Mientras escrutaba la maleza se dio cuenta de que podía haber un ejército escondido a diez pasos sin que fuera posible verlo.

—Bailey —dijo con más fuerza, mientras se apresuraba. Tampoco así obtuvo respuesta, y su cabeza se llenó con los horrores del campo: serpientes, mofetas rabiosas, ciervos que podían matar a un persona de una patada. ¿Habría lobos en esas montañas? ¿Y gatos monteses de esos que se esconden encima de los árboles y saltan sobre las personas? ¿Habría... osos...?

Si la chaqueta de ella no hubiera sido rosa intenso, no la hubiese descubierto. Parecía encaramada al árbol más grande y más feo que Phillip había visto en su vida y todo lo que pudo avistar fueron sus vaqueros y una manga de la chaqueta rosa.

«¡Oh, Dios mío! Se ha ahorcado —pensó por un momento—. Desesperada por la muerte de James y encima conocer este espantoso lugar ha acabado por decidirla a suicidarse.»

Salió corriendo hacia el árbol, su corazón latía violentamente, pasó agachado bajo dos ramas y allí la vio. Estaba viva y miraba arrobada hacia la parte superior como si estuviera teniendo una visión celestial.

«Esto es peor que un suicidio; ha perdido la cabeza», pensó Phillip.

—¿Bailey? —llamó con dulzura, pero como no obtuvo respuesta dijo—: ¿Lillian?

Ella continuó con su mirada hacia lo alto. Él se decidió y ascendió, lenta y cuidadosamente, a su encuentro, sin por ello perder de vista el suelo. Se suponía que la gente se mantenía inmóvil cuando había visto una serpiente de cascabel, ¿no era así? ¿Sería la visión de una serpiente el motivo de su quietud?

—¿Bailey? —repitió cuando estuvo más cerca—. Ahora podemos irnos. No tienes necesidad de quedarte aquí. Si quieres vivir en alguna casita de otro lugar, yo te la compraré. Te...

—¿Sabes lo que es esto? —dijo ella en un susurro.

Él levantó la cabeza, pero todo lo que vio fue un árbol viejo que necesitaba con urgencia una buena poda; o mejor aún, una tala.

—Ya lo sé —contestó a la vez que le ponía la mano en el brazo para animarla a bajar—. Es horrible y viejo, pero no tienes por qué mirarlo.

—Es un moral, el árbol de las moras —explicó ella con suavidad y en un tono casi reverencial—. Es un ejemplar muy antiguo. De moras negras.

—Qué agradable —respondió Phillip, y tiró de su brazo con mayor firmeza.

Bailey esbozó una sonrisa.

—Los chinos embaucaron a Jacobo I.

En un primer momento Phillip pensó que hablaba de James Manville, pero comprendió que se refería al rey inglés; el incompetente sucesor de Elizabeth I. ¿Qué tendría que ver un rey inglés con una granja ruinosa en Virginia?

Ella volvió a hablar.

—Jacobo decidió cultivar moreras en Inglaterra para poder criar gusanos de seda e instalar en ese país la in-

dustria de ellos derivada. Como ya sabrás, los gusanos se alimentan de las hojas de las moreras. Así que Jacobo importó de China millares de moreras. Sólo que...
—Se detuvo, y sonrió mientras tocaba una de las hojas del gran árbol—. Los chinos le timaron. Enviaron al rey inglés morales, que dan moras negras en vez de blancas. Las moras negras son fantásticas para comer, pero los gusanos de seda no tienen ningún interés en sus hojas y ni las tocan.

Phillip miró su reloj. Eran las dos. Le quedaban tres horas de viaje para tomar el avión de regreso y su vuelo era a las seis. Por supuesto, a eso había que añadir que debería encontrar asiento para Bailey en el mismo vuelo.

—Mira, ¿por qué no me cuentas más cosas sobre los árboles de las moras y los reyes de Inglaterra en el camino de vuelta al aeropuerto? Puedes...

—Yo no me voy —dijo ella.

Esta vez las ganas de llorar le correspondieron a Phillip. ¿Por qué tenían todas las mujeres que llevar siempre la contraria?

—Bailey —replicó con firmeza—, ¡no has visto el interior de esa casa! Está a punto de caerse. La puerta se ha venido abajo cuando la he abierto. ¿Cómo vas a pasar la noche ahí? ¡Este lugar es inmundo! Es...

—¿Qué es eso? —preguntó ella.

Era el ruido de un gran camión que se acercaba por el poco frecuentado camino de delante de la casa.

—¡No, por favor! —exclamó Phillip con desesperación.

Bailey bajó de un salto del árbol y salió corriendo por el sendero cubierto de maleza.

Acababa de llegar el camión de la mudanza.

3

Por un momento los dos fornidos mozos de mudanza se pararon detrás de Bailey y miraron dentro de la casa a través de la puerta caída. El cristal roto de una ventana dejaba pasar la brisa y las telarañas bailaban entre el polvo.

—No están muy preparados para nuestra llegada, ¿verdad? —dijo uno de los mozos, rompiendo el silencio.

—Ha habido un error —dijo Phillip desde atrás—. Tendréis que llevaros los muebles.

—No podemos volvernos con la mercancía —dijo el que estaba más cerca de Bailey—. Verá, señor, éste es mi camión, pero el mobiliario es suyo. Me han pagado por hacer el transporte en una dirección. Si tengo que volver a llevarlo al norte, me dirán que el gasto corre de mi cuenta, no de los que me contrataron.

—Pagaré lo que haga falta... —empezó Phillip, pero Bailey lo interrumpió.

—No serán devueltos. Los muebles irán a la casa tan pronto yo...

—¿La arregle? —completó la frase el transportista arqueando las cejas.

—Es posible que dando marcha atrás nos metamos en la casa —dijo el segundo hombre, que estaba más apartado—. Se ve que no necesita más que un codazo para venirse abajo.

Al mirar a Bailey, el más alto y fornido, el propietario del camión, frunció el entrecejo. Era el doble de grande que ella, de los tipos que se sienten protectores con las cositas pequeñas.

—Quizás haya algún otro sitio en el que podamos descargar hasta que arregle esto. ¿Tiene por aquí amigos con un garaje grande?

Bailey negó con la cabeza, mientras se mordía el labio inferior. «No hay amigos», pensó, sin atreverse a cruzar su mirada con la de Phillip. Sabía que él estaba allí a la espera de que ella «recuperase su sano juicio», esa frase masculina universal que venía a decir que por fin ella aceptaba que él tenía razón y hacía lo que él quería que hiciera.

El segundo mozo pareció pensárselo mejor antes de hacer otro comentario sarcástico sobre aquella ruina de casa.

—¿Por qué no pone los muebles en el establo?

—¿Establo? ¿Qué establo? —preguntó Bailey, levantando la cabeza.

El tipo señaló hacia la espesura. Por encima aparecía el pico de un edificio, apenas visible, que en otros tiempos había estado pintado de rojo.

—Es un establo o un parque de bomberos preparado y a punto de entrar en acción —comentó el mozo.

Nadie le rió la gracia y Bailey se encaminó hacia allí al instante, con un brazo por delante para protegerse de la maleza y el otro ocupado en apartar las zarzas y arbustos enmarañados que bloqueaban el camino.

—Recuérdeme que no le dé propina —dijo Phillip al hombre que había señalado el establo, y después se encaminó hacia allí. Los dos mozos le siguieron.

Desde luego que era un establo, y estaba a menos de cien metros de la casa. No había sendero abierto entre los arbustos, por lo que recorrer el tramo no fue nada fácil. Bailey llegó con tres arañazos sangrantes en el brazo izquierdo.

No era un establo grande en el que cupieran decenas de caballos y vacas. Era más bien un establo «casero», de esos recintos donde se guardan los aperos y quizás uno o dos caballos.

Bailey se esforzaba por abrir la puerta cuando llegaron los mozos y se adelantaron para ayudarla. Los herrajes de la puerta eran resistentes, pero estaban oxidados por falta de uso. Phillip se apartó con los labios apretados desaprobadoramente, mientras Bailey y los hombres forcejeaban con la gran puerta hasta conseguir abrirla. Una espesa nube de polvo y paja seca salió desde el interior del establo y los dejó tosiendo a los tres.

—¿Cuándo se abrió este lugar por última vez? —preguntó uno de los transportistas. Se dobló y siguió tosiendo.

—No tengo ni idea —contestó Bailey, enderezándose y respirando hondo—. Es la primera vez que veo este lugar.

—¿Lo ha comprado sin verlo? —preguntó el hombre con un deje de voz que daba a entender que era la idiota número uno del año.

—Heredado —dijo Bailey mientras miraba hacia dentro. El sol penetraba por una ventana alta, pero le llevó algo de tiempo adaptar la vista. Dentro había unas cuantas balas de hierba seca, algunos arneses de caballo colgados de una pared, y unas cuantas palas rotas alineadas en otra. Al fondo había unos pesebres de caballo. Con todo, el lugar parecía en mejores condiciones que la casa. Al menos el tejado se mantenía intacto y no había señales de goteras—. Pondremos aquí los muebles —dijo, girándose hacia los demás.

—¿Y cómo propones que lleguen hasta aquí? —preguntó Phillip moviendo la cabeza hacia el recorrido que habían hecho. No había camino, y mucho menos una entrada que un camión pudiera utilizar.

Bailey no encontró respuesta durante un momento; luego sonrió, pensativa.

—¿Ese coche que me has comprado no tiene tracción en las cuatro ruedas? Pues haremos un sendero. —Una vez dicho esto, echó a andar hacia el estrecho sendero que habían abierto en la maleza.

—Cuando una mujer está tan decidida como ésta, no queda otra cosa que rendirse —sentenció en voz baja el primer transportista, que iba detrás de Phillip. Cuando éste lo ignoró, rió entre dientes.

Horas más tarde el establo estaba lleno de cajas, cestos de embalaje y muebles envueltos en mantas de mudanza, y Bailey había dado a los mozos un billete de cincuenta como propina.

—Ahora no puedes permitirte hacer ese tipo de cosas —dijo Phillip nada más marcharse los hombres—. Si tienes que dar una propina, procura que sea pequeña.

Bailey caminaba delante de él en dirección a la casa y mantuvo la cabeza erguida.

Cuando llegó al edificio, Phillip la tomó por el brazo.

—Lil... digo Bailey, tenemos que hablar. No puedes quedarte aquí sola. Esto... esto... —Parecía no encontrar palabras lo suficientemente malas como para expresar lo que pensaba de la maldita casa. En lo único que podía pensar era en la vida tan regalada que había llevado ella, rodeada de sirvientes, en mansiones y durmiendo entre sábanas de seda. Y como Carol, Bailey había pasado gran parte de su tiempo ocupada con diversos tratamientos de belleza—. Para ti permanecer aquí es como si María Antonieta hubiera pretendido convertirse en granjera —dijo con frustración—. No tienes ni idea del tipo de trabajo que requiere un lugar como éste.

—En realidad, no sé nada de nada, ¿verdad? —respondió ella con suavidad, mirándole a la luz de la puesta de sol—. Pero ¿qué alternativa me queda?

—Cuidaré de ti —respondió Phillip con rapidez—. Te compraré una casa, te...

Ella lo miró con los ojos entornados.

—¿Quieres decir que utilizarás el dinero que has recibido de James Manville para comprarme una casa, luego me instalarás en ella y me mantendrás? ¿Es eso lo que tienes en la cabeza? ¿Como a la niña de *La casita de chocolate*? —dijo mientras se adelantaba hacia él. Cuando estuvo casi nariz con nariz, bajó la voz—. ¿O quizás intentas ocupar el lugar de Jimmie? ¿Es eso lo que piensas? ¿Que como un hombre me mantuvo ahora otro lo hará? ¿Cualquier otro? ¿Tú, quizá? ¿Crees que como viví recluida con un hombre durante dieciséis años, me ajustaré a la perfección a una vida de reclusión contigo, como cabeza de un harén?

Parpadeando, Phillip enderezó la espalda y se echó hacia atrás.

—Eso no tiene nada que ver con lo que pienso —puntualizó—. Esta casa no es habitable.

—No, no lo es —dijo ella con el rostro congestionado por la indignación—. Pero ¿sabes una cosa? Es mía. Creo que me la he ganado, aunque no sea más que por todas esas espantosas fiestas a las que Jimmie me hacía asistir, en las que todo el mundo observaba y comentaba cada bocado que tomaba. —Cuando lo vio encogerse, dio otro paso hacia delante—. ¿Es que ninguno de vosotros os dabais cuenta de que os escuchaba? Susurrabais a mis espaldas que estaba gorda y que no era suficientemente bella como para ser digna de un hombre dinámico como Jimmie. Dijisteis...

—Yo no —respondió Phillip en voz baja—. Nunca dije nada parecido, así que no trates de colocarme en el bando enemigo.

—Entonces ¿por qué estás trabajando para Atlanta y Ray? —le espetó. Pero no había querido decir eso. Trataba de que no se le notara lo que sentía al respecto.

Phillip se tomó su tiempo antes de contestar. Su reticencia natural, combinada con la experiencia como abogado, le dificultaba la capacidad de revelar cuestiones; característica que James había apreciado como nadie.

—Confía en mí —dijo por fin—. Es todo lo que te pido: que confíes en mí.

Los dos permanecieron allí de pie, mirándose fijamente el uno al otro, sin darse por vencidos, pero luego Phillip esbozó una ligera sonrisa.

—En cuanto a la idea de establecer un harén contigo como concubina favorita... —dijo.

Por un momento lo único que Bailey pudo hacer fue mirarlo fijamente con expresión de asombro. ¿Lo decía de verdad? Pero luego comprendió que le estaba tomando el pelo; y con una broma de tintes sexuales. En toda su vida no había recibido ese tipo de bromas más que de Jimmie, y ni siquiera con mucha frecuencia. No estaba segura si contestar, pero luego pensó ¿por qué no? y se lanzó.

—Seré tu segunda esposa, después de Carol. Si no es así, no hay trato. Y si te doy un hijo, entonces tendrá que ser sultán. ¿Está bien claro?

Phillip soltó una risotada y luego la miró en silencio.

—Siento no haber hecho el esfuerzo de llegar a conocerte —comentó con seriedad.

—Yo también —respondió ella en voz baja, mientras le sonreía.

—¿Lamentas no haber llegado a conocerme o a conocerte a ti misma?

—Ambas cosas —dijo. Se adelantó y le besó en la mejilla.

Los ojos de Phillip brillaron.

—En cuanto a ese hijo... —dijo—. Tengo un bajo nivel de espermatozoides, así que habrá que intentarlo un montón de veces antes de...

—¡Largo de aquí! —exclamó ella, entre risas.

De mala gana, después de darle a Bailey una lista de media docena de números de teléfono en los que podía dar con él, Phillip subió al coche. El chófer lo esperaba.

—Cualquier cosa —añadió, bajando la ventanilla—. Sea lo que sea que necesites, házmelo saber —insistió mientras el coche retrocedía por el sendero de gravilla lleno de malas hierbas que en otros tiempos había sido el camino de entrada.

—La cena —respondió ella, pero él ya no la oyó—. O una tienda de comestibles —añadió en dirección a la polvorienta carretera.

Permaneció donde estaba hasta que dejó de escuchar completamente el ruido del coche, después respiró hondo y relajó los hombros. La rodeaban hierbas altas, árboles con grandes ramas colgantes y enredaderas con unas espinas que podían desgarrar la piel de cualquiera. ¿Qué se escondía detrás de los árboles? Había un ruido como de deslizamiento. ¿Se trataba de una serpiente? ¿O era una persona? ¿Alguien que había estado observando y esperando?

Tragó saliva, cerró los ojos y luego articuló una plegaria.

—Dios mío, querido Jimmie —dijo en voz baja—, continúa cuidando de mí como lo hiciste en el pasado. —Quería añadir algo más, pero eso parecía cubrirlo todo. Hasta ahora había sido bastante afortunada y en este momento lo único que pedía era que la suerte siguiera acompañándola.

Se giró despacio, miró hacia el lugar del que procedía aquel ruido y vio que no era otra cosa que el roce de dos ramas. Pero el hecho de encontrar el origen de un ruido no le alivió los temores. A su alrededor había más ruidos y más lugares en los que podían esconderse personas o animales.

Hizo lo que pudo por darse ánimos y salió corriendo hacia el establo.

4

Cuando Bailey despertó por la mañana, en un primer momento no supo dónde estaba. Como había hecho durante la mitad de su vida, extendió la mano en busca de Jimmie. Pero no le preocupó no encontrarlo. A menudo estaba en viaje de negocios; lejos, haciendo todo ese dinero... y gastándolo, como a él le gustaba contarle.

Lo que acabó de despertarla fue el ruido de un camión. Se dio la vuelta, levantó la vista, vio la ventana que había en lo alto y poco a poco recuperó la memoria. Jimmie no volvería y ella estaba sola. Absolutamente sola.

En el exterior se oía el canto de los pájaros, el sonido del viento en los árboles y el ruido de aquel camión, que desde la distancia se aproximaba por la carretera de grava. Hacía mucho tiempo que no escuchaba esos sonidos. Las casas que compraba Jimmie solían tener cientos de metros de césped alrededor, grandes superficies de mármol en las terrazas o el mar ante los ventanales. Las carreteras de grava eran algo que Jimmie no toleraba.

Los hombres de la mudanza le habían dispuesto una cama. Con cierto aire incongruente, como el de un anuncio de ropa blanca, su cama nueva —de madera pintada de blanco, envejecida artificialmente para dar la aparien-

cia de haber sido utilizada muchos años— estaba planta-
da en medio del establo. Había tenido que mirar dentro
de seis cajas de embalaje para encontrar la ropa de cama.
Luego Phillip la había ayudado a hacerla con sábanas
blancas de algodón, un mullido edredón blanco y un par
de almohadas como remate. Cuando estuvo acabado,
todos se echaron a reír; parecía el decorado de una producción publicitaria, con una cama inmaculada entre balas de heno.

Después de que Phillip y los mozos se fueran, Bailey
había vuelto al establo y se tiró en la cama. «¿Qué he
hecho?», se preguntó y en ese preciso momento si hubiera contado con un teléfono móvil habría llamado a
Phillip para que viniera a buscarla. Habría dicho que sí
a la disputa con Atlanta y Ray por la partición de la herencia. Se habría comprado una casa agradable en cualquier sitio y...

Bailey detuvo el curso de sus pensamientos. El camión parecía estar acercándose. Acto seguido oyó el resoplido inconfundible de los frenos. ¿Habrían vuelto
los hombres de la mudanza?, se preguntó. Luego bajó las
piernas y deslizó los pies dentro de los zapatos.

Le llevó algo de tiempo poder abrir la gran puerta
del establo. «Tres en uno», pensó, poniéndolo en la lista mental de cosas que necesitaba comprar. Corrió por lo
que ya era un amplio sendero desde el establo y se detuvo delante de la casa para observar el gran camión blanco que llegaba. LIMPIEZAS INDUSTRIALES VIKING, se
leía en un rótulo a un costado del mismo, junto al dibujo de un hombre musculoso tocado con un casco de dos
cuernos y fregona en mano.

La puerta del camión se abrió y saltó al suelo un
hombre con un mono azul marino y una tablilla en la
mano.

—¿Es usted Bailey James?

A ella le llevó un momento recordar que ése era su nombre actual.

—Sí —dijo, frotándose los ojos—, pero yo no he contratado ninguna brigada de limpieza.

Por el otro lado salieron dos hombres más. El primero miró hacia la casa. La puerta estaba caída hacia dentro; en las ventanas había varios cristales rotos y a través de los huecos se podían ver habitaciones llenas de telarañas polvorientas.

—Quizá lo deseaba usted con tanta fuerza que nos ha enviado su hada madrina —bromeó el hombre del mono azul.

Como no estaba acostumbrada a recibir impertinencias por parte de la gente del servicio, Bailey se quedó confundida, mirándolo fijamente. Entonces le vio el brillo en los ojos, parecido al que últimamente había visto a menudo en otros hombres. Igual que Phillip, éste estaba bromeando.

—¿Quiere decir que usted se cree el Príncipe Azul? —repuso con aire inexpresivo.

De haberle dicho esto a un hombre hacía sólo un mes, sabía que él habría fruncido el entrecejo y se habría marchado, pero ahora los otros rieron a carcajadas y él dio la impresión de pensar que, dijera lo que dijese, Bailey, estaba bien.

—Sea lo que sea lo que usted necesite, nosotros, los hombres de Viking se lo proporcionamos —dijo y le extendió la tablilla de trabajos.

En la parte superior de la hoja estaba escrito: «Encargado por Phillip Waterman.»

«Querido Phillip», pensó Bailey mientras firmaba en la parte de abajo. Quizá no le hubiera enviado la cena, pero sí una cuadrilla de limpieza. Una parte de sí misma pensó que debía mandarlos de vuelta y reafirmar así su independencia, pero otra dudaba que fuera a disfrutar de semanas de fregoteo, hincada de rodillas y con las manos enrojecidas.

Le tendió la tablilla al empleado.

—¡Eh, Hank! —llamó uno de los hombres desde el porche—. ¿Qué hacemos con esto?

Bailey rodeó lo que parecía un arbusto de budleia necesitado de una buena poda, para ver a qué se referían. A un lado de la entrada, en el suelo, había unas cuantas bolsas y cajas. En el marco de la ventana, junto a la puerta caída, había remetidos varios papeles.

El conductor del camión miró a Bailey en espera de respuesta. Ella comenzó a examinar el montón de cosas. Dentro de una caja había lo que parecía un guiso de fideos con atún en una fuente de Pyrex. «Bienvenida», decía la tarjeta adjunta, firmada por «Patsy Longacre». Además había dos pollos asados envueltos en papel de aluminio, sin tarjeta. Una bolsa de papel de estraza contenía clavos. «He pensado que le pueden ser útiles», se leía en otra nota, escrita en un trozo de papel rasgado de la parte inferior de una hoja escolar rayada. Otra bolsa contenía cuatro manzanas, cada una de ellas envuelta cuidadosamente en papel de periódico. Un tarro con una vieja tapa de cinc contenía encurtidos caseros para tomar con pan y mantequilla. En la etiqueta aparecía el nombre de Iris Koffman. En el alféizar de la ventana había tres ramos de flores silvestres, cada uno de ellos atado con un cordel. Contra una pared había un viejo azadón oxidado, sobre el que pendía una nota sin firmar: «Usted lo necesita y bien sabe Dios que mi marido no lo utiliza nunca.»

Remetidos en el marco de la ventana había folletos y tarjetas de visita. Una de éstas era de un corredor de seguros, cuya oficina estaba en Main Street, Calburn. También había de un perforador de pozos y un agente inmobiliario. «Si quiere vender, avíseme», se leía en el reverso de ésta. Había otra de uno que hacía toda clase de chapuzas. Bailey la besó y se la metió en el bolsillo de sus vaqueros.

—Eh, tengo una tarjeta —canturreó uno de los hombres de la limpieza.

No tenía respuesta para ese chiste.

—Yo me ocuparé de estas cosas. Ustedes pueden empezar a limpiar.

Uno de los trabajadores, que miraba dentro a través de una ventana sucia, comentó:

—Siento de verdad haberme dejado el lanzallamas en el último trabajo.

Bailey los fulminó con su mejor gesto de «venga, a trabajar», pero no reaccionaron como solían hacerlo sus empleados cuando Jimmie los miraba así. En cambio, se fueron riendo hacia el camión y empezaron a trasladar máquinas y productos.

Ella tiró de un gran sobre que había incrustado en la ventana y lo abrió. Contenía una serie de papeles de bienvenida de la Cámara de Comercio de Calburn, en el que figuraba Janice Nesbitt como presidenta. Incluía un mapa de Calburn con la calle principal y las tres que la atravesaban. Phillip la había llevado el día anterior desde la dirección opuesta, así que no había visto el pueblo y ahora se preguntaba qué tiendas y servicios tendría. En el extremo más alejado del mapa había una flecha que señalaba algún lugar que no aparecía. «Su casa está por ahí», había escrito alguien.

—En el centro de la nada —refunfuñó Bailey, y levantó la vista hacia uno de los hombres de la limpieza que le tendía una caja vacía. Sonrió para agradecérselo, tomó la caja y metió dentro todo lo que habían dejado los vecinos del pueblo. Qué raro, pensó, pero cuando... Bueno, cuando tenía otra apariencia, los hombres no se mostraban tan dispuestos a ofrecerle cajas para que pusiera sus cosas dentro.

Sonriendo, se llevó las cosas al establo. Estaba hambrienta y quería cierta intimidad para comer. Además necesitaba tiempo para saborear la idea de vivir en un lugar donde la gente dejaba regalos de bienvenida en su puerta. Pero no iba a conseguir ninguna intimidad mientras alguien tocara el claxon de esa manera. Sin duda la requerían para algo. Con una pata de pollo en una mano y una manzana en la otra recorrió el sendero para detenerse en seco, perpleja. En el camino de entrada había tres camiones, otros dos aparcados en la carretera y cuatro más detrás buscaban un espacio donde aparcar. Ocho hombres se dirigían hacia Bailey con tablillas de notas para que firmara.

—¿Os importa, chicos? —dijo, adelantándose al resto, un hombre con uniforme de la mensajería Federal Express—. Necesito marcharme enseguida. ¿Es usted Bailey James? —preguntó, y sin apenas esperar respuesta le tendió un gran sobre y una tablilla.

Ella firmó y luego, no sabiendo bien qué más hacer, tiró de la solapa y abrió el sobre. Dentro había dos sobres, ambos con el remite de Phillip. «Un regalo para caldear la casa», se leía en la nota del primero, y «No te preocupes, pueden permitírselo». Bailey sonrió. Era evidente que Phillip lo estaba cargando todo en las cuentas de Atlanta y Ray. El segundo sobre contenía un fajo de billetes de cincuenta dólares, nuevos y relucientes. «Ya sé lo que te gusta dar propinas», se leía en la nota.

Sonriendo, Bailey levantó la mirada... y ahora ya eran casi una docena los hombres que la miraban impacientes mientras esperaban a que les firmara sus papeles.

—¿Quién es el primero? —preguntó antes de comenzar a firmar. Cuando lo hizo sin leerse a fondo lo que ponía supo que el espíritu de Jimmie la observaba enfurruñado desde algún lugar.

—¿Quiere enseñarnos por dónde van las conducciones de gas? —preguntó un operario.

—¿Dónde quiere las clavijas del teléfono? —inquirió otro.

—¿Dónde está la caja de fusibles? —le preguntó un tercero.

—No tengo ni idea —respondió Bailey, mirando hacia la casa—. Todavía no he estado dentro.

Esa confesión los acalló. Era su casa, pero todavía no había entrado. Se miraron unos a otros. Qué chifladas están las mujeres, parecían decirse en silencio.

—Yo llevo aquí veinte minutos y todavía no me hago una idea del lugar —dijo un hombre que se dirigía hacia ella—. Esto es una selva de tal calibre que temo que en algún momento voy a caer en arenas movedizas. Vengo del Servicio Paisajista Spencer. Nos dijeron que limpiáramos, podáramos y segáramos... y tenemos que hacerlo todo en una jornada. Acabo de mandar a uno de mis hombres a buscar las sierras y la segadora de su cuñado. ¿Tiene instrucciones especiales para nosotros?

Bailey no pudo hacer más que quedarse mirándolo fijamente; no sabía qué pedirle, teniendo en cuenta que apenas había visto el jardín. Negó con la cabeza, pero mientras él volvía a alejarse, recordó.

—No dañen el árbol de las moras.

El hombre le devolvió la mirada.

—¿Quiere decir que no puedo serrar al tipo al que se tragó? —comentó sin siquiera molestarse en esbozar una sonrisa.

—Lo necesito como fertilizante —dijo Bailey con el mismo tono de seriedad—. No tiene que hacer más que incluir su velatorio en la cuenta.

—Lo haré —respondió el jardinero, hizo un saludo cómico y se dio la vuelta. Con una sonrisa ante el intercambio de bromas, los otros también se fueron y Bailey los siguió para echar el primer vistazo a la casa que Jimmie le había dejado.

Mientras atravesaba la puerta derribada, por un momento cerró los ojos y elevó una plegaria a cualquier ángel de la guarda que pudiera estar escuchando. Tenía la esperanza de que el interior fuera mucho mejor que el exterior. Pero, con sólo dar unos pasos, ya imaginó que el ángel de la guarda y su hada madrina se habían ido de vacaciones. Estaba en medio de una habitación pequeña, oscura, sin ventanas, sin aire, sin luz, y cubierta por los cuatro lados de un horroroso revestimiento barato de color marrón, hecho de un material que no era madera, que no era plástico, que no era nada. Recortada en la pared que tenía delante había una entrada estrecha que conducía a una habitación de mayor tamaño, también cubierta de ese revestimiento oscuro, pero éste arañado y abollado. No había ventanas al exterior, pero tenía cinco puertas.

Abrió una con cautela y vio una habitación larga y estrecha, ésta también con el mismo revestimiento oscuro. Tenía una ventana de aluminio en la parte alta de una pared, pero dejaba entrar poca luz. Volvió a la habitación grande, pasó por encima de los cables de unas aspiradoras ensordecedoras que habían conectado los hombres de la limpieza y abrió otra puerta. Era otro dormitorio, una vez más con ventanas demasiado altas como para ver el exterior.

La tercera habitación la condujo a un cuarto de baño alicatado con azulejos de color lila y feas florecillas. De hecho, cada superficie parecía parte de un muestrario: el techo tenía grandes remolinos de falso yeso; por encima de los azulejos las paredes estaban cubiertas de un papel floreado, y el suelo tenía más azulejos que habían sido... ¿qué? ¿Trabajados para que parecieran cuero? No, tenía que ser obra del tiempo, porque con toda seguridad nadie había diseñado nada.

Cuando Bailey cerró la puerta deseó que tuviese un cerrojo. No quería que nadie viera ese espantoso cuarto de baño. Un corazón más débil que el suyo podría no vivir para contarlo.

La cuarta puerta de la habitación grande conducía a una cocina pequeña y alargada. Encima del fregadero había una ventanita, pero no era suficiente para aligerar la penumbra. Los armarios eran viejos, de poca calidad, estaban sucios y se desprendían de las paredes por su propio peso.

—No puedo hacer nada con ellos —dijo un hombre a su espalda. Era del servicio de limpieza y miraba los armarios mientras hablaba—. Puedo intentar limpiarlos, pero no soy carpintero.

—Haga lo que pueda —repuso Bailey.

Luego se dirigió hacia la puerta que había en el extremo de aquella cocina con forma de galería. Cuando la abrió se quedó boquiabierta: de todas las habitaciones que había visto hasta el momento, ésta era la que más se parecía a lo que debía ser una casa de campo. En un extremo había una ventana alta con viejos paneles de madera y debajo una pila de piedra, colocada sobre una gruesa plancha de madera con la superficie dañada por el uso. Unas firmes patas de madera torneada sostenían el peso de la plancha y debajo había jarras de gres y cacharros de cerámica, de los que se utilizan para hacer escabeches y salsas para guisos. A ambos lados de la habitación había estantes pintados de blanco, llenos de utensilios de cocina sucios y recubiertos de telarañas. Había botes viejos para conservas, grandes ollas de porcelana, embudos y ganchos para sujetar bolsas de tela con quesos frescos. También había diversas tenacillas y pilas de trapos de cocina amarillentos que albergaban nidos de arañas. Pero lo que hizo que el corazón de Bailey casi dejara de latir fue una caja de metal abollada con el rótulo de RECETAS.

—¿Quiere que tire todo esto? —le preguntó el hombre—. Es la única habitación en que hay cosas. El resto está vacío. Podemos llevarnos todo al vertedero, si usted quiere.

—¡No! —exclamó Bailey, y agregó con cierta calma—: No, gracias, déjelo ahí. Limpie, pero no tire nada. Quiero conservarlo todo, cada uno de los tarros, de las tapas... —Se estiró para tocar el asa de una jarra Ball. Ya no se hacían—. Todo —dijo, mirando al hombre—. Límpielo, pero déjelo todo aquí. —Luego, siguiendo un impulso, cogió la caja de las recetas.

—A sus órdenes, mi capitán —dijo el hombre, sonriendo, para luego soltar una risita mientras Bailey se apretaba para pasar por el estrecho espacio entre ambos.

Fuera de la cocina había un servicio que incluía un lavadero y un secadero de color verde aguacate; luego, una puerta que daba al exterior. La abrió con precaución, segura de que se le caería encima. Cuando chirrió, soltó el pomo y se cubrió la cabeza, pero la puerta no se salió de los goznes y ella pudo ver el exterior. La parte posterior de la casa parecía albergar una colonia de hombres y máquinas. Una enorme segadora de color verde, parecida a un tractor, que un operario conducía sentado en una cabina acristalada, cortaba la maleza desde la casa hasta... bueno, pensó, hasta donde llegue la propiedad. ¿Es que no había leído en la escritura que tenía cuatro hectáreas? Un trabajador quitaba ramas muertas de un viejo manzano, y otro, subido a un arce viejísimo, sujeto con anchos cinturones de seguridad cortaba leña muerta de las ramas superiores.

«Phillip ha pensado en todo», se dijo mientras cerraba la puerta al ruido exterior, pero volvió a los operarios, al ruido y a las máquinas de la habitación central. La quinta puerta de ésta daba a un pequeño vestíbulo con varias puertas. Delante había una escalera y ella vio un rayo de luz que se filtraba desde arriba. A su derecha encontró un amplio dormitorio con cuarto de baño incluido. Había una ducha separada, además de la bañera, e incluso un habitáculo cerrado para el váter. El dormitorio tenía un pequeño saliente en un pared y más ventanas altas de madera, como la que había visto en la habitación contigua a la cocina. Evidentemente era el dormitorio principal y allí dormiría ella.

Aunque las proporciones de la habitación y las ventanas eran equilibradas, desafortunadamente todas las paredes tenían aquel horroroso revestimiento oscuro, y los azulejos y accesorios del cuarto de baño también eran feos, a su entender. La bañera era marrón oscuro, el lavabo blanco y las dos pilas del color de la sangre seca.

Se alejó con un escalofrío y volvió al vestíbulo, donde encontró dos habitaciones más y un tercer cuarto de baño. Había también una serie de armarios.

Todas las habitaciones, sin excepción, tenían el falso revestimiento de madera, y los baños parecían un muestrario completo de los diversos tipos de alicatado que se podían aplicar en una construcción. El tercer cuarto de baño era de un falso mármol verde; en la base del lavabo había otro tipo de mármol falso, y aun otro más en el suelo. Encima del alicatado había papel imitación mármol de color verde guisante.

—Me va a dar algo —dijo Bailey mientras cerraba la puerta tras de sí.

Respiró hondo y miró las escaleras. «¿Más dormitorios?», se preguntó. Caramba, ya había contado cinco. ¿Los propietarios anteriores tendrían tantos hijos? O quizá, conociendo a Jimmie, si éste era el lugar en que había crecido, su familia debía de tener montones de invitados.

Subió las escaleras lentamente hasta llegar al desván, probando cada escalón para asegurarse de que era resistente. Tan pronto estuvo allí, volvió a sonreír. Claro está, en el tejado había dos agujeros del tamaño de un puño y alguien había colocado cubos debajo para recoger la lluvia que entraba, pero bajo la suciedad pudo percibir que el lugar era encantador... al menos, una parte. La marcada inclinación del tejado reducía la altura de las paredes laterales, pero en la zona central había ventanas instaladas en el tejado que dejaban entrar la luz del sol. Eran altas pero no tanto como para no ver el exterior. Dejó la caja de recetas en el suelo, giró una manilla medio oxidada, abrió y el aire fresco inundó la buhardilla. Como la suciedad del cristal ya no impedía el paso de la luz, ésta entró a raudales. Se giró y vio el gran espacio que la rodeaba.

En el centro había una barandilla que llegaba hasta la cintura y daba la impresión de que en otros tiempos había servido para dividir la buhardilla en dos. Alguien había serrado una abertura en el centro de la barandilla y había quitado parte de ella, pero había quedado apoyada en la pared más distante.

Las paredes de la parte en que quedaba la parte superior de las escaleras habían sido enlucidas y pintadas de blanco, mientras que la otra mitad exhibía el mismo revestimiento marrón oscuro utilizado en el piso de abajo.

—¿Otro dormitorio más? —dijo en voz alta. Fue a cruzar el espacio abierto en la barandilla, pero se detuvo después de mirar el suelo. Por alguna razón no le inspiraba confianza. La parte que tenía detrás estaba entarimada con una madera gruesa, pero las láminas de contrachapado de esta parte estaban clavadas. Parecía seguro, pero no quiso arriesgarse.

A Bailey no le dio tiempo de descubrir si el suelo era o no seguro porque de repente oyó tres cortos bocinazos. La requerían. Seis semanas atrás hubiera sido «¿Necesita alguna cosa, señora Manville?», pero ahora era la bocina de un camión, pensó mientras recogía del suelo la caja de las recetas y bajaba corriendo las escaleras.

—Debería estar contenta de no ser llamada a golpe de silbato —dijo en voz alta mientras pasaba por encima de tres gruesos cables eléctricos, una caja de electricista y un operario de la compañía telefónica que estaba tumbado, mirando una toma.

Mientras cruzaba la puerta principal de la casa, le dijo al encargado de las Limpiezas Viking que no dejara subir a nadie al desván, porque pensaba que era peligroso.

Dos mujeres estaban delante de uno de los camiones.

Ambas eran de estatura mediana, rondaban los treintena años y eran bonitas. Se parecían tanto físicamente que estuvo segura de que eran hermanas, pero iban vestidas de forma muy diferente. Una tenía el pelo oscuro y llevaba camisa de algodón, vaqueros y zapatillas de deporte. La otra era rubia y vestía un traje de punto, medias, zapatos de tacón y tal cantidad de brazaletes dorados que Bailey se preguntó cómo haría para levantar los brazos.

—Hola —dijo Bailey mientras iba hacia ellas con la mano extendida en señal de bienvenida—. Soy Bailey James. —Le agradó poder pronunciar su nuevo nombre sin vacilaciones.

—Soy Janice Nesbitt —dijo la mujer del traje y le tendió la mano.

—Ah, sí, de la Cámara de Comercio —comentó Bailey mientras se giraba hacia la otra mujer.

—Sí —respondió Janice, encantada de que Bailey hubiera visto el folleto y la recordara—. Es una vergüenza que nadie más haya venido a saludarla —añadió.

—Sólo ustedes dos —confirmó Bailey, a la vez que sonreía a la segunda.

—Soy Patsy Longacre —se presentó la otra y le dio la mano—. Pensaba que al menos una persona de esta ciudad se habría dejado caer por aquí, quizás incluso una de la Cámara de Comercio.

Bailey miró a Janice.

—Pensaba que usted era de la Cámara de Comercio —dijo con desconcierto.

—Así es. Soy la presidenta —respondió Janice con una sonrisa. Luego miró la casa y comentó—: Ya veo que la están adecentando. No sabía que la hubieran comprado. ¿Cuándo lo hizo?

—Yo... —empezó Bailey a la vez que trataba de encontrar una mentira rápidamente. Era evidente que no podía decir la verdad.

—¿Cuándo vino a ver la casa para comprarla? —preguntó Patsy.

Sin saber qué contestar, Bailey miro a una mujer y luego a la otra. A pesar de que estaban muy cerca entre sí, miraban en direcciones opuestas.

—Me la regalaron —dijo Bailey con lentitud—. Una herencia. ¿Saben de quién era?

—¿Usted no? —respondió Janice, entrecerrando los ojos.

—¿De quién la ha heredado? —interrogó Patsy.

Bailey respiró hondo. Tenía que haber previsto esto con anticipación y planeado una respuesta.

—De mi marido. Soy viuda. Ni siquiera sabía que poseyera este lugar hasta que se leyó el testamento. —Ya estaba; ésa era la verdad.

—¡Madre mía! —exclamó Janice—. ¡Siempre hay que saberlo todo sobre las finanzas de un marido!

Bailey abrió la boca para defenderse, pero la cerró. Jimmie tenía tres grandes empresas que supervisaban sus «finanzas». Sonrió.

—Me encantaría ofrecerles algo para beber, pero... —Señaló en dirección a la casa—. Como pueden ver, han llegado en un día muy atareado. Ahora mismo tengo todo el mobiliario almacenado en el establo.

—Da igual —dijo Janice, y pasó por delante de Bailey en dirección al establo. Era evidente que sabía dónde estaba situado. Llevar traje, medias, zapatos de tacón y que la maleza no estuviera todavía cortada, no pareció molestarle en absoluto.

—Yo, bueno... —empezó a comentar Bailey, pero lo dejó y siguió a la mujer. De todas formas, se detuvo y miró hacia atrás porque la otra, Patsy, no se había movido.

—Por favor, venga con nosotras —le dijo—. Vamos al establo, supongo. No es que haya mucho sitio para sentarse, pero...

—¿Nosotras? —preguntó Patsy—. Pensé que había dicho que era viuda. ¿Quién vive con usted? ¿Tiene hijos?

Bailey la miró. ¿Es que tenía el oído desconectado?

—No —aclaró—. Con el nosotras me refería a Janice. No me equivoco de nombre, ¿verdad? Janice Nesbitt.

—No la conozco —soltó Patsy mientras echaba a

andar hacia el establo, para luego girarse y decir—: ¿No viene?

—Claro —respondió Bailey, con la sensación de que se encontraba en el tercer acto de una comedia. Pero ¿qué les pasaba a esas dos mujeres?

Cuando llegó al establo ellas ya estaban allí, y Janice había abierto una caja en la que se leía «Cocina».

—Disculpe —dijo Bailey con firmeza, mientras cerraba la tapa de la caja, prácticamente en las narices de Janice—. Como puede ver, no me he mudado todavía. Quizá fuera mejor que ustedes...

—Nadie ha vivido aquí desde 1968 —terció Patsy.

Jimmie tendría entonces nueve años, pensó Bailey. Los nueve estaban a gran distancia de los dieciséis, edad en la que sus biógrafos comenzaban a seguirle la pista.

—¿Quién vivía aquí? —preguntó.

Las dos le dirigieron una mirada de interrogación silenciosa.

—Pero cómo, ¿usted no lo sabe?

«No va a ser fácil», pensó Bailey.

—Mi marido era... era bastante mayor que yo y no le gustaba hablar de su pasado. En realidad sé muy poco de su infancia. Me gustaría saber todo aquello que cualquiera de ustedes pueda contarme sobre este lugar —añadió.

—¿Cualquiera de cuál de nosotras? —intervino Patsy—. Me está usted desconcertando. Si va a vivir en Calburn, debe comprender que no hay nadie en este lugar a excepción de usted y yo.

Bailey parpadeó antes de asentir.

—Ya veo. —Se volvió a Janice y preguntó—: ¿Y usted y yo estamos solas?

—Por supuesto. Si se exceptúa a los ratones y a todo aquello que esté vivo en este establo. Porque le puedo asegurar que no tengo ni idea. Estoy más lejos de ser granjera que nadie en esta tierra.

Patsy resopló, burlándose de ella, y Bailey vio cómo un rojo de ira se elevaba desde el cuello de Janice, mientras las manos, bajo los brazaletes, se cerraban en puños apretados. Parecía que el hecho de que Janice supiera o no sobre la vida en el campo era un tema sensible.

—Yo tampoco sé nada sobre la vida de los granjeros —dijo Bailey en voz baja.

—Entonces ¿por qué viene usted a vivir a Calburn? —preguntó Patsy.

A Bailey no le había sentado nada bien la forma en que ésta había herido los sentimientos de Janice.

—Quiere decir, ¿en vez de vender este lugar por muchos millones y mudarme al sur de Francia? —respondió.

Esta vez el turno de las risas le tocó a Janice.

—No te falta la lengua, ¿verdad? —dijo Patsy, sorprendida.

—Tampoco tú estás mal servida, pero debo advertirte que no me gustan los quisquillosos.

—Lo pillo —dijo Patsy, y sonrió a Bailey.

—Entonces ¿qué planeas hacer con tu vida, si es que me está permitido preguntar? —inquirió Janice, aprovechando el tuteo—. ¿O es que tu marido te ha dejado rica?

Bailey no se lo podía creer. ¿Era posible que todos los habitantes de Virginia hicieran preguntas personales diez minutos después de conocer a alguien?

—A decir verdad, todavía no sé qué voy a hacer. Mi marido me ha dejado esta granja y algo de dinero, pero no lo suficiente como para el resto de la vida. Supongo que tendré que buscar un trabajo. ¿Sabéis de alguno?

Janice la miró de arriba abajo.

—No pareces ser de la clase que buscan trabajo en

los supermercados —comentó—. ¿Qué eras antes de casarte?

—Adolescente —respondió Bailey.

—Yo tengo dos —intervino Patsy—, pero son chicos y trabajan para su tío. No sabrás nada de carpintería, ¿verdad?

—Ojalá supiera. La casa se cae a pedazos. Hay agujeros en el tejado y no creo que el suelo del desván sea seguro. También me gustaría tirar paredes para convertir algunos dormitorios en otra cosa. De la forma en que está ahora, podría abrir una pensión.

A Janice de repente se le iluminaron los ojos

—Lo que necesitas es volverte a casar —comentó.

Bailey se echó a reír.

—No lo creo. Estaba loca por mi marido y no creo que sea capaz de...

—Desde luego, no hay muchos solteros atractivos en Calburn —continuó Janice como si Bailey no hubiera hablado.

—No quiero volver a casarme —dijo ésta, enfática. Por supuesto la idea del matrimonio no había cruzado su mente; pero, sobre todo, no le gustaban los derroteros que estaba tomando la conversación con aquellas mujeres tan raras.

—Vamos a la casa —dijo—. Os mostraré los cuartos de baño. —La visión de esas habitaciones les haría olvidar sus esfuerzos casamenteros.

Se dirigió hacia la puerta del establo, pero como ninguna de las mujeres se movió, se volvió a ver qué pasaba. Janice le lanzó una mirada penetrante, pero Patsy tenía la vista levantada, como si tratara de recordar algo.

—En esta ocasión necesitas un hombre más joven, alguien que te sea útil aquí —dijo Janice, enfatizando la palabra útil—. Yo podría ayudarte.

—Yo no... —empezó Bailey.

—¡Eso es! Acabo de tener una idea brillante ¡Deberías volver a casarte! —interrumpió Patsy de golpe.

—¡Es lo que acaba de decir Janice! —repuso Bailey con desesperación—. ¿Es que no la has oído? Está ahí de pie a tres pasos de ti.

Patsy no acusó el golpe más que con un leve parpadeo.

—Necesitas volver a casarte, y es más, necesitas casarte con mi cuñado Matthew —añadió.

Bailey les lanzó una mirada severa. Que metieran las narices en su vida era una cosa, pero que pretendieran casarla por las buenas era inconcebible.

—Sois muy amables —dijo con firmeza—, y estoy segura de que tu cuñado es un hombre encantador, pero no creo que...

Patsy respondió como si Bailey no hubiera hablado.

—Es un gran tipo, pero estuvo casado con una verdadera fulana. En cuanto le sacó algo de dinero a Matt, se fue con otro. Por qué razón tendría que dejar a un hombre maravilloso como el hermano de mi marido, no lo sé, pero ella se lo perdió. Así que ahora él lleva viviendo en mi casa seis largos meses. ¿Por qué no le haces una llamadita y le pides que te lleve a cenar esta noche? —Mientras acababa de hablar sacó un teléfono móvil.

—¡Basta ya! —gritó Bailey, y las dos mujeres se quedaron mirándola fijamente—. He enviudado hace muy poco y necesito algo de tiempo —añadió en tono más bajo—. No quiero enredarme con nadie ahora mismo. No es que no haya pensado en ello, pero imaginaos... bueno... estar con otro hombre. Seguro que vosotras me entendéis.

Las dos la miraron asombradas, en silencio.

—Vale, de acuerdo —dijo Patsy al fin—. ¿Qué te parece una cena el miércoles que viene?

Bailey tomó aire, lo soltó lentamente y contó hasta diez. No iba a dejar que esas dos mujeres tan raras la enredasen.

—Cuando he dicho que necesito tiempo, quería decir... —empezó.

—Lo que necesita este lugar es un contratista de obras —volvió a intervenir Janice, interrumpiéndola una vez más.

«Bien —pensó Bailey—, esto es increíble.» Sonrió.

—Tengo la tarjeta de visita de un hombre que hace chapuzas —comentó.

—¿Walter Quincey? —preguntó Janice con desprecio—. Se llevará tu dinero y no verás nunca ningún trabajo acabado. Es el hombre más perezoso que puedas encontrarte en dos condados a la redonda. No, necesitas un constructor de verdad, alguien que sepa lo que está haciendo.

Patsy se paseaba por el establo y miraba. Bailey esperaba no haberla herido al desestimar a su cuñado con tanta aspereza, pero quería dejar las cosas claras.

Y entonces Patsy la miró.

—¿Te había dicho que mi cuñado es contratista de obras?

Bailey se vio ante un súbito dilema. No quería animar a esa mujer ni a su cuñado casado con la fulana, pero la imagen de aquellos armaritos que colgaban precariamente de las paredes de la cocina le pasó por la cabeza. Se oyó preguntar:

—¿Tu cuñado es contratista de obras?

—Más o menos. Es arquitecto, pero también puede construir.

—¿Es bueno? —dijo mientras veía cómo eran arrojados por la ventana los azulejos verdes del cuarto de baño y salían volando los oscuros revestimientos de las paredes.

—Solía construir rascacielos en Dallas.

—¿Es caro? Yo no tengo mucho dinero.

—Bueno, querida, ya lo sabemos —dijo Patsy, haciéndola parpadear—. Toda la ciudad habla de cómo un tal Phillip te paga todo esto.

Bailey comprendió que las dos esperaban que dijera quién era Phillip. Pero ella no quería revelarles nada.

—Es el abogado de mi marido —cedió al fin con un suspiro.

—Pero si estás arruinada has llegado a un buen lugar —continuó Patsy—. En Calburn no hay nada demasiado caro, porque nadie podría pagarlo. Claro está, si se exceptúa a ciertas personas —puntualizó mientras dirigía la mirada hacia Janice.

—Ciertas personas... —repitió Janice, sin mirar a Patsy pero reconociendo al fin su existencia.

«¿Y ahora qué? —pensó Bailey—. ¿Una pelea de gatos? —Levantó la vista al techo—. ¡En qué me has metido, James Manville!», le recriminó en silencio.

—De acuerdo —dijo—. Me casaré con él si arregla esta casa. ¿O sólo quiere sexo? ¿O las dos cosas?

Las dos mujeres la miraron boquiabiertas de forma tan idéntica que Bailey tuvo la confirmación de que eran parientes.

Patsy fue la primera en recuperarse.

—El sexo no le vendría nada mal —dijo sin rastro de sonrisa—, pero empieza por tener sexo con un hombre de Calburn, y habrás arruinado el resto de la relación. Mi consejo es que ofrezcas pagarle la mitad de lo que te pida y te abstengas del sexo —puntualizó, mientras marcaba unos números en su móvil, para añadir a continuación—: Según mi experiencia, funcionan mucho mejor las insinuaciones que la cosa en sí. Por ejemplo, cuando le pidas que te limpie la fosa séptica, ponte unos *shorts* bien cortos.

Bailey sonrió. «Después de todo, podemos llegar a entendernos», pensó. Entonces oyó a Patsy decir al teléfono:

—Matt, tengo un trabajo para ti.

Y la sonrisa se le ensanchó.

5

Cuando Bailey despertó la mañana siguiente, su primera sensación fue de temor, un temor antiguo, porque esta vez sí recordaba dónde estaba. Su cama había sido trasladada del establo al dormitorio y estaba rodeada de aquel revestimiento oscuro que hacía que las paredes se le echaran encima. La luz entraba por las ventanas desnudas, pero sólo servía para mostrar la fealdad de la habitación.

La noche anterior estaba tan cansada que había caído rendida en la cama, casi sin acordarse de ponerse el camisón. Pero no había dormido bien; sus sueños se poblaron de los recuerdos de Jimmie. En los dieciséis años de convivencia no habían estado tanto tiempo separados como ahora. Si iba a algún sitio interesante la llevaba con él. «Oye, Pecas —le había dicho en una ocasión—. ¿Te gustaría ver las tortugas de esas islas?» Ella tuvo que pensar un momento de qué lugar le hablaba. «¿Las Galápagos?» dijo, y Jimmie le lanzó una sonrisa. No había hecho más que acabar la secundaria cuando lo conoció, pero desde entonces había leído un montón y a él le gustaban sus conocimientos. «Claro», confirmó, orgulloso. «¿Cuándo partimos?» «En media hora.» «¿Tanto falta?», dijo ella y los dos se echaron a reír.

Ahora Bailey se frotaba los ojos, que habían comenzado a empañarse. Jimmie no estaba ahí y no volvería a estar.

Se levantó despacio de la cama y fue al cuarto de baño. Al de los colorines. Cuando vio en el espejo su cara nueva, se sobresaltó. Había vivido treinta y dos años con una gran nariz torcida y había sido regordeta toda su vida. Era desconcertante ver a alguien tan diferente.

—¿Y ahora qué hago? —se preguntó en voz alta, mientras se metía en la ducha.

Ayer les había preguntado a aquellas mujeres si sabían de algún trabajo, pero Bailey intuía que debería resolverlo sola. ¿Qué sabía hacer? ¿Cómo haría para conseguir un trabajo? No había aprendido a escribir a máquina y era quizá la única persona de Estados Unidos de menos de ochenta años que no sabía utilizar un ordenador. «¿Para qué vas a perder el tiempo? —le había dicho Jimmie—. Puedo contratar personas que lo hagan por ti.»

En realidad, no tenía experiencia en nada. Bueno, en nada excepto en ser esposa.

Cerró el grifo de la ducha y se secó con una toalla nueva y rasposa, que todavía no había tenido oportunidad de lavar. Sacó unos pantalones de los que le había comprado Carol y se los puso. Quizá pudiera llamar a Phillip, pensó, pero desechó la idea inmediatamente. Temía que si lo llamaba, el siguiente paso fuera acudir a Atlanta y Ray para implorarles dinero.

Respiró hondo, abrió la puerta del dormitorio, cruzó el vestíbulo y entró en la sala de estar. El día anterior, Phillip había enviado a última hora unos hombres fornidos que abrieron todas las cajas y cestos del establo y colocaron toda la mudanza dentro de la casa, siguiendo las indicaciones de Bailey. Ahora trató de no mirar las paredes oscuras y sin ventanas, sino los muebles. Los había elegido en unas condiciones tremendas y una semana después no podía ni recordar lo que había comprado, pero ahora que los veía se sentía satisfecha.

Entre ellos había dos sofás con grandes peonías rojas, parras doradas y hojas verdes estampadas en la tapicería, además de dos sillas de aspecto cómodo, tapizadas en un tono dorado oscuro. En el centro se veía una mesilla de café. En el extremo de la habitación había una gran mesa de comedor sobre una alfombra oriental roja, rodeada de ocho sillas Windsor azul oscuro. Contra la pared se encontraba una caja llena de cortinas de tartán negro y rojo. Los mozos de la mudanza no habían sabido colgar las cortinas y, además, no había suficientes ventanas para todas.

Con todo, a pesar de lo agradable del mobiliario, la habitación no resultaba acogedora. ¿Cómo alguien querría permanecer en una habitación tan oscura como ésa?

Bailey se dirigió a la cocina. Ayer los hombres habían estado maravillosos. Hicieron todo lo posible para que la cocina pudiese utilizarse, pero no lo habían conseguido del todo. Un electricista y un fontanero habían dicho que dejar los armarios colgados de la pared era peligroso y bajaron algunos. Cuando los de la mudanza transportaron en un carro la cocina gigante, una Thermador de un metro y medio, no había sitio donde ponerla. Uno de los jardineros resolvió el problema con la sierra mecánica, cortando la parte inferior de los armarios. El electricista conectó el tubo del gas. Hizo falta serrar más armarios para poder meter la nevera de doble puerta Sub-Zero, bastante más alta que las habituales. Habían instalado la pila de porcelana con la encimera en el otro lado de la cocina. «Tiramos uno de éstos cuando rehabilitamos la cocina de mi abuela», dijo uno de los hombres, mientras lo colocaban en su sitio. Además de todo eso, el fontanero instaló el lavavajillas Miele que ella había comprado.

Así que, mirando ahora a la cocina, Bailey suspiró. Era un asco.

Lo que quedaba de los armarios de la hilera inferior acababa en unos bordes toscos y astillados, y en la parte superior, donde habían estado los que quitaron, se veía pintura de muchos colores. La cocina la había comprado con Phillip, y lo que Carol y ella encargaron más tarde debió colocarse en la despensa de al lado. Aun así, no quedaba sitio ni para dejar una cuchara.

Al abrir la nevera vio que de la comida que habían dejado los vecinos de Calburn no quedaba más que un ala pegada a la carcasa de un pollo. Uno a uno, los operarios habían ido sirviéndose.

Bailey encontró un tazón de porcelana en la despensa, lo llenó con agua del grifo, cogió el ala y salió.

Después de que Patsy Longacre llamara a su cuñado, aquellas mujeres se habían marchado, y Bailey sacudió la cabeza con asombro cuando vio que subían al mismo coche, un viejo Mercedes. Se dijo que no se extrañaría de que hablaran entre sí cuando estaban a solas. Volvió a la casa y trató de descubrir dónde querría colocar cada cosa. Durante el resto del día había estado tan ocupada que no había tenido tiempo ni de mirar por la ventana.

Así pues, cuando ahora abrió la puerta trasera se encontró con toda una revelación. Dos días antes, todo lo que había podido ver era maleza. Había seguido un sendero hasta la gruesa morera, pero más allá no se podía ver nada. Ahora, delante de ella había un jardín. Un verdadero jardín. No era sólo la idea norteamericana del jardín trasero, con césped rodeado por unos cuantos arbustos y plantaciones básicas. No, éste era uno del que hubiera estado orgulloso Jasper, el viejo jardinero jefe de Jimmie que supervisaba todas sus casas.

Y lo más importante, era el jardín con que Bailey siempre había soñado. No contaba con grandes espacios paisajísticos, nada de prados suficientemente grandes para que aterrizara un helicóptero. No, no había nada grandioso en ese lugar, sólo árboles, flores e... intimidad, pensó; por la forma en que estaban dispuestos los árboles, no se podía ver más allá.

Dejó el tazón vacío y el hueso de pollo y, tras cruzar la terraza embaldosada, siguió por el sendero de piedras hasta los árboles. Una vez despejada de maleza y escombros, la morera aparecía en su totalidad, inmensa, magnífica, regia. Bailey sonrió y le dijo: «Buenos días.» Luego siguió el sendero para ver adónde conducía.

A la derecha, en una zona no muy grande sin cercar, en la que los jardineros habían utilizado un motocultor, se veía una muy buena tierra negra a la espera de ser sembrada. Los años en barbecho habían renovado lo que evidentemente en otra época había sido un huerto.

Más allá del huerto se encontró con una extensión de árboles frutales que años atrás habían sido podados en forma de vaso. Esto significaba que, aunque eran frutales de pleno tamaño y estaban cargados de fruta, nunca crecerían demasiado; las ramas inferiores estaban sólo a unos sesenta centímetros del suelo. Un niño podía llegar a la mayor parte de la fruta.

Como los árboles habían estado mucho tiempo abandonados y no habían sido convenientemente podados hasta el día anterior, Bailey dudaba de que fueran a producir fruta ese año. Había muchos espacios vacíos en las hileras regulares de árboles, y polvo de serrín allá donde los jardineros habían tenido que cortar los árboles secos.

Más allá del espacio de los frutales, el sendero describía una curva pronunciada a la izquierda. Bailey lo siguió y al rodear un macizo de vivaces contuvo el aliento. Ante ella vio un pequeño estanque y en la colina de enfrente un arroyo caía en cascada, entre piedras estratégicamente colocadas para dar la impresión de que la naturaleza las había situado allí. Siguió avanzando sin prisas, mientras miraba con asombro el estanque, rodeado de juncos, y luego ascendió por el sendero que seguía el curso del arroyo.

En la parte alta de la loma, el sendero atravesaba el arroyo de aguas poco profundas gracias a grandes piedras y, al otro lado, a la sombra de un enorme nogal, había un amplio banco de hierro, deteriorado por el paso de los años. Estaba colocado sobre baldosas, entremezcladas con tomillo aterciopelado.

Bailey continuó paseando lentamente porque quería ver más. En la cima de la loma había otro estanque, éste rodeado de piedras. Los jardineros habían limpiado el interior y, al mirar con detenimiento, vio que bajo la superficie habían colocado una bomba para generar la cascada.

Más allá del estanque, el camino volvía a girar a la izquierda, y bajando la loma pudo ver la casa entre los árboles; tenía el establo a su derecha. Pero ahí, recóndito, había un prado que parecía el lugar perfecto para un partido de críquet. O para que los niños jugaran al fútbol, pensó fugazmente. En la zona más alejada del prado había arbustos y una cerca de madera con tablones cubiertos de enredaderas que se habrían caído de no haber postes de acero, sujetos en bases de cemento. Cuando cruzó el prado para examinar los arbustos y enredaderas, sonrió. Los arbustos eran groselleros negros y rojos, y las enredaderas, zarzamoras.

Una vez pasado el prado había un gran bancal, justo delante del establo, que los jardineros habían trabajado a fondo. Habían quitado las malas hierbas y aparecía la tierra desnuda. De tanto en tanto surgía un tallo con las hojas dentadas que caracterizan a las plantas de la frambuesa; hileras e hileras de frambuesos.

Al final del bancal de los frambuesos, el sendero se bifurcaba y Bailey vio que uno de ellos serpenteaba a través de los árboles, para volver luego a la casa, pero no sabía adónde conducía el otro porque desaparecía en una zona densamente boscosa. Eligió este último. Al entrar en el bosque sintió la maravilla del silencio y la oscura frescura del lugar. Era como si se encontrara en un sitio virgen; nadie en el curso de la historia había estado allí. Sonrió ante su fantasía. Un sendero hecho por los jardineros conducía a un pequeño banco de piedra, casi escondido por dos grandes árboles.

El sendero se desviaba bruscamente a la derecha y Bailey se detuvo ante la visión de un claro en el que había un hoyo para hacer fuegos. Era un agujero de un metro de diámetro excavado y, a su alrededor, piedras encementadas. Dentro quedaban restos de troncos, quemados años atrás. No había asientos alrededor del pozo, pero crecía hiedra inglesa que dulcificaba y daba una cobertura baja. Los árboles rodeaban la zona, pero directamente de frente se podía ver el sol, de forma que si se encendía un fuego por la noche, el humo saldría en la dirección del claro. Se giró y volvió a sentir la placidez que ofrecía ese rincón recóndito. Era como si pudiera escuchar las conversaciones, oler el humo e incluso sentir la calidez del fuego.

Esbozó una sonrisa que conservó mientras desandaba el sendero, atravesaba el bosque y a la luz del sol pasaba por delante del establo y se dirigía hacia la casa.

Tan pronto divisó la fachada del edificio, la abandonó el buen humor. ¿Cómo podía ser que un lugar tan hermoso rodeara una casa tan fea? Se imaginó a una persona que estuviera siempre delante de la casa, y a otra que se ocupara sólo del jardín. «Espero que no estuvieran casados», se dijo mientras abría la puerta. Pensó que dos personas con vivencias tan opuestas nunca podrían llegar a llevarse bien.

Una vez dentro de la casa, lo único que le apetecía realmente era salir de ella, pero tenía que resolver qué hacer con su vida. Ese pensamiento la hizo reír. «Cualquiera diría que se trata de un culebrón», concluyó, y fue al dormitorio a buscar el bolso. Lo primero es lo primero. Necesitaba comprar víveres. Después ya pensaría qué venía a continuación. Como Jimmie había dicho muchas veces: «Siempre sé cuándo Lil está fastidiada por algo, porque se dirige a la cocina más cercana.»

Se puso al volante del coche que Phillip le había comprado y respiró hondo. Había conducido pocas veces y el hecho de que tuviera carné era la prueba definitiva de su tenacidad. Jimmie no solía discutir por algo que ella deseara, pero había discutido con ella por las clases de conducir. Al principio ella se había mostrado comprensiva, porque pensaba que quizá le preocupara el hecho de que si sabía conducir fuera a abandonarlo, pero se enfadó cuando una vez pasadas semanas él no se aplacaba. Sabía que a Jimmie no le afectaba la cantidad de ira que pudiera acumular en su vida laboral, pero también sabía que detestaba que hubiera problemas entre ellos. Así que le miró a los ojos y le dijo: «No volveré a hablarte hasta que permitas que alguien me enseñe a conducir un coche. Soy toda una mujer, James Manville. No puedes mantenerme toda la vida como si fuera una niña.» Fue una de las pocas veces en que vio a Jimmie verdaderamente enfadado con ella y eso casi la hizo retractarse. Pero no se rindió.

Tardó escasos tres días de cuello estirado y miradas distantes en contratar a un tipo que le enseñara a conducir; era un sapo horrible. El día que recibió el carné, Jimmie le dio las llaves de un pequeño BMW amarillo, muy mono. Que ella sólo lo condujera unas pocas veces no pareció importarles a ninguno de los dos. Ella había recibido el conocimiento que necesitaba, y eso era lo que de verdad importaba.

De aquello hacía algunos años. Ahora Bailey se preguntó si sería capaz de recordar cómo se conducía. Con precaución, dio lentamente marcha atrás por el camino de entrada a la casa y hasta la carretera de grava. A ambos lados de la carretera había árboles, no casas, y al cabo de unos cuatrocientos metros llegaba el asfalto. Sabía que a la izquierda estaba el camino que había hecho con Phillip, así que enfilando a la derecha llegaría a Calburn.

Tres horas más tarde Bailey tomaba de nuevo el camino de entrada a la casa, con el coche cargado de comestibles. La parte posterior estaba llena de bolsas de plástico que llegaban hasta el techo. En el suelo, bajo los asientos traseros, había cajas de fresas compradas en un puesto de la carretera. Y en el asiento y el suelo delantero descansaban más alimentos en bolsas repletas.

Bailey llevaba dibujada una sonrisa. Había tenido una idea que posiblemente respondería a la pregunta de qué podía hacer con su vida.

6

Matthew Longacre aparcó la camioneta bajo un árbol y miró la hora en el reloj del salpicadero. Las seis y media. Había aplazado la visita todo lo que había podido. La noche anterior Patsy le había seguido a todas partes repitiéndole que tenía que conocer a «la viuda».

—Es guapa, agradable y joven. ¿Qué más podrías desear? —dijo, de pie a su lado, mientras le servía en el plato una generosa porción de pastel «sorpresa» de carne. La sorpresa era que no había quien se lo comiera.

—¿Fuisteis allí Janice y tu? —preguntó Rick a su mujer mientras excavaba en el dichoso pastel, hecho con un paquete de puré de patatas en polvo y judías verdes hervidas durante tanto tiempo que ya no les quedaba ni el color.

—Fui yo sola —dijo Patsy con la barbilla levantada, y apretó la boca en esa línea de desafío que su familia conocía tan bien.

—¡Oh, no! —exclamó uno de sus hijos mellizos, un fornido muchachote de un metro ochenta—. Tenemos pelea en puerta.

—Cincuenta por mamá —dijo John.

—Veinticinco por papá —apostó Joe.

—¡Eh, vosotros dos! Si queréis postre, basta con eso —advirtió Patsy, para volver a mirar a su cuñado y fingir ignorancia ante los gestos de apuestas que continuaban haciendo sus hijos.

—Patsy —dijo Rick—, ¿qué va a pensar esa mujer de la gente de Calburn si vais allí Janice y tú y ni siquiera os habláis la una a la otra?

—No tengo ni idea de a qué te refieres —respondió Patsy con los ojos puestos aún en Matt, quien todavía revolvía el pastel de carne con el tenedor, y añadió—: No estamos hablando de mí. La señora James necesita un contratista y tú, Matt, lo eres. Le he dicho que aceptarás el trabajo.

Matt no levantó la vista. Sabía que su vida estaba en manos de su cuñada. Estaba viviendo en su casa, y por tanto a merced de ella. Y sabía que le insistía con la viuda por otra razón que por la de hacer de casamentera... Quería quitárselo de encima.

—Matthew, estoy hablando contigo —dijo Patsy en el mismo tono que utilizaba con los otros tres hombres de su vida—. ¿Vas a hacerme este pequeño favor o no?

—¿Qué le has dicho sobre mí? —masculló, dando a entender que tenía la boca llena.

—Que no te ofreciera nada de sexo. —Los cuatro varones dejaron de comer de golpe y la miraron. Una vez consiguió captar la atención de todos, añadió—: ¿Vas a ir o no?

—Con esa condición laboral ya establecida... —empezó Joe, pero la mirada de su madre lo paralizó.

—Iré, pero no esta noche. Hoy tengo que... —No se le ocurría nada.

—¿Ver a Buffy? —sugirió John, evidenciando el placer que les producía a los dos chicos la incomodidad de su tío. Ese verano estaban trabajando con él en la construcción y habían pensado que lo tendrían fácil. Lo que no sabían era que tío Matt en casa y Matt, el jefe, eran dos personas diferentes. Se enteraron rápidamente desde el primer día, cuando volvieron al trabajo lentamente después de una comida que les había llevado dos horas.

—De todas formas, ¿qué piensa hacer con la granja del viejo Hanley? —preguntó Rick para distraer a su mujer y de ese modo salvar a su hermano mayor.

—Como ella misma ha dicho, vivir ahí —repuso Patsy mientras se dirigía de nuevo a la cocina para abrir el horno—. No creo que su marido le haya dejado mucho dinero; es evidente que no lo suficiente para vivir sin trabajar. Pero el abogado de su marido le ha pagado muchas cosas. ¿Alguien quiere más pastel de carne?

Matt estuvo a punto de pedir más.

—¿Y por qué le compra cosas el abogado? —se interesó Joe—. ¿Es que tiene un rollo con él?

—¡Richard Longacre! —exclamó Patsy—. Tienes que hacer algo con tus hijos. La forma en que hablan es un desastre.

—Venga, Pats —dijo Rick, rodeando con el brazo la fina cintura de su mujer—. Ya no son niños. —Lanzó a su hermano una mirada de refilón de que podía abandonar la mesa y ahorrarse el interrogatorio.

Todo eso había ocurrido la noche anterior y Matt había vivido todo el día de hoy con el temor al encuentro. Había estado trabajando con sus sobrinos a unos cincuenta kilómetros de distancia, en la transformación de un garaje en habitación de invitados, así que se había ahorrado el tener que estar oyendo hablar de la mujer que ocupaba todas las conversaciones de Calburn. Al regresar del trabajo, había besado la mejilla de Patsy con precipitación, murmurando algo sobre un cliente al que tenía que visitar, y se había ido a un restaurante barato de Calburn, donde le sirvieron una hamburguesa rebosante de grasa.

—He oído que está forrada —había dicho Ruth Ann,

la camarera, mientras le servía una taza de café. No hablaba con Matt, sino con una pareja de parroquianos que estaban hablando sobre los chismes de la granja del viejo Hanley.

—Tiene que ser rica para pagar a todos esos hombres. Pero ¿por qué gastarse su dinero en Calburn? ¿Por qué no se ha ido a otro lugar, algún sitio más próximo a la civilización? —preguntó Mark Underwood. Mark se iría a la universidad en otoño y no veía el momento de marcharse de Calburn para no regresar.

Los otros parroquianos ignoraron la pregunta.

—¿Sabes lo que pienso? —dijo Opal, la del Salón de Belleza Opal—. Creo que anda detrás de algo. Creo que intenta abrir uno de esos... ¿cómo se llaman? ¿Eso donde uno pasa la noche y le dan el desayuno?

Matt miró su taza para ver cómo estaba el café hoy; si tenía color de agua sucia o de aceite de motor. Una vez, en un intento de hacer un chiste había sugerido a Ruth Ann que si mezclaba las dos cosas tal vez le saldría un café decente. Ella le contestó que si no le gustaba el café de Calburn, que volviera con su presumida ex mujer y le pidiera que se lo hiciera ella. Matt suspiró. En una pequeña ciudad no se podía tener secretos.

Mientras examinaba el contenido de su taza, se dio cuenta del silencio que le rodeaba. Levantó la vista y vio que todo el mundo lo miraba a la espera de que diera su opinión. Gracias a Patsy era considerado como el experto de la gran ciudad.

—Turismo rural —dijo—. Se llama alojamiento en casa rural.

—Una especie de restaurante barato con un motel añadido, ¿no es así? —intervino Ruth Ann—. Así pues, ¿ella piensa que en esta ciudad hay lugar para dos sitios de comidas?

Matt se levantó, dejó un billete de cinco dólares en la mesa y se dirigió hacia la puerta.

—Ruth Ann, no creo que debas preocuparte. Tu negocio es único. Nadie podría suplantarte —comentó antes de salir.

Y dedicó una gran sonrisa a todos los parroquianos, que lo miraban con el interrogante grabado en el rostro de si lo que acababa de decir era bueno o malo. Salió a la calle.

Divertido y con la sensación de que al menos había tenido la oportunidad de resarcirse en algo por la mala calidad de ese café, Matt fue hacia la camioneta, una espaciosa Chevrolet azul marino.

—Y ahora a casa de la viuda —dijo en voz alta.

Arrancó el motor, salió marcha atrás del aparcamiento y se dirigió hacia Owl Creek Road y desde allí a la granja del viejo Hanley.

Y ahí estaba ahora. Ya no podía postergarlo más. Salió despacio del vehículo y caminó hacia la casa. La conocía bien, así como su terreno. Cuando eran niños, Rick y él iban con sus bicicletas riachuelo arriba, para abrirse paso luego entre la maleza y llegar a los árboles, que todavía daban mucha fruta. Durante tres veranos tuvieron un puesto junto a la carretera con el producto de lo que birlaban en la granja abandonada. Pero no tuvieron mucha suerte con la venta; todos los granjeros de Calburn tenían su propio puesto junto a la carretera.

Matt miró alrededor mientras recorría el sendero. Tuvo que admitir que se había hecho un montón de trabajo en un corto lapso de tiempo. No podía dejar de girarse en redondo para ver los cambios. Silbó con admiración. Alguien había pagado una fortuna por todo eso. De hecho, habría tenido que pagar el doble o el triple para que las empresas enviasen a sus operarios a realizar todo el trabajo en un solo día.

«Dinero e influencia», pensó. El que había pagado poseía las dos cosas.

Subió los estrechos escalones que conducían a la puerta de la casa y levantó la mano hacia el llamador, pero la puerta se abrió ante su roce. Conocía muy bien la distribución de la casa; hacía años Rick y él habían forzado una ventana de la cocina y jugaban dentro con frecuencia. A veces también iba allí a pasar un rato solo. Pero un día se encontró con que habían reparado la ventana y no pudo ingeniárselas para entrar. Le contó a su madre que alguien había hecho algunas reparaciones en la granja del viejo Hanley, pero ella no tenía tiempo para pensar en esas cosas.

—¿Hola? —saludó mientras entraba—. ¿Hay alguien en la casa?

Cuando avanzó hacia la sala de estar, sus ojos se abrieron de par en par. Siempre había visto la casa en un estado terrible de suciedad y abandono. Le sorprendió verla limpia y amueblada. Y aún más, le gustó el mobiliario. La mayoría de los habitantes de Calburn compraba los muebles con descuento en el almacén y además compraban «juegos»; muebles a juego para toda la habitación.

—Agradable —susurró, mientras pasaba el dedo por encima de la tapicería del sofá.

Fue entonces cuando notó aroma de comida cocinándose, y eso casi hizo que se le doblaran las rodillas. Últimamente Matt había descubierto que el haber estado lejos de su ciudad natal durante tantos años le había vuelto más exigente. Ya no le gustaban las comidas *pre*, como las hamburguesas precocinadas o el atún precongelado. Patsy le dijo que se había convertido en un engreído y quizás, en lo tocante a la comida, tenía razón.

—Ah, hola —respondió una mujer mientras entraba en la sala por la puerta que daba a la cocina. Sí que era guapa, pensó. Era pequeña, curvilínea y llevaba pantalones claros, zapatillas de tenis (verdaderas zapatillas de tenis, no esas voluminosas y chillonas para correr), una camiseta que no parecía tener ninguna leyenda y un delantal blanco salpicado de manchas de comida—. Usted debe de ser el contratista —dijo, señalándolo con una cuchara de madera—. ¿Le importaría probar esto? Lo he hecho tantas veces que ya no sé si está bien o no.

En la cuchara había una gelatina amarillenta que Matt no estaba seguro de querer probar, pero la tentación de una mujer bonita al otro lado de la cuchara se impuso. No pudo evitar lanzarle una mirada dándole a entender que estaba al corriente de que su cuñada y ella habían estado charlando sobre él y el sexo. Pero cuando su lengua entró en contacto con la sustancia de la cuchara se olvidó de todo lo demás.

—¿Qué es esto? —preguntó, agarrando la cuchara y chupándola como si fuera un niño.

—Mermelada de manzana con jengibre —respondió ella, y se dirigió de vuelta a la cocina.

Matt la siguió como atraído por un imán. La visión de la cocina le hizo abrir los ojos de par en par...

—Vale —dijo ella, levantando la vista de la olla que removía—. Está horrible, ¿verdad?

Él parpadeó un par de veces mientras miraba extasiado el lugar. La pared tenía agujeros, allá donde habían estado colgados los armarios que alguien había arrancado. Y los inferiores parecían cortados con...

—¿Una sierra mecánica? —preguntó.

—Los jardineros —dijo ella y removió en otra olla.

La gran cocina, verdaderamente profesional, tenía seis quemadores y en cada uno había un recipiente en el que borboteaba algo. Él se acercó y notó el olor a canela, a clavo... Como si se tratara de un personaje de dibujos animados que siguiera el sendero marcado por su nariz, se dejó llevar hacia las grandes ollas.

—¿Qué está cocinando? —preguntó, en un intento de parecer simplemente educado y no desesperado.

—Es demasiado, ¿verdad? —respondió ella con un suspiro—. Siempre lo hago. Cuando tengo un problema, cocino.

—¿Y éste era grande o pequeño? —Había algo rojo en una sartén.

—Grande. Esto es sólo la mitad de lo que he comprado hoy. Me ha pasado una cosa curiosa. Yo... —Dejó de hablar y levantó la vista hacia él—. Disculpe, estoy siendo una maleducada. Me llamo Bailey James. —Se limpió las manos en el delantal y le tendió una.

—Matthew Longacre —dijo él, estrechándosela. Pero miró más allá de Bailey, hacia la sartén que contenía algo rojo.

—¿Tiene hambre? —le preguntó ella—. He preparado la cena, pero no he tenido tiempo de tomarla. Quizá quiera compartirla...

Matt apartó los ojos y la nariz de la comida y la miró. ¿Era un truco?, se preguntó. ¿Le había comentado Patsy que iba a venir y que cocinara algo para atraerlo?

—Depende de lo que tenga —dijo con un tono de «a mí la comida me da lo mismo». Después de todo, ya había cenado una hamburguesa «especial» en el restaurante de Ruth Ann.

—Pichones. Se los compré a un hombre en la carretera.

—El viejo Shelby —dijo Matt, mirándola con los

ojos como platos. Ese viejo granjero, intratable, los criaba para vendérselos a un restaurante de lujo del Distrito de Columbia. Por lo que Matt sabía, nadie de Calburn se había animado a cocinarlos.

—Sí, se llamaba así. Un hombre encantador, y muy servicial.

—Shelby —repitió Matt. Ese hombre menudo perseguía con una escopeta cargada a quienes pisaban su propiedad.

—¿Le gustan los pichones? No es usted vegetariano, ¿verdad?

—Eso depende de lo que Patsy ponga en el pastel de carne —bromeó, pero ella se limitó a esbozar una sonrisa cortés, sin entender el chiste—. Sí, me gustan los pichones —dijo, al fin. «Al menos eso creo», pensó.

—Bien —asintió ella mientras abría la alta nevera con puertas de acero inoxidable para sacar una fuente de porcelana cubierta con una película de plástico transparente—. Acabo ahora mismo de gratinar los higadillos y la cena estará lista.

—De acuerdo —dijo Matt casi sin aliento. Hígados—. ¿Qué puedo hacer para ayudarla?

—¿Le importaría que comiéramos fuera? Esta casa es... —Sin acabar la frase, hizo un gesto con la mano.

—Oscura y tenebrosa —finalizó él, sonriendo. ¿Higadillos gratinados? ¿Pichones? ¿Manzanas y jengibre? ¿Y qué era eso que había dicho Patsy? ¿Que la «viuda» no tendría relaciones sexuales con él? Si esto no era sexo, entonces...—. Disculpe. —No había oído lo que le decía. Sus papilas gustativas estaban tan sobrecargadas que se le cerraban los oídos.

—Allí, en el comedor, están los cubiertos. ¿Le molestaría llevarlos?

—Claro que no —dijo él y casi se echó a correr al

aparador de la habitación de al lado, de donde sacó tenedores, cuchillos y servilletas de tela. En otro cajón encontró un mantel, candeleros y velas. Cargado con todo eso, fue hacia la cocina, donde vio lo que ella estaba haciendo. Ponía unas cositas rojas, pequeñas y con aspecto jugoso en una fuente de lo que parecían trozos de pollo—. ¿Qué son esas cosas? —susurró.

—Uvas en adobo. Pero si usted prefiere...

—¡No! —cortó él con rapidez, pero como se le había quebrado la voz, carraspeó—. Quiero decir que estoy convencido de que son deliciosas. Seguro que me encantarán. Me parecen las mejores uvas en adobo que... Bueno, creo que pondré todo esto ahí fuera.

Una vez fuera, Matt debatió consigo mismo. «Venga, Longacre, tranquilízate. Estás quedando fatal —se dijo mientras extendía el mantel en el suelo y ponía encima los candeleros—. Mantente sereno, tranquilo. Contrólate. Te estás vendiendo por unos higadillos.» La imagen le provocó risa.

—También tiene usted esa costumbre —dijo Bailey mientras colocaba dos fuentes llenas de manjares sobre el mantel.

Matt apenas podía apartar los ojos de la comida. Parecía que había hecho una pasta con los higadillos gratinados, la había untado en tostadas y luego había puesto encima lonchas de carne de pichón; todo salpicado de uvas en adobo. A un lado tenían ensalada y desde luego no era la lechuga incolora e insípida que Patsy y todos los de Calburn utilizaban, sino una mezcla de lechugas verde oscura, roja, romana y rizada.

—¿Qué costumbre? —se las arregló para preguntar en un susurro. Estaba arrodillado, en una postura por lo general reservada a la oración.

—Hablar solo.

—Oh, sí, claro —respondió. Un tipo sometido a hipnosis no habría mirado con tanta fijeza aquellos manjares.

—Adelante, ataque —le autorizó Bailey mientras se sentaba en el lado opuesto del mantel con el plato en el regazo.

Lentamente, con la esperanza de que no le temblaran las manos, Matt cogió su plato, se sentó al lado del mantel y empuñó el tenedor. Como si fuera un ritual, ensartó un trozo de tostada con hígado y pichón en el tenedor y luego, con reverencia y cuidado, se lo llevó a la boca. Cuando los sabores inundaron su paladar, no pudo mantener los ojos abiertos. Era divino, etéreo; era el paraíso. Nunca había probado nada parecido.

La suave risa de ella le trajo a la realidad. En ese momento le preguntaba si le gustaba.

—Mmmm —fue todo lo que él pudo decir.

—Así que usted tiene algunas ideas sobre la forma en que puede remodelarse esta casa, ¿verdad? ¿Le comentó Patsy sobre que no dispongo de demasiado dinero?

Matt no habría podido hablar de dinero en ese momento, como tampoco alejarse de ese plato.

Después de un rato, en vista de que ella no decía nada, levantó la mirada y se la encontró sonriéndole. Ella no comía demasiado.

—Hay más, si quiere —le dijo en voz baja.

—Lo siento... —empezó él—. Es que... —No sabía cómo explicar el hecho de estar comiendo como si llevara un mes sin hacerlo.

—Está harto de pescado frito y pizza, ¿no es así? —preguntó Bailey con suavidad.

Todo lo que Matt pudo hacer fue asentir y continuar comiendo.

Bailey dejó su plato a medio terminar sobre el mantel, se recostó apoyada en las manos y miró hacia el gran árbol que tenían encima.

—Es un moral —dijo—. Es muy viejo. ¿Sabía que aunque tenga quinientos años, este árbol todavía da frutas? Es una mujer en serio. Quiero decir, por el hecho de ser fértil a esa edad.

El plato de Matt estaba casi vacío y él miró a la mujer. ¿Qué trataba de decirle con esas alusiones?

—Antes me ha dicho que hoy le había sucedido algo curioso —cambió de tema.

—Oh, no era nada —comentó ella—. Nada importante, de veras. Sólo...

—Venga, cuénteme —la animó—. Me viene muy bien un poco de conversación ajena a los negocios.

—Yo... —empezó Bailey, pero luego lo miró como si dudase en contárselo o no.

Matt entendió su vacilación. Era viuda, una viuda reciente, según le había contado Patsy, y él mismo no hacía mucho que se había divorciado. Su matrimonio no había significado mucho, pero sabía lo que era tener a alguien a quien contar los hechos triviales de la jornada. «Se me ha pinchado una rueda» no parecía demasiado, pero la verdad es que cuando no se tenía a nadie con quien compartirlo, podía parecer una enormidad.

No dijo nada y esperó a que su silencio la hiciera hablar.

—La vida puede cambiar en un minuto, ¿sabe? —dijo ella al cabo.

—Sí —afirmó Matt con sentimiento. Vaya si lo sabía—. Lo sé muy bien —añadió.

—Esta mañana me desperté con una sensación... bueno, sintiéndome verdaderamente inútil. Mi marido me dejó esta casa y su... terreno; supongo que usted diría limpio y preparado para mí. Pero desde este momento no cuento con nada más. Tengo que mantenerme, pero ¿con qué habilidades?

Ante aquella confesión Matt se atragantó. Mientras tosía y se recuperaba, señaló con su tenedor al plato casi vacío.

—Ya sé —continuó Bailey—, sé cocinar. He tenido verdaderos maestros en estas lides, pero ¿qué puedo hacer cocinando? —Levantó la mano—. Ya sé que podría abrir un restaurante, pero no se me ocurre nada que pudiera gustarme menos. Cocinar lo mismo una y otra vez, tratar con los proveedores y con los empleados. No, eso no es para mí.

—¿Y entonces, qué? —preguntó él mientras rebañaba el plato con un trozo de pan.

Bailey levantó su plato a medio terminar y le indicó en silencio si querría el resto.

—Hoy fui a una tienda de comestibles, una grande que hay por la carretera. No sé bien dónde. Se toma a la izquierda, por lo asfaltado —continuó Bailey.

—¿Seguro que puedo? —preguntó él y tomó el plato después de que ella asintiera—. ¿Y qué pasó en la tienda de comestibles?

—Bueno, pues tuve una idea. De algo que puedo hacer, claro está. Me gustaría hacer conservas. Enlatar, ya sabe.

Matt asintió. Ahora que estaba casi ahíto, podía escucharla.

—Jimmie, que era mi marido, decía que le daba la impresión de que lo que yo intentaba era conservar el tiempo, hacer que se quedara donde estaba y que no se moviera. —Lo miró como si esperara que dijera algo, pero él se mantuvo en silencio. No la conocía lo suficiente como para opinar—. Bueno, estaba en la tienda y vi una serie de alimentos de los que llaman de *gourmet* dispuestos en hilera. Eran botecitos de mermelada al precio de siete dólares cada uno. Y pensé que yo hacía mermeladas mucho más interesantes que ésas. Fue entonces cuando lo percibí con claridad: podría vender mis mermeladas y encurtidos.

—Parece una buena idea —dijo Matt al acabar lo que ella había dejado en el plato—. ¿Sabe algo de cómo funciona una fábrica?

—Para nada, pero mi idea pasa por cosas más modestas. Venta por correo, quizá. Tiendas de *delicatessen*. ¿No tendrá usted conocimientos sobre la venta de mermeladas?

—En absoluto.

—Mmmm —fue todo lo que dijo Bailey. Luego se echó hacia atrás y levantó la vista al árbol de las moras.

—¿Y qué es lo divertido que le ha ocurrido hoy? —insistió Matt mientras se limpiaba las manos en una servilleta de tela a cuadros rojos y blancos.

Ella sonrió.

—Estaba llenando el cesto con botellas de vinagre para los encurtidos, cuando una mujer vino hacia mí y me aconsejó en un susurro que no comprase allí. Dijo que si iba a comprar al por mayor, me convendría ir al Cost Club. Le conté que era nueva en la zona y que no tenía ni idea de dónde quedaba eso, así que arrancó un trozo de su lista de la compra y me dibujó un mapa. «Y consiga la fruta en un puesto de fruta local», me advirtió. «Pero regatee, no pague lo que le pidan. Esos granjeros, en especial los de Calburn, le sacarán todo lo que tenga.» Le di las gracias y me dijo... —Hizo una pausa, con los ojos brillantes—. Me dio una palmadita en la mano y añadió: «Está bien, querida. Por su acento he sabido que es del Norte, pero usted tiene pinta de ser agradable, así que no creo que cometa ningún delito al ayudarla.»

negros, de los que Matt había oído hablar pero nunca había probado sus frutos.

Y cuanto más hablaba ella, más sorprendido se sentía él. A veces, incluso pronunciaba las cosas de forma extraña. Decía «extra ordinario», en vez de «extraordinario», y «dalyias» en vez de «dalias».

—¿Aprendió todo esto en Kentucky? —preguntó Matt mientras la seguía, una vez pasado el establo y en dirección a la zona boscosa cerca de la casa—. ¿Se crió en una granja?

—No —contestó ella—. Sólo en los alrededores de la ciudad. Mire eso. ¿No le parece encantador?

Bailey observaba el viejo hoyo de las fogatas del claro del bosque, a la vez que él se preguntaba por qué, una vez más, no había respondido a su pregunta.

Matt miro el hoyo y sonrió.

—Mi hermano y yo casi prendimos fuego al bosque una noche —comentó, pensativo.

—Cuénteme —le animó ella.

—No es nada especial. Sólo fue una tontería de chavales. Rick y yo recogimos árboles caídos y los trajimos, los rociamos con líquido inflamable y luego tiramos un par de cerillas encendidas. Se produjo una gran explosión —contó, mientras sacudía la cabeza al recordarlo—. Es un milagro que no nos matara. Si no hubiera sido porque empezó a llover, no sé qué habría pasado.

—Sus padres debieron de enfadarse.

—Mi madre nunca lo supo. Trabajaba muchas horas, así que andábamos todo el día por nuestra cuenta. —Había empezado el relato de su niñez, pero se detuvo a la espera de que ella le preguntara lo que todo el mundo hacía, pero cuando vio que no iba a hablar, continuó—: Mi padre nos dejó cuando yo tenía cinco años y Rick tres.

—Lo siento —comentó Bailey, levantando la mirada, pero él había vuelto el rostro y no pudo ver su expresión.

Ella volvió a encaminarse hacia el sendero.

—Mi padre murió cuando yo tenía catorce años y mi madre murió el año pasado, pero tengo una hermana —contó.

—¿En Kentucky? —preguntó Matt.

—Sí —contestó, y la lacónica respuesta fue una advertencia de que no había que hacer más preguntas.

Matt no cejó.

—Entonces, si no creció en una granja, ¿dónde aprendió tanto sobre las plantas? En especial las plantas comestibles.

Bailey se dio la vuelta, lo miró y fue a decir algo, pero de pronto lanzó un sonoro suspiro.

—¿Todo el mundo en esta ciudad hace tantas preguntas personales?

—Por supuesto —respondió Matt, animado—. Todo el mundo conoce la vida y milagros de los demás. No hay un niño en esta ciudad que no sepa todo lo que hay que saber sobre mí.

Bailey se echó a reír.

—¿Quiere decir que hablan de la muñeca con la que se casó?

—Ésa es la versión de Patsy. Se encontró con Cassandra en una ocasión y ella la despreció, así que su venganza ha sido la de decirle a la gente que me casé con una belleza sin cerebro.

—¿Y era así?

Matt le lanzó una de sus sonrisas de soslayo.

—Me perdió, ¿no? No debía de ser demasiado lista —añadió.

—Una pregunta personal sin contestar —dijo Bailey, ladeando la cabeza.

—*Touché* —respondió Matt, sonriente—. Bueno, ¿qué le parecería ahora un poco de tarta de melocotón? —dijo para desviar la conversación—. Todo esto me ha abierto el apetito.

—Será mejor que tenga cuidado con lo que come o va a engordar —le advirtió Bailey.

—¿Y usted qué sabe de eso de engordar? —ironizó él y en su voz hubo un dejo de insinuación.

—Nada —respondió Bailey y en sus ojos azules bailaron unos destellos de ironía—. No sé absolutamente nada de nada sobre dietas ni sobre infinitas y frustrantes horas de ejercicio sin comida pero aun así sin perder un gramo de peso. No tengo ni idea de lo que es estar gorda.

Fue hacia la casa riendo y Matt la siguió. Minutos más tarde él estaba sentado a la mesa de la sala y probaba el primer bocado de tarta.

—¿Qué...? —empezó, pero quedó ahí, incapaz de completar la pregunta.

—Ya. ¿Se pregunta por qué sabe diferente a las otras tartas de melocotón que ha probado?

Matt sólo pudo asentir con la cabeza.

—Cerezas y vainilla. Si se añade un poco de cada cosa, se resalta el sabor de los melocotones. Y en la pasta incluyo almendras trituradas.

Matt se dijo que no debería permitirse la irrupción de las lágrimas. Señaló su plato con el tenedor.

—¿Dónde? ¿Cómo? —se las arregló para articular.

Bailey bajó la vista y se miró las manos sobre la mesa. No comía nada. Sólo había tomado su vaso de vino. Parecía que estuviera pensando cuánto y qué contarle. Al fin se decidió.

—Mi marido tenía un cocinero y un jardinero, y yo pasaba mucho tiempo con ellos. Aprendí de ellos.

Matt tuvo la sensación de que estaba revelando un

uno por ciento de la verdad, pero que eso era mejor que nada.

Cuando ya llevaba media porción de tarta tuvo la gran idea. Una Idea con mayúscula. Bailey estaba sentada en silencio, mirando la extensa pared vacía de color marrón que había en la zona más alejada de la sala. Matt estuvo a punto de decirle que había una chimenea de piedra escondida detrás de aquello, pero se contuvo y preguntó, de la forma más normal que encontró.

—Entonces ¿qué le parece esta casa?

Vio cómo ella soltaba un suspiro de alivio porque la pregunta no versara sobre su pasado.

—Horrorosa —respondió—. Cuando me dijeron que Jimmie me había dejado una granja, me imaginé algo primoroso, con una gran chimenea y un porche. Un porche amplio y con mecedoras. En su lugar he conseguido esto con veinte dormitorios y todos esos cuartos de baño. ¿Ha visto algo así en su vida?

Una vez limpio el plato, Matt se pasó una servilleta por la boca, vació el vaso de vino y se levantó.

—Tengo que ir a buscar unas herramientas a la camioneta; luego quiero enseñarle algo. ¿Le parece bien? —preguntó.

—Claro —respondió ella con una mirada de perplejidad.

Mientras Matt se dirigía hacia su vehículo se dijo que debía tomárselo con calma y precaución. Sabía que tenía una oportunidad y que si la echaba a perder se le habría escapado para siempre. Una vez abierta la caja de las herramientas y localizada la palanca que había ido a buscar, cerró los ojos un momento y pensó en el pastel de carne de Patsy y en el pichón y la tarta de melocotón de esta mujer. Tarta de melocotón con cerezas y pasta de almendras. Con expresión de absoluta seriedad, como si se enfrentara al momento más importante de su vida, se colocó el cinturón de las herramientas, agarró la palanca y volvió a la casa a grandes zancadas.

Ya dentro vio que ella había retirado el plato de la mesa. Se quedó de pie en la puerta de la cocina durante unos segundos, observando cómo ella metía una gran olla de mermelada en la nevera.

—¿Está preparada? —preguntó, y ella le siguió a la sala—. Cuando estudiaba en la facultad de Arquitectura me pidieron un proyecto de remodelación. Yo tomé las medidas de esta casa, que debían de ser las reales y luego, sobre papel, realicé esa remodelación. El encargo consistía en mantener la misma planta, pero cambiar el interior —contó a la vez que se arrodillaba y pasaba la mano por la parte inferior del revestimiento. La única entrada de luz que tenía la habitación era la de la puerta principal abierta.

»Era en Navidades —continuó—, y yo quería dejar a Rick y a Patsy tiempo para estar solos, así que pasaba muchas horas aquí. Mientras tomaba medidas empecé a mirar la casa de otra manera e intenté verla como había sido en su origen. Pude darme cuenta de que este revestimiento —pronunció la palabra con desprecio— había sido añadido mucho después, así que me dediqué a inspeccionarlo. Saqué listones de las paredes, miré por debajo y luego volví a clavarlos en su sitio. Ah, aquí está —exclamó cuando encontró algo por detrás del revestimiento. Metió la palanca y preguntó antes de tirar de ella—: ¿Me permite?

—Puede hacer lo que quiera con esa porquería —dijo ella con sinceridad. Y retrocedió de un salto cuando una parte del revestimiento se vino abajo con un fuerte ruido de clavos que saltaban.

En cuestión de segundos había desaparecido una

plancha completa y Matt se hizo a un lado. Se giró hacia ella con una sonrisa de triunfo, pero todo lo que Bailey pudo ver fue el tabique del dormitorio contiguo.

—¿No lo ve? —comentó él con un deje de desilusión.

—Lo siento — respondió ella.

—¿Y eso? —dijo Matt, señalando a lo que parecía una especie de poste contra la pared.

—Sí —dijo ella después de un momento.

Matt le dio una patada al delgado tabique y lo envió al suelo del dormitorio con un crujido estrepitoso. Luego se giró hacia ella con un gesto de «¿Lo ve ahora?».

—Dos habitaciones que se convierten en una —confirmó Bailey—. Bien.

Matt puso la mano en la gran madera vertical que había señalado antes.

—¿Ve ahora lo que es esto? —señaló.

—Un poste de algún tipo, supongo.

—Correcto —respondió con una sonrisa—. Y ahora, ¿qué tipo de estructuras tienen postes?

—¿Los buzones de correos?

Matt se echó a reír y añadió:

—Piense en algo de mayor tamaño. Algo con mecedoras.

—¡Ah! —dijo Bailey, y luego en voz más alta—: ¡Oh! ¿Un porche?

—Exacto.

—¿Quiere decir que...?

—Eso es. Toda esta zona es un porche. Rodea una cuarta parte de la casa en forma de L. Alguien (de esos manitas que se lo hacen todo ellos, evidentemente) convirtió el porche en una entrada, dos dormitorios y un cuarto de baño.

—Un cuarto de baño bien feo —destacó Bailey.

—Si se quitan estos tabiques y se pierden los dormitorios y el baño, habrá otra vez un porche.

Matt se sintió satisfecho al verla demasiado sorprendida como para hacer cualquier comentario. Se dio la vuelta para ocultar la sonrisa y se encaminó hacia la sala. En esta ocasión le tocó a ella seguirlo como si fuera un perrito faldero.

Parte de la pared más larga de la sala sobresalía un metro.

—Retírese y tápese los ojos... Esto puede ser un asco —dijo Matt mientras se dirigía a la pared con la palanca. La colocó bajo una lámina del revestimiento, pero en el último momento se detuvo y comentó—: No, será mejor que no lo haga. El polvo va a llegar a todas partes y le va a ensuciar los muebles.

—Tengo una aspiradora —respondió ella con rapidez, luego se retiró y tapó los ojos, pero los abrió a continuación.

Matt había sujetado la lámina de revestimiento antes de que cayera sobre los muebles, aunque no pudo evitar la nube de polvo. Cuando se asentó, ella la vio.

—¿Es una chimenea? —preguntó en voz queda mientras él retiraba la lámina y la apoyaba contra la pared.

—Eso es. Una chimenea. Hecha con piedra de la zona —explicó, y metió la cabeza por el hueco para echar un vistazo al tubo de salida—. No creo que dé demasiado trabajo ponerla en marcha.

—¿Y podría hacerlo? ¿Podría retirar todo esto y hacer que funcione la chimenea? ¿Podría recuperar el porche? ¿Podría volver a darle vida?

Bailey lo hizo sentir como un médico al que se le pide que encuentre la manera de resucitar a un muerto.

—Claro —dijo, tratando de aparentar que sería la cosa más fácil del mundo. En ese momento no iba a hablarle de daños en la estructura o de las vigas podridas sobre sus cabezas. Tampoco iba a mencionar las termitas o las podredumbres secas. Y no le pareció el mejor momento para mencionar el zumbido que oía dentro del tubo de la chimenea.

Tratando de no dar impresión de inquietud, cogió la lámina de revestimiento, la colocó contra los travesaños que había delante de la chimenea, y luego, tan rápido como pudo, volvió a clavarla, oyendo el enfado de las abejas, o avispas, que protestaban por la irrupción en su colmena o avispero.

—La cocina —dijo Matt alzando la voz, mientras señalaba y hacía que ambos se retiraran de la zona de la chimenea—. Siempre pensé que esta pared debería desaparecer para convertir la cocina y la sala en un solo ambiente espacioso. ¿Le gustan las encimeras de mármol o granito?

—¿Mármol? —susurró Bailey—. ¿Granito?

Una vez más, él tuvo que girarse para esconder la sonrisa, luego la condujo a las habitaciones y le contó cómo se podía arreglar todo el sistema de fontanería.

—¿También hace trabajos de fontanería? —preguntó ella maravillada.

—No, pero un compañero mío del instituto es fontanero, así que puedo pedirle que lo haga todo —explicó Matt. Le gustaban los muebles que había puesto en el dormitorio. Daban un aire hogareño que le resultó encantador. A Patsy le fascinaban los muebles tan brillantes que uno se podía mirar en ellos, y a su ex mujer le gustaban las antigüedades, esas cosas que cuestan un montón y da mucho miedo utilizarlas.

Tuvo que proponerse continuar hablando cuando pasó por los dormitorios y el cuarto de baño. Ella no percibió que dedicaba más tiempo a atravesar esas habitaciones, ni su concentración cuando vio que la pared del cuarto de baño era compartida por uno de los dormitorios. Sí, podía poner una puerta en esa pared y hacer una entrada directa desde el dormitorio. En casa de Patsy compartía un cuarto de baño con sus dos sobrinos... y mira que eran cochinos. Cada mañana arriesgaba su integridad física cuando se encontraba a su paso con toallas húmedas y ropa interior sucia por el suelo. Patsy había dicho que ese cuarto de baño no era suyo, que nunca lo usaba, y se había negado a limpiarlo. Él había dedicado las mañanas de los sábados de los últimos seis meses a limpiarlo.

—¿Qué? —preguntó a Bailey, contemplando el cuarto de baño con impaciencia.

Era feo pero no contenía dos varones adolescentes.

—¿Y el desván? —dijo ella.

—Ah, sí —contestó Matt, mientras volvía a la realidad y la conducía escaleras arriba. En el tercer peldaño, balanceó su peso de un lado al otro. No le gustó; la escalera no parecía firme—. Necesita ser apuntalada —dijo mirando hacia atrás.

Al llegar arriba hizo una pausa y tuvo que tomar aliento antes de poder seguir avanzando. Solía decirle a su hermanito que el desván de esa casa estaba encantado. Lo cierto era que quería reservarse la parte de arriba como su zona privada; el desván de la casa del viejo Hanley había sido su santuario cuando era un chico. El lugar donde poder evadirse cuando la vida real se convertía en excesiva.

—¿Se encuentra bien? —preguntó Bailey, mirándole.

—Por supuesto —dijo Matt con rapidez—. Sólo trataba de recordar lo que descubrí sobre este desván cuando estuve aquí. Creo que el suelo del otro lado de la barandilla se ha colocado recientemente. Más allá, me parece que antes daba a la habitación de abajo, pero que alguien lo cubrió, cortó un trozo de barandilla e hizo una habitación más. Es probable que...

—¡Cuidado! —exclamó Bailey—. No pise ese suelo.

Matt la miró y vio que se ruborizaba.

—Lo siento, va a pensar que estoy chalada, pero es la sensación que he tenido. No he dejado que caminase por ahí ninguno de los que trabajaron en la limpieza. Ya sé que es una tontería, pero... —Su voz se fue apagando, mientras se encogía de hombros.

—Vamos a echar una ojeada —dijo Matt. Se inclinó y levantó con la palanca unos listones de madera contrachapada—. Buena intuición la suya —dijo con un deje de admiración—. Quienquiera que pusiera este suelo no tenía ni la menor idea de construcción. Podría haber utilizado el Lego con la misma tranquilidad.

Acercándose a Matt con cuidado, Bailey se asomó a mirar y vio viguetas de suelo que apenas se tocaban unas con otras, incapaces de sostener ningún peso.

—Si alguien hubiera caminado por encima, se hubiera derrumbado —comentó él, y mirándola añadió en voz más baja—: ¿Tiene usted siempre premoniciones como ésta?

—No a menudo. Pero algunas veces... Vaya, pensará que soy una tonta.

—No es probable.

—A veces me parece que sé de antemano cuándo las cosas funcionarán bien y cuándo no. No me refiero a conocer el futuro, pero sé cuándo algo es como debiera ser. Quizá sea lo que usted ha llamado intuición.

—Sea lo que sea es una buena cosa. —Estaba anocheciendo y en el desván no había luz eléctrica.

Bailey empezó a bajar por las escaleras y Matt, que la

seguía, antes de bajar echó un último vistazo a la buhardilla. Casi podía ya ver su mesa de trabajo y el ordenador apoyados contra la pared. Y más allá, debajo de las ventanas, su mesa de dibujo. Si levantara una pequeña plataforma, podría elevar la mesa, de manera que estaría a la altura de las ventanas, y así podría ver el huerto en el que ella estaría cultivando todas esas cosas que conservaba en tarros y servía en los platos. Podría...

—¿Ha encontrado algo más que esté mal? —dijo Bailey desde el pie de las escaleras.

—No —respondió él. Y bajó.

Cuando de nuevo se encontraron en la sala, ella no le pidió que se sentara ni le ofreció nada para beber, y tampoco se sentó. Era evidente que esperaba que se marchara. Después de todo ya eran las nueve pasadas y era probable que tuviera cosas que hacer.

No obstante, Matt continuó allí. Siguió de pie a la espera de una respuesta por parte de ella.

—De acuerdo —dijo Bailey mientras se encaminaba a la puerta principal—. Me gustaría contratarlo. ¿Podría hacerme un presupuesto? Necesito saber hasta dónde puedo llegar. Creo que voy a tener un montón de gastos y... —Echó una mirada a la cocina y se encogió ligeramente.

«Ésta es tu oportunidad, Longacre —se dijo él—. Ahora o nunca.»

—Tengo una proposición que hacerle.

Ella retrocedió un paso y Matt lamentó la elección de las palabras.

—Negocios —aclaró, pero tampoco eso logró que ella relajara los hombros—. Mire, ¿podemos sentarnos y hablar sobre esto?

Matt avanzó hacia el sofá, pero ella no dio un paso y permaneció donde estaba, mirándolo con cautela. Él se sentó, respiró hondo, levantó la vista hacia ella y dijo:

—Necesito un lugar donde estar y usted tiene dormitorios de sobra, así que he pensado que quizá me pueda alquilar una habitación. Haré la remodelación de esta casa durante los fines de semana y sólo le cobraré los materiales.

—Ya veo —contestó ella, evitando mirarle a los ojos. Rodeó el sofá con lentitud y se sentó en una silla, tan alejada como pudo de él—. ¿Y por qué quiere mudarse aquí, conmigo? Es más que probable que otras personas de Calburn tengan dormitorios libres.

—Por supuesto, pero... —comenzó, y sonrió—. No saben cocinar, tienen la casa llena de niños que me vuelven loco y... por favor, no se ofenda por ello, pero hay algo en usted que me gusta, algo pacífico y tranquilo. No parece el tipo de mujer que se pone histérica con facilidad.

—No —dijo Bailey—. Puedo garantizarle que hace falta mucho para ponerme histérica. —Se miró las manos y continuó—: Entonces ¿qué, er... espacio ocuparía si se trasladara aquí?

—La habitación grande del fondo, la que está más cerca del cuarto de baño verde —contestó Matt sin necesidad de pensarlo—. Y también necesito utilizar parte del desván como despacho. Llevo libros de contabilidad los fines de semana.

—¿Haría trabajos de contabilidad además de restituir el porche?

—Exacto. Porche y chimenea. Y la cocina. La cocina sin duda alguna.

—¿Y en cuanto a la comida? —preguntó ella.

—Pienso que debería cocinar usted.

—No; me refiero a quién paga la comida. Usted come mucho. ¿Y qué pasaría si usted tuviera invitados? ¿Quién correría con los gastos extras?

—Tengo una cuenta en la tienda de comestibles de Calburn, así que si compra allí, yo pagaré. ¿Le parece justo?

—¿Qué pasa si los alimentos proceden de mi huerto o de los puestos de la carretera? Y aún queda el Cost Club.

Matt la miró con asombro. Sospechó que en realidad temía que pudiera saltar sobre ella en mitad de la noche.

—¿Me está diciendo que yo debería pagar pensión completa? —preguntó, desviando la preocupación.

—Diría... seiscientos al mes, además del gasto de los comestibles.

—¿Qué? —exclamó él—. ¡Eso es ofensivo! —Empezó a levantarse, a la vez que la miraba con el rabillo del ojo, pero ella no se acobardó y siguió sentada en la calma más absoluta.

—Si fuera la habitación de un motel —comentó ella— pagaría más, y eso sin derecho a comida. Aparte de que tendría que cocinar la comida usted mismo. Eso significa que si se traslada aquí consigue los servicios gratuitos de una cocinera, mi trabajo equivaldría al suyo de carpintería, en especial si hace papeleo durante los fines de semana. En realidad seiscientos es demasiado barato —dijo, pensativa.

—Creo que confunde Calburn con una gran ciudad. Los precios aquí son mucho más modestos.

Bailey se reclinó en la silla y cruzó los brazos.

—Lo toma o lo deja —concluyó.

—Lo tomo, pero no me gusta —repuso Matt, frunciendo el entrecejo.

—Bueno, entonces creo que ya está. ¿Debemos firmar algo?

—Me parece que sería suficiente con que nos diéramos la mano —dijo Matt, todavía de pie y mirándola sonriente—. A no ser que quiera cobrarme por ello.

—No lo sé. ¿Debería?

Matt se echó a reír.

—No —dijo, tendiéndole la mano. Cuando Bailey se levantó y le dio la suya, él la retuvo y la miró a los ojos.

Bailey fue la primera en retirarla para dirigirse a la puerta de salida. Matt la siguió, se adelantó y salió fuera.

—Me mudaré mañana, si está de acuerdo —dijo.

—Sí —dijo ella, pero luego añadió, vacilante—: No irá usted a... ya sabe. No creo estar todavía preparada para...

—¿El sexo? —preguntó él.

—Oh, no —respondió ella con una sonrisa—. Eso podría soportarlo. Lo que no podría soportar es el compromiso. Necesito descubrir cómo puedo salir adelante antes de enredarme con otro hombre; si es que lo hago alguna vez, claro está. Y necesito intimidad. Mucha intimidad. ¿Comprendido?

—Muy bien —dijo él con indecisión—. El sexo vale, pero manténgase alejado de mi vida. ¿Lo he entendido bien?

—Quizá —respondió ella, sonriéndole mientras empezaba a cerrar la puerta—. Pero dejémoslo claro: si hubiera sexo entre nosotros, su alquiler se triplicaría —añadió y cerró la puerta con suavidad.

Matt recorrió el camino riendo y volvió a la camioneta. Al entrar apoyó la cabeza en el respaldo y se quedó así un rato. Verdaderamente, no podía acabar de creerse la buena suerte que había tenido. ¡Iba a marcharse de la casa de Patsy!

Cuando arrancó, todavía sonreía. Y era más que marcharse de allí, iba a mudarse con una mujer que cocinaba de maravilla, una mujer que parecía conocer todas las artes domésticas. Claro que no podía acabar de creérselo.

Cuando giró en Owl Creek Road hacia la carretera de asfalto, tuvo la esperanza de que Bailey no descubriera que Patsy le cobraba setecientos cincuenta dólares al mes, además de hacerle pagar mensualmente los gastos de una semana en la tienda de alimentación para una familia de cinco adultos.

7

A la mañana siguiente Bailey no despertó hasta casi las ocho. Muy tarde para su costumbre, pero la verdad era que no se había acostado hasta las tres. Después de que Matt se fuera, la casa le había parecido demasiado fea, vacía y llena de cosas que ya no necesitaba. Se había ido a la cama, pero estuvo cavilando durante una hora hasta que se levantó, se puso los pantalones y la camiseta y se dirigió a la cocina para beber algo caliente.

Durante un rato se quedó sentada a la mesa de la sala, mirando el tabique que escondía la chimenea. Cuando oyó un ruido en el exterior y miró hacia la puerta convencida de que Jimmie iba a entrar por ahí, supo que tendría que hacer algo o se pasaría la noche llorando.

La nevera estaba llena de ollas de mermelada que necesitaba ser hervida otra vez y luego puesta en tarros, y en el suelo yacían las cajas de fresas compradas en el puesto de la carretera. En la nevera también había bolsas de ciruelas, una gran caja de zarzamoras, una bolsa de cerezas y numerosas verduras.

—Llora o trabaja —se había dicho en voz alta.

Luego se calzó las zapatillas de tenis y se puso el delantal. A continuación colocó las cajas de las fresas sobre la mesa y cuando encontró su gorra de cocinera se dispuso a trabajar. Uno de los hombres enviados por Phillip le había conectado un servicio de televisión por cable, así que puso la tele y mientras cocinaba pudo ver HGTV.

Así que, ahora por la mañana, ya despierta, se levantó bostezando, se vistió y fue a la despensa para examinar la hilera de tarros: licor de zarzamoras, cordial de cerezas, mermelada de fresas, *chutney* de tomate verde, zanahorias en vinagre, fresas en conserva, mermelada de ciruelas y ciruelas encurtidas.

En el alféizar de la ventana había dejado la caja de recetas que tanta alegría le había dado encontrar. Lamentablemente, sólo contenía unas cuantas recetas básicas de pastel de carne y escalopas de pollo. No era el gran descubrimiento que ella había creído.

La noche anterior había puesto los tarros en el programa más caliente del lavavajillas para esterilizarlos, mientras mantenía las tapas en agua hirviendo. Como tenía poco espacio en la cocina, había dispuesto la mesa de la sala con trapos de cocina limpios que protegían la superficie.

Primero mezcló en un cuenco las zarzamoras con el azúcar y lo metió en el horno. Las gruesas moras necesitaban estar durante horas a una temperatura media y uniforme para que el azúcar se diluyera en el jugo.

Limpió las fresas y las puso en dos ollas, una para la mermelada y la otra para conserva. Mientras las fresas hervían a fuego lento, pinchó las ciruelas con una gran aguja de zurcir y las colocó en un recipiente en el que también puso vinagre de manzana, concentrado de zumo de manzana, clavo, pimienta de Jamaica, jengibre y hojas de laurel. Una vez reunidos todos los ingredientes, los pasó a una olla, que también puso a hervir a fuego lento.

Intentó ver si la mermelada había cuajado echando una cucharada en un plato que puso en el congelador durante unos minutos. Cuando comprobó que ya estaba lista comenzó a ponerla en los tarros. Cargó con un gran conservero lleno de agua caliente hasta la mesa. Para que los tarros cerraran de manera adecuada todo debía mantenerse lo más caliente y limpio posible. No podía quedar la menor partícula de mermelada en el borde del tarro, o la tapa no cerraría bien... o lo que era peor, las bacterias penetrarían en el tarro.

Las ciruelas fueron las primeras.

Apretó los frutos pinchados tanto como pudo dentro de una docena de tarros esterilizados y calientes, y luego utilizó un embudo de acero inoxidable para verter por encima la solución de vinagre. Limpió escrupulosamente cada borde con una tela, cerró las tapas y, por último, puso los tarros en una bandeja y los llevó de vuelta a la cocina. Utilizó unas tenacillas grandes para colocar los tarros calientes dentro de la olla conservera y preparó el cronómetro para el baño María; una precaución añadida para garantizar una conservación segura.

Continuó con la mermelada de fresas y la conserva, además de las mermeladas preparadas la noche anterior.

Mientras envasaba las fresas, metió unos tarros de cristal decorado de medio kilo en el lavavajillas y puso el programa de lavado en caliente. Cuando estuvieron listos los llenó de cerezas agujereadas con la aguja, pero todavía unidas entre sí por los tallos. Las cubrió con azúcar blanco y luego les vertió grapa —ese aguardiente seco— hasta el borde. La tapa tenía un sello de plástico y lo ajustó.

Después pasó más de una hora cortando tomates verdes, cebollas y manzanas, también comprados en el puesto de la carretera, para hacer *chutney* de tomate verde. Una vez tuvo troceadas las verduras las metió en una olla con vinagre de vino, uvas pasas, pimienta de Cayena, jengibre y ajo.

Mezcló las zanahorias pequeñitas peladas con vinagre de vino, azúcar, semillas de apio, pimienta blanca en grano, semillas de eneldo y hojas de laurel.

Cuando las zarzamoras que había metido en el horno formaron una masa jugosa, la vertió en una bolsa de tela, la ató con un cordel tenso y la colgó de la pata de una silla a la que había vuelto encima de una mesa. Debajo colocó un cuenco de cerámica para recoger lo filtrado.

Una vez envasados y sellados el *chutney* de tomates verdes y las zanahorias pequeñas, midió la cantidad de jugo de zarzamoras, vertió una cantidad igual de ginebra, envasó la mezcla en tarros y los selló.

Hasta que etiquetó todos los tarros y los llevó a la despensa no se fue a la cama, y para entonces estaba ya tan cansada que se quedó dormida al instante.

Así que, una vez llegada la mañana, se enfrentaba a una pregunta: ¿y ahora qué? Ayer, en la tienda de comestibles le había parecido una idea brillante vender sus mermeladas, *chutneys* y licores. Pero por la noche, mientras trabajaba, había empezado a pensar en la comercialización. ¿Cómo podía hacer para que sus tarros llegaran al consumidor? Estaba acostumbrada a preparar seis tarros de cada cosa. Si iba a venderlos tendría que hacer cientos, quizá miles, de cada tipo. ¿Y qué pasaba con las leyes sobre licores? ¿Qué debería hacer para poder vender las cerezas conservadas en grapa?

En el pasado sólo habría tenido que decirle a Jimmie que quería algo y él se habría encargado de lo necesario... o habría hecho que alguien se ocupara. Cuando esa madrugada por fin se acostó, vio su libreta de direcciones en la mesilla de noche. Sabía que allí estaban los números de teléfono de Phillip y estaba segura de que si se lo pedía, él se encargaría de todo. Pero todavía no estaba preparada para admitir su rendición.

Así que, ahora, mientras miraba los recipientes, ignoraba cuál sería el paso siguiente.

—¡Mecachis, James Manville! —exclamó—. ¿Por qué me hiciste esto? ¿Cómo se supone que voy a mantenerme si no sé nada de nada?

Por un momento sintió que se llenaba de ira, pero a continuación notó cómo se acercaba a las lágrimas y apoyó la frente en el estante. ¡Ay! ¡Cómo lo echaba de menos! Notaba la ausencia de su voz y la forma en que su presencia llenaba la habitación. Echaba de menos hablar con él, escucharlo. Añoraba la forma en que los dos resolvían los problemas que le surgían al otro.

Y le faltaba el sexo. Cuando el día anterior había hablado con Matt Longacre, hizo bromas y le tomó el pelo sobre ese tema. Era evidente que le habría preocupado que ella declinara su oferta de alojarse pagando. Parecía inquietarlo la posibilidad de que ella actuara como una doncella virginal defendiendo su virtud. Pero lo cierto era que la idea de verse liberada de la tristeza total de vivir sola había sido lo más importante. Estaba acostumbrada a despertarse en casas en las que vivían decenas de personas. También era cierto que casi todas eran del servicio, pero ella se relacionaba con esas personas. Cuando iba a la cocina, siempre había un chef y unos ayudantes dispuestos a decirle «buenos días». En las casas con jardín tenía paisajistas a los que saludar. En las casas de las islas y cuando estaban en el mar siempre había gente alrededor.

Quizá su existencia con Jimmie había sido extraña, pero era su vida, y siempre que él estaba cerca ella disfrutaba.

Ahora estaba sola. No tenía nadie con quien hablar, nadie a quien consultar. Y no había más sexo. Una parte de ella sentía que se pondría de negro y emularía a la reina Victoria, que lloró a su marido el resto de su vida. Pero otra parte de ella quería reír y pasarlo bien... e incluso meterse con un hombre en la cama. Pasar de una vida sexual activa a la nada hacía daño. Dolía físicamente.

Se forzó lentamente para salir de la despensa y unos minutos más tarde estaba sentada en las escaleras de la entrada trasera, comiendo cereales en un tazón.

—Sólo contamos con nosotros mismos, chaval —dijo mientras levantaba la vista hacia el árbol de las moras.

Empezaba a formarse una fruta diminuta. Por su jardinero inglés había sabido que el moral era el árbol más cauto del jardín. No echaba ni una sola hoja hasta que había pasado todo peligro de heladas. «Fíjese en el moral» le decía. Si estaban a principios de abril y el árbol tenía hojitas quería decir que podían plantar todos aquellos brotes nuevos que podían correr peligro. Pero aun cuando se tratara de una bella y soleada mañana de mayo, en la que el hombre del tiempo hubiera dicho que no había riesgo de heladas, si el árbol estaba todavía despojado de hojas, entonces los brotes debían permanecer en el invernadero. Y, casi con toda seguridad, habría una helada tardía.

Así pues, ¿qué iba a hacer hoy?, pensó. ¿Preparar más fruta? ¿Hacer más *chutney*? ¿Aun cuando no tuviera ni idea de cómo comercializarlo?

Por otro lado, quizá podía pasar el día intentando averiguar lo que Jimmie le había pedido que descubriera. Durante las semanas transcurridas desde que vio por primera vez la nota que le había dejado, cuanto más la leía, más le irritaba. «Descubre la verdad sobre lo qué pasó. ¿Querrás, Pecas? Hazlo por mí.»

¿La verdad sobre qué?, se preguntaba. ¿No podía haberle dado una pista para comenzar? Todos los de Calburn llamaban «el lugar del viejo Hanley» a la granja que

Jimmie le había dejado. ¿Tendría algo que ver con el apellido Manville? Por supuesto, pensó, era muy probable que Jimmie mintiera con su apellido. Al parecer había mentido sobre todo lo que tuviera relación con su infancia, así que, ¿por qué no iba a hacerlo con el apellido?

Con todo, mientras contemplaba el viejo árbol, sus ojos se abrieron de par en par. Había una cosa sobre la que ni siquiera Jimmie habría podido mentir. Tenía una cicatriz en la cara; la escondía debajo del bigote y sólo ella la conocía. Pero la única vez en que ella se atrevió a comentarlo, en su noche de bodas, también fue la única en que Jimmie estuvo verdaderamente enfadado con ella. En vista de lo cual, no volvió a mencionarlo jamás.

Fue ese recuerdo el que ahora le dio alguna esperanza. Quizás hubiera alguna manera de descubrir lo que Jimmie quería que supiera.

Entró en la casa, puso el tazón vacío en el lavavajillas y recogió el bolso y las llaves del coche. Ya era hora de que hiciera una visita al centro de Calburn.

Guiada por un impulso, ya abierta la puerta del coche, regresó corriendo a la casa y llenó una de las cajas de las fresas con tarros de conservas. No estaría de más que la gente probara el fruto de su trabajo.

Si hubiera tenido que utilizar una palabra para describir Calburn, hubiera dicho «desierta». O quizás «abandonada».

Su granja estaba a unos tres kilómetros del cruce de carreteras que era «el centro» de Calburn. En su camino hacia ese punto sólo había visto casas vacías. Había grandes granjas alejadas de la carretera, con sus porches sombreados por árboles del tamaño de lanzaderas espaciales. Algunas casas tenían terrenos que habían sido segados, mientras que en otras estaban en barbecho. De tanto en tanto veía una casa que parecía ocupada, pero la mayoría daba la impresión de estar deshabitada.

—Pero ¿qué diablos ha pasado aquí? —se dijo en voz alta—. ¿Por qué se ha ido toda esa gente?

Cuando llegó al cruce de carreteras vio que la mayoría de las tiendas estaba cerrada. Algunos locales tenían tablones en las ventanas; otros tenían los escaparates vacíos y los cristales sucios. Unos cuantos exhibían carteles amarillentos de SE ALQUILA.

Pero quedaban algunos negocios abiertos. Había un edificio que parecía haberse reformado a partir de dos; una parte era la estafeta de correos y la otra un restaurante barato. Encontró una tienda de antigüedades, pero al mirar el escaparate pensó que las cosas exhibidas detrás del sucio cristal eran más viejas que antiguas. Había una tienda de alimentación que también vendía maquinaria y otra de comestibles. En el exterior tenían cajones llenos de verduras lacias. Bailey pensó que Matt y ella deberían tener una conversación sobre el lugar en que compraría la comida.

Pasó delante de otra tienda en la que alquilaban vídeos y vendían helados. Y al final de la calle se encontró con el Salón de Belleza Opal. Bailey no lo dudó cuando aparcó enfrente del salón. Sabía que si quería información era ahí donde debería comenzar a buscarla.

Cuando abrió la puerta, sonó una campanilla, pero la adolescente que había sentada en un sillón comiendo una piruleta no levantó la mirada de su revista de cine. Tenía el pelo corto, de unos siete centímetros de longitud, y rubio decolorado pero con las raíces negras, todo ello dividido en minúsculos penachos sujetos con cintas de diversos colores. Tenía los ojos fuertemente delineados en negro. Aunque era un día cálido llevaba un jersei suficientemente grande como para cubrir a un pequeño hipopótamo y unas ajustadas mallas negras.

—¿Sí? —dijo, girando la cabeza vagamente en dirección a la puerta, pero sin mirar a Bailey—. ¿Quiere algo?

—Me preguntaba si... —titubeó Bailey. Tal vez no había sido una buena idea. Quizá no le agradaría que esa jovencita le tocara el pelo.

—¡Carla! —se oyó una voz desde el fondo—. Mira quién es.

—Sí, mamá —respondió la cansina chica sentada en el sillón—. En un minuto.

Bailey empezó a decir que había cambiado de idea, pero de pronto apareció una mujer por detrás de una cortina y se quedó mirándola atónita.

—Usted es ella —dijo al fin.

Por un momento espantoso Bailey temió que esa mujer fuera a decir que era Lillian Manville, la mujer del multimillonario.

—Usted es la viuda que tiene el lugar del viejo Hanley, ¿verdad? Y Matt Longacre va a mudarse con usted, ¿no es así?

Bailey asintió con una sonrisa. Había estado en lo cierto: si quería saber lo que pasaba en Calburn, ése era el lugar apropiado.

—¡Levántate! —siseó la mujer a la chica, que ahora miraba fijamente a Bailey como si acabara de descender de una nave espacial. La mujer tuvo que sacudirle ligeramente los hombros para que dejara libre el sillón—. Ve a la tienda y trae algo para beber —ordenó—. Un Dr. Pepper. —Después se giró hacia Bailey—. ¿Quiere color? ¿Una permanente? ¿O quizá mechas? ¿O un corte? Por cierto, soy Opal —dijo apresuradamente.

—No, gracias —respondió Bailey—. En realidad sólo quería... —hacer algunas preguntas, iba a decir, pero las dos la miraban fijamente, de forma que no se atrevió a desilusionarlas—. No necesito más que un lavado y peinado —se oyó decir.

Un segundo después la mujer había asumido su papel. Tomó el brazo de Bailey y casi tiró de ella hacia el sillón, mientras su hija revivió lo suficiente para escabullirse por la puerta en busca del Dr. Pepper más cercano.

Cuando Bailey salió de la peluquería, fue caminando con la espalda bien erguida y, una vez en el coche, saludó con la mano a Opal y Carla, que la observaban desde la ventana.

Con la sonrisa congelada, Bailey cruzó Calburn, pero una vez en las afueras se detuvo bajo unos árboles y apagó el motor. Revolvió en el bolso, sacó un gran cepillo de pelo, bajó del coche y fue a cepillarse a la sombra. ¡Esa mujer debía de haber utilizado medio bote de *mousse* en su pelo! Además, le había echado laca con un *spray* que dijo que estaba garantizado para que no se moviera ni un pelo, incluso si había un tornado.

Se recostó contra el tronco de un árbol y cerró los ojos. ¡Esa prueba tan dura, prolongada durante más de una hora, la había agotado! Venía de sufrir un interrogatorio sobre su matrimonio, su marido y su infancia. Había necesitado toda su energía para mentir sin que se notara, para responder no dando ninguna respuesta.

Dado que Opal hablaba sin parar, no pareció darse perfecta cuenta de que Bailey no decía realmente casi nada. Pero su hija Carla, sentada en el segundo sillón, de tanto en tanto le lanzaba una mirada de reojo, como dándole a entender que ella sí se daba cuenta de que estaba siendo evasiva.

A Bailey le había sido necesario recurrir a toda la astucia de la que era capaz para que Opal le proporcionara información en vez de conseguir extraerla. Ya que no podía decirle nada que no quisiera que todo Calburn supiera, tenía que ser sutil, a la vez que insistente como un vendedor de seguros. «Lo que pasa es que tengo tanto interés por Calburn...», había comentado, tratando de parecer despreocupada e inocente. Carla le había lanzado entonces una de esas miradas de soslayo.

—No hay mucho que saber —había dicho Opal mientras envolvía un mechón en un rulo pequeño.

Trató de no pensar en Shirley Temple o en cualquier otra cara ingenua.

—Estoy segura de que la historia de esta ciudad es fascinante —comentó.

Opal dejó de ponerle rulos y se quedó mirándola fijamente en el espejo.

—No estará aquí por los Seis de Oro, ¿verdad? —Había hostilidad en su voz y enfado en el rostro.

—No sé de qué me habla —dijo Bailey con sinceridad, a la vez que se congratulaba de no tener que preguntar sobre algo que hacía que Opal se enfadara tanto. Pero, por otra parte, no pudo resistirse a la pregunta—: ¿Y qué son los Seis de Oro?

—El derecho a la fama de Calburn, eso es —respondió Opal y mandó callar a Carla cuando ésta empezó a burlarse.

—Y ahora cuénteme más sobre su marido fallecido —dijo Opal, mientras cogía un rulo aún más pequeño y enrollaba el pelo tan tirante que hizo lagrimear a Bailey.

Mientras la viuda estaba bajo el secador de pelo, Carla pasó por delante y dejó caer un trozo de papel doblado sobre su revista. Ella cogió la nota y la deslizó en el bolsillo de su pantalón.

Así que, una vez fuera, Bailey sacó el papel y lo leyó: «Violet Honeycutt lo sabe todo sobre Calburn. Es la casa amarilla del final de Red River Road.» Abajo había dibujado un mapita en el que se veía que Red River Road estaba muy cerca de allí.

Bailey se pasó una vez más el cepillo por el pelo y luego volvió al coche sonriendo. Por mucho que las maneras y la apariencia de Carla fueran desalentadoras, le había gustado bastante como persona.

Con el mapa en la mano le fue fácil encontrar Red River Road. Al final de la calle había una casa pequeña y bonita, que tiempo atrás había sido pintada de amarillo con un borde marrón enmarcando las ventanas. Desde la carretera unos enormes sauces casi la ocultaban por completo. Cuando Bailey se dirigía hacia la entrada y vio el porche con mecedoras antiguas, no pudo evitar un pensamiento: «¿Por qué no me dejaste un sitio como éste, Jimmie?»

Subió los escalones y dio unos golpes en la puerta con los nudillos, pero nadie respondió.

—¿Hola? —llamó, pero no recibió contestación.

Se dirigió hacia la parte posterior de la casa y vio a una mujer encorvada sobre un bancal del huerto. Parecía estar sembrando tomateras. Era una mujer voluminosa con un holgado y raído vestido con estampado de flores. Calzaba sandalias con tiras de goma y tenía en la cabeza un gran sombrero de paja con el ala medio rota. Bailey sólo podía ver una parte de su rostro, pero tenía aspecto de estar en la cincuentena.

—Hola —dijo Bailey y la mujer se giró para mirarla.

Tenía el cutis surcado por años de sol y, si Bailey no se equivocaba, unas cuantas drogas y buena cantidad de alcohol también habían dejado allí sus señales. Le vino a la cabeza la definición de «vieja hippie».

—¡Caramba, es usted perfecta! —exclamó la mujer, enderezándose mientras examinaba a Bailey de arriba abajo—. Parece salida de las páginas de un catálogo.

Quizá Bailey debiera haberse sentido molesta por aquellas palabras; unos meses antes nadie se habría atrevido a decir que parecía la modelo de un catálogo.

—Ésa soy yo —dijo, extendió los brazos y se giró lentamente—. Salgo de una edición especial de Orvis, Norm Thompson y Land's End.

La mujer se echó a reír y dejó ver que le faltaban un par de dientes.

—Bien, ¿qué puedo hacer por usted?

Bailey no contestó. Sus ojos se habían dirigido a aquellas plantas. No eran tomateras, sino plantas de marihuana.

—¿No es ilegal? —preguntó con voz queda.

—Sólo si se es egoísta. Yo comparto lo que cultivo con el ayudante del *sheriff*, y él me dice que tengo un huerto precioso. —Lanzó una mirada de reojo a Bailey y dijo—: ¿Quiere venir dentro y contarme para qué ha hecho todo el camino hasta aquí?

Bailey tuvo que sonreír. Estaba acostumbrada a pasar los fines de semana en sitios a los que se llegaba volando, pero parecía que Red River Road estaba considerado un lugar que requería «hacer todo el camino hasta aquí».

Siguió a la mujer hasta el porche trasero de la casa. Había una lavadora que debía de ser de los años cuarenta, además de un par de tablas de lavar muy gastadas. En un rincón se veía un montón de muebles de jardín rotos que a Bailey le pareció que deberían de haber sido utilizados en una hoguera, de no ser porque estaba segura de haber visto algunos con esa misma pinta en una tienda de París. El estilo retro hacía furor en esa casa.

Entraron en la cocina y Bailey tuvo la seguridad de que allí no había habido un solo cambio en treinta años. El linóleo del suelo estaba muy estropeado y los armarios habían envejecido acumulando grasa y pintura vieja. Contra una pared había una vieja cocina de hierro esmaltado con un horno tan grande que habría cabido medio buey. Debajo de la ventana había un fregadero de cerámica con dos grifos y amplios escurridores a cada lado. Era la versión original del fregadero que había comprado para su granja.

—Es un sitio viejo y horroroso, ¿verdad? —dijo la mujer mientras dejaba caer su humanidad en una silla, dándole la espalda al fregadero. Bailey había visto exactamente las mismas sillas a la venta en las selectas tiendas Americana.

—No —dijo con sinceridad—. Es la versión original de lo que los demás tratamos de imitar.

La mujer lanzó una risita ahogada.

—Parece bastante acicalada, pero aun así está empezando a gustarme —comentó—. Venga, siéntese y pregúnteme lo que quiera. A no ser que sepa hacer conserva de tomate. —Esto último lo dijo como si se tratara de la ocurrencia más divertida que hubiera tenido en su vida. Que alguien con un aspecto tan de ciudad como Bailey pudiera saber algo sobre la conserva de tomates le resultaba inconcebible.

En esta ocasión le tocó a Bailey el turno de la risa.

La pila del fregadero estaba llena de tomates caseros, aún recalentados por el sol. Algunos estaban agujereados, porque era evidente que la mujer no se había molestado en combatir los gusanos, pero no estaban estropeados y podían salvarse. Así pues, Bailey abrió una puerta que supuso daría a una despensa tan grande como la que tenían casi todas las granjas antiguas. Lo era y en ella había cientos de tarros Ball y recipientes de alfarero a la espera de ser utilizados con la cosecha del verano. En el suelo había un par de hervidores conserveros y cajas de tapas selladoras.

—Vaya si sé —dijo mientras transportaba las ollas conserveras al fregadero para llenarlas de agua—. Quiero saber por qué ha sido abandonada esta ciudad y también quiero saber por qué Opal, la de la peluquería, o sea... del salón de belleza, se ha puesto hecha un basilisco cuando pensó que quería descubrir algo sobre los Seis de Oro. Y de paso, ¿qué es eso? No habré venido a parar a una guarida de la mafia, ¿no? Ah, por cierto, soy Bailey James. He heredado...

—El lugar del viejo Hanley. Ya lo sé —anticipó la mujer, observando cómo Bailey se movía por la cocina con una naturalidad que hacía pensar que siempre había trabajado allí—. Su marido ha muerto, le ha dejado la granja y Matt Longacre se va a mudar con usted hoy. Patsy está emocionada porque se libra de él. Él nunca para de quejarse de lo brutos que son sus dos sobrinos. Desde luego Patsy los mima a muerte, así que es posible que Matt tenga razón en quejarse. Yo soy Violet Honeycutt.

—Eso me han dicho —repuso Bailey mientras cogía tarros de la despensa para esterilizarlos en las dos ollas conserveras—. Lo que más me interesa es conocer todo lo que sepa sobre la granja que he heredado. Quién vivió allí y ese tipo de cosas. ¿Tuvieron hijos los Hanley?

—¿A quién está tratando de encontrar? —preguntó Violet con suspicacia.

Bailey se sentó a la mesa y la miró. Sabía que su planteamiento estaba bien claro: si Violet quería conserva de tomate, entonces tendría que contestar a sus preguntas, no formular otras.

Violet se echó a reír.

—Alguien en alguna parte le dijo que viniera, ¿no es así? —comentó.

Bailey no se inmutó.

Con una sonrisa, Violet abrió una cajita de madera que tenía en la mesa y sacó un porro a medio liar.

—¿Le molesta? —preguntó.

Bailey siguió mirándola, a la espera de las respuestas a sus preguntas.

—Vale —convino Violet, recostándose contra el respaldo de la silla y encendiendo su porro, para luego exhalar una bocanada y cerrar los ojos por un momento—. Esa granja pertenecía a los Hanley, pero el hecho de que se marcharan hace mucho tiempo no significa que su nombre deje de designar al lugar —dijo tras abrir los ojos.

Bailey se levantó, fue hacia el fregadero y recogió un cuchillo de pelar fruta con la hoja estilizada por las infinitas veces que había sido afilada. Era el cuchillo original de pico de pájaro, pensó, recordando el costoso cuchillo francés que ella utilizaba.

—¿Está usted interesada en los Hanley?

Bailey titubeó antes de contestar. Lo mejor sería revelar lo menos posible.

—No. Estoy interesada en los años sesenta y setenta de Calburn.

—Ah, entonces está interesada en los Seis de Oro.

—No tengo ni idea de qué o quiénes son.

—Seis chicos, graduados en el instituto en 1953. Fueron la única ocasión que tuvo Calburn para la fama. Pero entonces algún don nadie celosillo decidió inventarse historias sobre ellos y todo se desmoronó. —La voz de Violet denotaba cierta amargura.

Bailey sabía que Jimmie había nacido en 1959, así que él no podía haber sido uno de los Seis de Oro.

—Me interesan fechas posteriores a ésas —dijo a la vez que llenaba de agua una olla de aluminio para hervirla y sumergir los tomates antes de pelarlos.

—En 1968 uno de los seis chicos disparó a su mujer y luego se mató él. ¿Ésa se acerca más a la fecha que busca?

«Por entonces, Jimmie era demasiado joven como para verse involucrado en un asunto como ése», pensó Bailey.

—En realidad estoy interesada en la gente relacionada con mi granja —le informó.

—La verdad es que no sé nada sobre eso, pero conozco una chica que vivió en Calburn. Alcánceme el teléfono y veré si está en casa. Aunque, claro, es una llamada de larga distancia —dijo, y miró a Bailey.

—Yo la pagaré —dijo ésta. Se secó las manos en un paño de cocina y fue a alcanzarle el teléfono. Era un aparato negro de disco, y Bailey estuvo a punto de comentar que bien podría estar en un museo. Violet marcó.

—¡Hola! Aquí Honeycutt. Tengo en casa a una nueva residente de la salvaje y confusa ciudad de Calburn y quiere saber la historia del lugar del viejo Hanley. ¿Ocurrió algo allí? Creo recordar que alguien dijo algo en alguna ocasión. Estaremos aquí durante un rato, porque me está poniendo en conserva los tomates —dijo a lo que parecía un contestador automático y colgó—. Me llamará cuando llegue y si hay algo que saber, ella lo sabrá.

Después de esa declaración Violet no dijo nada durante un rato tan largo que Bailey comprendió que pretendía quedarse sentada y no hacer otra cosa que fumarse su porro mientras ella preparaba lo que quizá fueran cien kilos de tomates. Y si para cuando terminara esa mujer no hubiera llamado todavía, intuía que aparecerían judías verdes y fresas que también deberían ponerse en conserva.

—De acuerdo —dijo Bailey con un suspiro—, hábleme de los Seis de Oro. —Había crecido en una ciudad pequeña, así que sabía muy bien que todas y cada una de esas poblaciones estaban ligadas a alguna tragedia, y a los residentes les encanta contarla una y otra vez. Quizá debía alegrarse de que Jimmie no le hubiera dejado una granja en Fall River, Massachusetts. De haber sido así no hubiera encontrado una sola persona capaz de dejar pasar la oportunidad de hablarle de Lizzie Borden.

Violet dio una calada profunda al porro y soltó el humo con la mayor lentitud y capacidad de retención de la que parecía capaz. Era evidente que tenía muchas cosas que contar porque Bailey pudo pelar seis tomates antes de oírla decir:

—Ahora es difícil de creer, pero hace años Calburn era una pequeña ciudad próspera. Tenía un par de industrias, montones de tiendas e incluso un instituto. Pero el instituto se incendió en 1952 y el piso superior ardió por completo. Los bomberos hicieron un informe en el que declaraban que los tres pisos inferiores eran seguros, pero que el de más arriba no podría utilizarse. Como en esa planta superior era donde tenían sus clases los mayores, todos ellos deberían marchar en autobús a otro instituto.

Bailey la miró. A juzgar por la forma rutinaria en que contaba esa historia estuvo segura de que lo había hecho cientos de veces.

Violet hizo una pausa para dar otra calada profunda.

—Todo eso pasó antes de mi época —continuó—, claro está, pero me han contado que hubo bastante jaleo a la hora de decidir dónde irían los mayores. Ningún instituto a menos de ochenta kilómetros a la redonda los admitía a todos, así que los chicos fueron divididos en grupos y enviados a cuatro institutos de la región. Pero quienquiera que hiciera la división hizo un mal trabajo, porque de los veinte que fueron enviados al instituto de Wells Creek sólo seis eran chicos y el resto chicas.

—Los Seis de Oro —comentó Bailey mientras se dirigía a la cocina para retirar los tarros ya esterilizados.

—Sí, los Seis de Oro.

Bailey no supo si se trataba del recuerdo o de la marihuana, pero cuando continuó su relato los ojos de Violet tenían un aspecto soñador y distante.

—Desde luego eran de oro. Eran unos muchachos magníficos. No había pasado ni un mes desde que asistían al nuevo instituto cuando salvaron a todos los estudiantes de la explosión de una bomba.

—¿En esta zona? ¿En los años cincuenta?

—Cariño, no dejes que te pierdan los detalles. La gente de por aquí, de Virginia, ama y odia exactamente igual que en el resto del mundo... y de eso siempre hay. Ahora sólo oímos lo que pasa en el mundo. Ese verano alguien había volado dos almacenes cerca de Calburn, así que todo el mundo andaba un poco nervioso. Entonces, un lunes por la mañana una nube de humo negro empezó a salir del instituto y tanto los estudiantes como los profesores se aterrorizaron. ¡Fue el caos! ¿Quién sabe qué hubiera pasado si los seis chicos de Calburn no se hubieran lanzado dentro y hubieran acompañado hasta la puerta a todo el mundo con absoluta tranquilidad? Que la bomba resultara una falsa alarma no importa. ¡Esos chicos no lo sabían, como no lo sabía nadie! —Había rabia en la voz de Violet, así como desafío, como si tuviera que defenderse de lo que estaba diciendo. Cuando levantó la vista, se encontró con la mirada fija de Bailey.

»Puede leerlo en el periódico de Virginia del día siguiente y verá el relato de esos muchachos —dijo a la defensiva, y añadió—: Fueron héroes. Durante un tiempo se habló de que iban a recibir una medalla del presidente, pero no llegó a ocurrir.

—Y entonces ¿por qué Opal, la del salón de belleza, se enfadó tanto?

—Instituto —la corrigió Violet con una sonrisa—. Lo de Opal es un instituto de belleza. Todavía parece una forastera, pero no tiene que dar esa impresión.

Bailey empezó a meter los tomates en los tarros esterilizados. Ya que los tomates modernos tienen un bajo contenido de ácido, tienen que manipularse con cuidado, así que hay que dejarlos mucho rato en el agua hirviendo para evitar todo peligro de botulismo.

—A Opal le pasa lo que al resto de nosotros. Está enfadada con T. L. Spangler. ¿Ha oído hablar de ella alguna vez?

—No lo creo. ¿Debería?

—A no ser que haya vivido fuera del país los pasados cinco años, sí, tendría que conocer su nombre.

Bailey no hizo ningún comentario. De hecho los últimos dieciséis años había vivido por todo el mundo.

—¿Le dice algo el nombre de la congresista Theresa Spangler?

—La verdad es que no.

—¿Dónde ha estado...? —empezó Violet pero se contuvo—. Está bien, nada de preguntas sobre usted. Pero le advierto que la gente de Calburn lo descubrirá todo, así que no estaría de más que lo confesara ahora. —Dejó algo de tiempo para que Bailey respondiera, pero cuando vio que no lo haría, lanzó un suspiro y continuó—: La congresista Spangler es de Wells Creek, Virginia, la ciudad más cercana a Calburn, aquella a la que fueron enviados los seis muchachos. Estaba un curso por detrás de la clase de la graduación; la de los Seis de Oro. Nadie sabe lo que ocurrió, pero por alguna razón se picó tanto ese año que, después de graduarse en su pretencioso instituto, decidió lanzarse a toda una maquinación contra los chicos. Se vino a Calburn y le hizo a todo el mundo montones de preguntas. La gente creyó que iba a escribir un libro sobre lo geniales que habían sido esos chicos, así que le contaron todo lo que ellos recordaban. Pero ella no iba a escribir algo agradable. ¡Jo, si ni siquiera iba a escribir la verdad! Hizo trizas a esos pobres chicos. Dijo que todo lo que habían hecho eran faroles, que no eran nada ni nadie. Incluso dijo que creía que uno de los chicos había incendiado el instituto para hacerse pasar por héroe.

Por un momento Bailey se detuvo con las tenacillas en la mano y miró a Violet. Todo esto había ocurrido muchos años antes pero ella parecía tan afectada como si hubiera pasado la semana anterior.

—¿Y qué ocurrió cuando el libro fue publicado? —preguntó.

—El horror, eso es lo que ocurrió. Poco después de que apareciera el libro uno de los chicos mató a su mujer embarazada y luego se mató. Otro tomó un autobús y no regresó nunca más. Y los demás no volvieron a ser los mismos. Fue horrible lo que esa mujer hizo con ellos. Ellos ya habían tenido su parte de tragedia, eso se lo puedo asegurar.

Bailey volvió al fregadero para recoger un tomate, mientras Violet cerraba los ojos y apuraba el porro. «Ahora es el momento», pensó Bailey. Le temblaban tanto las manos que tuvo que agarrarse a la pila. Por lo que parecía, cada familia tenía un secreto inconfesable, y en el caso de Jimmie y ella, lo que quería decir ahora, y decirlo en voz bien alta, era el suyo.

Bailey respiró hondo y se lanzó.

—¿Oyó alguna vez hablar de un chico de Calburn,

nacido a fines de los años cincuenta, que tuviera labio leporino? —Bueno, ya lo había dicho.

Violet no hizo otra cosa que abrir los ojos y preguntar.

—¿Labio leporino? No que yo recuerde, pero por entonces yo no vivía aquí. No me mudé hasta 1970.

Bailey se mordió el puño de rabia. Acababa de desvelar su mayor secreto sin ninguna necesidad.

—Por supuesto, se lo arreglarían nada más nacer, ¿no? —comentó Violet.

Y antes de que Bailey pudiera responder sonó el teléfono. Violet gesticuló y asintió con la cabeza para dar a entender que la llamada era de su amiga y luego estuvo al teléfono un buen rato. Mantuvieron una larga charla personal, en la que Violet le preguntaba cómo estaban sus hijos y escuchaba durante minutos enteros. Cuando por fin llegó a las preguntas sobre la granja del viejo Hanley, Bailey intentó escuchar todo lo posible, pero Violet se limitaba a un «sí» o a un «ya veo». Un par de veces sonrió a Bailey, quien se giró hacia los tomates para dar a entender que no escuchaba.

Por fin pareció que acababa la conversación y Violet estaba a punto de colgar, cuando dijo:

—¿Conociste en Calburn un niño que tuviera labio leporino? Debía de ser de tu edad.

Bailey contuvo el aliento mientras escuchaba, pero todo lo que dijo Violet fue:

—Hasta pronto, y hazme saber cómo ha ido el recital de Katy.

Violet colgó con suavidad y volvió a recostarse en la silla. Bailey sabía que estaba esperando a que le hiciera preguntas sobre lo que había dicho su amiga, pero estaba dispuesta a morir antes que claudicar.

—No le va a gustar —dijo al fin Violet.

—¿Por qué no lo comprueba?

—Mi amiga me ha contado una historia que no había oído nunca, aunque como ya le he dicho, no crecí aquí. De hecho, mi amiga no la supo hasta que fue adulta. —Titubeó—. Usted no sabe freír pollo, ¿verdad?

Chantaje, pensó Bailey. Esta mujer la estaba chantajeando a cambio de información. Con una mueca, Bailey fue hacia la nevera —¿cuántos años habían pasado desde que se dejaron de hacer con los ángulos redondeados?— y la abrió. El congelador era un bloque compacto de hielo; la puerta enclenque que lo debía mantener aislado se había caído hacía mucho tiempo. En los estantes de abajo había media docena de recipientes de plástico con sustancias de color verde grisáceo borroso; el mal olor era impresionante. Conteniendo la respiración, Bailey metió la mano dentro, agarró una bolsa de plástico que contenía algo con un vago parecido a un pollo y cerró rápidamente la puerta de la nevera. Dentro de la bolsa había un mal desplumado pollo con cabeza y patas. No sólo iba a tener que cocinarlo, sino también quitarle las plumas de las patas y trocearlo.

—Pero, vamos a ver, Violet —dijo sin asomo de animosidad en la voz—, ¿es usted la persona más perezosa de la tierra o hay otros candidatos al título?

—Todavía no he encontrado a nadie que me supere —dijo Violet con alegría mientras cogía otro porro.

Bailey revolvió en la despensa hasta que encontró unas patatas que no estaban podridas y un bote de harina. También había latas de comida, que llevó a la cocina y dejó caer pesadamente sobre la mesa, delante de Violet.

—Entiendo que las calorías no son una de sus preocupaciones —dijo, para recibir un resoplido como respuesta—. Está bien. Un almuerzo a cambio de información. ¿Qué le ha contado su amiga sobre mi granja?

—Su tía abuela le contó la historia y dijo que no había nadie que lo supiera todo. La granja pertenecía a una mujer a la que ninguna persona de la ciudad quería. Tenía dos hijos... —Se detuvo cuando Bailey la miró bruscamente—. No, ninguno de los dos tenía labio leporino, ni nadie que mi amiga recuerde. Además, creo que todo esto pasó en su granja hace mucho tiempo, demasiado para las fechas que a usted le interesan, así que esos niños no tienen nada que ver con el hombre al que busca. —Hizo una pausa, sonriendo con aire de satisfacción por haber imaginado tanto a partir de lo poco que Bailey le había contado.

»De cualquier manera, la mujer se marchó durante un tiempo y volvió casada con un forastero. Mi amiga dice que cree que se llamaba Guthrie o algo parecido. Yo quiero mi pollo con más pimienta que la que ha puesto —dijo cuando Bailey espolvoreó de sal y pimienta la harina para rebozar el pollo.

—Siga —dijo Bailey mientras echaba más pimienta.

—Mi amiga (su nombre es Gladys), bueno, Gladys dice que el hombre era un gigante, grande, voluminoso y algo atontado. Dice que cuando la mujer (no recuerda su nombre) compró la granja era un lugar ruinoso y que como ella tenía un trabajo en la ciudad, estuvo así durante años. Pero después de casarse, su marido volvió a levantarla. Le gustará esto: Gladys me ha dicho que su tía le contó que ese hombre hacía mermeladas y encurtidos. Dice que solía venderlos en el almacén general de Calburn.

Por un momento Violet volvió a su porro y observó cómo Bailey freía el pollo en aceite y luego ponía a freír patatas en otra gran sartén de hierro colado.

—Y entonces, ¿cuál es la parte que no me iba a gustar? —preguntó Bailey.

—Gladys dice que no recuerda todos los detalles, pero que su tía le contó que la esposa empezó a vivir una aventura con un compañero de trabajo. Y que cuando le dijo al marido que se divorciaba y que él tenía que irse de la granja, el pobre tipo se fue al establo y se colgó.

Bailey se detuvo con la espumadera en el aire.

—¿En mi establo? —preguntó con estupor.

—Eso es. Ya le dije que no iba a gustarle.

Durante algunos minutos Bailey removió el pollo en el aceite caliente y pensó en ese pobre hombre. Había tenido la sensación de que en la granja había vivido alguien que había amado de verdad ese lugar. Gracias a su matrimonio, aquel hombre había encontrado un sitio maravilloso para cultivar las cosas que le gustaban. Incluso había logrado vender lo que hacía. Pero entonces se enteró de que su mujer adúltera iba a despojarle de todo. Y si era una persona sencilla, no podía tener la esperanza de llegar a ganar lo suficiente para comprarse su propia granja. Era una historia terrible, pensó.

Como Bailey se había quedado en silencio, Violet dijo:

—No debiera tomárselo tan a pecho. Todos estos viejos lugares están cargados de historias. Un par de años antes de que mi marido comprara este lugar, al viejo propietario le cayó una sierra mecánica sobre el pie. Y se lo cortó en seco.

—Pero el suicidio... —dijo Bailey en voz baja mientras comprobaba la cerradura hermética de los tarros de tomates. Todas las tapas menos dos habían bajado, lo que demostraba que se había hecho el vacío.

—Ocurre. Y, como ya he dicho, pasó hace mucho tiempo. ¿Quién sabe? Quizás estaba enfermo, o algo así. Nunca sabemos lo que se esconde en el corazón humano.

—¿Y qué ocurrió después? —preguntó Bailey mientras vigilaba el pollo.

Violet rió entre dientes.

—Gladys cuenta que después de que el marido se mató, la mujer cogió a sus hijos y se marchó de la ciudad. Dice que su tía insinuó que el hombre con el que proyectaba casarse ya tenía mujer, así que es posible que después de todo le dijera que no iba a casarse con ella. O también puede ser que se lo repensara después del suicidio. ¡Vaya uno a saber!

—¿Vendió ella la granja?

—Gladys no lo sabe —dijo Violet—. Dice que esa casa ha estado vacía durante toda su vida, pero también es verdad que eso le pasa a un montón de casas en Calburn.

—Esta ciudad está vacía, ¿verdad? —aprovechó Bailey para informarse. Estaba abriendo un cajón tras otro en busca de papel de cocina para secar el pollo, pero no encontró en ningún sitio. La mitad de los muchos cajones estaba llena de envoltorios de pan vacíos, algunos de ellos bastante viejos. ¿Podía ser que los envoltorios de pan llegaran a lograr estatus de antigüedad?, se preguntó. En la despensa halló unas servilletas de papel con la leyenda «Feliz cumpleaños, Chuckie», así que las llevó a la cocina.

—¿Las guarda por algún motivo sentimental? —preguntó.

—Si conseguir algo gratis es sentimental, entonces sí.

Bailey lavó un plato descascarillado, lo cubrió con las servilletas del cumpleaños y luego puso el pollo y las patatas fritas para que escurrieran el aceite.

—¿Por qué Calburn está medio vacío? —insistió Bailey mientras servía en un plato maíz y guisantes con crema (encontrados en latas en la despensa), patatas fritas y pollo frito, y se lo tendía a Violet.

—¿Quiere unirse a mí? —dijo, desplazándose a una silla al otro lado de la mesa.

Bailey bajó la vista a la comida y supo que si empezaba no podría parar. ¿Qué tendría la comida de la infancia que la hacía tan visceralmente atractiva? Pero también conocía la cantidad de calorías que contenía un almuerzo como ése.

—No, gracias —contestó a la vez que se sentaba en la silla—. Hábleme de Calburn.

—Es bien sencillo —dijo Violet—. Una autopista nueva. Estuvo en duda si iba a pasar por Wells Creek o por aquí. Yo creo que alguien sobornó a alguien, y Calburn perdió. Un año después de que se acabara de construir la autopista, Calburn era casi una ciudad fantasma, mientras que Wells Creek se enriquecía. Tendría que darse una vuelta por allí y verlo. Tiene —dijo con desdén— *boutiques*. Lugares de capricho en los que venden jaboncitos en forma de corazones. Y tiendas en las que ofrecen vestidos que cuestan más que lo que yo gano en un año. Incluso le cambiaron el nombre a la ciudad y le pusieron el refinado de Welborn. ¿No le parece una monada?

—¿Welborn? —repitió Bailey con aire pensativo.

—Claro. Como en Australia, pero sin la e.

—Creo que he oído hablar de ese lugar. ¿No hay algo ahí? ¿Algo que atrae turistas?

Violet respondió sin dejar de masticar guisantes y maíz.

—Afas emales —dijo.

—¿Qué?

Por fin tragó la comida y pudo decir:

—Tienen algo de aguas termales por ahí, pero...

—¡Ah! ¡Eso es! —dijo Bailey—. Las aguas termales de Welborn. Mucha gente va ahí. He oído decir que es un lugar maravilloso. Yo quería ir, pero Jimmie... —Su voz se ahogó.

—¿Su marido muerto?

Bailey asintió con la cabeza. Jimmie se había negado a ir a las aguas termales de Virginia que les habían recomendado algunos amigos de confianza. La señora X o alguien había asegurado que las aguas le habían curado completamente la artritis. Bailey había tenido la esperanza de que unos cuantos días de remojo en agua caliente ayudaría a Jimmie a relajarse, pero él nunca quiso saber nada de eso. El hecho de que no fueran era tan insólito que Bailey le había preguntado por qué. El semblante se le ensombreció por un momento, luego se echó a reír y dijo que si quería aguas termales la llevaría a Alemania o a algún lugar exótico. «Pero no a un lugar perdido de la Virginia rural», había dicho a la vez que la hacía levantar y besándola en el cuello lograba que dejara de hacer preguntas.

—¿Usted en las aguas termales? —preguntó Violet.

—Oh, lo siento —dijo Bailey—. Sólo recordaba algo. Uy, he de marcharme. Tengo que...

—Prepararle la cena a ese buen mozo que es Matt Longacre. ¿Todavía no se han ido al catre juntos?

—Cada momento que podemos —dijo Bailey mientras se ponía de pie—. Somos verdaderos conejos.

Violet soltó una risa aguda y luego se volvió en la silla para contemplar los muchos tarros de tomates que Bailey había preparado y los restos del pollo y las verduras que le había cocinado.

—Vuelva siempre que quiera saber algo.

—La próxima vez me traeré un ayudante de cocina —comentó Bailey. Algo que hizo reír aún más a Violet.

—Espere un momento —dijo Violet, mientras se levantaba de la mesa—. Como ha sido tan buena chica, tengo algo que darle.

—¡No, marihuana no! —exclamó Bailey.

—¿Le da miedo que le afloje las tuercas y empezar a enrollarse con ese pedazo de tío que se muda con usted? —repuso Violet mientras le tendía un manoseado libro de bolsillo.

—Me da más miedo ser condenada a prisión —respondió Bailey a la vez que cogía el libro y lo miraba. *Los Seis de Oro*, de T. L. Spangler. «¿Fueron hombres gloriosos o los instigadores de un gran engaño?», se leía como subtítulo.

—Lléveselo y léalo —dijo Violet con un guiño—. Quizá le ofrezca distracción cuando por la noche esté sola en la cama. —Sacudió la cabeza—. Son una generación de tontos. En mis tiempos nosotros...

—No tenían sida, ni herpes, ni problemas morales, por lo que sé —remató Bailey con tono agradable.

Violet no se ofendió.

—Ese Matt Longacre podría hacer que una monja olvidara sus votos —añadió.

—Lo consideraré antes de hacer los míos —respondió Bailey cuando ya salía, sonriente. Pero a Violet le había cambiado la cara y tenía un gesto raro, así que preguntó—: ¿Le pasa algo? —Y se pasó la mano por las mejillas antes de añadir—: ¿Tengo harina en la cara?

—No, no tiene harina. Sólo que por un momento he pensado que la había visto antes. Es probable que sea la hierba. Váyase a casa y cuide a ese hombre.

Bailey se alejó sonriendo. Levantó la vista hacia los árboles. Violet Honeycutt era perezosa, manipuladora, podría ser llevada a la cárcel en cualquier momento y en ocasiones era bastante grosera, pero sintió que acababa de hacerse una amiga.

En el coche lanzó el libro al asiento de al lado y arrancó. Eran las tres de la tarde, no había comido y todavía tenía que comprar algo para hacerle la cena a Matt. Quizá debiera parar en la granja de ese agradable señor Shelby para ver qué tenía, además de conejos y pichones. Había sido el cartel de «Conejos en venta» lo que había hecho que se detuviera en ese puesto de la carretera y no en otro. Si no recordaba mal, al fondo había visto un cultivo de col rizada verde.

8

Matt aparcó la camioneta a la sombra de un árbol, cerca del Toyota de Bailey, apoyó la cabeza en el respaldo y cerró los ojos. Habían pasado las ocho de la tarde y se sentía agotado. No estaba acostumbrado a trabajar en la construcción. Había pasado demasiados años sentado en un despacho, delante de un ordenador o de una mesa de dibujo. Las visitas a las obras eran rápidas y nada trabajosas. Pero si quería ser justo consigo mismo, debía reconocer que hoy había apretado en serio. Había dirigido a sus dos sobrinos hasta el punto de que amenazaban con amotinarse, pero necesitaba acabar el trabajo y tener libre el fin de semana, así que hizo en un día el trabajo de tres. El que su hermano y sus sobrinos le hubieran ayudado a llevar sus cosas a la casa de Bailey durante la hora de la comida no había reducido la fatiga.

Desde luego no sirvió de ayuda que Patsy le hubiera llamado al móvil seis veces a lo largo del día. Para cuando sonó la que debía ser la quinta llamada, ya estaba a punto de aplastar el aparato.

—Será mejor que ésta sea buena, Patricia —dijo cuando se puso de pie en el tejado y contestó.

—Se ha pasado el día entero con esa horrible vieja, Violet Honeycutt —le avisó Patsy.

—Bailey, si es a ella a quien te refieres, no puede haber pasado el día entero allí, porque ya me has contado que ha pasado la mañana entera con Opal, la chismosa número uno de Calburn. Así que a ver si te aclaras.

—Sabes exactamente lo que quiero decir, Matthew Longacre, así que no te hagas el listillo conmigo. Y cuida de que mis chicos lleven puestas las camisas y la protección solar.

Matt bajó la vista hacia el suelo. Sus sobrinos, los grandullones, no llevaban camisas y en ese preciso momento bebían agua en botellas de plástico y dejaban que chorreara por sus musculosos y bronceados pectorales. Habían visto a algún cachas hacer eso en la televisión y que las chicas se volvían locas. Así que ahora, media docena de adolescentes en el patio del otro lado de la calle trataba de aparentar que no miraban la exhibición de Joe y John.

—Sí —dijo Matt al teléfono—. Untaré de crema protectora a tus bebés cada cuarenta y cinco minutos. Patsy, tengo trabajo que hacer. No dispongo de tiempo para escuchar todo lo que hace mi casera.

—¡Ah! Entonces supongo que no querrás saber que después de dejar la casa de Violet Honeycutt ha visitado la de Adam Tillman.

—¿Que hizo qué? —exclamó Matt con tanta fuerza que sus sobrinos dejaron de lanzarse agua. En realidad, lo dijo tan alto que las chicas al otro lado de la calle dejaron de disimular que miraban a los chicos y se fijaron directamente en Matt, que estaba encima del tejado.

—No, no fue —dijo Patsy con suavidad—. Pero podría haberlo hecho. Te lo digo, Matt, sería mejor que no dejaras que ésta se largue. Así pues, ¿vais a venir los dos el sábado?

—Patsy —dijo Matt con calma y una paciencia exagerada—, apenas conozco a esa mujer. Por lo que sé, tiene amigos en esta zona. Quizá piense pasar el fin de semana con ellos.

—Entonces eso significa que será mejor que te des prisa y la enganches. ¡Oh! El cronómetro del horno ha sonado. Tengo que ir.

Matt cortó con brusquedad y contó hasta diez. Entonces gritó a sus sobrinos que volvieran al trabajo. Los gritos le ayudaron a aliviar la ira, pero no demasiado. ¡Condenada Patsy! ¡Entrometida! ¿Es que no había apremiado a Bailey con la mayor celeridad posible? La había conocido ayer y esta tarde ya se mudaba a su casa. Incluso así no era suficientemente rápido para su cuñada.

—No durará mucho —había comentado Patsy a la hora del almuerzo, mientras ayudaba a Matt a poner sus pertenencias en cajas—. No se quedará en Calburn mucho tiempo. Se aburrirá y se marchará. Tienes que esforzarte al máximo ahora.

—Si estoy fuera de tu casa, ¿qué puede importarte con quién me mezclo? —le soltó Matt.

Patsy levantó las manos para significar que en su vida no había visto un hombre más estúpido.

—Díselo tu, Rick —imploró Patsy—. Yo no puedo hablar con él.

Rick tomó la palabra.

—Bueno, eh, Patsy cree, esto, quiero decir, todos creemos que... —Se giró hacia su mujer y le dijo—: Eres mucho mejor que yo a la hora de explicar las cosas, cariño. —Miró a su hermano y se encogió de hombros. No tenía ni idea de por qué ella presionaba tanto a su hermano.

Patsy utilizó un tono de incredulidad ante el hecho de que Matt no comprendiese lo que era evidente.

—Porque, querido hermano político —explicó—, quienquiera que sea la persona con la que te mezcles, como tú dices, se convierte en parte de nuestra familia. Celebramos juntos las Navidades y el día de Acción de

Gracias, las bodas y los entierros. —Al decir eso entrecerró los ojos—. Mira lo que hiciste la última vez.

—Ya —replicó Matt—. Veo lo que quieres decir. —Su anterior esposa no había participado en ningún asunto familiar. Matt se había mantenido alejado de la familia de su hermano durante todos los años que estuvo casado. Si iba a verlos, lo hacía solo. Un encuentro entre Patsy y Cassandra había sido más que suficiente para ambas.

—Ésta es agradable —continuó Patsy, haciéndole saber, una vez más, lo que pensaba de su ex mujer—. A Opal le encanta. Incluso le dio a ella y a esa hija que tiene un poco de su mermelada, y ¡tendrías que probarla!

—Sabe cocinar —dijo Matt con un ligero tono reverencial—. Sabe cocinar —repitió.

Algo más tarde, los hermanos bajaban las cajas por la escalera a la camioneta de Matt.

—Al parecer, la viuda no se ha vuelto loca con Patsy y Janice, ¿no crees? —susurró Rick.

Matt asintió. Después de que Cassandra se encontrara por una sola y única vez con su cuñada, había dicho: «¿Esperas que pretenda que hay sólo una persona en la habitación cuando hay dos? Eso es absurdo. No volveré a visitar a tus parientes.» Y eso había sido todo. Nada de lo que pudo llegar a decir su marido la hizo retractarse.

Ahora, Matt bajó y se encaminó hacia la casa. Se sorprendió al percibir lo desilusionado que estaba de que Bailey no hubiera salido a recibirlo.

—Hola. ¿Hay alguien en casa? —llamó, sintiéndose un poco raro por entrar sin llamar a la puerta. Esa tarde, cuando habían llevado sus escasas pertenencias, ella no estaba allí. A lo largo de todo el día Patsy y su cadena de informantes lo habían puesto al corriente de los movimientos de Bailey.

En la casa había un aroma a horno y cazuelas maravilloso y acogedor, pero ella tampoco estaba en la cocina. En la puerta de la nevera había una nota: «La cena está en el horno.» Era la primera vez que veía su caligrafía y le gustó: fácil de leer, bastante pequeña, limpia y clara. «Como ella», pensó sonriente.

—¿Bailey? —llamó, y luego pensó que quizás ella quería que la llamara de alguna otra manera. Atravesó el vestíbulo y cuando vio que la puerta de su dormitorio estaba entornada, la abrió del todo—. ¿Bailey? —insistió, ahora en un tono más bajo. No obtuvo respuesta y la puerta abierta del cuarto de baño le demostró que tampoco estaba allí.

¿Habría salido?, pensó. ¿Le habría hecho la cena, según el acuerdo, y luego lo habría dejado para que comiera solo?

Matt decidió que la próxima vez que viera a Patsy iba a retorcerle el pescuezo. Le estaba haciendo creer que entre la viuda y él había algo y que debía actuar sin pérdida de tiempo.

Sacudió la cabeza para aclarársela, volvió a la cocina y abrió el horno. Dentro había un gran plato y un cuenco, ambos cubiertos con papel de aluminio. Sacó el plato y retiró el papel. Contenía dos filetes de pescado ligeramente empanados y salteados; alrededor tenía una salsa roja, que al probar notó muy picante. El pescado tenía una guarnición de lo que parecía col rizada de la de antes, la que ya no se vendía en las tiendas y que no había vuelto a probar desde que era niño. Al lado tenía algo que parecían cebollitas. Lo eran. ¡Cebollitas caramelizadas!

¡Señor!, exclamó para sus adentros. ¡Cómo podía llegar a cocinar esa mujer!

Llevaba ya medio plato más o menos cuando volvió a preguntarse dónde estaría Bailey. Siguiendo un impulso, abrió la puerta de la gran despensa contigua a la cocina y se quedó sin aliento. El día anterior estaba vacía, pero ahora había muchos tarros en los estantes; todos ellos llenos y etiquetados. Entró y los recorrió con la mano. En el estante debajo de la ventana había un gran recipiente de cristal lleno de cerezas con aspecto de recién recogidas, nadando en un líquido transparente. «Cordial de cerezas», se leía en la etiqueta. En los estantes de la pared había tarros con un líquido oscuro y cuyas etiquetas rezaban «Licor de zarzamoras». Había botes de zanahorias envueltas en especias de todo tipo con un líquido muy apetecible. «Mermelada», «Conservas», «*Chutney* de tomates verdes», leyó.

Matt salió de la despensa, incapaz de darle una explicación a todo aquello. Aquella mujer era una mezcla entre pionera y niña.

De nuevo en la cocina, se acabó el plato, y luego sacó el cuenco del horno. Era budín de pan, uno de los postres que más le gustaban. Tenía grandes pasas y estaba coronado con un tibio caramelo de flan. Lo probó y pensó que iba a desvanecerse, luego tuvo que reírse de sí mismo por la palabra anticuada que se le había ocurrido. ¿Serviría el cordial de cerezas para revivir?

Con el cuenco en la mano, abrió de un empujón la puerta mosquitera que daba al exterior y salió. Todavía no era época, pero pronto iba a llegar el calor. Levantó la vista hacia el moral.

—¿Tú sabes dónde está? —le preguntó, y sonrió cuando la brisa movió las hojas como señalando el sendero. Dirigió la mirada en esa dirección, a través de los matorrales y las ramas bajas de los árboles, y pudo ver algo de color amarillo cerca del estanque de los peces. La camisa de Bailey.

—Gracias —dijo Matt al viejo árbol con una sonrisa.

Siguió las vueltas y revueltas del sendero de piedra hasta llegar a donde estaba Bailey, inclinada sobre la tierra. Estaba plantando algo verde y pequeñito que sacaba de un manojo.

Matt se quedó de pie detrás de ella y observó su trabajo. Era una mujer muy atractiva. Mucho. Pero su atractivo no era el habitual. Había algo en ella que le hacía sentirse bien. No era la clase de mujer que volvía loco de deseo a un hombre, sino la que hace pensar en veladas tranquilas delante del fuego de una chimenea. Le hacía pensar en la llegada a casa desde el trabajo con ganas de contarle todo lo que le había ocurrido. Le hacía pensar... bueno, en niños y en capturar luciérnagas y meterlas en botes de cristal, y en agarrarla a ella y a los niños y rodar juntos por la hierba, colina abajo.

A Matt nunca le había gustado manifestar sus sentimientos más íntimos, así que no había podido contarle a Patsy que actuaba lentamente con esta mujer porque la consideraba demasiado especial como para hacer un mal movimiento.

—La cena estaba deliciosa —comentó en voz baja, y le agradó que su voz no la hiciese saltar de susto.

—Me alegro de que le haya gustado —dijo ella—. Es probable que sepa que el señor Shelby cría peces en un depósito detrás de su casa.

Matt se sentó en el suelo, a corta distancia de ella, y observó que alguien iba a tener que cortar la hierba del gran prado y las zonas de césped que había de tanto en tanto. Pensó que no estaría de más una buena información sobre máquinas de cortar césped.

—No puedo decir que mucha gente de los alrededores sepa gran cosa sobre Shelby. Su escopeta es de gran ayuda a la hora de mantener alejada a la gente —comentó Matt. Observó que ella iba a decir algo, pero no lo hizo y siguió con su plantación—. ¿Qué está plantando?

—Fresas. Las he comprado al señor Shelby. Las de producción continuada están allí y las de junio en esta caja.

—¿Cuál es la diferencia? —preguntó Matt.

Ella no levantó la vista para responderle.

—A ver si lo adivina.

Matt sonrió y conjeturó:

—Veamos, aquéllas dan fresas en todas las estaciones y éstas sólo en junio. ¿Correcto?

Bailey se desplazó hacia la siguiente hilera.

—Correcto —confirmó—. Y antes de que usted me pregunte, le contaré que es necesario que todos los frutos maduren a la vez, para confitarlos.

—¿Y todo eso dónde lo ha aprendido? —inquirió Matt, agitando la mano en dirección a la casa.

—Cuando era niña. Mi abuela hacía conservas por necesidad y yo lo hago porque me gusta.

Matt esperó a que continuara, pero como no lo hizo siguió sentado allí, observándola. No la conocía muy bien, pero parecía que estuviera pensando algo a fondo.

—¿Le ha dicho algo Violet que la haya molestado? —preguntó.

Bailey se echó hacia atrás sobre sus talones y se quitó el barro de las manos antes de contestar.

—Me parece que tendré que acostumbrarme otra vez a los hábitos de las pequeñas ciudades. ¿Así que todo el mundo sabe que he ido a ver a Violet Honeycutt?

—Estoy seguro de que así es, pero doy por supuesto que no ha ido a comprar hierba, aunque la tenga de buena calidad. La mejor que he... bueno, quiero decir, que he oído... —Interrumpió su comentario con una sonrisa y tomó el último trozo de budín.

Ella se inclinó sonriendo y siguió plantando.

—¿Sabía que un hombre se colgó en mi establo? —preguntó.

—Sí. Pero eso no la va a espantar, ¿verdad? —«Y hacer que se vaya», quería añadir, pero no lo hizo.

—No, pero no dejo de pensar en ese pobre infeliz. Sé cómo pudo sentirse. Amaba la tierra y lo que ella produce. Pero tenía que apartarse de ella... —Hizo una pausa—. Pobre hombre.

—Sí, ha habido infinidad de tragedias en Calburn.

—Ya. Me he enterado de los Seis de Calburn.

—Los Seis de Oro —corrigió Matt de manera automática.

—¡Eso! —exclamó Bailey, girándose para mirarlo—. Ahí está de nuevo.

—¿Qué? ¿Qué es lo que está de nuevo?

—Ese tono de voz. ¿Es que han canonizado a esos chicos? En la peluquería... Perdón, en el instituto de belleza, creí que Opal iba a acusarme de herejía por no saber nada de los Seis de Oro. ¿Es que esos muchachos fueron tan importantes?

Matt estuvo a punto de decir «para mí sí lo fueron», pero se contuvo.

—La gente de Calburn se ha vuelto desconfiada. Tienen miedo de lo que digan los forasteros sobre la ciudad —explicó—. Ese libro, *Los Seis de Oro*, hizo mucho daño a esta ciudad. No se vendió bien, pero cuando apareció recibió cierta atención por parte de la crítica y durante un tiempo llegaron a Calburn algunos turistas haciendo preguntas.

—Parece triste que alguien escribiera sobre semejante desgracia.

—Sí y no —dijo él—. Supongo que depende de cómo se mire. En Calburn la gente tiende a pensar que eran seis jóvenes magníficos, pero que su suerte cambió.

—¿Y visto desde el otro lado?

—Que todo fue un engaño preparado por unos cuantos muchachos imaginativos. Sea cual sea la verdad, durante un tiempo todo lo que tocaban parecía convertirse en oro, pero después de que se graduaron la suerte pareció darles la espalda. O quizá su suerte estaba ligada a Calburn.

—Yo creía que todos vivían aquí.

—Algunos sí; otros se fueron. Pero en el verano de 1968, cuando Frank mató a su mujer y luego se suicidó, estaban todos en Calburn.

—¿Sabe la gente por qué lo hizo?

—Más o menos. Había tenido un accidente de coche cuatro años antes y perdió el uso de su brazo derecho. Los tres años siguientes estuvo sin trabajo. Al final consiguió empleo como guarda de seguridad nocturno y pareció que todo se reconducía, pero...

—Violet me contó que su mujer estaba embarazada.

—Sí. La autopsia demostró que lo estaba. A partir de aquello todo el mundo supuso que el niño no era hijo de Frank. Era un hombre orgulloso, así que quizá no quería pasar por tal humillación.

—Y por eso mató a su mujer y luego se suicidó...

Matt no hizo ningún comentario a esa intervención tan redundante. En cambio, la miró y preguntó:

—¿Por qué está tan interesada?

—No lo estoy. Quiero decir, aunque pueda parecer insensible, que no estaba interesada en ellos. De hecho, le preguntaba a Violet por esta granja, por quién era su propietario y ese tipo de cosas. Opal me envió a Violet.

—Opal odia a Violet. Ella nunca le hubiera enviado —replicó Matt.

—Perdone. Fue su hija Carla la que me lo dijo.

O mejor dicho, me lo escribió en una nota. ¿Por qué odia Opal a Violet?

Ahora que habían cambiado de tema, Matt volvió a relajarse y se echó hacia atrás apoyado en los brazos.

—Violet no ha sido siempre como ahora.

—¿Y eso?

—Adivínelo.

—Ah. El gran ecualizador: el sexo.

A Matt le gustó observar que, cuando dijo la palabra, lo miró por primera vez como una mujer mira a un hombre. Supuso que le gustaba lo que veía porque se le sonrojaron un poco las mejillas. La luz estaba apagándose, pero vio cómo le cambiaba el color y luego se volvía hacia las fresas.

—¿Por qué quiere saber sobre la granja?

Matt escuchó la historia que Patsy ya le había contado sobre el marido muerto que le había dejado esa granja. Pero mientras oía las palabras, atendía más al tono de voz. Cuando dijo «mi marido» no parecía que estuviera hablando de alguien muerto. La impresión era que iba a aparecer en cualquier momento por el sendero.

—¿Puedo confiar en usted? —preguntó, volviéndose a mirarlo a la tenue luz de la puesta de sol—. Usted no... —empezó, pero la expresión de él hizo que no le preguntase si se lo contaría a toda la ciudad.

Por un momento él vaciló. Se le ocurrió que esa mujer llevaba a cuestas un gran secreto y que calibraba cuánto podía contarle. En sus manos estaba haberla tranquilizado, pero no lo hizo. Quería que fuera ella la que se decidiera.

—Quiero saber sobre mi marido —dijo al fin—. He estado casada con él durante años y pensaba que lo conocía, pero siempre mantuvo silencio sobre su infancia. Era algo que faltaba entre nosotros. Incluso, después de muerto, me dijeron que me había dejado esto. —Hizo un gesto señalando a la granja—. Para mí no tiene sentido. ¿Por qué se negó a decirme nada cuando estaba vivo y luego me deja este lugar y una nota en que me pide que descubra «lo que realmente pasó»? Si quería que yo supiera sobre él, ¿por qué no me habló de ello? —Bajó la vista a sus manos, pero luego volvió a dirigirla hacia Matt—. Es muy raro haber estado unida a un hombre para luego descubrir que en realidad no había demasiada confianza. Semanas después de su muerte no sabía nada de este lugar. No había visto ni una foto, ni un papel, nada.

Matt observó cómo trataba de mantener sus emociones bajo control, y admitió que él hacía otro tanto. Incongruentemente, estaba celoso de ese marido muerto.

—¿Qué sabe usted sobre ordenadores? —preguntó, y vio que la pregunta la desconcertaba.

—Tanto como usted de fresas.

—¿Nada sobre Internet?

—Bueno, en realidad —dijo Bailey con una sonrisa—, la mujer del abogado de Jimmie me enseñó a comprar cosas por Internet.

—Vaya, bueno, ayúdeme. Si vamos al piso de arriba e instalamos el ordenador, veremos qué podemos sacar en claro sobre este lugar.

—¿Sacar en claro? —preguntó ella con los ojos muy abiertos.

—Sí. Vamos a ver quién tiene el título de propiedad de esta granja.

—Pero... —empezó ella.

—De acuerdo —repuso él, todavía sentado y con la vista levantada hacia ella—. Vamos a poner una cosa en claro entre nosotros. Puede que yo haya nacido y crecido en una ciudad pequeña, pero no se lo cuento todo a todo el mundo. —Levantó la mano y añadió—: Juro que lo que descubramos quedará entre nosotros. Aunque averigüemos que es usted la nieta de Lizzie Borden.

»¿Qué pasa? —preguntó cuando ella se desternilló de risa.

—Nada, es sólo un pensamiento que he tenido hoy.

—Pues, cuéntemelo y compartamos las carcajadas.

Le llevó un momento decidirse, pero luego le contó que se había sentido contenta de que su marido no le hubiera dejado una granja en la ciudad natal de Lizzie Borden.

—Esos muchachos de la secundaria serían lo bastante malos, pero ¿se imagina a Lizzie Borden?

Matt tuvo ciertas dificultades para encajar que los Seis de Oro quedaran reducidos a «esos muchachos de la secundaria», pero admitió:

—Vale. ¿Llegamos a un acuerdo?

—Así pues, ¿puedo confiar en que no le contará a Patsy o Janice nada de lo que pueda descubrir sobre mí?

—¿Sobre usted o sobre su difunto marido? —preguntó él, bromeando.

—Ambos —respondió ella—. Somos lo mismo.

A Matt le llevó un momento digerir esa declaración, pero al fin prometió:

—Lo juro por lo más sagrado.

—¿Y qué pasará si Patsy le interroga a bocajarro y sin rodeos?

—Seré un mudo a bocajarro y sin rodeos —respondió—. Y no será la primera vez. Bien, ¿va a seguir haciéndome preguntas o vamos a empezar a buscar? ¡Eh! —exclamó dándose una palmada en la frente.

—Un mosquito —comentó ella, divertida—. Venga, vamos.

Matt intentó levantarse, pero un dolor le atravesó la pierna y volvió a sentarse con un gruñido.

—¿Está herido? —preguntó ella.

—Es un milagro que no esté muerto. Uno de los idiotas de mis sobrinos ha intentado hoy ayudar a una chica a bajar un gato de un árbol.

—¿Y?

Matt levantó la vista hacia ella.

—Ha utilizado una escalera para hacerlo.

—¿Y?

—Era mi escalera. Yo estaba en el tejado de un garaje... y el gato en un árbol tres manzanas más allá.

—¿Me está diciendo que uno de sus sobrinos sabía que usted estaba en el tejado, pero se llevó la escalera y lo dejó en la estacada?

—Dijo que creía que yo estaba en mi camioneta, pero creo que me devolvía lo del agua.

Cuando Matt hizo un segundo intento fallido por levantarse, Bailey le tendió la mano. Él se agarró y se levantó aparatosamente, exagerando todo lo posible.

—Tendrá que ayudarme a caminar —comentó.

—Tome, aquí tengo un azadón. Úselo como bastón —dijo ella.

—Aguafiestas —rezongó Matt, sonriendo y cojeando mientras caminaba detrás de ella hacia la casa. Bailey llevaba las manos llenas de utensilios de jardinería.

—¿Qué es lo que hizo con el agua? —preguntó.

—Se la quité —dijo, mientras se llevaba la mano a la parte baja de la espalda y renqueaba.

—No me lo va a contar si no se lo ruego, ¿verdad?

—Rogar... Hmm, no es mala idea.

—¿Sabe que encontré algo en la casa? —cambió ella de tema—. Una caja de recetas.

—¿Sí? —preguntó Matt, decepcionado de que no hubiera querido escuchar su historia.

—Sí. Contenía algunas recetas que me gustaría probar. Cosas como pollo frito, escalopas de pollo, salsa para espagueti hecha con tomate Campbell y algo llamado «pastel sorpresa de carne».

Esto último hizo que a Matt se le erizase el vello de la nuca.

—¡Usted gana! —dijo rápidamente—. Les quité el agua de beber a mis sobrinos porque la estaban desperdiciando al vertérsela por el cuerpo. —Vio que ella no entendía, pero tampoco era su intención que lo entendiera.

Entretanto, llegaron a la casa.

—¿Vertiéndose agua? —preguntó—. ¿Quiere decir como los bebés?

—Verá. Déjeme demostrárselo. —Se adelantó para abrir la puerta—. Espere aquí y trate de recordar cómo lo hacíamos a los dieciséis o diecisiete años —añadió.

Entró en la casa, cogió el vaso más largo que encontró y lo llenó de agua en la pila. Sabía que lo que estaba a punto de hacer era vergonzoso, pero, bueno... Se desabotonó la camisa, se la quitó y la dejó en un rincón del mueble de la cocina. Por una parte detestaba el trabajo agotador de la construcción, pero por otra, de tanto subir escaleras y levantar bloques de cemento había logrado estar orgulloso de su cuerpo. Encendió la luz de la puerta trasera y salió.

Aparentó no ver cómo ella abría los ojos de par en par al verlo con el pecho desnudo y levantó el vaso hacia los labios.

—Las chicas estaban al otro lado de la calle —dijo— y mis sobrinos tenían el torso desnudo y bebían. Así. —Dejó que el agua corriera por su pecho mientras se pasaba la mano lentamente—. ¿Lo ve? —añadió—. Esto es lo que he tenido que soportar todo el día de hoy.

—Ya veo —comentó ella en un tono que lo hizo sentirse estúpido—. ¿Sabe?, anoche estuve levantada hasta muy tarde, así que no me parece buena idea lo de instalar el ordenador. De hecho... —La interrumpió un gran bostezo—. Oh, lo siento. De hecho creo que me iré a la cama ahora mismo.

Dicho lo cual se metió en la casa y Matt se quedó fuera sin camisa y con la parte delantera de los pantalones mojada, mientras al menos ocho mosquitos le asaltaban la espalda. No sabía bien qué había hecho mal, pero en algo se había equivocado.

Entró en la casa suspirando, apagó la luz del porche y se aseguró de que todas las puertas estuvieran cerradas. Era demasiado pronto para irse a la cama, así que recogió la camisa y se la puso mientras subía al desván. Con un poco de suerte podría descubrir quién había comprado la casa a la viuda del ahorcado. Quizá si lo encontraba volverían a congraciarse.

9

Esa noche Bailey no durmió bien. Tuvo sueños en los que veía a Matthew Longacre de pie a la luz del porche trasero, echándose agua por el pecho desnudo. ¿Por qué no había actuado como una mujer moderna y lo había llevado a su cuarto ante lo que evidentemente ofrecía? Era viuda y él no estaba casado; dos adultos maduros. ¿Qué le ocurría para que actuara como una solterona remilgada, fingiese cansancio y huyera a refugiarse en su dormitorio? Sola.

Se levantó despacio de la cama. El silencio reinante sugería que Matt estaba dormido o se había marchado.

«Es probable que se haya marchado a un tugurio en busca de una verdadera mujer», pensó, y sonrió ante su ocurrencia.

Se dio una ducha, se vistió e hizo lo que pudo con su pelo. Estaba acostumbrada a que el trabajo lo hiciera un peluquero, pero ese cuidado no parecía importante en Calburn.

Abrió despacio la puerta del dormitorio para que no crujieran las bisagras y fue de puntillas a la cocina, pero cuando llegó a la escalera que conducía al desván sintió ganas de subir a echar un vistazo.

El equipo informático de Matt ya no estaba en cajas y el despacho había sido montado. La mesa estaba instalada en un rincón y tenía encima una gran pantalla de ordenador; a un lado se veían las diversas partes del equipo.

Se dirigió sigilosamente a la mesa, con la sensación de comportarse como una fisgona. El ratón estaba sobre una almohadilla púrpura, pero no tenía cable. «Después de todo no ha llegado a conectarlo», pensó mientras lo deslizaba distraídamente. Entonces, para su incredulidad, el ordenador empezó a hacer ruido y se puso en marcha.

—¿Qué he hecho ahora? —se dijo en voz baja.

—Nada. Sólo estaba en reposo —oyó la voz de Matt a su espalda.

—¡Me ha asustado! —exlamó Bailey llevándose la mano al pecho.

—Me parece que la jardinería la relaja, pero los ordenadores la ponen nerviosa.

—Creía que estaba apagado, pero se ha encendido solo.

—Es un ratón inalámbrico. Cuando se toca, el ordenador vuelve a ponerse en marcha —explicó él, sin acercarse a ella ni al ordenador.

A Bailey le costó comprender que Matt estaba esperando a que se alejara de la máquina. Era evidente que no iba a acercarse demasiado a ella. ¡Y tampoco debía extrañarse, teniendo en cuenta la forma en que lo había rechazado la noche anterior!

—Ayer por la noche —dijo, mirándose las manos—. Yo...

—Le debo disculpas —repuso él—. A veces mis modales resultan un poco rudos.

—¡No! —respondió Bailey—. Yo tuve la culpa. Es que... —respiró hondo— después de dieciséis años de fidelidad no se puede cambiar en sólo unas semanas. Parecería adulterio. Yo no me siento capaz de ello.

—No tiene que explicarme nada. Sé lo que significa perder a un ser querido. Yo he perdido a muchas personas y de muchas maneras. Y ante la pérdida siempre es duro ser el superviviente. —Sonrió, y añadió—: Tengo otra proposición que hacerle.

Las palabras de Matt la hicieron sentir mejor. Aunque había conocido otras personas en Calburn, él era la que más se parecía a un amigo.

—Con la anterior se instaló en mi casa —dijo, devolviéndole la sonrisa.

Matt rió y la incomodidad que había entre ellos se disipó.

—De acuerdo, tiene razón, pero esta vez mi proposición es para aligerar las cosas. Usted hace chistes y yo también, pero quedamos como amigos. Ninguna presión para llegar a más. ¿De acuerdo? —propuso, y le tendió la mano. Ella le dio un fuerte apretón y la soltó.

—Trato hecho. Ahora bien, en cuanto al desván, no recuerdo haber acordado con usted que lo ocuparía por entero.

—¿Quiere que le enseñe a navegar por Internet?

—Matthew, no me estás escuchando —acotó ella, tuteándolo por primera vez.

—Sí, sí que te estoy escuchando, pero ignoro lo que dices. Hay una diferencia —dijo Matt con los ojos clavados en la pantalla.

—Estaba en mis planes utilizar el desván para mi negocio.

—¿Y qué negocio es ése?

—Voy a... Bueno, en realidad todavía no lo tengo decidido. No del todo, la verdad —dijo, pero a continuación respiró hondo y trató de eliminar la vacilación de su voz—. Pero cuando lo decida, necesitaré el desván.

—Necesitarás también un ordenador, así que podrás

utilizar el mío —concluyó Matt, mientras desplazaba el ratón por la almohadilla y hacía clic.

—¿Y qué pasará si lo estás utilizando cuando yo lo necesite?

—Tengo una conexión, y además... Pensaba que me habías dicho que no sabías cómo funcionaba.

—Puedo aprender.

—¿Antes o después de decidir qué vas a hacer para ganarte la vida?

—Antes. No, después. Vaya, lo que quiero decir... —Confusa, lo miró—. ¿Tienes idea de cómo podría ganarme la vida, aparte de poner una fábrica de conservas? No tengo preparación de ningún tipo, ninguna formación de la que valerme, y estoy segura de que no se me daría bien trabajar para otros. Han sido demasiados años de independencia. ¿Se te ocurre algo?

—Creo que sea lo que sea debería tener relación con la comida. ¿Has pensado alguna vez en escribir libros de cocina?

—¡Pues menuda idea! —replicó Bailey—. ¿Cuánto hace que no entras en una librería? Hay miles de libros de cocina por ahí. Necesito ganarme la vida de forma continua.

Matt le puso las manos en los hombros y la miró a los ojos.

—Acabas de enviudar después de un largo matrimonio. Date algún tiempo. Lo primero que necesitas es que cicatricen un poco tus heridas, luego podrás tomar grandes decisiones con respecto a qué hacer con tu vida.

Bailey se sintió del todo comprendida y por un momento tuvo que reprimirse para no apoyar la cabeza en el hombro de Matt y dejar que la abrazara.

—Creo que tienes razón.

—¿Sabes qué he pensado que podríamos hacer hoy?

Alguna parte de ella se rebeló ante ese plural, pero lo aceptó. No quería pasar el día sola. No quería estar sola en esa casa, ni pensar, ante cada ruido, que era Jimmie que llegaba a casa.

—¿Qué? —preguntó, a la vez que pensaba lo que él podía sugerir. ¿Algo romántico? ¿Sexy?

—Comprar una segadora —respondió Matt, y pareció desconcertado ante la risa de Bailey—. ¿No crees que la necesitas?

—Por supuesto que sí. Sólo que... —Titubeó y agitó la mano para alejar sus pensamientos—. No importa. ¿Qué te parece un desayuno antes de ir a comprarla?

—Me parece bien. —Y volvió a centrarse en el ordenador.

Bailey se dirigió a la escalera pero se giró para mirarlo. Pensó que era un hombre agradable. Un hombre bueno, amable y serio. Y además era fácil vivir con él. Bajó las escaleras sonriendo y fue a buscar una bolsa de trigo sarraceno para hacer tortitas.

—¿Puedo serles útil en algo? —preguntó el dependiente. Era joven, llevaba camisa blanca y pantalones caqui, y se notaba de lejos que pensaba ser el encargado cuando cumpliese los veinticinco.

—Quiero una segadora —dijo Bailey.

Pero Matt la corrigió:

—Queremos un tractor cortacésped.

—No hay prado suficiente para justificar un tractor cortacésped —repuso Bailey.

—Es la repetición la que lo hace necesario —aclaró él con paciencia—. Y hay cortes pesados que hay que hacer en la parte de atrás de la casa.

—Entonces quizá necesites una gran desbrozadora

con sierra incorporada. —No se había pasado años rodeada de jardineros para nada.

—También, pero...

—¿También? ¿Qué más proyectas sólo para cortar?

—La granja tiene casi medio kilómetro cuadrado y...

—¡Y la mitad del terreno es de árboles!

—Disculpen —dijo el dependiente interrumpiéndolos—. ¿Puedo sugerirles un tractor segadora más ligero?

Ellos lo miraron airadamente.

El joven levantó las manos y se cubrió el rostro como para protegerse.

—No quiero entrometerme entre un marido y su mujer. Si necesitan ayuda, llámenme; a mí o a un abogado matrimonial —añadió y se alejó.

Matt y Bailey se miraron y rieron a carcajadas.

—Vale, perdona —dijo Matt—. Es tu granja, así que la decisión es tuya.

Era tan agradable que la hacía sentir culpable.

—No es que no quiera un tractor cortacésped, es que no me lo puedo permitir —aclaró.

—¿Y qué te parece si lo compro yo?

Bailey se tensó.

—No. Ya me ha mantenido un hombre y ahora es asunto mío.

—¿Qué te parece esto? —preguntó Matt—: Tu me contratas para hacer el trabajo y yo utilizo mi propio equipo.

—¿Cuánto me cobrarás?

—Una fortuna.

—¿Cuánto? —insistió ella entrecerrando los ojos.

—Quitarme a mi cuñada de encima.

—¿Qué estás tramando?

Matt le lanzó una sonrisa perversa.

—Patsy es implacable en los asuntos de familia. Tiene ese concepto de la familia unida y ella...

—¿Ella qué?

—Me despellejará vivo si no te llevo conmigo cuando vaya a verlos.

Bailey reflexionó. Evidentemente Matt la estaba liberando del gasto. Se ofrecía a pagar el cortacésped y a hacer el trabajo gratis.

—En otras circunstancias no lo aceptaría —dijo al cabo—, pero ya que Opal me contó que le pagabas a Patsy setecientos cincuenta por el alquiler y a mí sólo me pagas seiscientos, estimo que hay una diferencia a mi favor.

Matt rió a gusto, nada molesto por haber sido descubierto.

—Opal no sabe eso. Probablemente fue Janice quien te lo contó. Lleva mi contabilidad.

—Quienquiera que fuera. Cuando pienso en tu reacción aduciendo que yo estaba abusando...

Matt se inclinó y la besó en la mejilla.

—Te pones muy bonita cuando te enfadas —dijo mientras el dependiente se acercaba, y le guiño un ojo.

—¿Se han decidido ya los dos tortolitos? —preguntó el joven.

—Sí, ése —dijo Matt señalando un mastodóntico tractor cortacésped. Podría utilizarse para cortar la hierba de todo el hemisferio norte.

—Buena elección —repuso el joven—. Éste es el que yo compraría.

—Usted y todos los chicos del mundo —dijo Bailey, molesta, mientras dirigía la mirada a lo lejos. Sólo la oyó Matt.

—Y también necesitaremos algunas herramientas convencionales —añadió Matt, mirándola y sin acusar recibo del sarcasmo—. Venga, cariño, vamos a elegir algunos trastos.

Una hora más tarde estaban en la camioneta de Matt. En la caja iba el tractor cortacésped y palas, rastrillo, horquilla de cavado, tijeras, podadoras y cada uno de los utensilios de que disponía la tienda. Después de la elección de las dos primeras palas Bailey se había alejado protestando. Cuando por fin salieron del aparcamiento ella comentó:

—¿Has dicho que Janice te lleva la contabilidad?

—Sí. Cuando tenía un negocio disponía de contable, pero ahora es Janice la que hace ese trabajo. Llevó la contabilidad de los negocios de coches de sus cuatro maridos hasta que Scott decidió que él no trabajaría con su esposa. Entre tú y yo, creo que no quería que su mujer estuviera al corriente de todo.

Bailey no supo cómo comentar esa información. Además, estaba más interesada en Matt que en Janice.

—¿Tu vuelta a Calburn es permanente o sólo estás lamiéndote las heridas del divorcio y dentro de unos meses volverás a ser el arquitecto de la gran ciudad?

Matt no contestó de inmediato, dando al intermitente y comprobando el retrovisor antes de girar a la izquierda.

—Creo que no. Pero no quiero pasar el resto de mi vida clavando clavos, eso sí es seguro.

—Entonces ¿qué quieres hacer?

—Arquitectura doméstica. Viviendas privadas. Es lo que siempre me ha gustado.

—¿Y por qué trabajaste haciendo rascacielos?

—Se gana más dinero.

—Ah, claro, dinero. Ese elemento de suma importancia. Jimmie solía decir que si trabajas por dinero, no llegarás a tenerlo.

—El dicho de todo pobre hombre.

Bailey giró la cabeza hacia el otro lado y sonrió.

—¿Qué pasa?

—¿Qué? —preguntó ella, volviendo a mirarle.

—Esa sonrisita de suficiencia. ¿Me he puesto en ridículo ante tus ojos?

—Es que Jimmie no era pobre.

—¿De veras? Entonces ¿por qué te dejó sin blanca?

—Él... —intentó explicar—. Puedo imaginar algunas de las razones por las cuales hizo lo que hizo, pero no por qué me dejó esta granja. Siempre tuve la impresión de que Jimmie odiaba su infancia y que por eso se negaba a hablar de ella. Pero si detestaba su infancia, ¿por qué me deja el lugar en que transcurrió? Si es que ésa fue su casa. Ni siquiera sé si lo fue. —Miró por la ventanilla buscando tranquilizarse.

—Anoche estuve investigando en Internet —dijo Matt con suavidad—. Pagué treinta y tres dólares a un buscador de propiedad inmobiliaria por averiguar algo sobre tu casa. El lunes me darán la información.

Bailey no supo si reír o llorar. Si aparecía en Internet como propiedad de James Manville, saldría a la luz, por mucho que Matt intentara mantenerlo en secreto. Y además, ¿cambiaría con respecto a ella después de descubrirlo?

—¿Bailey?

—¿Sí?

—Patsy ha organizado una pequeña reunión para esta tarde, y...

—¿Estoy invitada?

—Eres la invitada de honor.

—¿Quiere decir que van a hacerme miles de preguntas sobre cada uno de los aspectos de mi vida?

—Es posible. Además... bueno, además tratará de casarnos. El oficio de casamentera es el que mejor se le da a mi cuñada.

—¿Con todo el mundo o sólo contigo?

—Conmigo, principalmente. Creo que le da miedo que vuelva a instalarme en su casa si alguna mujer no se apiada y se casa conmigo.

—¿Qué diablos has podido hacer para que esté tan ansiosa por deshacerse de ti?

—Mi cuñada vive para coser. Tiene una habitación en el piso superior con la máquina de coser y una gran mesa para cortar patrones. La costura le ha dado fama en esta zona. Siempre que hay una oportunidad de obtener dinero, es a Patsy a quien llaman para supervisar los comités de costura.

—¿Y eso qué tiene que ver?

—Durante los últimos seis meses he dormido en el cuarto de la costura —dijo él en voz baja.

—Vaya.

—Sí, exactamente.

—Así pues, ¿es Patsy la que paga tu alquiler en mi casa?

—Muy graciosa —dijo él, pero sonrió mientras enfilaba el camino de entrada de la casa de Patsy.

Como Matt había anunciado, Bailey fue la invitada de honor. Toda la familia los esperaba incluidos Janice y su marido Scott. Era lo que Jimmie solía llamar un «hombre de negocios», aquel que continuamente intenta hacerlos con todo ser viviente que le pasa por delante. Mientras Bailey le daba la mano se alegró de que no supiera que había estado casada con un multimillonario, porque estaba segura de que hubiera tratado de venderle algo. Y así fue de todos modos; al cabo de tres minutos de conocerse, Scott intentaba convencerla de que vendiera el Toyota y le comprara un Kia.

Matt le pasó un brazo por los hombros y la apartó de allí.

—No escuches una palabra de lo que dice Scott. Si llega a agobiarte, ya me ocuparé yo de él.

A Bailey le encantaron las dos hijas de Janice, Chantal de siete años y Desiree de cuatro. Pero sintió pena por ellas porque vestían faldas con peto de algodón rosa, replanchadas. Las dos comían sus *hot dogs* como si les aterrorizara mancharse la ropa.

La familia de Patsy parecía tan informal como formal la de Janice. Los guapos gemelos de Patsy parecían mortalmente aburridos y a punto de quedarse dormidos cada vez que se sentaban.

—Matthew los ha explotado descaradamente —dijo Patsy cuando vio que Bailey miraba a los chicos tumbados en una manta a la sombra de un árbol, profundamente dormidos. En sueños parecían más jóvenes e inocentes, casi como niños de un metro ochenta de estatura.

—Se han pasado la noche con los videojuegos y telefoneando a la mitad de las chicas del condado. Su pereza no tiene nada que ver con el trabajo —intervino Rick.

—¡Richard Longacre! —exclamó Patsy, pero Bailey la alejó de allí, temiendo una riña familiar.

Al contrario de lo que Matt había pronosticado, a ella no le hicieron demasiadas preguntas personales. Todo lo contrario, parecían satisfechos con contarle sus vidas y verla con Matt. En dos ocasiones todo el mundo dejó de hablar y dirigió la mirada a los dos. La primera vez fue cuando Matt sumergió una patata frita ondulada en algún tipo de crema de queso y luego se la tendió a Bailey para que la probara.

Los cuatro adultos sentados a la mesa de *picnic* quedaron instantáneamente en silencio y los observaron sin disimulo. Incluso los muchachos, que estaban tumbados bajo los árboles, abrieron un ojo cada uno. Las dos niñas dejaron de columpiarse y miraron para ver qué había dejado tan callados a los adultos.

Consciente de ello, Bailey mordió la patata y se la comió. Después todo el mundo volvió a lo que estaba haciendo, pero ella sintió que les había agradado. Estaba empezando a notar cierto grado de pertenencia, como si fuera parte de ellos. A última hora de la tarde, Matt le susurró:

—¿Por qué no le pides a Patsy que te enseñe el cuarto de la costura? Le encantaría mostrártelo.

Bailey lo hizo y vio cómo a Patsy se le iluminaba el rostro antes de dirigirse a la casa con ella. Janice las siguió en silencio.

Bailey había estado observando, de forma subrepticia, la dinámica entre esas dos mujeres, tan parecidas aunque vistiesen de forma tan diferente. Patsy llevaba unos viejos y raídos pantalones cortos de algodón y una holgada camiseta que muy probablemente pertenecía a su marido. Janice, unos pantalones cortos marrón oscuro con raya muy marcada, cinturón de piel de cocodrilo con hebilla de plata y una blusa de tela rizada a cuadros marrones y verdes. Llevaba el pelo perfectamente arreglado, a diferencia del de Patsy, alborotado sin remedio. Pero bajo las ropas la similitud era muy marcada.

—¿Qué parentesco hay entre ellas? —le había preguntado a Matt mientras él daba la vuelta a las hamburguesas en la parrilla.

—Sus madres eran gemelas idénticas —dijo—, pero una se casó con un hombre rico y la otra con uno pobre. ¿Adivinas cuál fue cada una?

—Janice creció en la pobreza —respondió Bailey. Su propia madre había sido como Janice, tan temerosa de que se le notara la pobreza que siempre se excedía en su compensación. Nadie vio nunca a Freida Bailey sin maquillar ni vestir a la perfección.

—Chica inteligente —alabó Matt con una sonrisa.

—Lo suficiente para saber que si no sacas esas hamburguesas ahora mismo se van a chamuscar.

La besó en la nariz, y ésa fue la segunda vez que todo el mundo hizo un alto en seco. Bailey procuró no darse por enterada de que los movimientos de todos los asistentes se habían congelado, pero tuvo que girarse para que no se le notara el sonrojo.

—¡¿Quieres parar de una vez?! —le dijo a Matt en un siseo—. Se van a creer que tú y yo somos más que compañeros de casa.

—No podrían, ¿o sí? —repuso él, y ella no comentó que le gustaba la idea de que la gente pensara que eran... bueno, más.

Cuando Matt anunció que las hamburguesas estaban listas, Bailey se quedó rezagada, bebiendo sorbos de una bebida terrible que Patsy había servido, hecha a base de limonadas y gaseosas, y los observó a todos. Se fijó en la forma en que Janice y Patsy trabajaban en común, aunque no se hablaban ni se miraban a los ojos. Se sentaron juntas a la mesa pero no se dirigieron la palabra. Bailey deseaba preguntar qué había originado esa ruptura entre ellas, pero le asustaba pensar que le respondieran, por ejemplo, que a causa de una pelea por una Barbie cuando tenían nueve años y habían jurado no volver a dirigirse la palabra. Además, era más interesante no conocer la causa.

Ya que todo el mundo parecía acostumbrado a la situación, evidentemente se trataba de una enemistad de muy larga duración.

—Mami, ¿no estás muy sola así? —Bailey oyó cómo

la hija pequeña de Janice, Desiree, planteaba la cuestión de una manera curiosa. Janice estaba a pocos centímetros de Patsy. Luego la niña dirigió sus grandes ojos azules a su tía Patsy—. Pareces tan sola, tía Patsy. ¿No quieres que alguien esté contigo? —le dijo. Bailey contuvo la risa.

Así pues, cuando más tarde Matt le sugirió que preguntara a Patsy por el cuarto de la costura, a ella no le extrañó que Janice las siguiera.

Cuando habían llegado ella se había quedado impresionada. Era una casa grande y bastante nueva; suponía que no tendría más de cinco años. Era lo que ella llamaría una «moderna vivienda campestre», con un amplio porche alrededor, de los más tradicionales, pero en el tejado había ventanas abuhardilladas; una redonda en el centro y dos cuadradas, una a cada lado. Era una agradable mezcla entre lo antiguo y lo moderno.

Las tres mujeres entraron en la casa por la puerta de atrás. Una vez dentro, Patsy se detuvo y Bailey no supo qué se suponía que debía hacer. Fue Janice quien resolvió el atasco.

—Es probable que quieras ver la casa de Rick —comentó—. ¿O debería decir la casa de Matt?

A Bailey le llevó un momento entender la frase.

—¿Matt proyectó esta casa?

—Así es —dijo Patsy con orgullo—. ¿Te gustaría que te la enseñara?

Bailey comprendió que para Patsy no sería de buena educación alardear de su propia casa, pero sí del proyecto de Matt. Era una vivienda agradable y Bailey lo advirtió mientras seguía a ambas mujeres. Como si interpretaran un dueto muy bien ensayado, las dos se dirigieron hacia direcciones diferentes. Patsy le mostraba una habitación cuando Janice la llamaba para que viese otra.

En la planta baja una amplia zona abierta estaba destinada a salón, comedor y cocina con una mesa incorporada y un banco tapizado. Aunque no hubiera paredes que dividieran los espacios, Matt se las había ingeniado para separarlos de formas diferentes. Tanto en el comedor como en la sala la mitad del techo estaba abierta al del piso superior. La cocina quedaba separada de las demás zonas por unos pequeños tabiques.

En conjunto, la casa tenía un aspecto muy acogedor; abierta pero no dispersa. Bailey dijo todo lo bueno que se le ocurrió, pero se abstuvo de mencionar lo abominable que le parecía la cocina. El fregadero y la nevera estaban contra la pared del fondo, en el centro había una isla con cocina eléctrica y, más allá, otra isla con cuatro taburetes. Para ir del fregadero a la barra en la que se servía la comida había que rodear la isla de la cocina. Era un lugar que obligaba a hacer muchos movimientos extra a quien cocinara. Por otra parte, a juzgar por el brillo de las superficies, la cocina no había tenido mucho uso, así que era posible que la ineficacia no importara demasiado.

La otra mitad de la planta baja la ocupaba el dormitorio principal, en *suite*, con vestidores para cada persona y un despacho.

—¿Has visto alguna vez un cuarto de baño más grande? —dijo Patsy cuando se lo mostró.

Bailey respondió muy educadamente que era hermoso, sin tener en cuenta la mirada taladradora que le lanzaba Janice. La verdad era que Jimmie tenía obsesión por los cuartos de baño: para él nunca eran suficientemente grandes ni estaban suficientemente adornados. Una de sus casas tenía una bañera del tamaño de una piscina pequeña. En la ducha podrían haber regado a un elefante y en el cuarto de baño había compartimentos separados para váteres y bidés.

Lo que a Bailey le resultó más llamativo fue que los elementos textiles del hogar estaban todos hechos en casa. A ella nunca le había interesado la costura, pero como su afición por las conservas la había llevado desde niña a las ferias, tanto locales como estatales, llegó a estar bien informada sobre el tema. En el salón, el sofá, las sillas y las cortinas eran de la misma tela de tapicería, floreada en tonos azules y verdes. El forro de otros elementos era de la misma tela. Había un gran mueble de pino que Bailey supuso contendría el televisor y el equipo de música. Los paneles de las puertas exhibían la misma tapicería. La librería que había junto al televisor tenía todos los estantes tapizados, aunque en diferentes colores alternados, azul en uno, verde en el otro y así sucesivamente. La papelera estaba también forrada de la misma tela, así como las mesas auxiliares, y la pantalla de la lámpara. Cada superficie, tapete, salvamanteles, fundas de cojines, todo estaba hecho a juego.

Todas las habitaciones tenían cubrecamas y cortinas caseras. El dormitorio estaba tapizado en combinaciones de azules y borgoña, y no había una sola superficie que no estuviese cubierta. En el piso de arriba pasaba lo mismo.

Patsy entreabrió la puerta del amplio dormitorio que compartían sus dos hijos y Bailey vislumbró cortinas, colchas y fundas de almohadas que debían de haber necesitado piezas y piezas de tela azul con aviones estampados. De no ser porque los conocía, habría pensado que los hijos de Patsy tenían nueve años.

Al otro lado del pasillo, más allá de un cuarto de baño decorado con coberturas caseras, estaba el cuarto de la costura. Tenía un empapelado de tono pálido con hileras de capullos de rosas. El centro de la habitación lo ocupaba una mesa de trabajo. Junto a la pared había una máquina de coser y al lado una serie de estantes con cajas etiquetadas con muestras de telas. La habitación y todos los elementos de trabajo estaban perfectamente organizados y en su sitio.

—Aquí están mis patrones. También guardo botones sobrantes de cada una de las prendas de mi familia. Lo tengo todo catalogado por tamaño, color y material.

Bailey intentó mostrarse lo impresionada que requería la ocasión. No deseaba que se le escapara un «¿para qué?». En una pared había cinco fotografías enmarcadas y en todas aparecía un grupo de personas. En cada una Patsy estaba de pie en un extremo, vestida con una bata blanca tres cuartos que tenía una insignia en el bolsillo.

—¿Qué es esto? —preguntó Bailey.

—La fábrica de Ridgeway. ¿Te gustaría ver las agujas de la máquina de coser?

—¿Tú eras la jefa de toda esta gente?

—Sí, pero eso fue hace mucho tiempo. Ven, quiero enseñarte mi mueble de los hilos.

Bailey se alejó de las fotos y contempló los cientos de carretes de hilos de diferentes colores alineados en varillas con clavijas sujetas en la parte posterior de la puerta de un armarito. Después de un momento levantó la vista y se encontró con la mirada de Janice. Los ojos de ésta parecían estar diciéndole algo, pero ella parpadeó y apartó la vista.

—Será mejor que volvamos con los hombres —dijo Janice.

Cuando bajaron, Rick les contó que Matt no había parado de alardear de lo bien que cocinaba Bailey.

—¿Cuándo piensas invitarnos? —preguntó Rick. Por tercera vez en ese día todo movimiento quedó congelado y las miradas se dirigieron a Bailey.

—¿Qué os parece el próximo sábado? —contestó Matt mientras pasaba el brazo por los hombros de Bailey—. ¿De acuerdo, cariño?

—Claro —respondió ella, y se deshizo del brazo de Matt—. El sábado me parece perfecto.

Bailey levantó la vista y vio que tanto Janice como Patsy la miraban con idénticas expresiones, de una intensidad tal que le dieron escalofríos. Cuando sus miradas se cruzaron, ellas las desviaron.

10

Bailey miró el reloj de la mesilla de noche. Eran las dos de la madrugada y todavía no había conseguido dormirse. Debería haber caído en la cama a las diez y quedarse dormida en el acto, ya que había sido un largo día. Ella y Matt habían dejado la casa de Patsy a las cuatro y cuando llegaron a casa él sugirió que empezaran a demoler los tabiques entre el porche y la sala.

—¿Quieres que haga desaparecer el cuarto de baño rosa? —había preguntado Bailey.

Matt sacó de su caja de herramientas una palanqueta y se la tendió.

—Venga, hazme el honor.

Cuando ella entró en el cuarto de baño rosa y miró los azulejos, los sanitarios y el empapelado, no supo por dónde empezar.

—Deja la fontanería —le dijo Matt desde la otra habitación—, que antes he de cerrar el agua. Empieza con los azulejos.

—Vale —dijo Bailey. Encajó el punzón por debajo de un azulejo de flores rosas y tiró. El azulejo salió volando y ella tuvo que esquivarlo.

—¿Estás bien? —preguntó Matt.

—Fantástico —contestó ella—. Me está quedando fantástico.

Habían pasado tres horas trabajando. Bailey hubiera seguido, pero Matt sugirió parar y encargar una pizza.

—¿Te refieres a esas cosas con corteza pastosa? —preguntó Bailey, socarrona—. ¿Con piña o con cuatro variedades de carne?

—Pues, ¿qué te apetece? —preguntó Matt entre risas.

—¿Qué tal un poco de pasta y ensalada? En Calabria... —No acabó la frase.

—¿Tanto has viajado?

—Algo —dijo Bailey, y se volvió para mirarlo—. Quizá deberíamos pedir esa pizza. Quizá deberíamos... ¿Por qué me miras así?

—Cuando estés dispuesta a hablar en serio, házmelo saber. Puedo ser un buen oyente.

Bailey estuvo tentada de aceptar y se planteó confiarle algunas cosas. Sus secretos empezaban a resultarle demasiado pesados. Sin embargo, dijo que iba a darse una ducha antes de empezar a cocinar. Cuando hubo acabado y volvió, Matt estaba arriba, ocupado con su ordenador, así que había desaprovechado la oportunidad.

Como había hecho con frecuencia en el pasado, en vez de desahogar su corazón se fue a la cocina. Puso rápidamente a hervir unos brócolis. Luego hirvió unos lacitos de pasta en la misma agua de la verdura para que absorbieron algo de las vitaminas perdidas en la ebullición y también para darle a la pasta un sabor añadido. Era un truco aprendido de una mujer que había conocido en Calabria. Mientras se cocinaba la pasta, le añadió ajo, anchoas, piñones y pimentón. Cuando todo estuvo hecho lo añadió a los brócolis que ya llenaban una gran fuente, espolvoreó queso de oveja, añadió una ensalada, unos pimientos asados y lo llevó todo fuera para servirlo al estilo *picnic*.

Durante la cena hablaron de cómo habría sido la

casa en otra época y qué cambios se le habrían hecho.

Después de la cena Matt la miró con expectación.

—Te estoy leyendo el pensamiento. —Bailey se tocó las sienes y dijo—: Sí, sí, lo veo con toda claridad. Estás pensando... ¿Tengo derecho a postre? ¿Dónde está el postre? —Abrió los ojos y añadió—: Entonces ¿he de servirlo?

—Perfecto. Así es —exclamó él sonriendo, pero la mirada de expectación no había abandonado su rostro.

—El postre está en la cocina. Está en bolsas y cajas etiquetadas: «canela», «nuez moscada» y «azúcar moreno».

—¿Puedo lamer el recipiente? —dijo Matt, lanzándole la más seria de sus miradas.

Bailey se puso de pie, riendo.

—Tú te encargas de recoger mientras yo te hago la tarta de avena más rica que hayas probado.

—¿De avena? —dijo Matt con desconfianza—. No suena apetitoso.

—Lo está cuando lleva una cobertura de helado casero. ¿No te parece?

—¿Casero? —susurró Matt mientras comenzaba a recoger.

Cuarenta minutos más tarde Matt tenía en sus manos un gran cuenco de tarta de avena especiada y recién salida del horno, cubierta con un cremoso helado casero. Con los primeros bocados simuló que estaba a punto de desfallecer por el éxtasis y Bailey, riendo, le agarró del brazo para evitar la caída.

Habían paseado en la penumbra del atardecer por los senderos de piedras, y habían fantaseado sobre lo que podría hacerse en el jardín.

De alguna manera el atardecer había sido bastante impersonal, pero a la vez también personal. Habían compartido risas y la cercanía de charlar sobre proyectos comunes, que en cierto sentido era más íntimo que si hubieran pasado ese rato hablando de hacer el amor. O al menos eso pensó Bailey. Era mejor que si hubieran pasado horas con esos juegos idiotas de dobles sentidos que los realizadores cinematográficos y los malos escritores parecían encontrar tan excitantes.

Cuando por fin Bailey comentó que se iba a la cama, hubo un momento de incomodidad, pero Matt bostezó y dijo que él también estaba rendido. Cuando un rato más tarde se puso el camisón y se metió en la cama, Bailey pensó que él le estaba facilitando las cosas.

Pero no concilió el sueño. En su lugar aparecieron las imágenes de la primera vez que Jimmie y ella habían ido al sur de Italia. Y cuanto más pensaba en Jimmie más desasosegada se sentía. Después de un par de horas de dar vueltas en la cama se levantó, se vistió y fue de puntillas a la cocina. Allí cogió una linterna de un cajón y salió fuera.

Más tarde, cuando el cielo empezaba a clarear por la cercanía de la aurora, Bailey no se extrañó al levantar la vista y ver a Matt de pie, vestido con unos pantalones y una camiseta pero descalzo. La miraba con aire de preocupación. Ella estaba arrodillada, quitando las malas hierbas de un parterre de fresas con la cara anegada en lágrimas.

Él no dijo una palabra, se dejó caer de rodillas y la tomó entre sus brazos.

Ella se estrechó a él y, mientras sus brazos la rodeaban, las lágrimas brotaron con más fuerza. No había llorado desde su llegada a Calburn. Pensaba continuamente en Jimmie —todo se lo hacía recordar—, pero había contenido las lágrimas.

—Le echo de menos —dijo con la cara hundida en el

hombro de Matt—. Me falta cada minuto de cada día. Echo de menos la proximidad, el sexo y hablar con él. ¡Oh, Dios mío! Estábamos acostumbrados a hablar tanto. Él me contaba los problemas de sus negocios, de si debía o no comprar algo. Y yo... yo vivía para él. Era toda mi vida.

—Ya lo sé —dijo Matt, abrazándola y meciéndola—. Ya lo sé.

—Me casé con él cuando tenía diecisiete años y él fue todo lo que conocí. Me salvó. Era tan infeliz, estaba tan falta de cariño, pero él me llevó lejos. Si no lo hubiera conocido no sé que habría sido de mí.

Matt guardó silencio. Sólo mantuvo su fuerte abrazo, le acarició el pelo y la meció.

—¿Por qué murió? No entiendo por qué. Lo necesitaba tanto... ¿Por qué tuvo que irse y dejarme tan, tan sola?

—Ssssh —dijo Matt, tranquilizándola—. No estás sola. Estás conmigo. Estoy aquí.

Bailey no podía dejar de llorar. Sus manos se aferraban a Matt.

—Era un hombre maravilloso, lleno de vida. Jimmie podía hacer cualquier cosa. Podía conseguirlo todo.

El hombro de Matt estaba húmedo, pero ella continuaba llorando.

—Lo añoro más de lo que puedas imaginar —susurró—. Sin Jimmie no sé qué hacer conmigo misma. Él no tuvo nunca un momento de indecisión en su vida, pero yo... yo...

Matt la abrazó en silencio.

—Tranquila, cariño —dijo.

El sol iniciaba su ascensión y Bailey empezaba a sentirse mejor. Mientras se sonaba pensó que algo muy dentro de ella se había liberado. Como si algo muy pesado finalmente hubiese podido salir. Y de repente fue muy consciente de que estaba sentada en el regazo de Matt y que estaban solos. No era para nada un sentimiento desagradable, pero no quería aquello a lo que esto podía conducir. Todavía no. Ahora mismo sentía como si el espíritu de Jimmie estuviera aún demasiado cerca, gravitando por encima de ella. Pero a la vez, no podía encontrar una razón para alejarse de la calidez de Matt.

—Quizá deberías aprender a... —empezó él.

Bailey se deshizo del abrazo.

—Ni se te ocurra decirme que debería aprender a vivir para mí misma —dijo—. Muéstrame una persona que viva para sí misma y yo te mostraré un trastorno narcisista de la personalidad.

Matt soltó una risita.

—Ya lo sé y tienes razón. Mi ex mujer vivía para sí misma y te puedo asegurar que era muy narcisista...

Bailey lo miró con expectación, a la espera de que continuara. Pero al cabo de un momento una fría gota de lluvia le cayó en la nariz y ella se apartó del regazo de Matt.

—Vamos dentro —dijo él mientras se incorporaba—. Te contaré los detalles más íntimos de mi pasado. Te haré olvidar todos tus problemas.

—Ya veo. Estás hambriento, ¿verdad?

—Famélico.

—¿Y estás ansioso de desnudar tu alma en pago de la comida?

—Por supuesto.

—¿A cuántas mujeres les has contado tu historia?

—A ninguna. Y puedo asegurarte que Patsy ha hecho lo indecible para conseguir que le contara por qué me casé con Cassandra.

Asintiendo con una sonrisa, Bailey se encaminó hacia la casa con Matt detrás. Veinte minutos más tarde él estaba sentado a la mesa de la cocina. Tenía ante sus ojos un panecillo de fresas y queso mascarpone y Bailey amasaba la pasta para hacer una gran tarta horneada rellena con moras y nectarinas en rodajas, para luego espolvorearlo todo con azúcar impalpable.

—Ahora te toca a ti —dijo ella.

Sabía que debería sentirse turbada por lo que acababa de pasar entre ellos, pero no era así. Estaba mucho mejor de lo que había estado desde la noche en que murió Jimmie. De hecho, los colores de la habitación, por muy feos que fueran, le parecían más vivos de lo que le habían parecido antes. Su cocina plateada ahora parecía resplandecer con la intensidad de las estrellas.

—La historia —le dijo—. Cuéntame tu historia.

Matt no ocultó la satisfacción que le producía que ella se lo pidiera.

—¿Alguna vez has querido algo que supieras que no te convenía?

—Sí —respondió Bailey—. El chocolate.

Matt sonrió.

—No; quiero decir algo más grande, más...

—¿Qué te parece un cesto repleto de chocolates Lady Godiva? Con crema de frambuesas, caramelo y trufas. Y resulta que llevas cuatro semanas y tres días con una dieta insabora de mil calorías por día. Estás tan débil que te mareas cada vez que te pones de pie. Y de repente tienes delante todo ese chocolate, toda esa cremosa bendición del cielo. Una cantidad tal que podrías bañarte en ella. Podrías dar un mordisco y observar cómo chorrea por tu brazo y luego lamerlo. ¿A ese tipo de deseo te refieres?

Cuando ella acabó de hablar, Matt tenía los ojos abiertos como platos.

—¿Sabes?, no creo que yo quisiera tanto a Cassandra.

Bailey levantó sonriente la cuchara de las natillas y se la tendió.

—Prueba esto —le dijo.

Matt cerró los ojos mientras probaba la cremosa sustancia.

—¿Cómo lo has hecho? —susurró.

—Le he puesto bastante vainilla. Potencia el sabor. Bueno, ya está bien de esto. Ahora cuéntame tu historia.

—Vale, ¿dónde estaba? —se preguntó, y le dio otro lametazo a la cuchara—. Acababa de terminar la facultad de Arquitectura con un proyecto de fin de carrera que fue calificado como el mejor de la clase.

—Estoy impresionada.

—Lo he dicho para impresionarte, pero no vale la pena. Quizá si no me hubieran dado tantos premios ni me hubieran ofrecidos tantos trabajos de envergadura, no habría estado tan pagado de mí mismo. Y si no me hubieran hecho tantas ofertas no me hubiera vuelto tan desdeñoso y hubiera aceptado una en St. Louis o en Mineápolis. Habría trabajado en un despacho y aprendido algo. Pero no acepté ninguno de esos trabajos y no aprendí nada; nada en materia de arquitectura, al menos. No, yo quería que el mundo se inflamara con mis diseños de casas unifamiliares; arquitectura doméstica. Nada de edificios de oficinas. Al final acepté un empleo con un hombre muy rico en Long Island. Debía construir una joya de casa para su única hija, Cassandra, que iba a casarse con Carter Haverford Norcott III la primavera siguiente. Pensé que si le hacía una casa verdaderamente bella y se celebraba allí una boda por todo lo alto, la vería muchísima gente y me llegarían proyectos a montones.

—Pero en vez de eso te quedaste con la novia.

Matt se tomó su tiempo para responder.

—La ironía es que realmente yo no la deseaba. De hecho nunca la vi. Ésa era la vida que yo quería. Mi... —vaciló— mi madre provenía de una familia como ésa. Cuando se fugó con mi padre, su familia la desheredó. Años más tarde, después de que mi padre la dejara, cuando trabajaba de camarera y aceptaba cualquier trabajo que encontrase para mantener a sus dos hijos, ella... —Matt no pudo seguir y miró a lo lejos, pero Bailey vio ira en su mirada.

—Tenía clase —dijo Bailey.

—Sí. Mi madre tenía clase. —Recogió la cuchara y la giró en su mano.

—Y tú quisiste recuperar la clase de tu madre.

—Sí, así es.

Bailey se sentó frente a él con un tazón de té y cogió una tostada. Se la tomó tal cual, sin ponerle mantequilla.

—Y entonces, ¿cuándo conociste a la hija, a Cassandra?

—Al cabo de tres días de estar ahí. Me golpeó con una pelota de tenis y yo me caí en el estanque de los peces.

Bailey se había tomado tres tazones de té mientras escuchaba el relato de Matt y volvió a servirse por cuarta vez. Después troceó fresas y plátanos, les vertió nata por encima y le sirvió el cuenco a Matt mientras hablaba.

Ella escuchaba las palabras, pero también estaba atenta a la intensidad de lo que decía. Pensó que era un hombre con sentimientos muy intensos. Estaba tratando de sacar a la luz con suavidad años de su vida, pero la blancura de los nudillos que aferraban el asa de su taza de café y la pequeña línea blanca de la comisura izquierda de su boca lo delataban.

Estaba contando cómo una bella patricia, esbelta, rubia, alta y vestida para jugar al tenis, lo había puesto en evidencia. Acababa de tener unas palabras con el majadero de su novio, Carter Haverford Norcott III, cuando lanzó una pelota de tenis al arquitecto de su futuro hogar, lo golpeó, le hizo perder el equilibrio y caer al estanque de los peces.

—Si no hubiera estado discutiendo con Carter —explicó Matt—, dudo que nada de lo que pasó después hubiera tenido lugar. Pero ahí estaba yo, sentado en un estanque, con mis veinticinco años y la ropa empapada. Puse muy celoso al pequeño y enjuto Carter, el tercero de la saga.

Matt contó que aquel día vio algo en los ojos de Cassandra, algo que apelaba a «algo muy hondo dentro de mí».

—Años más tarde supuse que me lo había imaginado todo, pero por un momento pensé que había visto un destello en sus ojos que me pedía...

—«Por favor, rescátame» —completó Bailey.

—¡Sí! Cómo has...

—De estar allí, lo hubiera hecho. Ella iba a casarse con un hombre de su clase social, un hombrecillo, y ve un espléndido espécimen como tú, caído en el estanque de los peces y empapado, y sus ojos imploraron que la rescataras.

Matt sonrió, se recostó en la silla e hinchó un poco el pecho. Le había llamado «espléndido espécimen».

—Eso es lo que yo pensé que quería decirme, pero al cabo de un momento dijo: «Vaya, probablemente cogerá los peces y se los comerá como almuerzo.»

—Vaya comentario idiota.

—Más tarde, cuando la conocí, descubrí que era el tipo de cosas que solía decir cuando quería mostrarse ingeniosa, pero nadie le reía las gracias, y bien sabe Dios que ella nunca le reía las gracias a nadie. Y si se lo preguntabas, te decía que ella tenía un maravilloso sentido del humor.

—¿Y tú qué hiciste? —preguntó Bailey, y cogió una fresa para comérsela.

Matt se pasó la mano por la cara como para aclararse las ideas.

—Somos nuestros propios enemigos. ¿Lo sabías? Nada de lo que cualquiera nos pueda hacer es tan malo como lo que podemos hacernos a nosotros mismos. Cuando acabé la carrera, me empeñé en lograr el trabajo con el padre de Cassandra. Él quería que uno de mis profesores le proyectara la casa de su hija, pero yo le desbordé con mis proyectos e ideas, y lo convencí. Y eso mismo es lo que hice con Cassandra. La perseguí.

Bailey comió más fresas mientras Matt le resumía la extraordinaria historia de cómo había ido detrás de Cassandra Beaumont. Tuvo que detener un par de veces el tránsito de la fresa a su boca cuando le contó cómo la había cortejado. En una ocasión se había colado en el dormitorio de ella después de trepar por una enredadera. Como en una mala comedia televisiva, había tenido que esconderse debajo de la cama cuando entró la sirvienta.

—Debía de estar cautivada —dijo Bailey—. Ella...

—Estaba fascinada conmigo. Me miraba como un antropólogo haría ante una tribu de nativos recién descubierta, y pensaba que todo lo que yo hacía era extraño. Parpadeaba y me miraba con sus grandes ojos azules, fascinada, pero no se implicaba.

—Bien, déjame suponer. Cuanto más fría se mostraba ella, más ahínco ponías tú en el intento.

—Veo que ya has escuchado antes esta historia —dijo Matt, haciéndola sonreír.

—Entonces ¿cómo conseguiste que aceptara casarse contigo?

Matt bajó la vista y se miró las manos, luego volvió a mirar a Bailey.

—Creo que lo hizo para resultar más interesante en su grupo social. Para mí, criado por una madre soltera, pobre a rabiar, Cassandra era una criatura exótica, pero para su clase social era tan corriente como la leche desnatada. Creo que ella imaginó que un matrimonio de seis semanas conmigo la convertiría en el centro de la atención cuando volviera a su papaíto y al Club de Caza.

—¿Y qué ocurrió después de que os casasteis? —preguntó Bailey con dulzura.

—Nada. No teníamos nada en común. Había pensado, en vano, que una vez estuviera a solas conmigo cambiaría. Ya sabes, el tópico del fuego debajo del hielo, ese tipo de cosas —dijo y le dedicó una sonrisa de medio lado—. Pero al cabo de dos semanas, incluso había desaparecido la pasión en la cama. La verdad, vi la magnitud de mi error la mañana siguiente de nuestra fuga. Desperté, me volví hacia ella y le dije: «Buenos días, Cassie», y ella me respondió: «No me llames eso, suena tan vulgar...» —Matt respiró hondo un par de veces antes de proseguir—: Le era incomprensible que yo no pudiera permitirme económicamente sus visitas a un hipódromo o que fuera socia de un club de campo. Y cuando su padre se enteró, me dijo que si tanto la quería, ya era mía. —Se interrumpió, miró a lo lejos y luego sonrió a Bailey—. Es duro admitir esto ante una mujer que... que me gusta como me gustas tú, pero la verdad es que creo que me movieron algunas razones espurias para ir tras Cassandra. Cuando miro atrás, creo que estaba preparado para hacer el papel de héroe ofendido y decirle al padre que quería a su hija, no su dinero. Pero me imaginé aceptando, digamos, una casa (proyectada por mí, por supuesto) y unas cuantas hectáreas primorosamente cuidadas como regalo de boda. Y él podría decir a sus opulentos amigos: «He dejado a mi yerno proyectar la casa en Barbados. Es de la familia, pero por supuesto también es el mejor arquitecto.» Pero... —sonrió—, pero era un hombre astuto y todo lo que recibí de él fue un apretón de manos. No llegamos ni a un brindis.

Matt sonrió y notó que, una vez revelado todo eso se sentía más relajado. Continuó:

—Creo que los padres de Cassandra se morían por deshacerse de ella. Le habían satisfecho todos sus caprichos y como resultado habían creado un bellísimo monstruo. Parecía no distinguir entre el amor y el dinero. Pienso que en vez de tiempo y atención sus padres le regalaban cosas, así que cuando me casé con ella, esperaba que yo siguiera comprándoselas. Era lo que tenía que hacer si la quería de verdad, eso es lo que ella solía decir y por mucho que le enseñara el estado de mi cuenta corriente, ella no lo entendía.

—¿Y entonces por qué no te divorciaste en ese momento?

—Por orgullo. Me había jactado ante todos mis amigos y conocidos de que iba a conseguirla. Y me iré a la tumba viendo la sonrisa torcida de su padre cuando Cassandra le contó que nos habíamos casado. Eso me empujó a alcanzar mi objetivo, a hacer más y más dinero, porque el dinero era la única forma en que podría plantarme ante mi ilustre suegro. No fui consciente de ello, pero todo el tiempo que estuve persiguiendo a Cassandra, me imaginaba con ella, sentados a la mesa del comedor de su padre. —Miró a Bailey y sonrió con ironía—. Sabía ciertas cosas, debido al pasado de mi madre, como qué tenedor se utiliza para las ostras y qué cuchillo para el pescado; ese tipo de cosas. Me rondaba por la cabeza la fantasía de que su padre diría... —Volvió a interrumpirse y sonrió—. No sé cómo pude ser tan ingenuo, pero me imaginé a su padre diciendo algo como: «Pensaba que mi hija se había casado con alguien inferior, pero ahora veo que eres uno de los nuestros.»

Bailey supo que Matt necesitaba que le sonriera, pero no pudo. Había estado muy a menudo en el lado receptor de los desaires. Jimmie trataba por igual a los basureros que a los reyes, y debido a que todos iban detrás de su dinero, no se atrevían a desairarlo. Pero muy a menudo ella los había pillado mirándola por encima del hombro. ¿Cómo podía ser que un hombre como Jimmie Manville tuviera una mujercita regordeta como Lillian?

—¿Sabes lo que pasó? —continuó Matt—. La noche en que fuimos a casa de los padres de Cassandra para informarles de que nos habíamos fugado para casarnos, estaban cenando. Con mi suegro estaba Carter, sentado a la mesa del comedor. Él estaba allí, yo estaba fuera; nada había cambiado.

—Pero ¿se enfadaron, por lo menos, al saber que su única hija se había escapado para casarse?

Matt se encogió de hombros.

—No puedo asegurarlo. Creo que pensaron que estaríamos divorciados al cabo de unas semanas y luego todo el mundo fingiría que no había pasado nada. Para ellos yo era tan efímero como una sombra.

—Pero tú querías demostrar que estaban equivocados —dijo Bailey.

—Más o menos. Quería demostrarme a mí mismo que no había sido un completo idiota y que si podía competir con ellos en clase, también lo haría en el trabajo. Empecé a llamar a las empresas en las cuales había rechazado trabajo y me ofrecí. Y si eso no funcionaba, suplicaba.

Continuó relatando cómo había trabajado durante años, sin cesar, con el único propósito de hacer dinero. No tenía una vida hogareña, nada más que el trabajo. Pero fue capaz de ofrecerle a Cassandra el club social, una gran casa y la vida de comodidad que llevaba, mientras para él quedaban las facturas y el estrés.

—Entonces ¿qué fue lo que te hizo entrar en razón y que te divorciaras?

—Tuve un ataque al corazón —respondió Matt con una sonrisa—. Al menos eso creí yo. En el hospital me dijeron que no era otra cosa que una indigestión y que me fuera a casa. Pero fue suficiente para asustarme y desear una segunda oportunidad en la vida. Regresé a casa a primera hora de la tarde, algo que no había hecho nunca, y...

—¿Y?

—Cassandra y Carter estaban desnudos en el *jacuzzi*. Me quedé mirándolos y todo lo que me vino a la cabeza fue que yo había pagado ese cuarto de baño, pero que nunca había tenido tiempo para meterme dentro. Y fue en ese preciso momento cuando me eché a reír. Me sentía muy aliviado. Ahora podría deshacerme de ella sin culpa. Me dije: ¿No es así como empezamos? Entonces Carter dijo: «Escucha, Longacre...» Y yo le dije: «No, por favor, no te levantes. Continúa lo que estabas haciendo. Yo invito.» Después me di la vuelta y salí. Oí a Cassandra decir: «No te preocupes, volverá. Me adora.» Y en ese momento fue cuando me sentí verdadera y totalmente libre.

Matt le contó cómo había cerrado su empresa de arquitectos, vendido todo lo que poseía, pagado sus considerables deudas, dado a su ex esposa la mitad del remanente y finalmente regresado a Calburn.

—¿Y ahora qué? —preguntó Bailey con suavidad.

—Ahora quiero descubrir quién soy. Necesito investigar sobre mí mismo, pero he comprendido que parte de lo que me atrajo de Cassandra era el sentido de la familia. Crecí sin un padre en una época en que una familia monoparental hacía de mi hermano y de mí objetos de piedad.

—¿Y ahora que estás aquí?

—No estoy del todo seguro, pero empiezo a tener algunas ideas —respondió con los ojos fijos en los de ella.

Por segunda vez en el día, Bailey no entendió por qué decidió cambiar de tema, pero lo hizo.

—¿Otra rebanada de Dutch *baby*? —ofreció a la vez que se levantaba de la mesa y pensaba qué era lo que no funcionaba en ella. ¿Por qué no tomaba lo que ese hombre hermoso le ofrecía? ¿O es que Jimmie iba a estar siempre en su camino?

—Bueno. ¿Qué quieres hacer hoy? —le preguntó Matt—. Es domingo, no se trabaja, así que, ¿qué te apetece?

—Volar a la India y ver el Taj Mahal otra vez —dijo Bailey, tratando de hacer una broma, pero a Matt no le hizo ninguna gracia. Por el contrario, lo único que hizo fue mirarla. Ella rehuyó su mirada—. Quiero trabajar más en el porche —corrigió entonces—. Y también darle a esta cocina una forma más decente.

—Se puede hacer —dijo Matt, pero todavía le dirigía una mirada significativa.

11

Seis semanas más tarde, Bailey removió la ensalada en la gran ensaladera de madera y la miró con desaprobación. No se trataba de que no fuera buena. Tenía gajos de mandarina en conserva, almendras cortadas en tiras muy finas y lechuga fresca. Bebía un té helado con un chorro de jugo de frambuesa de botella. Después de todo no era un mal almuerzo, pero no le interesaba.

En cambio, seguía mirando el folleto de la inmobiliaria que tenía a su lado, en la mesa. «El lugar se vendió hace dos días», le había dicho el agente inmobiliario hacía una hora.

Estaba sentada en un reservado de un pequeño y elegante restaurante de Welborn, tomando sola un almuerzo tardío y tratando de comprender qué no funcionaba en ella. Jimmie solía decir: «Otra vez inquieta, ¿verdad, Pecas?» Y entonces se la llevaba a algún lugar maravilloso. Pero ahora Jimmie se había ido y no había dinero para marcharse de paseo a ningún lugar.

Volvió a mirar el folleto. No era más que un papel, pero incluía una agradable foto en color de la tienda que había tres puertas más allá del restaurante. No es que fuera un local muy grande o que tuviera algo especial, pero a Janice, Patsy y ella les había gustado. De hecho les había gustado mucho. ¿Y entonces qué había pasado?, se preguntó, recogiendo una vez más el papel y mirándolo.

Cinco semanas y media antes Patsy llamó a Bailey y

le dijo que tenía que ir a Welborn, que si querría acompañarla. Como aquél era un día de labor, Matt estaba fuera trabajando y ella no tenía mejor cosa que hacer porque ya tenía la despensa abarrotada de botellas y botes de conservas caseras, encurtidos y licores de frutas. Incluso la búsqueda del pasado de Jimmie se había estancado. La averiguación de Matt sobre el derecho de propiedad había resultado infructuosa. Cualquier acción de compra o venta de la granja se había realizado antes de que los registros se pasaran a soportes informáticos.

Cuando Patsy entró en el camino de la casa, a Bailey no le sorprendió ver a Janice sentada en el asiento trasero. Estuvo a punto de preguntarle cómo había hecho para saber si Janice quería ir con ella, pero no lo hizo.

En la media hora de recorrido hacia Welborn, Bailey fue charlando tanto con una como con la otra, descubriendo así mucho más sobre la vida de ambas, mientras trataba por todos los medios de evitar cualquier dato sobre su propia vida.

Welborn era lo que Bailey esperaba que fuera: una próspera ciudad turística con las típicas tiendas para bolsillos bien cubiertos. Mientras las tres paseaban por las calles y miraban los escaparates, ella se alegró de que la autopista hubiera pasado lejos de Calburn. Por mucho que ahora tuviera aspecto de abandonada, había en la ciudad algo real que Welborn no tenía.

—La gente debería trabajar aquí y vivir en Calburn —dijo Bailey, contemplando el escaparate de una tienda de libros New Age y abalorios.

—Entonces podrían permitirse restaurar las casas viejas —observó Patsy.

—Calburn necesita un negocio, un lugar donde las mujeres puedan trabajar —dijo Janice y en su tono había tal amargura que Bailey la miró.

Quizás había sido esa breve conversación la que puso en marcha su idea. Diez minutos más tarde, vieron una tiendecita de objetos de regalo que tenía un cartelito de SE VENDE y no hicieron ningún comentario, pero cuando fueron a comer al mismo restaurante en el que estaba ahora Bailey, no podían hablar de otra cosa. Janice y Patsy se sentaron a un lado de la mesa para no tener que enfrentar sus miradas y Bailey al otro.

Janice fue la que inició el tema. Estaba examinando el menú plastificado.

—Si tuviéramos una tienda, podríamos vender todas esas conservas que haces —comentó.

Acto seguido todas se pusieron a parlotear al unísono y, pese a la falta de miradas entre Patsy y Janice, todo iba dirigido a las tres.

—Artesanías —dijo Patsy—. Yo puedo coser cualquier cosa.

—¡Cestas de regalo! —exclamó Janice—. Tendríamos que tener una tienda de cestas de regalo. Estarán llenas de tus confituras caseras, mermeladas, jaleas y...

—Y la costura de Patsy —añadió Bailey—. A una mujer rica que conocí el marido le trajo un pequeño dragón con su nombre y os aseguro que le gustaba más que los diamantes que le regalaba.

—Es probable que le regalara diamantes para lavar sus culpas —reflexionó Patsy.

—Así era —confirmó Bailey y las tres rieron.

La idea de comprar una tiendecita en esa ciudad turística parecía crecer minuto a minuto. Eran tres mujeres que disponían de suficiente tiempo. Janice tenía dos niñas pequeñas, pero Bailey había descubierto que su suegra vivía con ellas, así que las niñas podían estar tanto con su abuela como con su madre. Cuando ella misma lo expresó, Bailey le vio algo en los ojos, algo parecido a lo que le había percibido en su recorrido por la casa de Patsy, pero seguía sin ver claro qué era. Miedo, quizás. O posiblemente la sensación de haberse rendido.

Cuando terminaron de comer, ya hablaban de dinero. Después fueron caminando hasta la tienda, entraron y comenzaron a reorganizarla mentalmente. Por el momento, la tienda era una entre las muchas de Welborn que vendían un poco de todo y no estaban especializadas en nada. Vieron camisetas con la leyenda «Welborn, Virginia», un par de estanterías llenas de velas y algunos juguetes baratos. La propietaria les mostró el local. Había un amplio escaparate con expositores y en la trastienda había tres espacios que podrían ser utilizados como lugar de trabajo y almacenamiento.

—Antes era una floristería —explicó la propietaria.

Cuando abrió la puerta de atrás y salieron a un gran estacionamiento, las tres se quedaron deslumbradas por el sol, no muy seguras de qué hacer a continuación. Sabían que era un momento crucial. ¿Podían volver a casa y olvidar todo eso? ¿O bien debían proseguir por ese camino?

Fue Janice la que tomó la decisión.

—Lo primero que debemos hacer es informarnos de si hay competencia. ¿Habrá otras tiendas de cestas de regalo en Welborn? No estoy segura de que esta zona pueda dar cabida a dos establecimientos con el mismo negocio. Y alguna de nosotras debería hablar con el agente inmobiliario sobre cuestiones económicas. Además necesitamos un gestor que nos diga cómo llevar una tienda de cestas de regalo, e incluso si nos conviene.

Ahora Bailey sonreía, pensando en aquella tarde. Janice se comportaba como un sargento instructor y tanto Bailey como Patsy tuvieron claro cuál sería el trabajo que iba a corresponderles. Patsy fue a informarse sobre las otras tiendas de la zona y Bailey fue a la biblioteca pública para ver qué podía descubrir, mientras Janice se dirigía a la agencia inmobiliaria para tratar el tema económico.

Para cuando volvieron a encontrarse ya eran las seis de la tarde y tenían muchas cosas de las que informarse. Patsy las condujo de vuelta a Calburn, con un alto en un supermercado. Las tres recorrieron los pasillos con sus cestas, mientras charlaban sin parar.

Al llegar a casa siguieron hablando con el mismo entusiasmo a los hombres con los que vivían. Janice le contó a Scott que iba a llevar la contabilidad de su nueva empresa, Patsy le dijo a Rick que iba a ser directora creativa, y Bailey le contó a Matt que iba a tratar de alquilar una cocina industrial para empezar a preparar los productos más sabrosos a gran escala.

—No sabemos qué nombre darle —planteó cada una de ellas a su respectivo compañero—. ¿Se te ocurre algo?

Ahora que estaba sentada exactamente en el mismo lugar en que las tres habían estado hablando de sus proyectos, Bailey volvió a mirar el folleto. Ayer habían vendido la tienda. Pero ellas no habían sido las compradoras. ¿Qué había sucedido?

De camino a casa las tres mujeres se habían sentido en la cima del mundo.

—Estamos muy aburridas —había dicho Bailey riendo; riendo de verdad por primera vez después de mucho tiempo.

Esa noche las llamadas telefónicas se dispararon. Estuvieron charlando unas con otras, aunque era en casa de Bailey donde más sonaba el teléfono porque debía hacer de intermediaria entre las otras dos, de forma que le contaba a Janice lo que había dicho Patsy y viceversa.

En aquellos primeros días los tres hombres se comportaron maravillosamente. Matt se ofreció para renovar la tienda. Scott dijo que aportaría dos furgonetas con sólo dos años de antigüedad. Rick, que era propietario de tres estaciones de servicio y quien, según Patsy, podía arreglar cualquier cosa en el mundo, iba a proporcionar gasolina gratuita para los vehículos, además de ocuparse del mantenimiento. Patsy dijo que sus hijos iban a ser los conductores de reparto de las cestas, aunque en la explicación no apareciera para nada la palabra voluntarios.

Durante toda aquella semana la vida de Bailey resultó muy emocionante. Fueron constantes las llamadas telefónicas, los acuerdos a los que debía llegar, los libros que leer y las webs que consultar. Con la ayuda de Matt aprendió a utilizar Internet en un tiempo récord. No tenía ni idea de cómo manejar el resto del ordenador, pero Matt le dijo que nunca había visto a nadie que aprendiera a moverse por la Red con tanta rapidez.

Aunque las cosas empezaron a cambiar después de la primera semana. El lunes por la mañana Janice llamó a Bailey para decirle que Scott tenía problemas con el Internal Revenue System y que necesitaba su ayuda para arreglar unas cuantas cosas. Lo sentía mucho, pero Scott decía que era la única persona en el mundo en la que confiaba plenamente, así que esperaba que Bailey se mostrase comprensiva. Dos días más tarde Rick había ofrecido a Patsy una fiesta de cumpleaños en la que le regaló una máquina de coser que podía conectarse a un ordenador y programarse para bordar fotografías. Patsy dedicó bastante tiempo a su nueva máquina, restándoselo al que tenía para hablar sobre la tienda.

Aquel sábado por la mañana Matt le contó a Bailey su gran novedad. De un despacho de arquitectos para el que había trabajado anteriormente le habían pedido algunos proyectos de casas que podrían venderse en su web. En el pasado, los proyectos vendidos a través de catálogos debían ser muy adaptables a todos los gustos, pero gracias a Internet, se podía ofrecer una selección más amplia.

—¿Qué te parece? —le preguntó Matt.

Ella estaba en la cocina y de muy mal humor. Janice y Patsy la habían dejado colgada. Quería pasar el día con ellas, proyectando el negocio, pero resultaba que Patsy trataba de copiar un tigre de un libro para colorear en una de las camisetas de sus hijos y Janice estaba sumida en las profundidades de las finanzas de su marido de hacía ocho años.

Bailey apenas había mirado el boceto que le enseñó Matt.

—Odio esta cocina —comentó y luego le dio una sacudida a la olla que hervía en una *soupe au pistou*.

—¿Sí? ¿Qué tiene de malo? Se la llama «cocina de *gourmet*». Pensé que te gustaría.

—¿Por qué razón cuando se trata de cocinas, vosotros los hombres pensáis que «grande» es sinónimo de «*gourmet*»?

—¿Qué he hecho para merecer ese «vosotros los hombres»?

Bailey sabía que no estaba siendo justa, pero eran los hombres los que habían apartado a Janice y Patsy del proyecto común.

—¿Te parece que podrías diseñar una cocina mejor? —dijo Matt al ver que Bailey no le respondía.

—Con los ojos cerrados —respondió Bailey, y apretó los labios.

Y fue entonces cuando Matt le puso delante un bloc de papel cuadriculado y diez minutos más tarde estaban los dos inclinados mientras Bailey rediseñaba la cocina.

Y en ésas estaban. Matt se planteaba hacer un libro entero de proyectos de casas y crear su propia página web. Además, si pudiera entrar en contacto con una gran empresa como Home Planners, podría ganarse la vida y a la vez quedarse en Calburn. Acababa de pedirle a Bailey que fuera su socia como diseñadora de cocinas.

—¿Lillian?

—¿Sí? —dijo Bailey, ausente, con los ojos fijos aún en el folleto.

—Eres tú, ¿no es así? Nada más entrar ya sabía que te había visto antes, pero me llevó un rato descubrir quién eras. ¿Estás aquí también para una sesión de baños? Pues pregunta por Andre. Es maravilloso.

Boquiabierta de la sorpresa, Bailey observó a esa mujer de su pasado, Arleen Browne-Thompson, baronesa Von Lindensale, que se deslizaba para sentarse en el asiento del otro lado de la mesa.

—Lo siento —dijo Bailey—, debe de haberse equivocado de persona. No soy...

—Claro que sí, claro que sí —respondió Arleen mirándola fijamente—. Estás magnífica. De verdad. ¿Cuántos kilos has perdido? ¿Quince? ¿Más? ¡Y tu nariz! Quitarte eso ha debido de requerir media docena de intervenciones.

Bailey le lanzó una mirada fiera mientras la cabeza le daba vueltas a las consecuencias que podía tener ese encuentro. Arleen podría vender el hallazgo a los tabloides y mañana el jardín delantero de Bailey estaría lleno de reporteros. O podría...

—¿Quieres dejar de mirarme de esa manera? —dijo Arleen—. No tengo ninguna intención de divulgar tu secretito. Si quieres recorrer el país vestida... así —no parecía encontrar palabras para describir los pantalones de algodón y la camiseta de Bailey—, no es asunto mío. Además, tú también conoces algunos secretos míos.

Arleen lanzó una risita traviesa y Bailey estuvo tentada de decir: «No hay ningún secreto tuyo por el que la gente pagaría.» En dos ocasiones había encontrado a Arleen en situaciones comprometidas con jóvenes que trabajaban para Jimmie. Cuando se lo contó a Jimmie, se rió a carcajadas. «Esa vieja bruja debe de tener al menos ciento doce años. ¡Bravo por ella!»

Arleen puso un bolso Gucci sobre la mesa y empezó a revolver dentro. Bailey sabía que buscaba un cigarrillo; ésta era la vez en que la había visto durante más tiempo sin uno en la mano. Se solían hacer bromas sobre quién había visto a Arleen comer algo en alguna ocasión, ya que parecía que vivía para beber y fumar. Tenía la piel reseca y estaba demacrada.

—Venga, cuéntamelo todo —dijo Arleen una vez tuvo encendido el cigarrillo.

—Ésta es una zona de no fumadores,

—Acabo de hacer el amor con el propietario, así que no nos echarán —repuso, y se carcajeó ante la expresión de Bailey—. Querida, siempre has sido muy fácil de impresionar. No, no he hecho el amor con el propietario, pero son las tres de la tarde y ya sabes cómo son estos americanos, que a la una han acabado los almuerzos y vuelven a sus aburridas oficinitas.

Daba la casualidad de que Bailey sabía que había crecido en Texas, pero a ella le encantaba fingirse «ciudadana del mundo», como decía de sí misma.

—Todo —repitió Arleen—. Cuéntamelo todo.

—No tengo intención de contarte nada —respondió Bailey, que a continuación tuvo la satisfacción de ver cómo se arqueaban ligeramente las finas cejas de Arleen.

—Entonces quizá quieras que te cuente lo que ocurrió con todos tus amigos.

—¿Aquellos que me llamaron después de que Jimmie murió y que dijeron cuánto lo sentían por la pérdida? ¿A esos amigos te refieres?

—Dios mío —dijo Arleen tras dar una profunda calada al cigarrillo y mirando a Bailey a través de una nube de humo—. ¿Cuándo has recuperado la lengua? Solías sentarte en un rincón, sin decir nada. No hacías otra cosa que bajar la cabeza y esperar a James.

Bailey recogió su bolso de mano.

—Creo que será mejor que me vaya.

—Entonces no tendré que hacer más que decirle a mi chófer que te siga —dijo Arleen con calma—. Ya sabes que fue agente del FBI.

Bailey se sentó de nuevo.

—De acuerdo. ¿Qué quieres?

—Algo de lo que tomaste para tener tan buen aspecto y estar tan enfadada.

—¡No estoy enfadada! —replicó Bailey, pero miró alrededor, vio el restaurante en su mayor parte vacío y bajó la voz—. No estoy enfadada —dijo con tono suave—, y no sé qué te ha dado esa idea.

—Déjame ver. Estabas casada con un hombre que se iba a la cama con todo aquello que llevara faldas, luego se murió y no te dejó nada. Y ahora...

Una vez más, Bailey agarró su bolso, pero Arleen la sujetó por la muñeca.

—Vale, te pido disculpas. No tenemos que hablar de lo que te hicieron.

—Tienes razón. De hecho, no tenemos que hablar de nada.

Bailey estaba sentada a medias y Arleen todavía la sujetaba por la muñeca con fuerza.

—¿Qué quieres, Arleen?

—¿Es realmente cierto que Jimmie no te dejó nada?

—Ya veo. Quieres dinero.

Arleen se encogió de hombros.

—Una tiene sus necesidades.

Como Bailey no volvía a sentarse, Arleen le susurró:

—Por favor, siéntate y habla conmigo. Echo de menos a James. Y te lo prometo, no habrá más chismorreos.

Bailey era consciente de que debería irse, pero algo la retenía. Una cosa: Arleen le era familiar. Ni por lo más remoto habían llegado a ser amigas, pero ella había formado parte del grupo de parásitos que giraban en torno a Jimmie. Por lo general pensaba que la perversidad de Arleen era divertida. «Y conoce a todo el mundo», había dicho Jimmie.

Bailey volvió a tomar asiento despacio.

—De acuerdo, ¿de qué quieres hablar?

—De ti. Lo que de verdad quiero saber es qué has hecho para estar tan bien. Antes, cuando estabas con James, siempre tenías un aspecto horrible.

—Gracias —contestó Bailey—. Lo mismo digo de ti.

Arleen se recostó en el respaldo, se acercó el cigarrillo a los labios y la miró con ojos especuladores.

—Estás realmente enfadada. ¿Has estado siempre así o es algo nuevo?

—No lo... —empezó Bailey, pero luego se recostó ella también.

—¿Es por tu nuevo marido? —continuó Arleen.

—¿Qué te hace pensar que tengo otro marido?

Arleen soltó una carcajada seca. No podía reír mucho porque tenía los pulmones tan llenos de alquitrán que si empezaba a toser, no pararía nunca.

—¿Tú? Tú, mi querida Lillian, estás hecha para ser esposa. Y ahora tienes el aspecto de que estás a punto de quedar embarazada. Nosotros nos preguntábamos si existías cuando James no estaba cerca. Bandy (¿te acuerdas de él?) solía decir que eras un fantasma y que James había pagado a alguien para conjurarte. Decía que una sacerdotisa vudú había practicado un antiguo ritual y de él había surgido esta mujer que era lo que todo hombre primitivo como James pensaba que debía ser una esposa.

Bailey la miraba horrorizada. Había oído cuchicheos y notado miradas, pero cuando Jimmie estaba alrededor nadie se hubiera atrevido a decirle algo así.

—Continúa —se oyó decir—. ¿Qué más decía Bandy de mí?

—Oh, querida, era de lo más divertido. Ya sabes lo malicioso que puede llegar a ser Bandy. Decía que sólo un fantasma al que hubieran quitado el espíritu podía ser mujer de un multimillonario y seguir metiendo cerezas en botellas alrededor del mundo, te encontraras donde te encontraras, como tú hacías. Decía que lo tenías todo, pero que en realidad lo único que querías era desaparecer dentro de James Manville; y que, desde luego, era lo que James quería que hicieras. Por eso James te enviaba todos esos chocolates cada vez que perdías un gramo o dos.

—El chocolate era regalo de otras personas. Regalos de agradecimiento, en su mayor parte. Jimmie decía... —Se interrumpió ante la mirada de Arleen, que parecía decirle: «Pero cómo puedes ser tan ingenua.»

—Bandy estaba con él en una ocasión cuando encargó el chocolate para ti. Le dijo: «Creía que Lillian estaba haciendo dieta», y James se echó a reír. Pero ya sabes cómo es Bandy, una vez se entera de algo no lo deja escapar. Por medio de halagos consiguió engatusar a James para que le contara por qué quería tener una mujer gorda. James le dijo que él no tendría nunca una mujer hermosa. Recuerdo esa noche con toda claridad. Estábamos en el yate de Jimmie, ese grande que tenía, ¿cuál era su nombre?

—El *Lillian* —respondió Bailey, y apretó la mandíbula. No quería oír nada de lo que esa mujer estaba a punto de decir, pero a la vez algo muy intenso le impedía marcharse—. ¿Qué dijo Jimmie de mí?

Arleen encendió un cigarrillo con la colilla del anterior.

—Era una de esas noches en que tú te habías ido pronto a dormir. Por entonces te ibas siempre temprano, ¿verdad, querida? Una de las razones por las cuales disgustabas a tanta gente era porque no hacías ningún esfuerzo por esconder que los despreciabas.

—Ibais todos detrás del dinero de Jimmie —dijo Bailey.

—Sí, cariño, queríamos su dinero, pero tú querías su alma. Ahora, dime, ¿qué es más caro?

Bailey no iba a responder a eso.

—Cuéntame lo que te estás muriendo por contarme —le soltó.

—¡Qué hostilidad! ¡Dios mío! —expresó con vehemencia Arleen—. Esto no lo sabía. De haberlo sabido, quizás hubiéramos sido amigas —dijo, y lanzó un cacareo—. De cualquier manera, aquella noche, como de costumbre, habíamos bebido mucho, demasiado, y Bandy le pidió a James que nos contara su secreto para lograr un matrimonio feliz. Imagino que estás al corriente de que, por lo general, estabas más allá del bien y del mal. Cuando James estaba presente no se mencionaba tu nombre. Pero esa noche James habló. Quizás estaba borracho, no lo sé. Además, estaba de buen humor porque acababa de conocer a aquella actriz principiante; la pelirroja con un corazón tatuado en el brazo. No tenía ni idea de interpretación, pero tenía un cuerpo divino. ¿Cómo se llamaba?

—Chloe —dijo Bailey en un susurro.

—Ah, sí, Chloe. —Arleen apagó el cigarrillo y encendió otro—. Bueno, es igual, esa noche James hablaba con ganas y dijo que el secreto era encontrar una chica que no tuviera nada, una chica (dijo chica, no mujer, lo recuerdo con toda claridad) a la que no quisiera nadie en este mundo y que no tuviera ambiciones. «Una botella vacía que espere mi llegada para llenarla. —Eso es lo que dijo James—. Y si la llenas con amor, será lo único que le importe.»

Arleen se detuvo y dio una profunda calada al cigarrillo.

—Ya sabes cómo era James. Una vez empezaba a hablar, era imparable. No es que dijera nunca gran cosa de sí mismo, pero Bandy podía sacarle algo de tanto en tanto. James dijo: «Por ejemplo, mira...» Ah, ¿cómo se llamaba? ¿Esa modelo que estuvo antes de Chloe? ¿Esa chica italiana?

—Senta —murmuró Bailey.

—Eso, Senta. James dijo: «Por ejemplo, mira a Senta. Sería una esposa desastrosa. Demasiado bella. Demasiado ambiciosa. Demasiado pagada de sí misma. Ahí no habría espacio para mí. A mujeres como ésas se las usa para lo que están hechas y luego te deshaces de ellas cuando te han aburrido.» «Pero no Lillian», dijo Bandy, y puedo asegurarte que todos contuvimos la respiración.

Ya sabes, James podía soportar que una persona viviera de él durante años, pero si una sola vez le pillaba a contrapelo, no volvía a verlo nunca más, no volvía a hablarle, y, aún peor en mi círculo, no volvía a pagar las facturas.

—¿Qué dijo Jimmie de mí? —insistió Bailey con una voz apenas audible.

—Dijo que estaba seguro de que no tenías a nadie a quien querer más que a él. Dijo que si te empezabas a aburrir y quisieras verdaderamente hacer algo, él te llevaría a toda velocidad a cualquier otro lugar nuevo. «El problema de Lillian —dijo James— es que es lista. Puede que no lo parezca porque no habla mucho, pero de lo que todos vosotros no os dais cuenta es que por las mañanas, mientras todo el atajo de inútiles que formáis duerme la mona de la noche anterior, Lillian está en la cocina con los chefs, absorbiendo sus conocimientos. O fuera, con los jardineros o los mecánicos. Le gusta aprender.» A lo que Bandy replicó: «Pero nunca llega a utilizar lo aprendido», y entonces James se echó a reír. «Ésa es la clave —dijo—. Si te casas con una mujer estúpida, tienes que vivir con ella. Si te casas con una inteligente, a partir de ese mismo día cambia y empieza a competir contigo.» A lo que Bandy respondió: «Quieres decir una carrera, pero no irás a pensar que Lillian podría competir contigo.» Y James contestó: «No para hacer dinero, pero un negocio me sacaría de su cabeza.» Bandy le preguntó si por eso había despedido al hombre de la Heinz.

Arleen dejó de hablar y miró a Bailey un momento.

—¿Te acuerdas de aquella vez en que ese de la Heinz hacía negocios con James? Creo que entonces estábamos en la casa de Antigua.

—No —dijo Bailey con dulzura—. Era el castillo de Escocia.

—Ah, sí. Ahí es donde te puso una cocina de cien mil dólares y vivías en ella. Jimmie decía que tenías demasiado frío en el resto de la casa, pero todos sabíamos que no podías soportarnos.

—¿Y qué pasaba con el hombre de la Heinz? —preguntó Bailey, incapaz de mirarla a los ojos.

—Probó alguna de tus confituras y quería la franquicia, pero James no iba a permitírselo. James dijo que no estabas interesada en hacer negocios, pero Bandy dijo a espaldas de James que el único negocio que tenías permitido era él. ¿No recuerdas nada de todo esto?

Bailey mantuvo los ojos bajos. Ella le había pedido a Jimmie que le preguntara al hombre de la Heinz si podía ayudarla a iniciar una línea de productos de *delicatessen*. Bailey pasó aquel día con los nervios de punta a la espera de la respuesta. Pero cuando Jimmie llegó a casa por la noche con un enorme ramo de rosas, supo qué había pasado.

Jimmie estuvo maravilloso aquella noche, la abrazó y la hizo reír después de contarle que el hombre había desechado la idea. Le dijo: «No le dije quién hacía las mermeladas que tomaba porque quería una respuesta objetiva, pero te aseguro que deseé pegarle cuando dictaminó que eran corrientes y nada especiales.» Bailey tuvo que hacer un verdadero esfuerzo para no deshacerse en lágrimas. A lo largo de los años mucha gente le había dicho que sus confituras eran deliciosas y extraordinarias, diferente de todo lo que habían probado hasta entonces, pero al parecer habían estado mintiéndole por cortesía.

Cuando Jimmie vio que estaba a punto de llorar, se enfadó y dijo que le compraría una fábrica para que hiciera sus propias confituras. «Le pondremos Confituras Lillian. ¡Eh! Ya sé lo que haré: ¿qué te parece si te compro la Heinz?» Su justa indignación había parecido ser tan sincera que la hizo reír.

Con todo, el rechazo le dolió tanto que estuvo meses sin hacer conservas de ningún tipo. Y ahora Arleen le contaba que el hombre de la Heinz estaba tan interesado que había preparado un contrato para darle a Lillian el control pleno de su producción.

—Tendrías que haberlo visto aquella mañana en el desayuno —le decía Arleen—. Aquel tipo casi suplicaba. Dijo que el mercado del *gourmet* se estaba iniciando y que los productos eran perfectos para que los comercializara Heinz por ese conducto.

Bailey se miró las manos y vio que se estaba hincando las uñas en las palmas. Aquella mañana hubiera querido ir a ese desayuno y decirle al hombre de Heinz lo que pensaba de él. Habría querido mostrarle todas las cintas azules que había ganado durante años en campeonatos y ferias. Pero Jimmie le había dicho que él mismo se encargaría, y cuando lo dijo se le había llenado el rostro de indignación. «Déjame que lo haga yo, Pecas —le dijo—. Soy un vengador más duro que tú.»

Así que Bailey permaneció en su dormitorio hasta que vio que el hombre subía al coche que lo conduciría al aeropuerto. Más tarde le pidió a Jimmie que le contara todos los detalles de su venganza, pero la única contestación que recibió fue que podía estar segura de que aquel tipo no iba a volver nunca por allí. Por la forma en que se lo dijo, Bailey continuó pensando que Jimmie era su paladín.

—Bueno, ¿y qué es de tu vida ahora? —le preguntó Arleen.

—Yo... —empezó Bailey, pero no llegó a articular más palabras. ¿Qué iba a decir? ¿Que sí estaba viviendo con otro hombre y cocinando para él, mientras él lo pagaba casi todo? ¿Que iba a trabajar para él, realizando en torno al uno por ciento de los proyectos de la arriesgada empresa que él iniciaba? En otras palabras, que en sólo unas semanas había llegado a recrear la vida que hacía con Jimmie—. He comprado este lugar —se oyó decir mientras tendía el folleto a través de la mesa—. Voy a empezar un negocio con dos amigas y vamos a crear una línea de *delicatessen*.

—¿En serio? —preguntó Arleen, mirándola a través del humo de su cigarrillo—. ¿Tú, metida en negocios?

—Ninguno de vosotros me conoció nunca —dijo Bailey y respiró hondo—. Y ninguno supo nunca lo verdaderamente implicada que estaba en los negocios de Jimmie. Hacía algo más que seguirle por ahí, más que... —No pudo seguir, ya que lo que Arleen le había contado le retumbaba todavía en la cabeza. «Una chica que no tuviera nada», había dicho Jimmie. «A la que no quisiera nadie en este mundo y que no tuviera ambiciones. Una botella vacía que esperara mi llegada para llenarla.» Sabía que eran palabras de Jimmie, podía oír cómo las decía.

—¿Y hay un hombre? —preguntó Arleen—. ¿O es que Jimmie te agrió para el resto de tu vida?

—Sí, hay un hombre —dijo Bailey con la mandíbula rígida—. De sangre azul por parte de madre. Probablemente conocerías a la familia si dijera su nombre, pero prefiero mantenerlo en el anonimato.

—Comprendo —dijo Arleen y sonrió—. James anhelaba la sangre azul, ¿no es así? Es la razón por la que entró en contacto con gente como Bandy y como yo. James podía tener todo el dinero del mundo, pero no podía dar marcha atrás a la historia y cambiar su cuna.

—No, no podía —confirmó Bailey. Intercambió una sonrisa con Arleen y, en ese momento, gravitó algo próximo a un sentimiento amistoso.

—¿Sabes una cosa? —comentó Arleen—. Estoy contenta de que no vuelvas a tener una relación de ese tipo. Y también me alegra que el nuevo hombre de tu vida no sea tan controlador como James y que no te impida tener tu propia tiendecita. Y espero que no te impida descubrir aquello que James quería que descubrieras.

—¿Qué quieres decir? —¿Pero es que Jimmie también le había hablado a la gente de la nota que dejaba a su mujer en el testamento? Parecía que había cotilleado sobre un montón de cosas de sus vidas privadas.

—Eso es algo que James dijo en una ocasión. Estoy segura de que no tenía importancia, pero dijo que iba a pedirte que después de su muerte descubrieras algo que a él le era imposible.

Bailey la miró fijamente.

—Vale, ¿qué quieres?

Arleen dio una calada con tanta fuerza que el humo debió de llegarle hasta la punta del pie.

—No quedan muchos hombres como James —dijo en voz baja, y esperó a que Bailey se imaginara lo que quería decir.

—Entiendo —dijo ésta. Lo que Arleen quería decir era que no había muchos hombres tan inmensamente ricos que tuvieran una necesidad tan profunda de rodearse de gente cuyo único mérito era «conocer gente».

—Los ricos de ahora —dijo Arleen— son esos muchachos del mundo de la informática. ¿Para qué van a necesitar contactos? Lo que quieren es quedarse despiertos toda la noche y usar los juegos de su ordenador.

Arleen aplastó el cigarrillo en la ensaladera vacía con tal fuerza que Bailey pensó que podía haberse roto una uña. Continuó mirándola fijamente, expresando la misma pregunta: ¿qué quieres?

—Si consigues que tu empresita funcione, quizá te

convenga tener algún buen nombre del que echar mano.

Bailey entrecerró los ojos en una mirada muy parecida a la de su difunto marido.

—Es posible que me guste tener a alguien que le cuente a los demás lo maravillosos que son mis productos, por digamos... un uno por ciento del precio bruto.

—Un diez por ciento del neto —respondió Arleen.

—Dos por ciento del bruto asegurará que hagas algo de trabajo —replicó Bailey.

—Ojalá hubiera pasado algún tiempo contigo cuando James estaba vivo —dijo Arleen, sonriendo—. De acuerdo, un tres por ciento del neto.

—Dos —continuó Bailey, sin una sonrisa—. Del bruto.

—Así pues, ¿cuál es el nombre de la empresa de la que poseo un dos por ciento?

—No tengo ni idea —respondió Bailey, sonriente—. Todavía no la he inaugurado.

Arleen la miró con asombro por un momento, pero luego, cuando se dio cuenta de que Bailey le había mentido, echó la cabeza atrás y rió de verdad. Fue una buena carcajada de muchacha de Texas; algo que la baronesa Von Lindensale nunca se hubiera permitido.

Bailey no pudo evitar devolverle una sonrisa y cuando Arleen comenzó con una sesión de toses, le tendió un vaso de agua.

—Y ahora, ¿querrás decirme lo que dijo Jimmie sobre qué quería que descubriera?

—Ah, sí —dijo Arleen, mientras revolvía en su bolso y sacaba una polvera para retocarse el maquillaje. Se puso un montón, destacó los ojos ennegrecidos y se retocó las mejillas escarlata—. James dijo que todo su dinero no alcanzaba para enderezar algo malo que había pasado cuando él era un niño. Ya que nunca hablaba de su infancia, puedes imaginarte cómo estábamos todos al borde de los asientos. «Asesinatos llamados suicidios», eso es lo que dijo. Nosotros le comentamos: «Jimmie, tienes dinero suficiente para revisar el juicio. Plantea las pruebas que tengas.»

»Desde luego, estábamos deseosos de ayudarle porque queríamos descubrir la verdad sobre su misterioso pasado. «¿Creéis que hablarían conmigo? —dijo James—. «Yo estaba allí. Estaba involucrado, pero aquellos seis chicos brillantes eran...»

—¿Qué? —dijo Bailey con los ojos como platos.

—Dijo que estaba involucrado, así que lo reconocerían. Quienesquiera que fueran. Ni siquiera Bandy pudo conseguir que contara más.

—Alto ahí —exclamó Bailey—. Has dicho «seis chicos brillantes». ¿Dijo exactamente eso? ¿O dijo los «seis chicos de oro»?

—¿Hay diferencia significativa entre esas palabras?

—La hay si vives en Calburn. Vale, ¿qué dijo Jimmie sobre los «seis chicos brillantes»?

Arleen se tomó su tiempo para encender otro cigarrillo, luego volvió a mirar a Bailey.

—Creo que el padre de James era uno de esos muchachos.

—¿Quieres decir que el padre de Jimmie fue asesinado? ¿O que se suicidó? ¿O que fue acusado de homicidio? ¿O que asesinó a alguien?

—No tengo ni idea. James habló de «asesinatos llamados suicidios», luego dijo que sería reconocido si volviera al lugar y que esos «seis chicos brillantes» —miró a Bailey—, o «seis chicos de oro», creo, eran míticos e intocables. Después hizo un gesto de repugnancia y dijo que alguien había intentado en alguna ocasión tocarlos y «Mira lo que le pasó a ella», nos dijo. ¿Te dice algo todo esto?

—Algo sí. ¿Y qué hay del padre de Jimmie?

—James dijo: «Mi padre era uno de ellos, pero él...», y luego se interrumpió. Eso es todo lo que dijo. Bandy le pidió que contara más, pero James repuso: «Hablo demasiado», y eso fue todo. Nunca más soltó una palabra sobre su pasado con nadie, que yo sepa. Incluso una vez le pregunté a una de las chicas, a aquella sueca...

—Ingrid —dijo Bailey a la vez que se recostaba en el respaldo—. No, Jimmie no se confiaría con ninguna de ellas.

—Querida, te sangra la mano —dijo Arleen en voz baja.

Bailey bajó la vista y vio que dos de sus uñas se habían clavado en la palma de la mano. Retiró rápidamente la mano de la vista, metiéndola bajo la mesa.

—¿Vas a descubrir lo del padre de James? —preguntó Arleen—. Si lo hicieras podrías escribir un libro y hacerte con una fortuna.

Bailey la fulminó con la mirada.

—No, no voy a escribir para revelar cosas de mi difunto esposo.

—Pero, querida, podrías hacerlo. Podrías contarlo todo sobre esas fiestas fabulosas, las mujeres, sobre... —Arleen se detuvo—. Puedo entender por qué no quieres hacerlo. ¿Y entonces, qué proyectas hacer con toda esa información?

—Nada. El estar aquí sentada contigo ha hecho que me dé cuenta de que no le debo nada a James Manville. Estoy segura de que tuvo sus razones para dejarle todo a la gente que aborrecía y no dejarme nada a mí, excepto... —Cuando vio los ojos expectantes de Arleen se detuvo. No quería revelar demasiado sobre sí misma, incluido el lugar donde vivía—. Lo que intento hacer es recuperar el tiempo perdido —dijo, y se inclinó sobre la mesa, de manera que su rostro quedaba pegado al de Arleen—. Quiero que trabajes para mí. No habrá contrato entre nosotras, sólo palabra de honor. ¿Has oído alguna vez ese concepto, Arleen?

—Una o dos veces —replicó con una ligera sonrisa—. Y ¿cuándo se verá retribuido?

—Si no aportas clientes no recibes pago. ¿Comprendido?

—Claramente. No tengo que comer nada del producto, ¿verdad?

—Creo recordar que te gustaban bastante mis cerezas al coñac.

—Lanzaba esas cositas rojas horrorosas por la borda del yate —dijo Arleen—, y luego me bebía el coñac.

Bailey no pudo evitar sonreír.

—Dame tu dirección y tu número de móvil y te pondré al corriente de las novedades. Y cuando hagamos algo de dinero, te mandaré un cheque.

Arleen recogió el folleto, garabateó unos números y una dirección en Londres y luego lo devolvió a través de la mesa.

—¿Y quién es ese «nosotros»? ¿El hombre de tu vida?

—No —respondió Bailey con firmeza—. Ésta será una empresa llevada por mujeres. No se permitirá la entrada a los hombres.

Consultó la hora y, mientras lo hacía, pudo sentir la mirada burlona de Arleen. No era un reloj caro.

—Tengo que irme —dijo Bailey mientras recogía el folleto y se lo metía en el bolso—. Te mantendré informada.

—Gracias —dijo Arleen en voz baja—. Cuento contigo.

Bailey evitó cruzar la mirada con Arleen mientras salía deslizándose del asiento. Había algo vacío en esos ojos, algo que no quería ver. Arleen revivía aquella frase imperecedera de Tennessee Williams: «Siempre he dependido de la amabilidad de los extraños.»

Con la cabeza bien alta, Bailey dejó el restaurante y fue hacia el aparcamiento.

12

La bravata de Bailey duró hasta que se encontró en la soledad de su coche. Puso la llave, pero no encendió el motor. En vez de hacerlo bajó la cabeza, la reclinó sobre el volante y cerró los ojos.

Mientras estuvo casada con Jimmie podía fingir que aquellas otras mujeres no existían. Se podía decir que las «amigas» de Jimmie eran criaturas odiosas y que ella no quería mezclarse; así, oía poco y veía menos. Podía esconderse en la cocina de todas las casas y simular que eran una pareja como las otras, que Jimmie llegaba directo desde la oficina a la comida preparada en casa por ella. De hecho, con los años, había llegado a ser brillante en su tarea de esconderse de la verdad.

Y ahora estaba haciendo con Matthew Longacre exactamente lo mismo que había hecho con Jimmie. Estaba volviendo a esconderse y a dejar que un hombre tomara las decisiones por ella; permitiendo que decidiera su vida.

Levantó la vista hacia el parabrisas y vio cómo una mujer cogía de la mano a un niño y se dirigían hacia el supermercado. Había deseado locamente tener hijos, pero Jimmie se había hecho la vasectomía mucho antes de que se conocieran. Él nunca lo dijo, pero Bailey imaginaba que se había infertilizado porque le asustaba que un hijo suyo heredara el labio leporino.

No obstante, ahora que había pasado ya algún tiempo sin la presencia física de Jimmie, pensaba que quizá no quería tener hijos porque sabía que habría estado celoso. Quería a Bailey sólo para sí mismo.

—Eras un hombre muy egoísta, James Manville —dijo en voz alta mientras ponía en marcha el coche—. Y aún peor, yo permití que lo fueras.

En el camino hacia casa, apenas se fijaba en la carretera. Tenía la cabeza tan llena de lo que había oído esa mañana, y de lo que se había visto forzada a recordar, que poco podía ver.

Pero peor que el pasado era que estaba volviendo a repetirlo una vez más. No tenía la menor duda de que Matt iba a pedirle pronto que se casaran, después tendrían una alegre bodita en alguna iglesia encantadora y con toda probabilidad quedaría embarazada al cabo de una semana. «A punto de quedar embarazada», la había visto Arleen.

¿Qué podría transmitir Bailey a sus hijos cuando le pidieran su opinión o guía? «Ve y pregúntale a tu padre. Él toma todas las decisiones. Yo no hago más que seguirlas.» ¿Sería eso lo que debería decirles?

Y recordó lo rápidamente que podían cambiar las cosas. ¿Qué pasaría si Matt y ella tenían tres niños, él se caía de un andamio y se mataba? ¿Cómo se suponía que iba ella a mantener a sus hijos? ¿Trabajando dobles turnos de camarera y sin verlos nunca? Había leído artículos sobre adultos muy enfadados porque sus madres, solas, estresadas y cargadas de trabajo, nunca habían estado con ellos cuando eran niños.

¿Qué pasaría si Matt tenía una aventura amorosa? ¿Ella haría lo mismo que había hecho con Jimmie, ocultarse tras kilos de mermelada de naranjas amargas y uva, y fingir que no veía nada? Si Matt quería dar una fiesta con invitados que no le gustaban, ¿qué haría ella? ¿Fingir fatiga y marcharse a la cama? Una cosa era escapar de una fiesta en una mansión de seiscientos metros cuadrados y otra bastante diferente en una casa de doscientos. No, en esta ocasión no iba a esconderse; esta vez iba a freír cebolla y queso para ellos.

¡E iba a hacerlo en su propia casa!

Cuando Bailey tomó el camino de entrada de la granja, recordó la primera vez que llegó allí con Phillip. ¡Había resultado tan horrible entonces! Pero era increíble lo que había cambiado en sólo seis semanas. Un fin de semana tras otro los amigos y parientes de Matt —como si estuvieran levantando un granero en una novela del Oeste— los habían ayudado a restaurar la casa hasta volverle a dar su aspecto original.

En un primer momento a Bailey le había divertido la transformación. Cocinar para gente que se prodigaba en alabanzas sobre todo lo que les servía había sido como un sueño hecho realidad. Era lo que hubiera pedido que fuera la vida. Matt estaba siempre presente, riendo, sonriéndole y a menudo con el brazo por encima de sus hombros. Él alababa sus guisos y los diseños que Bailey había hecho para las cocinas de sus proyectos. Cada semana que pasaba Matt recibía más encargos y era posible que consiguiera trabajo permanente en una empresa de Nueva York que vendía proyectos por Internet, lo que le permitiría permanecer en Calburn y ganarse muy bien la vida.

Durante los restantes días de la semana habían llegado a establecer una rutina tranquila y apacible. Cada uno conocía los programas televisivos preferidos del otro. Él había aprendido a no interrumpirla cuando leía una de sus amadas novelas policíacas. A ambos les desagradaba salir durante la semana, así que se quedaban en casa, alquilaban vídeos o trabajaban en el puzle de mil piezas que tenían instalado en un rincón, junto a la chimenea, y escuchaban a Enya. A veces alguno de los sobrinos de Matt, o los dos, iban a pasar la noche; entonces Bailey hacía palomitas y tenía que ver alguna mala película de terror que luego le hacía tener pesadillas.

No obstante, de sexo, nada. Cuando estaban a solas se trataban como hermanos. Él era educado, pero un poco distante. Y debido a que la relación de Bailey con el único hombre de su vida le había enseñado que no eran interesantes las mujeres agresivas, no tenía ni idea de cómo iniciar un acercamiento a Matt. Además, ¿lo deseaba? Le daba miedo enturbiar algo que podía ser importante.

Sin embargo, cuando había gente alrededor, Matt hacía a menudo chistes sobre sexo. Bromeaba con Bailey de una forma que hacía que los otros los mirasen con aprobación; ella sabía que todos querían que siguieran juntos.

La falta de iniciativa de Matt cuando estaban solos hacía que Bailey se sintiera... bueno, no del todo deseable, así que le tomaba el pelo cuando había testigos. Estaba segura de que para los demás daban la impresión de estar viviendo una intensa experiencia sexual. Pero, algunas veces, a ella le entraban ganas de gritar: «¡Ya sé que dije que todavía no estaba preparada, pero pruébalo ahora!»

Pero Bailey no pedía nada a gritos. Por el contrario, preparaba comidas maravillosas. Hizo un gran plato de chile y pan casero cuando Matt y cuatro de sus ex compañeros de instituto pasaron el día sacando el avispero de la chimenea. También hizo pizzas para todos el día que los mismos amigos se reunieron para derribar el cuarto de baño verde.

Y cuando Matt le contó que el jefe de la empresa que trataba de que lo contratara estaba considerado un gran *gourmet*, la miró con ojos suplicantes: ¿querría, por favor, hacer una cena memorable y ayudarle así a conseguir el trabajo? Claro está, ella se ofreció con gusto y luego pasó doce horas en la cocina en la preparación de un banquete marroquí. Hizo unos envueltos de aceitunas y tomates, pescado al horno con especias, una sopa tagin de mariscos perfumada con cardamomo y cominos y un pollo al azafrán salpicado de albaricoques, pasas y almendras. Y, por supuesto, cocinó una *b'stilla*, el maravilloso plato marroquí de pollo troceado y especiado con huevos y almendras, envuelto en finas capas de pasta, y horneado hasta conseguir un tono dorado, para luego espolvorearlo con azúcar. De postre, cuando los seis hombres estaban ahítos, Bailey les sirvió un sorbete de frambuesas y ciruelas con diminutos pastelitos de azúcar en forma de casas. Los seis rieron con el guiño y el jefe le dijo a Matt que la suya sería una incorporación bienvenida a la empresa.

—Si puedes proyectar la mitad de bien de lo que cocinas, doblarás nuestras ventas —había dicho.

Durante aquellas semanas Bailey vio con frecuencia a Janice y Patsy, pero cuando Janice comentó que no había encontrado nada incorrecto en la contabilidad de su marido, aun cuando había examinado los libros de los últimos nueve años, Bailey no dijo nada. Y cuando Patsy contó que su marido e hijos le habían pedido por favor que no les bordara ningún otro animal, planta o criatura de fantasía en ninguna de sus prendas, Bailey tampoco dijo nada. No, Bailey no había querido perturbar aquel encantador estilo de vida apacible que siempre había anhelado. Su vida con Matt era lo que había tratado de lograr con Jimmie. Pero el dinero de Jimmie y su... su necesidad de «afecto» lo ponían en el camino de la perfecta felicidad.

Bailey salió del coche y se dirigió al porche delantero. La casa estaba ahora hermosa y se había convertido en el tipo de lugar que ella siempre había deseado. El ancho porche envolvía la tercera parte de la casa y disponía de dos mecedoras de madera con asientos trenzados de cáñamo y tres sillas de mimbre con cojines floreados. Incluso Matt había colgado una hamaca en uno de los extremos.

No obstante, Bailey no se sentaba en el porche muy a menudo. Y por una sola razón: desde que se terminó el porche casi no había tenido ocasión de salir de la cocina. Patsy decía que Matt intentaba recuperar el tiempo perdido.

—Rick contaba que cuando eran chicos su hermano era demasiado orgulloso para participar en ningún evento social porque la familia era demasiado pobre para corresponder. Rick no tiene el orgullo ridículo de Matt, así que él iba a todas las fiestas. Él y yo lo pasamos de maravilla en el instituto, pero Matt no, él se quedaba solo en casa. Luego, claro, se casó con Cassandra. —Patsy había dicho esto último como si no necesitara otra explicación.

Debido a estas palabras de Patsy, Bailey había sentido como obligación propia el entretener a medio Calburn y a gran cantidad de gente del condado vecino durante las seis semanas anteriores. Desde luego, no podía privar a Matt de algo de lo que había carecido cuando era niño. Además, fiel a la palabra dada, él pagaba toda la comida. Y siempre le preguntaba si no le importaba cocinar para tanta gente y con tanta frecuencia.

—No, me encanta —contestaba ella cada vez que se lo preguntaba.

Ahora contemplaba el porche, pero lo que de verdad miraba eran las sillas, el balancín y las dos mesitas con cubierta de cerámica que habían surgido de un almacén guardamuebles. Era parte de lo que Matt conservaba del acuerdo de divorcio.

—Como los compró Cassandra, estoy seguro de que debieron de costarle una barbaridad —había comentado Matt—. Y estaban guardados sin más, así que muy bien podemos usarlos. Si no te importa, claro —consultó, mirándola fijamente.

—Por supuesto que no —dijo Bailey—. Claro que los usaremos. Sería una tontería no hacerlo.

Pero a ella no le gustaban las sillas. Eran demasiado relamidas, demasiado «de diseño» y el tejido de la tapicería era excesivamente brillante y moderno. Bailey habría preferido hacer un viaje a Carolina del Norte y comprar allí algo hecho por un artesano. Pero no se lo comentó a Matt.

Entró en la casa y miró alrededor. La sala estaba a años luz de lo que había sido cuando ella llegó. La cocina se integraba ahora en un espacio abierto con la sala, separadas por una mesa de granito con taburetes. Los últimos tres sábados había servido un plato llamado «queso frito» a los amigos, mientras ellos veían un partido de béisbol en la gran pantalla de televisión que Matt trajo a casa un viernes por la tarde.

—No están acostumbrados a la comida extranjera —dijo Matt la noche antes de que vinieran sus amigos, todos ellos conocidos del instituto, para ayudarle a reemplazar el inestable suelo del desván—. No me malinterpretes, me encanta lo que cocinas, pero esos chicos han vivido siempre en Calburn y, bueno...

No era necesario que acabara la frase; ella lo comprendía. El siguiente sábado que volvieron (y ese día fueron más), uno de ellos se presentó con un regalo de agradecimiento para Bailey: un artilugio para cortar cebollas en segmentos, que al freír se convertían en flores.

Los hombres, bajo la supervisión de Matt, hicieron maravillas. La cocina quedó pequeña pero muy práctica y con una despensa enorme. No instalaron armaritos superiores, sólo estantes abiertos para colocar los utensilios de uso más frecuente. Matt utilizó el taller de carpintería de un amigo para construir los muebles inferiores con una nudosa madera de pino encontrada en las paredes del garaje durante su remodelación. Rieron juntos de que a aquella desconocida señora no le gustara el bonito pino viejo y en su lugar colocara unas láminas plastificadas.

—Y luego las cubrió con un papel pintado que simula el aspecto del pino viejo —farfulló Matt, y los dos rieron a carcajadas.

Matt rellenó los orificios de los clavos, lijó el pino para quitarle años de grasa y hollín y dio a todo un acabado con selladora mate. Los armaritos quedaron tan primorosos que hacían sonreír a Bailey cada vez que los veía.

Si la cocina era toda suya, otras partes de la casa parecían no guardar ninguna relación con su persona. Lo que dijo Patsy sobre la recuperación por parte de Matt del tiempo perdido le seguía resonando en los oídos. De alguna forma parecía que estaba tratando de reescribir la historia. Según había dicho Patsy, Matt parecía un recluso cuando estaba en el instituto y después había abandonado Calburn «antes de que se secara la tinta de su diploma». Pero ahora estaba constantemente llamando a viejos amigos del instituto y tratando de renovar amistades que, según Patsy y Rick, nunca existieron.

—Tú lo aborrecías cuando estabas en el instituto

—dijo Rick un día cuando Matt comentó que cierto «amigote» iba a venir el sábado—. Ese imbécil quería que todo el mundo pensara que era el mejor jugador de fútbol que había dado Calburn, aun sabiendo que tú podías correr más deprisa y lanzar mejor que él. Pero tenías que trabajar después de salir del instituto y los fines de semana, así que no podías integrarte en el equipo. ¿Te acuerdas del enfrentamiento que tuvisteis los dos en el aparcamiento cuando trabajabas en el Dairy Queen? El jefe te despidió esa noche.

—Eso pasó hace mucho tiempo —masculló Matt y luego encendió el televisor para no tener que comentar más el asunto.

De las paredes colgaban fotos enmarcadas de la familia de Matt, junto con un par de pinturas de paisajes. Los cuadros no eran malos, pero Matt los había comprado con su ex mujer.

—Los pintó un amigo de su padre —había explicado Matt—. Ahora no tienen mucho valor, pero puede que lo tengan algún día.

—Y entonces, ¿por qué no se los llevó Cassandra? —preguntó Bailey.

Matt se encogió de hombros.

—A Carter no le gustaban.

A Bailey le hubiera gustado decir «a mí tampoco», pero no lo hizo.

El armario del vestíbulo estaba repleto con los equipos de deporte de Matt; apenas si quedaba espacio para guardar una escoba. El tercer dormitorio estaba lleno de cajas que no se habían vuelto a abrir desde el divorcio de Matt. Decía que iba a desempaquetarlas algún día, pero nunca encontraba el tiempo para ello.

Escaleras arriba, el *loft* que ella había soñado estaba abarrotado de material de Matt. Había comprado algo para hacer diseños que tenía por nombre «sistema CAD». El suelo del desván había sido reparado, se había retirado la barandilla y esa zona también estaba llena de posesiones de Matt. Había instalado otra mesa de dibujo con un aparato para tirar líneas que se deslizaba por la superficie arriba y abajo.

—Pienso mejor con un lápiz en la mano que con un ratón —había dicho, sonriente.

En un rincón había un butacón con una lámpara encima y una gran otomana. Matt había colocado estanterías a lo largo de las paredes y las había llenado con sus libros de referencia, que se contaban por centenares.

Bailey salió por la puerta trasera, atravesó el recién descubierto porche y llegó al jardín. Pensó que al menos el moral seguía siendo el mismo. Se detuvo y miró las grandes ramas añosas con un fruto que estaba casi en plena madurez. Hasta el día de hoy había pensado que le gustaba la dirección que estaba tomando su vida, pero la doble sacudida que supuso el enterarse de que la tienda se había vendido y el haber vuelto al pasado de la mano de Arleen, parecía haber cambiado la forma en que veía las cosas.

Mientras miraba el árbol, supo que había llegado a un momento crucial de su vida. Tenía que tomar algunas decisiones importantes. Podía permitir que las cosas continuaran como iban... y ese pensamiento le hizo recordar que siempre había dejado que las cosas «continuaran como iban». Era cierto que Jimmie ya era rico y famoso cuando la encontró, pero lo había sido principalmente por sus proezas temerarias. Después de su matrimonio Jimmie dejó sus ocupaciones más extravagantes y entró a formar parte de lo que los medios de comunicación llamaban «el mundo de los peces gordos». No ingresó en la lista de aspirantes al codiciado título del hombre más rico del mundo hasta después de estar casado con la joven, serena y regordeta Lillian Bailey.

Ella sabía que lo que le había aportado a su marido era la certeza de que alguien en el mundo conocía bien al verdadero Jimmie, y no obstante lo amaba. ¿Ser amado de verdad no era la droga más potente del mundo? Jimmie acostumbraba a levantarla en el aire, darle vueltas y decirle: «Tú me das la fortaleza, Pecas. No necesito demasiado en esta vida, pero a ti sí que te necesito.»

Y ahora, de la misma manera que había hecho con Jimmie, estaba empezando a desaparecer en Matt. Como había hecho con Jimmie al convertirlo en todo para ella, estaba dejando todo el peso a Matt. Se quedaba en casa, se escondía en la cocina y esperaba que Matt le trajera el mundo. No estaba haciendo ningún esfuerzo para forjarse una vida propia. Dentro de la casa estaba cocinándose malestar a fuego lento a base de un mobiliario que no había querido e invitados que no le gustaban del todo.

Bailey se cubrió la cara con las manos. No quería recordarlo, pero los dos últimos años con Jimmie había sido muy infeliz.

En su veintena había estado tan enamorada de él que cualquier cosa que hiciera le resultaba maravillosa. Pero, sólo dos años antes, cuando llegó a los treinta, algo cambió dentro de ella. No sabía el motivo, pero, de la noche a la mañana aguantaba muy poco y cualquier cosa la ponía de mal humor. Si Jimmie le hubiera preguntado qué iba mal, ella hubiera dicho que nada; y habría añadido que quería ir a algún sitio, a cualquier lugar.

«Lo único que tienes que hacer es llevarte contigo», había dicho Jimmie una vez, mirándola fijamente.

Bailey se recostó contra el árbol y tomó aire un par

de veces para tranquilizarse. ¿Qué la hacía comprender ahora estas cosas sobre sí misma? Lo cierto era que no tenía ni idea de cómo llevar a cabo lo que en los libros de autoayuda llamaban «convertirse en persona». ¿Debería decirle a Matt esta noche en la cena que había decidido convertirse en persona? ¿Y luego, qué?

No, el problema no era Matt. Él era un hombre agradable. Le gustaba. No había demasiado fuego entre los dos, pero era cómodo, alguien con quien se podía convivir. El problema era que Bailey había pasado la vida acomodándose a los demás y no sabía cómo modificarlo. Había crecido bajo el mandato de su madre y de su hermana Dolores. Las dos eran...

Cerró los ojos un momento y pensó en su padre. Como ella, Herbert Bailey siempre había dejado que los otros tomaran las decisiones y responsabilidades. «Tú y yo necesitamos personas como tu madre y Dolores que nos ayuden —le había dicho a Lillian muchas veces—. Y además a las personas así les enfada cuando vas contra ellas, así que es mejor dejarlas dirigir el espectáculo.» Y su padre vivió bajo ese principio. Iba a trabajar cada día, llegaba a casa cada atardecer a la misma hora y los viernes le entregaba el cheque de la paga a su mujer. Dejaba que ella hiciera lo que quisiera con el dinero, con la casa y con sus hijas. Él se conformaba con sentarse en su sillón a leer el periódico.

Murió un domingo por la tarde, sentado en ese mismo sillón. Lillian se había pasado el día en la cocina, preparándose para una competición, y se había ido a la cama desde la cocina, por la escalera del fondo. Como habían apagado las luces de la sala, supuso que sus padres y hermana ya se habían ido a la cama. No eran del tipo de familia en que se informan unos a otros dónde van o qué hacen.

La mañana siguiente Lillian salió a primera hora para cuidar a un niño de la vecindad, y no volvió hasta después de comer. Cuando entró en la sala y vio a su padre sentado en el sillón en la misma posición que el día anterior, supo que se había ido de este mundo. Cuando presionó los labios contra la frente del padre, éste tenía el cuerpo rígido y frío. La noche anterior su madre y hermana lo vieron dormido en el sillón, pero no trataron de despertarle, sino que apagaron las luces y se fueron a dormir. Bailey todavía recordaba la mirada de desagrado que los dos policías le lanzaron a su madre mientras uno de ellos decía que ese hombre llevaba muerto casi veinticuatro horas. También recordaba la forma en que su madre se encogió de hombros. Se había ocupado de que su marido estuviera bien asegurado, de forma que su fallecimiento no le trastornara demasiado la vida. De hecho, parecía que Bailey fuera la única persona en el mundo que lo echaría de menos.

Pero ahora Bailey sabía que ya no quería ser la niña a la que su padre había dicho que era como él, una persona que dejaba que los otros la controlaran; y que eso era lo que debería hacer. ¿Le habría dicho eso su padre porque se sentía tan solo como ella? ¿Habría necesitado un aliado en su campaña de no resistencia que le hiciera sentir que ésa era la forma correcta de actuar?

Bailey trataba de aclarar sus pensamientos. Había crecido recibiendo amor sólo por parte de su padre, pero para recibir ese amor, había tenido que someterse continuamente. Siempre que trataba de resistirse a su madre, lanzaba una ojeada al padre y la mirada de él siempre parecía decir que no la querría más si se convertía en una arpía como su madre, así que Bailey daba marcha atrás.

A escasos tres años de la muerte de su padre, Bailey

se había escapado con James Manville, un hombre incluso más controlador que su madre.

Así pues, ¿qué podía hacer ahora? Estaba muy bien explicarse el pasado, pero ¿de qué le servía ese conocimiento? Podía continuar como hasta ahora y desaparecer en Matthew Longacre, tal como había hecho con su padre y con Jimmie. O bien podía hacer algo radical... ¿Echar a Matt de su casa y decirle que quería comprender su propia vida antes de emparejarse con otro hombre? ¿Comprobar si podía arreglárselas en el mundo por sí misma?

Seguro que no. Bailey ya sabía lo que había ahí fuera, en ese mundo grande y perverso. Y no estaba tan cargada de sentimiento de rebeldía como para tirar por la borda a un buen hombre con la esperanza de que más tarde aparecería otro, cuando estuviera dispuesta. También sabía que no era de esas mujeres que quieren pasar la vida sin un hombre. Había mucho de malo en ellos, pero lo que sí sabían con toda seguridad era hacerte reír.

Ella necesitaba un hombre en su vida, de eso sí estaba segura.

Entonces ¿habría sido su necesidad de Jimmie la que le había hecho soportar un montón de cosas?

Pensó en el verbo soportar. ¿Qué quería decir el refrán «consigues todo lo que soportes»? Ella había tenido que soportar las aventuras de Jimmie y... el chocolate, pensó, y una vez más las uñas se le hincaron en unas palmas ya lastimadas. La verdad es que enterarse de que había sido Jimmie el que le mandaba el chocolate cuando ella hacía dieta, y no sus agradecidos clientes, la enfadaba más que las aventuras.

¡Y el hombre de la Heinz! Ante ese recuerdo las uñas volvieron a hincársele en las palmas con tanta fuerza que hizo una mueca de dolor.

—De acuerdo —dijo—. ¿Qué quiero hacer el resto de mi vida? ¿Mantenerla como está o hacer algunos cambios? ¿Quiero ocultarme en este hombre o prefiero descubrir qué puedo hacer por mí misma? ¿Vivir a la sombra de Matt o intentarlo yo sola? Lo segundo, sin duda. Así pues, ¿qué cambios quiero hacer? En primer lugar, demostrarme a mí misma que puedo hacer algo.

Bailey no quería llegar a los ochenta años y tener que contarle a sus nietos que aunque había crecido en una época en que las mujeres presentaban su candidatura a la presidencia, ella había optado por quedarse en casa y freír queso y cebollas para un puñado de hombres que, para más inri, no podía decir que le gustaran demasiado.

Así pues, ¿qué podía hacer? Bailey sonrió. Le había dicho a Arleen que colaboraba en los negocios de Jimmie, pero sólo para evitar que Arleen la considerase un cero a la izquierda, como se había atrevido a afirmar el malicioso Bandy. Pero sí era verdad que había aprendido algunas cosas de Jimmie.

No obstante, tenía pocos conocimientos sobre los negocios. Pero conocía a algunas mujeres que necesitaban tanto como ella hacer algo con sus vidas.

Decidió que ya era suficiente. Que ya se había quejado demasiado. No debía pensar ni un segundo más en la «pobre Bailey». Sabía qué tenía que hacer; lo único que le quedaba era descubrir cómo. Si Jimmie hubiera estado en una situación como ésta —aunque la verdad era que él no se hubiera metido en nada que no pudiera controlar totalmente—, ¿qué hubiera hecho? «Guerra de guerrillas —habría dicho Jimmie—. Subterránea. Hazla y luego diles lo que has hecho. Cuando sea un hecho ya consumado, no podrán darte consejos. Y no cometas errores en este punto, Pecas, el consejo tiene que ver con el control... y el control es poder.»

—Haz un plan de batalla —se dijo Bailey en voz alta—. Y descubre quiénes son tus aliados.

Entró en la casa sonriendo. Tenía que preparar la cena para Matt.

13

Fue Patsy quien le dio la idea.

Habían pasado dos días desde que Bailey se encontrara con Arleen en el restaurante de Welborn y desde entonces casi se había vuelto loca intentando resolver qué quería hacer con su vida.

Había cocinado para Matt con aire ausente, y cuando él le mostró su último proyecto apenas le prestó atención.

—¿Dónde estás...? —empezó Matt, pero Bailey no le contestó. Tenía la cabeza plenamente ocupada con las preguntas de qué, cómo y con quién.

Al final fue Patsy quien le permitió dar con las respuestas. Le tocaba a ella el turno de invitación a su casa y Bailey se había presentado con una provisión de manjares. Había llegado al punto en que no podía soportar ni una más de las insípidas salsas con patatas que preparaba Patsy.

—Mi problema con la comida —dijo Patsy— es que no sé qué servir antes y después.

La cabeza de Bailey estaba en otro sitio. Había estado leyendo sobre la comercialización de lo que la industria de la alimentación llamaba *delicatessen* y parecía que cada apartado de ese sector estaba cubierto. Había confituras de *gourmets* por todas partes, aparte de todas las salsas, especias y encurtidos imaginables. Además, numerosos países comercializaban sus productos en el exterior. Todo lo que le quedaba por hacer era repetir lo ya hecho por otros. Lo que necesitaba era un espacio aún sin cubrir.

—¿Antes? —preguntó Bailey distraídamente.

—Ya sabes, antes de la comida. ¿Qué sirves antes de la comida?

—Entremeses —dijo Bailey sin comprender qué intentaba decir Patsy.

—Eso ya lo sé —le respondió Patsy, molesta—. Sé los nombres de las comidas, pero no sé qué servir.

—Puedes... —empezó Bailey, pero Patsy la cortó.

—Sé que puedo hacer pequeños buñuelos y rellenarlos con algún cocimiento de langosta «divino» —comentó con sarcasmo—. No soy estúpida. Como todo el mundo, veo a esos cocineros de la televisión, pero no quiero hacer eso. Nadie parece entender que por aquí hay gente que realmente aborrece la cocina. Queremos entrar y salir de la cocina lo más rápido posible. Pero se supone que todas pretendemos ser la cocinera ideal.

A Bailey le costaba entender qué quería decir, así que tuvo que dejar a un lado sus ensoñaciones para escuchar con atención.

—¿Ser la cocinera ideal? —preguntó—. ¿Qué quieres decir?

—Todos esos cocineros de la televisión nos hablan de lo fácil que es hacer platos fabulosos. Sólo hay que añadir un poco de esto y un poco de lo otro y, ¡zas!, habremos conseguido el gran plato. Lo que no nos cuentan es que en lo primero que tendremos que pensar es en los entrantes, luego en los postres y después en ir a la tienda a comprar todos los ingredientes para luego elaborarlos. Mi cerebro no funciona de esa manera. ¡Y además, no tengo tiempo para hacer todo eso! Yo compro un pollo, lo meto en el horno, hiervo unas verduras y les echo una salsa de bote por encima, también puedo poner un poco de agua a unos polvos de puré de patatas precocinado, para finalmente servir una comida pasable. Cuando vienen invitados quiero hacer más cosas, pero no sé qué servir antes y qué después. Ya sabes, entremeses y postres que no sean helados.

Bailey se quedó mirándola con asombro.

—Antes y después —repitió y sonrió. A continuación rió y luego abrazó a Patsy con alegría.

—¿Qué os pasa? —preguntó Scott a voces desde el otro lado del patio—. ¿Es que tenéis una conversación privada?

—Cosas de chicas —le gritó Patsy, para luego bajar la voz—. ¿Vas a decirme qué te pasa?

—Alto secreto —respondió Bailey—. Acabas de darme la idea para mi nuevo negocio. ¿Participas o no?

—Participo —contestó Patsy sin vacilar.

—Entonces no le digas una palabra a nadie, en especial a ninguno de esos elementos masculinos que pululan por ahí —le advirtió Bailey al ver que Matt se acercaba.

—¿Qué te traes entre manos? —preguntó Janice a Bailey, diez minutos más tarde.

—Voy a iniciar un negocio, y voy a hacerlo en secreto. No dejaré que lo sepa ninguno de los hombres porque temo que cualquiera de ellos, de alguna manera, me lo desbarate. ¿Quieres participar o prefieres seguir con la contabilidad de los libros de impuestos de tu marido?

Por un momento Bailey pensó que había ido demasiado lejos y que Janice podía ofenderse, pero ella le respondió con un susurro de conspiración:

—Encontré una cuenta bancaria secreta —comentó maliciosamente con los ojos puestos en su marido, que se reía de algo que había dicho Rick—. Él no sabe que la encontré y no sabe que yo sé para qué sirve... o, mejor, para quién es. Pero he desviado los intereses y ahora voy a empezar a desviar el capital. Para cuando lo descubra, tendré suficiente como para dejarlo.

Bailey se quedó sorprendida. El marido de Janice no le gustaba y a menudo había pensado que no le gustaría que su suegra supervisara a sus hijos, como era el caso de Janice, pero nunca había visto nada que la hiciera pensar que ella quisiera dejarlo.

—No puedo garantizar que tengamos beneficios —dijo Bailey—. Podríamos perder hasta la camisa.

—Su camisa —respondió Janice—. Podríamos perder la camisa de mi marido. —Luego se giró y se alejó, pero Bailey pensó que sus hombros iban más erguidos y su cabeza un poco más alta.

Al día siguiente Bailey ya había decidido que el primer cometido del negocio sería conseguir que Janice y Patsy trabajaran la una con la otra. En un primer momento, trató de hacerlas entrar en razón.

—No podemos acometer un negocio juntas si dos de las socias no se hablan entre sí. —Inició el tema después de que hubieran pedido la comida. Las dos mujeres la miraron con cara de palo. Era evidente que no tenían ninguna intención de ceder en este aspecto.

Bailey pensó en actuar de terapeuta y preguntarles por el origen de no dirigirse la palabra, para luego tratar de arreglarlo. Pero ese pensamiento duró unos segundos. No tenía tiempo para ocuparse de eso.

Esa noche Bailey le sirvió a Matt gambas a la parrilla y verduras al vapor. Era una cena rápida, pues no había tenido tiempo de cocinar algo más elaborado.

—Cuando Patsy va a ir a algún sitio y quiere que Janice la acompañe, ¿cómo se lo pregunta?

—Por carta —dijo Matt mientras mordía una gamba.

—¿Por carta? —repitió Bailey, incrédula.

—No se hablan, pero se escriben la una a la otra. Desde luego no se dirigen las cartas con el nombre, pero Patsy utiliza papel verde y Janice azul, así que todo el mundo sabe para quién es la carta. De hecho, todo el asunto empezó a causa de...

Bailey levantó la mano para detenerle.

—No me cuentes por qué no se hablan. Lo único que necesito saber es cómo se ponen en contacto la una con la otra.

—¡Ah! —se sorprendió Matt—. Por cierto, ¿de qué hablabais ayer las tres tan seriamente?

—De gastronomía.

—¿Patsy hablando de gastronomía? —se extrañó él, y vio cómo ella giraba la cara para que no pudiera ver lo roja que se había puesto.

—Sí, así es —replicó Bailey, dándole la espalda.

—Ya veo.

Bailey se volvió hacia él.

—El correo es demasiado lento. ¿Crees que se podrían escribir por e-mail? ¿Qué tal un aparato de fax?

—¿Qué tramáis? —preguntó Matt, mirándola fijamente.

Tuvo en la punta de la lengua decirle que no era asunto suyo, pero en cambio sonrió.

—Estamos planeando una fiesta sorpresa para Rick —dijo—. Y Patsy quiere que le haga una cena fabulosa. Creo que planea invitar casi a un centenar de personas —añadió, y por un momento se quedó mirándolo sin atreverse a respirar. ¿Se iba a tragar eso? ¿Y cuándo sería exactamente el cumpleaños de Rick?

—Pues será mejor que os further. ... —Pues será mejor que os továis, porque sólo faltan tres semanas para su cumpleaños. Dime si puedo hacer algo para ayudaros —agregó mientras elegía otra gamba.

Bailey no dijo nada y salió fuera para refrescarse. Nunca se le habían dado bien las mentiras y era patosa a la hora de hacer cosas en secreto. «Llevas escrito en la cara lo que piensas», le había dicho Jimmie en más de una ocasión. Pero ahora sonrió. Acababa de decir una mentira descomunal, y el cielo no se había abierto ni le había caído encima y, aún más notable, parecía que Matt se la había creído. Levantó la vista al moral y le dedicó una sonrisa. Había dado el primer paso por el camino que conducía a convertirse en una pilla sinuosa y avispada... ¡y vaya lo bien que la hacía sentirse!

Aunque Bailey superó el asunto con Matt sin demasiados problemas, casi destruyó su proyecto antes de iniciarlo al ofender a Janice. Era el primer encuentro secreto y tenía lugar en el cuarto de la costura de Patsy.

—Ningún hombre nos molestará aquí —aclaró Patsy—, después de lo que le hice a Rick.

—Vale —dijo Bailey—, ¿qué le hiciste a tu marido?

—Le bordé conejitos rosa en la ropa interior. No lo supo hasta que estuvo cambiándose en la estación de servicio y un par de chicos los vieron. Creo que le tomaron el pelo con ganas.

—¿Se enfadó?

—Desde luego, pero lloré y le dije que había cometido una equivocación porque sufría muchas interrupciones mientras cosía. Que no podía concentrarme. Luego le mostré el nuevo diseño que había bordado por accidente en una de sus camisas más caras —explicó mientras levantaba una camisa masculina. En el bolsillo tenía bordados una pata y cuatro patitos. Patsy dejó la camisa y comentó—: Ni mis hijos ni mi marido nos molestarán por mucho que oigan ruidos procedentes de esta habitación o que pasemos aquí mucho tiempo.

Bailey la miró con admiración. Sus métodos eran crueles, pero funcionaban.

Y tuvo que ser Bailey quien causara el problema. Estaban tratando de ponerle un nombre a la empresa.

—Es necesario que sea una «cosa» —dijo Patsy—. Tiene que ser algo concreto para que podamos hacer el logo.

—La Pata Madre no es buen nombre —dijo Janice, con los ojos puestos en Bailey como si fuera su única interlocutora.

—Yo estaba pensando en Conservas Arco Iris, o algo por el estilo —dijo Patsy con tirantez.

A Bailey le dieron ganas de protestar. ¿Cómo iban a hacer algo juntas si esas dos no se hablaban? Y ahora se lanzaban indirectas la una a la otra como si fueran colegialas. Quería rebajar la tensión que crecía a medida que transcurrían los minutos.

—¿Por qué no lo llamamos Los Seis de Oro? Con ese nombre venderíamos en Calburn todo lo que tuviéramos —dijo, sonriente.

Para consternación de Bailey, las mujeres la miraron con intenso desagrado. El labio de Patsy se curvó hacia arriba y los ojos de Janice refulgieron fríos y llenos de dureza.

—¿Qué he dicho? —susurró Bailey.

—¿Y por qué no le llamas Treinta de Agosto y acabas? —soltó Janice a la vez que se levantaba para marcharse.

El veneno de la voz de Janice dejó a Bailey sin respiración. Pero peor era lo que había dicho. El cumpleaños de Jimmie era el 30 de agosto. ¿Habían descubierto de alguna manera quién era Bailey?

No, pensó que no había ninguna posibilidad. Seguramente era una coincidencia. Pero ¿qué había hecho enfadar tanto a Janice? Miró a Patsy, que había bajado la cabeza y observaba con aire escrupuloso el cuaderno que tenía en el regazo.

—¿Qué he dicho?

Cuando Patsy levantó la vista su mirada era tan fría como la de Janice.

—Comprendo que eres una forastera, pero esos chicos significan mucho para la gente de esta ciudad, así que te aconsejo que no hagas bromas con ellos. Y te advierto especialmente que no le hagas a Matt ningún comentario sarcástico.

—¿A Matt? ¿Por qué?

Patsy la miró como si fuera tonta.

—El padre de Matt y de Rick era uno de los Seis de Oro —respondió.

Bailey sólo pudo mirarla con asombro, mientras trataba de recordar qué le había dicho a Matt sobre esos chicos. Él nunca había dado a entender, ni en lo más mínimo, que pudiera estar relacionado con ellos.

—¿Y qué hay de Janice? —preguntó Bailey y su tono no dejó lugar para que Patsy intentara el jueguecito de que no sabía quién era Janice.

—Su padre también era uno de ellos —masculló Patsy, volviendo a bajar la cabeza.

Una hora más tarde Bailey se metía en el coche y apoyaba la cabeza sobre el volante. La reunión había sido un fracaso. Aquella mañana se había despertado plena de entusiasmo. Iba a comenzar un negocio fabuloso con dos mujeres que se habían convertido en sus amigas y lo iba a hacer todo en secreto; sí, en secreto. Los hombres que vivían con ellas no tendrían que enterarse de nada. Y ahora se sentía como si le hubieran cortado las alas. Sus dos socias se negaban a hablar la una con la otra y la reunión de trabajo había derivado hacia uno de esos encuentros de chicas en los que cada una acaba yéndose en silencioso enfado.

«Las mujeres no saben jugar limpio —solía decirle Jimmie, sin intentar ocultar, como era habitual, su chovinismo machista—. A vosotras enseguida se os hiere en los sentimientos, y entonces os echáis atrás.»

Bailey se recostó contra el respaldo y cerró los ojos. Una parte de ella deseaba abandonar el proyecto ahora mismo. Otra le decía que fuese a la tienda de lencería más cercana y comprase algo sexy, para luego hacer un desfile ante Matt. Tenía la idea de que era el tipo de hombre que le propondría matrimonio la mañana siguiente. Y pensó que tendría un par de niños. Les prepararía sándwiches de mantequilla de cacahuete y jalea y los llevaría a los entrenamientos de fútbol americano y a las clases de ballet. Mientras pensaba en eso, le dio al contacto.

De acuerdo, la palabra forastera la había herido. Sí, era una forastera. Pero también era tan del lugar que sus comentarios podían herir a la gente del lugar.

Tenía en casa tres masas de pan a medio leudar. Debería ir, seguir amasándolas y volver a ponerlas en el horno para una segunda subida. Pero no lo hizo. En su lugar entró en la autopista, fue hacia Ridgeway y aparcó delante de la biblioteca.

Cuando Bailey le dijo a la chica de la hemeroteca la fecha que quería la muchacha no se inmutó. «No es de Calburn o habría comentado la fecha», pensó Bailey.

Minutos más tarde tenía el microfilme en la máquina y miraba el *Ridgeway Gazette* del 31 de agosto de 1968. Tenía que descubrir lo que había querido decir Janice con su airada referencia a esa fecha.

«Tragedia en Calburn», se leía en el titular.

Lo que seguía era el relato del asesinato-suicidio de Frank McCallum y de su joven esposa Vonda.

«De los Seis de Oro, Frank era el más hablador», empezaba el artículo.

Era el que llevaba la voz cantante, el que podía hablar con cualquiera sobre cualquier cosa, y durante años pareció que todo lo que tocaba se convertía en oro. Dejó Calburn después de obtener el título de bachiller, pero volvió unos años más tarde, viudo y con un hijo al que criar. Con su talento para hablar y vender, consiguió un empleo en la tienda de automóviles de segunda mano. Al cabo de un año había llegado a encargado, y en el transcurso del segundo año vendía más coches que cualquier otro vendedor del estado.

Pero la suerte de Frank pareció cambiar. Algunos dicen que ocurrió cuando utilizó su labia para seducir a una chica del instituto llamada Vonda Olesky. Los feligreses de la iglesia baptista de Calburn se disgustaron mucho por lo que había hecho y muchos de ellos comentaron que los Seis de Oro se libraban de demasiadas cosas. Así que Frank McCallum se casó con Vonda, a la que doblaba en edad.

Un día, poco después de la boda, Frank fue a trabajar borracho. Nadie sabe con exactitud qué ocurrió o por qué pasó, pero alguien dejó un coche en marcha y, no se sabe bien cómo, el vehículo salió disparado contra Frank y lo aplastó contra un muro de hormigón. Estuvo semanas ingresado en el hospital y cuando salió no era ni la sombra de lo que había sido. Perdió el uso del brazo izquierdo y, aún peor, pareció perder también la suerte.

Al cabo de un año del accidente, Frank fue despedido. Sin dinero, sin trabajo y alcoholizado, con su joven esposa se trasladó a la casa de su infancia, una cabaña en la montaña sin agua ni electricidad. Es difícil imaginar la desesperación que debió de sentir ante el cariz que había tomado su vida.

Pero ¿quién de nosotros puede olvidar las gloriosas hazañas de los Seis de Oro? Unos años atrás, en 1953, seis muchachos fueron alejados de su amada ciudad natal para asistir al instituto de otra ciudad. Tuvieron que soportar crueldades que sólo los supervivientes de un instituto pueden entender. Fueron intimidados, acosados y ridiculizados. ¿Consiguió todo ello que esos chicos perdieran su nobleza de espíritu? No, todo lo contrario. Cuando existió peligro y fue necesario el heroísmo, los muchachos de Calburn estuvieron ahí. Todo el que vive en este condado ha oído contar cómo los Seis de Oro salvaron a todo el instituto.

Pero aquello sucedió entonces y ahora las cosas son de otra manera. Por alguna razón, Frank McCallum fue desde la cima hasta el fondo. Cayó desde la altura del héroe al nivel de una vida de desesperada pobreza y ebriedad, hasta llegar finalmente al asesinato y el suicidio. No conocemos las circunstancias exactas que lo condujeron a esos actos; sólo estamos al corriente de los datos.

El 30 de agosto de 1968, Frank McCallum mató a su joven esposa y luego dirigió el arma contra sí mismo. El juez lo declaró asesinato-suicidio.

El entierro tendrá lugar en el Davis Funeral Home, en Calburn, el 2 de septiembre, y estamos seguros de que los portadores del féretro nos serán familiares a todos.

Seguía una lista de nombres: Rodney Yates, Thaddeus Overlander, Frederick Burgess y Harper Kirkland. Por último aparecía el nombre de Kyle Longacre. Era el padre de Matt.

Bailey hizo pasar el microfilme hasta el 2 de septiembre. Ese día no aparecía nada en la primera plana, pero en la página 6 se leía: «Todo sobre el duelo de Calburn.»

«Hace tres días fueron encontrados los cuerpos de Frank McCallum y de su joven esposa en un charco de sangre. Ambos tenían las caras desfiguradas.»

Con una mueca, Bailey se saltó las dos frases siguientes. Mientras que el primer artículo había sido escrito en un tono elegíaco, éste parecía inspirado por los detalles morbosos. Comprobó las firmas. Sí, habían sido escritos por dos personas diferentes. Continuó leyendo.

Lo que nadie sabía hace tres días era que esa misma noche fatídica había ocurrido otra tragedia en Calburn. Gus Venters, un ciudadano destacado y muy querido, se había ahorcado. Su afligida esposa le contó al *sheriff* que no tenía ni idea del motivo por el cual su amado esposo había querido morir. Dijo que tenía todo por lo que vale la pena vivir. Tenía una granja, un negocio y dos hermosos hijastros que lo querían mucho.

«No lo entiendo», comentó la señora Venters a este reportero.

Bailey siguió con sus muecas mientras leía. No aparecía ninguna mención a que la mujer tuviera una relación adúltera y hubiera ordenado a su marido que se fuera.

Continuó leyendo.

También se ha sabido que la misma noche de la muerte de Frank McCallum, uno de los Seis de Oro dejó la ciudad y no se lo ha vuelto a ver desde entonces. En el entierro se supo que la señora de Kyle Longacre se las había arreglado durante tres días para mantener en secreto la desaparición de su marido. Pero cuando Kyle no asistió al entierro de su amigo y no acompañó el féretro, toda la ciudad advirtió que pasaba algo raro. Un hombre como él no hubiera faltado al funeral de su gran amigo a no ser que le hubiera ocurrido algo.

Una fuente anónima, pero del todo fiable, informó a este reportero que la señora Longacre pertenece a la destacada familia Winfield, de la alta sociedad de Filadelfia, aunque de hecho no ha mantenido contacto con su elitista familia desde que dejó la universidad, algunos meses antes de graduarse, para casarse con el carismático Kyle Longacre. La misma fuente comentó que seguramente consideraban que un hijo de Stanley Longacre no era digno de su familia.

Los residentes más antiguos de Calburn recordarán que el padre de Kyle era el hombre más rico de varios condados antes de que lo perdiera todo en 1958 y dirigiera su coche hacia un acantilado con su esposa de treinta años a su lado. El epitafio fue: «Juntos en la muerte como en la vida.»

Kyle, debido a los reveses económicos, se vio

forzado antes de graduarse a dejar la prestigiosa universidad del Norte en la que estudiaba. Volvió a su natal Calburn y comenzó a hacer vida de viajante de comercio. Poco después de que volviera a casa, la joven mujer de la alta sociedad que había conocido en la facultad desafió a su familia, se casó con Kyle y vino a Calburn para vivir con su marido, a quien el trabajo mantenía fuera durante gran parte del tiempo.

Ese gran romance parece haber finalizado hace tres días. Según informaciones recibidas por este reportero, Kyle Longacre escribió una nota a su esposa —cuyo contenido no desvelaremos— informándola de que abandonaba la ciudad. Deja esposa y dos hijos, Matthew de cinco años y Richard de tres. Al ser preguntada, la señora Longacre dijo que pensaba volver con los niños a casa de su familia, en Filadelfia.

Bailey se apoyó en el respaldo de la silla. La madre de Matt no se había ido o, si lo había hecho, luego volvió a Calburn. ¿Qué había ocurrido? ¿Se había presentado en la puerta de la casa familiar con sus dos hijos y la habían rechazado?

«Pobre mujer», pensó Bailey. Su familia la había desheredado por casarse con el hombre al que amaba, y luego la habían rechazado incluso en la tremenda situación de haber sido abandonada. «Pobre Matt. Ha pasado toda la vida luchando por reconquistar lo que debería haber sido suyo.»

Revolvió en el bolso hasta encontrar una libreta y una pluma. En la parte superior de una página escribió: «30 de agosto de 1968», para continuar con una lista.

Gus Venters — se ahorcó
Frank y su esposa — asesinato-suicidio
Padre de Matt — deja la ciudad para siempre
Nacimiento de Jimmie — 1959

Dejó la pluma. ¿Sería ésa la fecha del nacimiento de Jimmie?

Jimmie aborrecía a los videntes y a todo aquel que tuviera algo que ver con la adivinación. Bailey llevaba ya muchos años viviendo con él cuando comprendió que no era que no creyera en ellos, sino que temía lo que pudieran decirle. En una de las cenas que dieron resultó que una señora, algo aristocrática y aficionada a la astrología, le preguntó a Bailey cuándo era el cumpleaños de Jimmie. Ella le respondió que el 30 de agosto.

—No lo creo. No es un virgo. No, James Manville puede pertenecer a cualquier signo astrológico menos a Virgo. ¿Podría conseguirme la fecha y el lugar de nacimiento verdaderos? —pidió—. Le haré una carta astral.

Bailey no le contó a Jimmie lo que había dicho esa señora y, desde luego, no le preguntó ni dónde ni cuándo había nacido; sabía que no iba a recibir una respuesta cierta. Y, aún peor, él le iba a sonsacar sobre quién le había hecho esa pregunta, para luego no volver a ver a la astróloga nunca más, ya lo sabía. Sin embargo, esa mujer le caía bien.

«No le mencione su... *hobby* a nadie de por aquí», le había advertido en voz baja y la mujer asintió, comprensiva.

Ahora Bailey recordó cómo, aquella noche, en una ocasión en que levantó la mirada se encontró a Jimmie con la vista fija en ella, como si tratara de interpretar su interés por esa señora mayor que llevaba encima suficientes diamantes falsos para tumbar a una persona menuda. Esa noche Jimmie le preguntó qué había encontrado de tan interesante en aquella mujer y Bailey respondió que le había resultado atractivo que hubiera viajado por todo el mundo. Jimmie la miraba con una ceja levantada y ella comprendió que sabía que estaba mintiendo. Pero se mantuvo en sus trece y no le contó la verdad. No volvió a ver a la mujer nunca más.

Lo que recordaba con mayor intensidad de todo lo dicho por la astróloga era que hubiera apostado su vida a que James Manville no había nacido el 31 de agosto.

Ahora Bailey miró el reloj. Pasaba de las tres y, si quería llegar a casa para hacerle la cena a Matt, era mejor que se pusiera en marcha. Mientras se disponía a buscar el dispositivo para rebobinar la película, vio una nota en la parte inferior del artículo: «Véase la revisión actual de la historia original en la página B2.»

No pudo resistirse a ir hasta la segunda página de la segunda sección del periódico.

Era cierto que hasta entonces la idea de un grupo de muchachos de instituto, llamados los Seis de Oro, le había parecido de la misma importancia que un chiste; un acontecimiento local sucedido mucho tiempo atrás. Ni siquiera se había interesado lo suficiente para leer el libro que Violet le había prestado. Hasta el día de hoy ni siquiera había pensado que pudiera conocer a alguien relacionado con esos jóvenes. Ahora se había enterado de que el padre de Janice era uno de ellos, así como el de Matt. ¿Por qué había abandonado el padre de Matt a su mujer y sus hijos? ¿Se había sentido Kyle Longacre tan afectado por el asesinato-suicidio del amigo de la infancia como para no poder soportar más su ciudad natal?

Bailey leyó el relato de lo ocurrido en 1953, el suceso que había dado a esos muchachos su apodo casi legendario, y cuando terminó tuvo que admitir que habían sido bastante heroicos.

La primera parte del artículo relataba la historia que ya le había contado Violet sobre el incendio del instituto y la necesidad de enviar a esos muchachos al de Wells Creek.

Pero la periodista no se limitaba a informar, había investigado algún tiempo y entrevistado a diferentes personas, de forma que no sólo presentaba los hechos sino un informe completo. Contaba cómo los padres de los chicos de Calburn habían insistido al profesorado en que sus hijos asistieran a ciertas instituciones y no a otras, hasta que finalmente se pusieron los nombres de todos los alumnos en un sombrero y se sacaron al azar. Por eso casi todas las chicas fueron enviadas juntas a un instituto, mientras que sólo dos acabaron en otro. Y esa misma fortuita razón hizo que seis muchachos que habían crecido en la misma ciudad, pero que en realidad no habían llegado a conocerse bien entre sí, fueran enviados juntos.

La periodista informaba un poco sobre cada uno de los muchachos y aunque, debido a su discreción, nunca llegaba a expresar que procedieran de clases sociales diferentes, el tema estaba implícito en el relato. Decía que los chicos provenían de medios diferentes y que nunca habrían llegado a ser amigos si no se los hubiera aislado en un grupo.

Estaba Thaddeus Overlander, un chico estudioso con padres conversos al cristianismo. A *Thaddy* no le habían permitido ni siquiera asistir a un partido de baloncesto en Calburn, así que mucho menos pudo participar en la vida social. Frederick Burgess, al que todos llamaban *Burgess*, era un atleta, un grandullón no demasiado bueno para los estudios. Harper Kirkland vivía solo con su madre, último miembro de la familia que había fundado

Calburn y que, según la periodista, en otros tiempos había sido propietaria de todo el territorio. Pero el abuelo de Harper había vendido la tierra, parcela a parcela, para luego malgastar el dinero hasta que a la familia Kirkland no le había quedado más propiedad que el periódico local. Frank McCallum y Rodney Yates eran primos y habían crecido en las montañas de Virginia sin que se supiera demasiado sobre su infancia. Asistían al instituto de Calburn porque estaban viviendo con uno de los siete hermanos de Rodney; un joven que había abandonado el colegio cuando estaba en sexto. Frank y Rodney querían algo mejor para sí mismos, por lo que estaban decididos a acabar los estudios. La reportera describía a Frank como un muchacho persuasivo, que tenía un trabajo a tiempo parcial de vendedor de anuncios para el periódico local. Y en cuanto a Rodney Yates, «no hacía falta más que mirarlo para comprender que tenía talento», se leía en el artículo. En ese punto Bailey revisó la película para ver si había fotos, pero no estaba de suerte. Volvió al artículo. «Rodney es un joven extremadamente guapo y no es frecuente verlo sin varias jovencitas alrededor.»

«Y aquí tenemos a Kyle.»

Bailey contuvo el aliento. ¿Cómo habría sido el padre de Matt? ¿Cuál sería la verdadera naturaleza de un hombre capaz de abandonar a su esposa —una mujer que había renunciado por él a una herencia y a su familia— y a sus hijos de corta edad?

«Kyle es el chico de oro —se leía—. Todo habitante de Virginia y probablemente de otros estados conoce a Stanley Longacre y sabe de su increíble éxito. Han visto la mansión en que vive Kyle; el edificio que construyó su padre. Pero mucha gente de Virginia vive en casas construidas por Stanley Longacre. Parece lógico que un hombre que produjo tanto tuviera un hijo como Kyle: guapo, atlético, estudiante sobresaliente, miembro del grupo de debates y del que seleccionaba el libro del año, elegido delegado cada año por sus compañeros, desde cuarto curso.»

—¡Pero abandonó a su mujer y a sus hijos! —farfulló Bailey con desagrado, y continuó con la lectura.

Aquel día de otoño de 1953 un hombre de «voz ominosa» llamó al instituto y dijo que había colocado una bomba en algún lugar y que «nunca saldrían con vida». En menos de un minuto los pasillos empezaron a llenarse de un humo negro. En medio del consiguiente caos los seis muchachos de Calburn lograron que todos los estudiantes pudieran salir sanos y salvos.

Cuando la periodista llegó al lugar de los hechos todos los estudiantes estaban fuera, los bomberos y la policía ya se habían hecho presentes y varios estudiantes lloraban. Relataba que en un principio creyó que el miedo era el causante de esas lágrimas, pero unas chicas le dijeron que habían sido muy malas con ellos. Eso la sorprendió y siguió el interrogatorio. Le contaron que los muchachos de Wells Creek no habían aceptado a los procedentes de Calburn, haciéndoles notar que no eran bienvenidos. «Ratas muertas en sus casilleros», eran sus palabras textuales. «Novatadas, apodos, condena al ostracismo en cada oportunidad que se presentaba. Debió de ser horrible para los estudiantes de Calburn, pero, al fin, habían superado la forma en que los trataban y habían arriesgado sus vidas para salvar la de los demás.»

Taddy le contó a la reportera que después de que les dijeran que evacuaran la escuela miró por la ventana del aula y vio salir humo del gimnasio. Pudo ver cómo un par de jugadores de fútbol se lanzaban contra la puerta, y pensó que quizás estaban atrapados. Ya que la puerta de su clase estaba abarrotada de alumnos que se apretujaban para salir, saltó por la ventana, bajó por la escalera de incendios y abrió la puerta del gimnasio para que saliesen los deportistas. Algunos de ellos estaban siendo tratados por la inhalación de humo, pero gracias a Taddy ninguno había sufrido graves lesiones.

Rodney dijo que había oído gritos procedentes del vestuario de las chicas, así que corrió en esa dirección. La puerta estaba cerrada por fuera con cerrojo, así que se dirigió hacia una ventana. El vestuario estaba en el sótano, y las ventanas también estaban cerradas con cerrojo, pero el almacén de la escuela estaba cerca. Rodney corrió hacia allá y con una palanca forzó una ventana. Las chicas se subieron a los bancos y salieron deslizándose por la abertura forzada.

En este punto la reportera, que había grabado la entrevista, refirió literalmente el diálogo.

«¿Es cierto que algunas chicas estaban desnudas?», preguntó a Rodney.

«Sí señora, sí lo estaban.»

«¿Y es cierto qué tú les diste tu propia ropa para que se cubrieran?»

«Les di la chaqueta, camisa, camiseta y pantalón.»

«¿Así que por eso vas con calzoncillos, zapatos y calcetines?»

«Sí señora, por eso.»

Bailey no pudo dejar de sonreír. Podía imaginarse a ese guapo muchacho ahí de pie con su escasa vestimenta por haber dejado la ropa a unas chicas asustadas para que se cubrieran.

El artículo continuaba.

Pero había sido Kyle Longacre el que demostró ser el superhéroe. En una vitrina de cristal había una máscara de gas, recuerdo de la Primera Guerra Mundial. Él rompió el vidrio, se puso la máscara, y se encaramó al desván del viejo edificio. Contó a la periodista que cuando vio que el humo salía del techo supo que, fuera quien fuese el que había puesto la bomba, era muy probable que la colocara en el desván. Dijo que no había pensado en lo que hacía, no pensó más que en bajar la escalerilla y subir.

«¿Y conseguiste la bomba?», le preguntó la periodista.

«Sí», respondió Kyle. Parecía reticente a hablar sobre la proeza que acababa de realizar.

La reportera añadía que mientras entrevistaba a Kyle un bombero dijo que lo que ese chico había hecho era una insensatez mayúscula y que no sabía si deberían darle una medalla o encerrarlo de por vida. Luego llegó una señora, le dio la mano y le agradeció haber salvado la vida de su hija. Añadió que vivía en una casa construida por el padre de Kyle en la urbanización de los Sesenta de Oro, llamada así porque en una época habían sido sesenta acres dedicados al cultivo del brócoli para simiente y el campo se cubría de flores amarillas.

El artículo concluía con una frase magistral: «No tengo información sobre los Sesenta de Oro, pero sí estoy segura de que estos muchachos son los Seis de Oro.»

«Y así es como han conseguido ese título», finalizaba el editor del periódico.

14

Bailey removió su comida en el plato. Una vez más no había tenido tiempo de cocinar algo especial para la cena, por lo que antes de llegar hizo un alto en el mercado Boston y eligió un par de pasteles de carne con la esperanza de que Matt creyera que los había hecho ella. Pero él comía en silencio y parecía sumido en profundos pensamientos... al igual que ella, que seguía cavilando sobre lo que había leído esa tarde.

¡Esos seis chicos maravillosos! Sólo eran muchachos de instituto a los que otros compañeros hacían sentir fatal y aun así, ante el peligro, arriesgaron sus vidas para salvar a los demás estudiantes. ¿Qué clase de chicos eran para preocuparse tanto por los otros?

Podía imaginarse cómo era el insociable y estudioso Taddy. No tenía dudas de que los jugadores de fútbol del instituto lo habrían atormentado despiadadamente. Sin embargo, él saltó la ventana, bajó por el tubo de desagüe y los rescató a todos.

Y Kyle cogió una máscara de gas y fue directamente hacia la bomba. ¿Y si hubiera explotado? ¿Habría tenido tiempo de salir y correr para salvar la vida? ¿Qué interés le ofrecía un instituto en que los otros chicos lo agobiaban y ridiculizaban con novatadas? ¿Cómo podía ser que un joven así fuera capaz de abandonar a su mujer y a sus hijos?

—¿Por qué no me dijiste que tu padre era uno de los Seis de Oro? —preguntó en voz queda y sin mirar a Matt. Como éste no respondió, Bailey levantó la mirada y vio que había comido poco y removía trozos de carne de un lado a otro del plato.

—No me pareció importante —respondió Matt al cabo. Dejó el tenedor y se recostó en el respaldo de la silla—. Podía haber ido yo a comprar estos pasteles —comentó, para hacerle saber que estaba al corriente de la procedencia de la cena.

—Estaba ocupada y no tenía tiempo... —replicó Bailey. No tuvo el ánimo de acabar la frase al comprender que Matt había cambiado de tema—. ¿Por qué no me lo dijiste? —insistió.

—¿Desde cuándo estás interesada en los Seis de Oro? —Su tono era hostil. Intentaba que dejara el asunto, pero ella no pensaba cejar.

—Si voy a vivir en esta ciudad, creo que debería estar más informada de lo que estoy. Hoy he ofendido a Janice. Hice un chiste sobre los Seis de Oro y ella se puso furiosa conmigo. Patsy me ha contado que tu padre y el de Janice eran parte del grupo. Supongo que creí que al haber ocurrido hace tanto tiempo no tendría ninguna conexión con la vida actual, pero sí la tiene. —Lo dijo con la mirada fija en Matt—. ¿Sabes qué hizo que tu padre se marchara? —añadió con suavidad.

Matt no respondió. Se levantó y salió de la habitación.

Bailey lanzó un profundo suspiro. Parecía ser el día de ofender a todo el mundo. Quitó la mesa y metió los platos en el lavavajillas. Cuando acabó se giró y ahí estaba Matt, de pie y con una caja de zapatos en la mano.

—¿Quieres ver algunas fotos? —preguntó.

—Sí —dijo ella con una sonrisa de alivio, y lo siguió hacia la sala.

Él se dirigió hacia el sofá e indicó a Bailey que se sentara a su lado. Habían desarrollado unas reglas tácitas por las cuales ella utilizaba el sofá y él el sillón, pero esa noche se sentaron uno al lado del otro y Matt puso la caja de zapatos en la mesita del café.

—No tengo demasiadas fotos suyas —dijo a la vez que levantaba la tapa. La caja, en su origen de zapatos infantiles, era vieja y estaba desgastada—. Mi madre tiró estas fotos más o menos al cabo de un año de que él se fuera. Las vi por pura casualidad y pude recuperarlas de la basura.

Ella tuvo la sensación de que él no le había mostrado a nadie el contenido de esa caja. Al levantar la tapa le había temblado un poco la mano.

—Yo estaba cautivado por mi padre. Apenas estaba en casa, pero cuando estaba era el centro del mundo. Era... —titubeó— era... No te rías de mí, pero era magnífico. Podía hacer cualquier cosa. Leía mucho, en su mayoría ensayos y tratados, mientras estaba fuera de casa, así que sabía muchas cosas. Yo sólo tenía cinco años, pero quizá debido a que la mayor parte del tiempo hacía de «hombre de la casa», por así decirlo, era un chico mayor y tenía un montón de preguntas que hacerle. Mi padre no se desentendía de mí como yo veía que hacían otros padres con sus hijos.

Matt metió la mano en la caja y sacó una foto. Era una imagen de estudio, formal, el tipo de fotos que se ponen en la cartera e ilustran los libros del año de los chicos de instituto.

Bailey la tomó y trató de mirarla con los ojos de un Matt niño.

—No le veo parecido contigo. Es un hombre de muy buen aspecto.

—Era. Ha muerto.

Bailey deseaba plantear preguntas, pero intuyó que si guardaba silencio, sería más fácil que Matt contara algo sobre sí mismo. Él le tendió otra foto. Era la de seis muchachos de pie delante de un coche con los parachoques redondeados, típicos de la década de 1950.

—Son... —empezó Matt.

—Puedo suponer quiénes son, pero déjame ver si puedo descubrir quién es cada uno —dijo Bailey y acercó la foto a la luz de la lámpara de pie—. Éste de la letra en el jersey es tu padre, no cabe duda.

—¡Exacto! —exclamó Matt, sonriente.

—Y éste tiene que ser Rodney... Roddy. ¡Santo cielo! Sí que era guapo.

—Sí. Nada más acabar el instituto se fue a Hollywood por un par de años, pero no tuvo suerte. Es posible que hubiera demasiada competencia. Por la razón que fuera, volvió aquí.

—Como Frank —señaló Bailey.

—¿Has leído al fin el libro que tienes en la mesilla de noche? ¿El que te dejó Violet?

—¿Cómo...? —Levantó la mano—. No, no me cuentes cómo sabes lo que tengo en mi mesilla y quién me lo dio. Pero bueno, no, no he leído ese libro todavía. He pasado la tarde en la biblioteca de Ridgeway, leyendo artículos periodísticos de la época.

—Ah.

—¿Qué significa eso?

—Significa que si sólo has leído lo que dicen los periódicos no has oído toda la historia. —Y señaló con la cabeza la foto que tenía en la mano—. Venga, cuéntame quién está en esta foto.

—Frank debe de ser el delgaducho del extremo. ¿Eso que tiene en la mano es un cigarrillo?

—Sin filtro. Pero ¿estás segura de que no es Taddy?

—No; Taddy es el alto del otro extremo, el que tiene aire de asustado.

—No eres mala en fisonomías, ¿verdad?

—Y Burgess es el grandullón que está en primer plano, en cuclillas. —Levantó la foto y miró fijamente al joven que estaba junto a Kyle. Harper Kirkland era pequeño, delgado y tan mono como un querubín del techo de la Capilla Sixtina. Le recordaba a alguien, pero no podía recordar a quién—. ¿Qué fue de ellos?

Matt cogió la foto y la puso en la mesa junto a la otra. Dentro de la caja había hojas de papel dobladas; mantenía cada foto en un sobre para evitar que se deteriorasen.

—Burgess llevó el negocio de madera de su padre durante años, quebró y murió cuando el avión que pilotaba se estrelló. Creo que fue en 1982 o 1983. Rodney se casó un par de veces y tuvo un montón de hijos. Taddy enseñaba ciencias en el instituto de Calburn hasta que éste cerró y él murió de un ataque de corazón dos años más tarde. Nunca se casó. De Frank y mi padre ya sabes.

—¿Qué fue de Harper?

Matt vaciló antes de contestar.

—Fue una de las primeras víctimas de sida en Estados Unidos.

—Ya veo —replicó ella, y se inclinó para volver a mirar la foto.

—Sal Mineo. ¿Te acuerdas de él? A él es a quien se parece. —Miró la foto de nuevo—. Si los chicos de Welborn hubieran llegado a imaginar ese futuro, es muy probable que su vida no hubiera valido un pimiento.

Matt le tendió otra foto. Era de una joven pareja sonriente. Él llevaba el jersey con la letra de su escuela y ella una gran falda y un jersei ceñido con un cuellecito fruncido. Parecían actores de *Grease*.

—¿Tus padres?

—Sí —dijo Matt en voz baja—. Fue tomada en la época anterior a la quiebra de mi abuelo, antes de que condujera su coche hacia unos acantilados y se llevara con él a mi abuela.

La amargura de Matt hizo temblar a Bailey.

—Parecen muy enamorados —dijo y retuvo la foto—. ¡Fíjate en los ojos de ella! Lo está mirando como si... —Se detuvo.

—¿Como si estuviera dispuesta a seguirlo a cualquier sitio? —respondió Matt con sarcasmo—. Lo siguió. Pero años más tarde él se marchó y no volvió nunca más. Abandonó a la mujer que le había amado más que a su vida, y la dejó con dos niños que criar. Y ella era demasiado orgullosa para pedir ayuda a sus padres.

—¿Cómo sobrevivió tu familia?

Matt se reclinó en el sofá y se mantuvo en silencio.

—Recuerdo una infancia de trabajo —dijo al cabo—. Eso es lo que me parecía. Mi madre llevaba la tienda de alimentación del lugar para un viejo bastardo y nos dejaba al cuidado de una vieja desaliñada que se pasaba el día mirando culebrones en la televisión y nos ignoraba a mi hermano y a mí. —Matt respiró hondo para calmarse—. Hacía lo que podía para que mi hermanito estuviera alimentado y seguro. Yo era un chico grande, así que a los nueve años empecé a cortar hierba de los campos por dinero. El día que mi padre nos abandonó me transformé de niño en hombre. Él recogió las medallas que le habían dado en el instituto, escribió una nota a su esposa y se fue. —Miró a Bailey con ojos brillantes de indignación—. ¿Sabes qué ponía la nota? «Perdóname.» Eso es todo lo que escribió. Una sola palabra.

—Pero tú no lo perdonaste, ¿verdad?

—No. Cuando un hombre hace una promesa, debe mantenerla.

—¿Como tú hiciste con Cassandra?

—Exacto. Hasta que sus actos me dejaron fuera, yo permanecí ahí. Hice la promesa y estaba preparado para cumplirla.

—¿Tu madre nunca se puso en contacto con sus padres?

—No. Demasiado orgullo. —Sonrió—. Y no me mires con esa cara. Ya sé que heredé su sentido de la dignidad. Patsy ya se ha encargado de decírmelo lo suficiente. Pero mi madre no iba a aceptar dinero de sus padres, como no lo aceptó nunca de mí. Trabajé durante toda mi etapa en el instituto, cada minuto que pude, y ahorré cada céntimo que recibí. Mi madre me dijo que quería que fuera a la universidad. Decía que ésa sería la única manera de que no acabara como ella, y al decir eso estaba lo más próxima a una queja de lo que estuvo nunca.

—Me hubiera gustado conocerla —dijo Bailey—. Pero de haber estado en su misma situación, me hubiera quejado y habría ido de rodillas a mi padre a implorarle ayuda.

Matt la miró con las cejas arqueadas.

—¿De veras? ¿Por qué será que no me lo creo? ¿Por qué será que tengo la impresión de que tú tienes más orgullo que mi madre y yo juntos?

Bailey apartó la mirada. Él ya había visto demasiado.

—¿Te vio tu madre acabar la carrera?

—No. Murió el año en que Rick estaba en el último curso del instituto. Él se casó con Patsy seis meses después. Rick dijo que no era como yo, que no tenía mi empuje y que no podría soportar vivir solo. Dijo que Patsy le daría un motivo para vivir. Era más espabilado que yo. Sabía lo que le convenía y fue tras ello. Ha sido muy feliz con Patsy y los niños.

—Pero tú no. Tú no has sido feliz.

—No; yo no. Siempre he sentido que a mi vida le faltaba algo, que había una parte vacía dentro de mí.

—¿Descubriste en algún momento dónde había ido tu padre y por qué?

—Unos años más tarde recibí un paquete. Lo enviaba la dueña de una pensión en Baltimore. Ponía que cierto huésped le había dicho que si moría debía enviarme el paquete.

—Déjame que adivine. Era de tu padre.

—Sí. En el paquete estaban todas sus medallas del instituto. Sólo eso. Ninguna nota, nada salvo las medallas. En aquel momento yo estaba demasiado ocupado con mi propia vida como para hacer algo más que mascullar «hijo de puta» y lanzar el paquete encima de un armario. Pero más tarde, durante la época del divorcio, cuando estábamos separándolo todo, encontré el paquete y lo metí en mi maleta.

—La maleta que preparabas para volver a Calburn.

—Sí. Tenía la convicción de que necesitaba saber la verdad y que Calburn, mi hogar, sería el mejor lugar para hacerlo.

—¿Y pudiste descubrir algo? —dijo Bailey con una voz muy suave.

—Aún no sé qué es lo que le ocurrió a mi padre. Crecí odiándolo y sabiendo que no haría nunca lo que él había hecho, pero ahora que soy mayor he comprendido que la gente no vive sólo de su mente.

—Así es —dijo Bailey—. La gente vive a través de sus emociones. Las emociones pueden conducirnos a todo tipo de cosas poco comunes.

—¿Lo dices por experiencia? —preguntó Matt con un parpadeo, intentando aligerar su humor—. ¿Qué te parece si te propongo ir al cine? ¿Qué te parece si hacemos algo normal para variar?

—Eso suena bien —respondió ella mientras observaba cómo él volvía a guardar las fotos en la caja. Pero mientras lo hacía una foto cayó al suelo y Bailey se adelantó para recogerla. No le había enseñado todas las que había en la caja y se preguntaba por qué. ¿Tenía secretos como los tenía ella?

La foto era de dos adolescentes, un chico y una chica, ambos rechonchos y con aspecto hosco. Llevaban ropas que les sentaban mal y al muchacho se le veía aspecto desaliñado incluso aunque la foto en blanco y negro estaba un poco desenfocada.

—¿Amigos de tus padres? —preguntó Bailey. No podía imaginarse al delegado de curso Kyle Longacre, siempre acicalado, como amigo de esos dos.

—No; son... —empezó Matt, pero se interrumpió al ver que Bailey no soltaba la foto.

Con la cara tan pálida como la pared que tenía a sus espaldas, Bailey llevó la foto lentamente hacia la luz.

—¿Quiénes son estos dos? —dijo en un ronco susurro.

—No lo sé —respondió Matt—. Estaba en el fajo de fotos que encontré en la basura. ¿Sabes tú quiénes son?

—No, por supuesto que no. ¿Cómo voy a conocer yo a alguien de tus fotos? —Pero la forma en que la miraba Matt le hizo saber que no la creía. Bailey lanzó una carcajada que esperaba sonase despreocupada—. Sólo que me recuerdan a un par de tipos verdaderamente horribles que conocía —dijo—. Por un momentos me han dado escalofríos.

—¿Quieres hablarme de ellos? —preguntó Matt con dulzura.

—No tienen ningún interés —dijo ella y luego se levantó—. ¿Sabes?, voy a pasar de esa película, si no te importa. Estoy un poco cansada. Me gustaría irme a la cama y leer un rato. Bueno, buenas noches —dijo, y casi echó a correr hacia la intimidad de su dormitorio, donde cerró la puerta para recostarse contra ella.

Los adolescentes de la foto eran Atlanta y Ray y estaban de pie delante de la casa que le había dejado Jimmie; la casa en la que estaba ahora.

15

Una vez en su dormitorio, Bailey cogió la libreta de direcciones y buscó los números que le había dado Phillip. Quizá pudiera llamarle y contarle lo que acababa de ver. Posiblemente era significativo que hubiera visto a los hermanos de Jimmie delante de la casa que ella había recibido como herencia.

No obstante, dejó la libreta en su sitio. Siempre había sabido que esta casa pertenecía a Jimmie, ¿no era así? Y si él había crecido aquí, lo mismo ocurriría con sus hermanos. Y no era nada infrecuente que la gente de los lugares pequeños tuviera fotos de otras personas de la ciudad.

Mientras abría la cómoda y sacaba el camisón, se dijo que lo mejor sería permanecer al margen de lo que había pasado hacía tanto tiempo. Había visto la forma en que reaccionaba Janice ese día y también el temblor en la mano de Matt cuando le mostraba las fotos de su padre. Haría sentir muy mal a todo el mundo si empezaba a hacer preguntas sobre el pasado. «¿Quiénes son estos dos adolescentes gordos y resentidos y qué hace esta foto junto a las de los Seis de Oro?» no era algo que se pudiera preguntar. Si era capaz de poner furiosa a Janice con un comentario, era de imaginar lo que podía pasar si hacía muchas preguntas.

Dejó la libreta de direcciones en el cajón de la mesilla de noche y se dirigió a la ducha. Sería mejor que se concentrara en el negocio que estaba tratando de iniciar con Patsy y Janice.

Una vez tomada esa decisión, abrió el grifo y se sintió mejor. Entonces, por la ventana del cuarto de baño, vio la luz de unos faros reflejada en los árboles. Parecía que Matt había decidido irse al cine por su cuenta.

Sin pensar en lo que hacía, cerró el agua de la ducha, se puso el holgado albornoz de felpa y salió de su dormitorio. La casa daba esa sensación de vacía que tenía cada vez que Matt se ausentaba.

—¿Matt? —llamó.

Con el corazón desbocado, fue andando despacio por el pasillo hasta el dormitorio de Matt. La puerta estaba entreabierta.

—¿Matt? —volvió a llamar, para poner luego la mano en el pomo de la puerta—. Si aparece le diré que estaba... —se dijo en voz baja, pero no pudo llegar a encontrar una razón válida para su fisgoneo, así que mucho menos la encontraría para él.

Encima de la cama limpiamente arreglada estaba la caja de zapatos llena de fotos. Bailey ni siquiera lo pensó, se sentó junto a la caja, encendió la lámpara y retiró la tapa.

Había tres fotos que Matt no le había enseñado. En una aparecían él mismo muy de niño y su hermano Rick, en pijama, delante de un árbol de Navidad y rodeados de paquetes ya desenvueltos. Sentado en el suelo, con la vista dirigida hacia el hijo mayor y con una mirada llena de amor, estaba el padre.

Sabiendo lo que luego iba a ocurrir, la foto le provocó unas súbitas ganas de llorar.

La segunda foto era de un Matt más mayor sentado en el regazo de su padre, al volante de un coche. En el dorso estaba fechada en julio de 1968. En menos de dos meses este hombre abandonaría a su familia para siempre.

Bailey, negando con la cabeza, dejó la foto en su lugar y cogió la de los adolescentes. La acercó a la luz y la miró durante largo rato. No había ninguna duda de que eran Atlanta y Ray. Y tampoco de que la casa del fondo era la que Jimmie le había legado.

«Descubre la verdad de lo que ocurrió. ¿Querrás hacerlo, Pecas?» Se lo había pedido Jimmie. Pero ¿la verdad sobre qué? ¿Sobre Atlanta y Ray? ¿Estarían relacionados de alguna manera con los Seis de Oro? ¿Sería por esa razón que esa foto estaba mezclada con las de la familia de Matt? Éste había dicho que no sabía quiénes eran o por qué estaba ahí esa foto, así que quizá no era más que una coincidencia o un error. Quizá la madre de Matt había tirado montones de fotos, pero él había salvado sólo las de su padre. Era posible que esa foto se hubiera pegado a la parte posterior de una de las buenas por obra de un poco de ketchup.

Giró la foto. No había señales de ketchup ni de ninguna otra mancha, pero había una fecha casi ilegible escrita a lápiz. Intentó verla con claridad, pero sólo pudo descifrar «196...». El último número del año no se veía.

Lentamente, volvió a dejar las fotos en su sitio, tal como las había encontrado, se levantó y alisó la cama. No quería que Matt se enterara de que había estado husmeando.

Se dirigió a su dormitorio, se duchó y mientras el agua caía en cascada por su cuerpo, tomó de nuevo la decisión de que lo mejor era no hacer más preguntas. Lo que ocurrió había pasado hacía mucho tiempo y era mejor dejarlo como estaba.

16

Transcurridos dos días más con Janice y Patsy, Bailey tuvo que admitir su derrota. Le resultaba claro que las tres tenían conocimientos suficientes para llevar adelante un negocio una vez iniciado, pero ponerlo en marcha estaba más allá de sus posibilidades. El motivo fundamental era que ni siquiera podían ponerse de acuerdo en el nombre del negocio. ¿Adónde iban a ir a conseguir el dinero si eran incapaces de organizarse en lo más mínimo?

Bailey se preparó una taza de té, cogió papel y lapiz, y trató de plasmar alguna idea sobre el nombre y el logo del negocio, pero estaba bloqueada. Después de una hora volvió a entrar a la cocina por más té y, siguiendo un impulso, tomó el teléfono inalámbrico y la libreta de direcciones, se lo llevó fuera y marcó un número.

Cuando el teléfono empezó a sonar, contuvo el aliento. ¿Qué acogida podía recibir?

Carol Waterman contestó a la primera llamada. Todo lo que tuvo que hacer Bailey fue dar su nombre y las palabras surgieron a borbotones de la boca de Carol.

—Quieres hablar con Phillip, ¿verdad? Ahora no está casi nunca en casa. Ni los niños ni yo lo vemos desde hace días. Quiere dejar de trabajar para «ellos» y les ha dicho dos veces que los deja, pero la respuesta que recibe siempre es la de que le pagarán más, tanto que Phillip termina por aceptar y se queda un poco más. No me cuenta en qué están metidos esos dos, pero por su mirada deduzco que no es nada bueno.

Mientras Bailey escuchaba iba garabateando en el bloc. Tenía delante el moral y perfiló distraídamente las ramas ondulantes del viejo gigante. Por mucho que lo intentara no podía llegar a sentir ninguna compasión por Carol. ¿Qué habían esperado los dos al aceptar un trabajo de personas tan nefastas como Atlanta y Ray? ¿Pensarían que el hecho de recibir los millones de la herencia iba a transformarlos en personas amables?

—Por lo que me dices, parece que tienes tiempo de sobra y acceso a montones de dinero.

Carol titubeó.

—Supongo que así es —respondió—. ¿Qué estás pensando?

—Me preguntaba si estarías interesada en asociarte a un negocio que estamos iniciando un par de amigas y yo.

—¿Qué clase de negocio? —preguntó Carol con cautela.

—Es... —Miró al boceto que había hecho en el bloc—. Se llama «Antes y Después». Es una división de... de la empresa de conservas «El Moral».

—No tendré que cocinar nada, ¿verdad?

—No, ése es mi trabajo.

—Ya veo —dijo Carol con frialdad—. Entonces ¿qué otra cosa quieres de mí, además de aportar dinero para ti y para tus amigas?

Bailey conocía demasiado bien la sensación que estaba experimentando Carol. En la primera época de su matrimonio con Jimmie mucha gente le había ofrecido un montón de cosas, pero pronto descubriría que lo único que querían era su dinero.

—¿Qué te parecería la publicidad? —improvisó—. Promocionar. ¿Te parece que te desenvolverías bien en ese campo? —Bien sabía Dios que tanto ella como Janice o Patsy eran incapaces de ello.

Carol estuvo tanto tiempo en silencio que Bailey llegó a pensar que iba a colgar.

—Antes de casarme con Phillip me estaba preparando para ser actriz —dijo al fin.

Bailey estuvo a punto de decir: «¿Y para qué nos sirve eso a nosotras?», pero se contuvo. No podía permitirse el lujo de ofender a Carol, una persona con acceso al dinero.

—Quizá puedas... podrías... ser la actriz principal de nuestro anuncio.

—¡Magnífico! ¿Cuál es el guión?

—Todavía lo estamos trabajando y, por supuesto, necesitamos tu energía.

—No habéis escrito una palabra, claro.

Bailey se echó a reír y cuando lo hizo se sintió libre de toda tensión.

—Ni una palabra. Yo sé cocinar, Patsy puede dirigir una fábrica y Janice es la contable. Pero las tres somos unos verdaderos desastres a la hora de dar a conocer que tenemos un montón de jaleas y mermeladas para vender. ¿Crees que podrías ayudarnos?

—Es posible —dijo Carol despacio—. Si puedo encontrar tiempo entre las citas de la peluquería y la manicura. Ya sabes cómo es eso.

—Demasiado bien —respondió Bailey, manteniendo a raya la emoción de su voz. Había llamado a Carol con la esperanza de conseguir dinero, pero sus dotes de actriz serían incluso mejor.

—Quizá podrías...

—¿Tomar el siguiente avión, reunirme contigo y tus

nuevas amigas y hacer algo con mi cabeza además de decidir si me visto de azul marino o de negro?

Bailey rió con ganas.

—¿Sabes dónde vivo ahora?

—Ni idea, pero tengo un lápiz a mano.

Bailey le dio la dirección, se despidieron y colgó el teléfono. Se las arregló para mantenerse sentada durante medio minuto; luego dio un salto y se puso a bailar.

—¡Bravo! —exclamó mientras agarraba una rama del moral y la besaba—. ¡Mi querido árbol!

Recogió el bloc de dibujo y se fue escaleras arriba al aparato de fax de Matt. Ahora todo lo que tenía que hacer era persuadir a Janice y Patsy de cuál era el nombre perfecto para su empresa.

Fotocopió el boceto y se lo envió tanto a Janice como a Patsy. A ésta le dijo que quería que le bordara una marca como la del boceto. Janice le envió un fax en el que decía que la gente pensaría que sólo vendían productos de ese árbol. Luego Patsy le respondió que la mayor parte de los norteamericanos no tenía ni idea de lo que era un moral.

—Esto podría seguir así toda la vida —murmuró Bailey. Recordó que Jimmie odiaba las decisiones con que estaba de acuerdo todo el mundo.

«¡Bien! —les envió en otro fax—. Si no saben nada sobre el moral no tendrán ningún prejuicio. Si cualquiera de vosotras tiene una idea mejor, me gustaría conocerla.»

Durante una hora el fax se mantuvo en reposo. Pasado ese tiempo recibió dos notas.

«Por mi parte, está bien», decían ambas. Dado que las palabras eran exactamente las mismas, supo que de alguna manera se habían comunicado entre sí para alcanzar un acuerdo. Folio azul, folio verde.

—Gracias, Jimmie —dijo Bailey y lanzó una sonrisa a los faxes. Ahora necesitaba ir a la cocina y preparar algunas muestras para «Antes y Después», que sería una división de su empresa.

Bailey estaba experimentando una mezcla de fresas y cerezas sin utilizar alcohol. ¿Cómo podía hacer que la compota tuviera el mismo sabor que la perfumada con *kirsch* sin utilizar el licor? Había descubierto que la venta de productos alimenticios en los que uno de los componentes era alcohol no estaba permitida sin la previa obtención de una licencia de licores, algo que ninguna de ellas podía conseguir. «Reservémonos eso como objetivo para dentro de dos o tres años», había comentado Janice en una ocasión, y las otras estuvieron de acuerdo.

Quizá podría lograr el sabor deseado si extraía el zumo, lo hervía y añadía un poco de esencia de almendras. Con ese pensamiento fue a la despensa a buscar el «chino», ese colador cónico sujeto a un eje giratorio con barras. Casi tuvo que dedicar diez minutos a buscarlo porque estaba en el estante más alto de la despensa.

—¡Matt! —exclamó. Él había recogido los platos la noche anterior y por alguna extraña razón había decidido que no valía la pena situar el «chino» en un lugar accesible, así que lo había puesto en el estante más elevado, por lo menos un metro por encima de la cabeza de Bailey.

Sabía que había una escalera en el establo y que podría ir a buscarla, e incluso acercar una silla, pero le pareció una pérdida de tiempo y además la fruta estaba hirviendo a borbotones. Se subió al primer estante y contuvo la respiración mientras comprobaba si aguantaba su peso, pero luego recordó que ya no era tan pesada como para romperlo.

Sujetándose en los estantes superiores fue ascendiendo hasta alcanzar el colador. Mientras lo agarraba vio algo pegado a las tablas de la parte posterior del estante. Esa habitación era la única que no había sido remodelada. Bailey se negó a que Matt y sus amigos, los bebedores de cerveza, tocaran esa perfección. Se había limpiado y eso había sido todo.

Picada por la curiosidad, dejó el «chino» más abajo y estiró el brazo para llegar al trocito de papel que se veía detrás de las tablas.

Supo al instante que era la parte posterior de una fotografía. La giró lentamente y lo que vio le cortó la respiración. En primer plano había dos personas. Una era un hombretón, rubio, con una mirada que no traslucía gran inteligencia, aunque su sonrisa era tan dulce que casi le dieron ganas de devolvérsela. Posaba muy alegremente con el brazo alrededor de los hombros de un muchacho de unos catorce o quince años.

El chico tenía un labio leporino horriblemente deformado.

Bailey bajó despacio los estantes y se acercó a una ventana para mirar la foto a la luz. El chico era Jimmie. Lo hubiera reconocido de cualquier forma por sus hombros, y además, sus ojos eran los mismos. Y estaba segura de que el gigante rubio era el hombre que había vivido en su casa, el que se había ahorcado en el establo.

Miró la foto a la luz del sol. En segundo plano había una mujer y dos hombres. El rostro de la mujer era claramente visible. Era pequeña y delgada, no especialmente atractiva, de cara larga y aspecto cansado. Miraba despreciativamente al hombrón y a Jimmie. Bailey tuvo la seguridad de que era la mujer adúltera. Los hombres que había al fondo estaban de perfil, un poco desenfocados, así que no pudo identificarlos.

¿Quién podría identificar a esa gente? ¿Matt? No, era demasiado joven cuando se tomó esa foto. No tenía fecha, pero por cómo iban vestidos era de suponer a finales de los años sesenta o principios de los setenta.

—Violet —se dijo en voz alta. Volvió a la cocina, apagó el fuego en el que hervía la fruta, puso un paño encima del estante de vidrio de la nevera y colocó la olla caliente. Mientras se dirigía corriendo a la puerta principal, agarró al vuelo las llaves del coche, y quince minutos más tarde estaba en casa de Violet.

Ella estaba sentada en el porche, dormitando.

Bailey no se molestó en prolegómenos.

—¿Quiénes son estas personas? —preguntó a la vez que le mostraba la foto.

Violet se despertó al instante, sin aparente sorpresa, y miró a Bailey.

—Y a mí también me alegra verte —dijo mientras recogía la foto—. Ve a buscar las gafas. Están por ahí, en algún sitio —comentó gesticulando hacia la puerta de la casa.

Bailey tardó unos diez minutos en encontrar las gafas de leer de Violet y otros cinco en lavarlas. Para cuando volvió al porche, Violet se había vuelto a dormir con la foto en su regazo.

—¿Y bien? —pidió Bailey en voz alta, a la vez que le tendía las gafas.

Violet se las colocó y miró la foto. Bailey tomó asiento frente a ella.

—No sé quiénes son los dos que están en primer plano. Son...

—Ésos ya sé quiénes son. Quiero saber sobre las personas que están al fondo.

Violet arqueó las cejas, mirando a Bailey.

—Sabes quiénes son, ¿verdad? Te has dedicado un poco a la investigación. ¿El niño de delante, el del labio, es el tipo que estabas buscando?

—Eso no importa. ¿Quiénes son los del fondo?

—¿Y yo qué saco de ello?

Bailey entrecerró los ojos.

Violet se echó a reír.

—Vale, deja que mire. No sé quién es la mujer, pero ése es Roddy y el de atrás me parece que es Kyle.

—Los Seis de Oro —dijo Bailey—. Así que tenía que ver con ellos.

Violet la miró fijamente y luego observó la foto.

—El tipo grande debe de ser el hombre del que me habló mi amiga, el tipo que se colgó en tu establo. ¿Y ese árbol grande que hay en la parte de atrás no es el de tu casa?

—Sí —dijo Bailey distraídamente—. Es el árbol de las moras.

—Si quieres saber algo sobre el niño de la foto, ¿por qué no se lo preguntas a él?

—Está muerto —respondió Bailey antes de pensárselo. A continuación levantó la vista hacia una Violet con los ojos abiertos como platos.

—Será mejor que tengas cuidado o vas a empezar a soltar información en vez de sacársela a todo el mundo —dijo Violet con una risita maliciosa cuando Bailey apartó la mirada—. Lo que quería decir es por qué no se lo preguntas a él —dijo señalando la foto.

—¿A quién?

—A Rodney.

—¿Está vivo?

—Cariño, para ti 1968 puede estar lejanísimo, pero no lo está. Roddy está vivo, casado con una chica que tiene menos de la mitad de años que él y sigue pariendo hijos. ¿Janice no te ha contado que tiene una docena y media de medio hermanos?

—Parece que la gente de Calburn tiende a dejarse las partes más interesantes de su historia —dijo Bailey en voz baja.

—A diferencia de ti, que eres tan abierta y honrada, y lo cuentas todo sobre ti misma —replicó Violet.

Bailey se puso en pie, tomó la foto y se dispuso a marcharse.

—¿Qué andáis tramando, vosotras las chicas, que lo tenéis tan en secreto?

Bailey tomó aire y pensó: «¿Pero es que la gente de Calburn tiene que estar al corriente de todo?»

—No me mires de esa manera. Creo que tu secreto está seguro. Lo que pasa es que yo oigo más que otros. Tengo un montón de amigos.

Por un momento Bailey la examinó con atención. Por lo que había podido deducir de lo poco que le habían contado, en su juventud Violet había sido la prostituta de la localidad. Y ahora era la camello oficial de drogas... o al menos de marihuana. Bailey había tenido encuentros suficientes con gente de la generación de Violet como para saber que la mayoría de los hippies no consideraba droga a la marihuana.

—No sabrás nada sobre cómo hacer una película, ¿no?

Violet le lanzó una sonrisita.

—Antes de venir aquí, vivía en Los Ángeles y fui secretaria de producción durante dieciséis años.

—¿Eso quiere decir que escribías a máquina o que estabas en el rodaje?

—Te diré sólo que muchas veces el director estaba demasiado borracho o demasiado ocupado con su vida amorosa como para hacer su trabajo, así que me tocaba a mí. ¿Qué tipo de película pretendéis hacer? ¿Porno?

—Contigo como estrella.

Violet rió a carcajadas.

—Cuando era más joven... Vale, me dejaré de chistecillos. ¿Qué necesitas?

—Un anuncio para la televisión. Algo sencillo. Tenemos idea de lo que queremos vender, pero no sabemos cómo hacerlo.

—Pues cuéntame lo que tienes en la cabeza. He reescrito tantos guiones que creo que podría escribir uno propio para un anuncio de un minuto.

—¿Te parece que podrás entenderte con Janice y Patsy sin empezar una guerra?

—Quizá. ¿Necesitas en serio un guión escrito?

Bailey no estaba dispuesta a decir que estaban desesperadas por encontrar personas que supieran algo sobre alguna cosa. Se encogió de hombros mientras pensaba que a Violet había que tomarla o dejarla.

—¿Sabes dibujar un mapa?

Violet se tomó su tiempo antes de responder.

—¿Un mapa que te muestre cómo llegar a la casa de Roddy, arriba en la montaña?

—Sí.

—No te va a gustar lo de ahí arriba. Y llevas escrita por todas partes la palabra «dinero». Tratará de sacártelo. Además eres demasiado bonita como para colocarte a su alcance.

—Me arriesgaré. Entonces ¿cuánto cobras por tu ayuda?

—Tengo en el huerto unas hierbas que son más altas que las plantas.

Bailey tensó los labios.

—Verduras, pero nada de plantas de cannabis. Mi línea de producción no incluye sustancias ilegales.

Violet rió mientras levantaba su corpulencia de la silla.

—Vamos. Podemos prepararnos algo de limonada, y así estaremos frescas mientras hablamos de lo que intentáis vender, sea lo que sea. Y de paso puedes contarme qué tal está Matt.

Bailey arqueó las cejas.

—Matt y tú no habréis... No habrás...

—Ni con él ni con su papá —dijo Violet mientras pasaba por delante de ella para entrar en la casa—. ¡Pero te puedo asegurar que me hubiera gustado!

17

Mientras conducía el coche por el camino de tierra hacia la casa de Rodney, Bailey todavía se sentía culpable con Matt. No era buena mentirosa, y tampoco una buena actriz. La noche pasada estaba nerviosa y asustada por lo que planeaba hacer hoy y era consciente de que estaba teniendo demasiados secretos con Matt. Tampoco estaba obligada a contarle todo lo que hacía, pero él no se merecía todas esas mentiras y las evasivas que le daba por respuesta.

Durante la cena había procurado mantener una conversación ligera y parecer desenfadada y alegre, pero lo cierto era que estuvo sonsacándole información con dureza. Quería que le contara todo lo que sabía sobre Rodney Yates y su situación actual.

—¿Por qué no me has contado que aún estaba vivo uno de los Seis de Oro? —preguntó mientras le servía puré de patatas—. Fue un *shock* muy fuerte cuando Janice mencionó a su padre. Me dio vergüenza demostrar que no sabía que sigue vivo.

—Ya está bien —dijo Matt en voz baja.

—Oh, lo siento —respondió Bailey después de mirar la montaña de puré que le había puesto. Luego se dirigió hacia la cocina.

—Janice no habría mencionado a su padre, ni a ti ni a nadie —dijo Matt con convicción.

Bailey apretó los labios. ¡Pillada en una mentira! Puso judías verdes y almendras en un cuenco. Era cuestión de mantener el tipo con descaro.

—Vale, sí, hoy he estado en casa de Violet y me ha dicho que Rodney está vivo.

—Por lo que me han contado, cruzaste Calburn a toda velocidad y has estado toda la tarde en casa de Violet.

Bailey sabía que si contestaba a eso iba a hacerlo con enfado, y si se enfadaba revelaría más de lo que quería. Así que se sentó a la mesa, tomó su tenedor y le miró.

—Ahora vivo en esta ciudad, así que me gustaría conocer su historia. He ofendido una vez a Janice y no quiero repetirlo. ¿Podrías contarme algo sobre su padre?

Matt mantuvo la cabeza baja unos momentos antes de volver a mirarla.

—¿Quieres explicarme la verdad de por qué estás haciendo tantas preguntas a todo el mundo?

Bailey no respondió; no había nada que pudiera decir.

—De acuerdo —dijo Matt cuando comprendió que ella no iba a responder—. Tú ganas. Janice desprecia a su padre, no tiene nada que ver con él. Es un viejo libertino; un alcohólico. Tuvo dinero, pero se lo bebió todo. La madre de Janice y la de Patsy eran gemelas idénticas, hijas del médico de la ciudad. La madre de Patsy se casó con un dentista y Patsy ha tenido una buena casa y ropas bonitas toda su vida. Pero la madre de Janice se chifló por el bello Rodney y se casó con él, que se gastó todo el dinero que le había dejado a ella su padre, pasó de ella e hizo muy desgraciada su corta vida. —En la voz de Matt se percibía claramente la indignación.

—¿Y Scott? —preguntó Bailey con suavidad.

Matt se recostó en el respaldo.

—¿Estás segura de que quieres oír todos los secretillos sucios de Calburn?

Bailey no sabía si quería o no, pero no pudo dejar de asentir.

—Janice estaba decidida a no hacer lo que había hecho su madre, así que un minuto después de recibir el diploma de bachiller en el instituto, se fue a Chicago y consiguió trabajo en una tienda de ropa selecta para caballeros, un lugar donde podría conocer hombres ricos. Durante los dos años que estuvo allí se comprometió dos veces, pero las dos veces rompió. Sus novios no eran lo que Janice estaba buscando. Pero entonces, un buen día entró en la tienda Scott Nesbitt. Era el hijo menor del hombre más rico de una pequeña ciudad a poca distancia de aquí. Era joven, guapo, encantador y, aún más importante, maleable. Scott no tenía ninguna probabilidad de escapar. Janice fue tras él y al cabo de seis meses estaban casados. Luego le persuadió de que nunca debería haber dejado Virginia. Lo cierto era que Janice quería volver a Calburn para ufanarse de su riqueza recién conseguida.

Matt tomó aire y paseó la mirada por la habitación.

—Janice hizo de Scott lo que es ahora. Ella trabajaba veinte horas al día y se quedó con un joven mimado y perezoso, e hizo de él... Bueno, lo convirtió en la persona que conoces. —De pronto la miró airadamente—. ¿Es eso lo que querías oír?

Ella se quedó estupefacta, sobre todo por la hostilidad de su gesto.

—Sí. Quiero decir, no. Pensaba que...

Matt no la dejó acabar la frase. Se levantó y dejó la mesa.

—Tengo trabajo que hacer —masculló mientras subía al desván, pero se detuvo a mitad de camino—. Ah, por cierto, el cumpleaños de mi hermano fue hace seis meses.

Bailey se llevó las manos a la cabeza. No estaba teniendo mucho éxito en eso de «no involucrarse».

Ahora, en el coche, miraba el mapa que Violet le había dibujado y vio que, si lo interpretaba de manera correcta, llegaría pronto a casa de Rodney. Pero no había indicadores de calles en el camino que se adentraba en la montaña y dos veces tuvo que dar la vuelta después de haberse equivocado. Había tenido que atravesar un arroyo poco profundo con su todoterreno, así como sortear un tronco caído. Las clases de conducción no la habían preparado para ese tipo de trayecto.

Cuando por fin llegó, tenía la sensación de haber participado en un safari. Aparcó bajo un árbol y levantó la vista hacia la cabaña. «No dejes que te impresione —le había dicho Violet—. Es de una pobreza extrema y Rodney hace que sea así.»

Bailey bebió un trago de agua de la botella que llevaba y miró fijamente la cabaña. Resultaba difícil aceptar que el mismo planeta albergara ese lugar y las fastuosas casas de Jimmie. La estructura parecía a punto de venirse abajo y un lado del porche ya había cedido. Una esquina del tejado tenía un agujero.

Delante de la cabaña había barro pisoteado por muchos pies. Vagaban por ahí unos cuantos pollos flacos y, mientras Bailey observaba, de debajo del porche salieron un par de niños sucios que se dieron caza el uno al otro por el endurecido terreno.

Un tercer chico, mayor, casi muchacho, salió gateando de debajo del porche y se detuvo cuando vio el coche de Bailey. Ella se preguntaba cómo era que no habían oído el ruido cuando llegó, pero cuando apagó el motor oyó gritos dentro de la casa. «Quizá no sea éste el mejor momento —pensó—. Quizá debiera dar la vuelta y preguntarle a Matt...» No pudo pensar nada más porque, de repente, un hombre apareció en el porche con una escopeta... Y la apuntaba.

—¿Quiere largarse de una puñetera vez de mi propiedad? —gritó el individuo.

—Sí, ya lo hago —vociferó Bailey por la ventanilla, y luego agarró las llaves que había dejado caer en el asiento del acompañante—. Ahora me voy —dijo mientras trataba de poner la llave en el contacto, pero se le cayó al suelo.

No existía juramento capaz de expresar su incomodidad mientras trasteaba bajo el volante en busca de las llaves. No pudo encontrarlas antes de que la puerta de su coche fuera abierta de golpe.

—Trate de entregarme algún documento judicial y le volaré la cabeza —oyó una voz amenazadora.

Bailey levantó la cabeza con tanta rapidez que se golpeó contra el salpicadero.

—No traigo papeles para usted —dijo con desesperación—. He venido a hacerle unas preguntas.

Como si estuviera metida en una película de gánsteres, levantó las manos al aire, hasta el techo. De pie, junto al coche, había un hombre con un rostro de líneas muy marcadas; parecía tener cien años, pero sus movimientos eran los de un hombre más joven, y la apuntaba directamente a la cabeza con su escopeta.

—¿Preguntas sobre qué? —dijo con aire suspicaz.

—Sobre... —¿Qué podía preguntarle con la seguridad absoluta de no ofender?—. Sobre los Seis de Oro —dijo con rapidez y luego apretó los ojos para no ver cuando le disparara.

Como no ocurrió nada, abrió un ojo. ¡Se estaba riendo de ella!

—Vaya, así que ha venido para conocerme y hacerme preguntas sobre los buenos tiempos.

—He venido para... —Iba a decir que para conocer al bello Rodney Yates, pero por la forma en que la miraba y por lo que le había dicho... Pero no era posible que ese viejo feo fuera...

Él la observaba y sólo había bajado la escopeta unos centímetros.

—A usted —dijo Bailey—. Sí, he venido a verlo a usted. Es Rodney, ¿verdad? Parece un... Bueno, está exactamente igual que en las fotos.

Bailey estaba segura de que una mentira de tal magnitud iba a lograr que recibiera directamente el tiro, pero en cambio el hombre sonrió abiertamente, le pasó un brazo por los hombros y la sacó del coche. A Bailey casi le dieron náuseas. Tenía un aliento asqueroso y la mano que sujetaba su hombro tenía unas uñas larguísimas con porquería de años.

Quería marcharse lo más rápido que pudiera de ese lugar horrendo y de ese hombre tan repulsivo.

—Eres bien guapa —dijo él y su mano empezó a subir y bajar por el brazo de Bailey mientras la atraía hacia sí—. ¡Eh! Espere un momento. No habrá venido aquí a hacernos lo que hizo la otra, ¿no?

Bailey tuvo que reorganizar la frase para entenderla.

—¿Se refiere a la congresista Spangler?

—¡Sí, la congresista! —dijo Rodney, y soltó un escupitajo a unos dos centímetros de los pies de Bailey.

—No, yo no —contestó.

Él volvió a sonreír, exponiendo unos dientes que no se había lavado en años.

—Entonces venga dentro y le enseñaré todo lo que hizo esa vieja bruja.

Se dirigieron a los peldaños que conducían al porche

de la cabaña. La casa era el lugar más sucio que había visto en su vida. Se preguntó cómo podía ser que hubiera gente que viviese en esas condiciones. A medida que subían los peldaños Rodney la sujetó con más fuerza y Bailey sintió que el cuerpo se le tensaba.

—Cuidado con este escalón. Está un poco roto. Quiero arreglarlo desde hace tiempo, pero he estado muy ocupado últimamente.

Bailey bajó la vista y se encontró con un tablón podrido que probablemente estaba así desde la década de 1930. Se las arregló para sortearlo pero casi perdió el equilibro. Rodney aprovechó la oportunidad para recorrer con los dedos el costado de su pecho. Bailey temió marearse.

El interior de la cabaña era aún peor que el exterior. Estaba amueblada con viejas sillas sucias y rotas y un sofá al que le faltaban dos patas, por lo que era unos cinco centímetros más alto por un extremo.

—Toma asiento —dijo Rodney con tono lascivo y malicioso, indicándole el extremo más elevado del sofá. Si ella se sentaba ahí se deslizaría hacia el extremo más bajo, probablemente donde él se sentaría.

—Yo me... eh... —Lanzó una ojeada alrededor. A un lado había una silla pequeña de madera—. Mejor me sentaré aquí —dijo mientras la desplazaba frente al sofá—. Tengo mal la espalda. Necesito disponer de un respaldo recto.

—Sabes cuál es la mejor cura para una espalda, ¿verdad? —dijo Rodney acercando su cara a la de ella. Y Bailey tuvo que esforzarse por no salir huyendo de su aliento fétido—. Necesitas más ejercicio. ¿Sabes de qué hablo? —Hizo un círculo con el pulgar y el índice de una mano y metió dentro el índice de la otra.

«Me lo debes, James Manville», pensó Bailey mientras le dirigía a Rodney una tibia sonrisa que esperaba no demostrara su repulsión.

Rodney se inclinó hacia ella y le recorrió el brazo con la mano. Cuando empezaba a desviarse hacia el pecho, Bailey se apartó.

Rodney se levantó, sonriendo.

—Lo que necesitas es beber un poco.

—No, gracias. Acabo de...

—¿Rechazas mi hospitalidad? —dijo sin asomo de humor.

—No, es que acabo de...

—Bueno, muy bien, nos tomaremos una copita y luego tú y yo podemos pasar el resto del día... hablando —dijo, y elevó las cejas como si estuviera seguro de que ella quería pasar el día haciendo otra cosa con él.

Bailey sentía que iba a ponerse enferma. Si ese hombre no tuviera una escopeta, se habría ido ya.

—¡Mujer, sal de ahí! ¿No ves que tenemos compañía? —bramó Rodney, y Bailey casi se cae de la silla del susto.

En aquella sala cochambrosa había dos puertas; una abierta y la otra cerrada. Más allá de la puerta abierta Bailey atisbó una cama sucia y revuelta. La puerta cerrada se abrió un poco y apareció el semblante pálido de una chica que parecía tener unos trece o catorce años.

—¡Sal! —vociferó Rodney, y la chica dio unos pasos hacia la sala.

A Bailey le impresionó ver que estaba embarazada de varios meses. No aparentaba haber acabado el colegio y mucho menos estar en condiciones de tener un bebé. Rodney la miró con orgullo en los ojos.

—Es mío —dijo con arrogancia—. Soy bueno en esto de hacer niños. ¿Tú tienes alguno?

Bailey apenas podía apartar la vista de la chica, que miraba al suelo, a la espera de recibir órdenes.

—¿Tienes? —insistió Rodney en voz más alta.

—¿Qué? ¡Ah! Quiere decir hijos. No, no tengo ninguno.

—Bueno, quizá yo pueda ayudarte. Tal vez tú y yo...

La puerta que había detrás de la chica embarazada se abrió de par en par y apareció una muchachita preciosa de unos quince años. Llevaba un vestido ajado pero limpio y su pelo rubio estaba limpio y aseado.

—Ella no quiere ningún niño tuyo y si la tocas volverán a aparecer los polis por aquí —dijo mientras le tendía a Rodney una lata de cerveza.

—Nadie te ha preguntado nada —le soltó el padre—. ¿Y dónde está su bebida?

—Ella no quiere una lata de cerveza caliente a las diez de la mañana. ¿Verdad que no, señorita?

Bailey les dirigió a ambos una leve sonrisa.

—Lo único que quería era hacer unas cuantas preguntas.

—¿Sobre los Seis de Oro? —precisó la muchacha con tanta burla en su voz que Bailey se quedó de piedra—. ¿Sobre los días de gloria en que todavía no era un holgazán y un inútil?

—¡Fuera de aquí! —gritó Rodney—. Déjanos solos a mí y a mi invitada.

—Déjala tranquila, ¿me oyes? —replicó la chica. Se volvió hacia Bailey—. Si te toca, grita, ¿me oyes?

Bailey no pudo hacer otra cosa que asentir en silencio.

—Así que, venga, hazle las preguntas. Lo sabe todo sobre esos seis chicos, pero se pasará el día hablando si te sientas ahí y le escuchas. Su vida se detuvo el día en que murió Frank McCallum.

Luego pasó tiernamente el brazo por los hombros de la muchacha embarazada, se la llevó de la habitación y cerró la puerta tras de sí.

—No le hagas caso —dijo Rodney tan pronto se cerró la puerta—. ¿No te parece que una hija debe más respeto a su padre que el que esta chica tiene por mí? La otra, la más joven es mi esposa. —Dirigió la vista hacia Bailey—. Venga, hazme todas las preguntas que quieras. —Y tras lanzarle una mirada amenazadora le advirtió—: A no ser que vayas a escribir otro libro que resulte malo para nosotros.

—No. Prometo que no voy a escribir ningún libro de ningún tipo. Yo... —No pudo encontrar una mentira convincente que explicara el motivo de su interés por él. Y, la verdad, en ese momento ni siquiera podía recordar por qué estaba ahí.

—Esa otra, la Spangler esa, estaba comida por los celos, y los celos son una emoción muy fuerte. Yo nunca los he sentido, porque nunca he tenido motivos para sentirme celoso por culpa de otro hombre. No sé si me entiendes. He tenido más que lo que me tocaba en el reparto, así que, ¿por qué iba a querer lo que tenía otro? —Miró a Bailey como esperando que ella le dijera que todavía era un hombre muy bien parecido.

—¿Conoció usted a un muchacho que tenía labio leporino? —se le escapó a ella.

—A un par. ¿Quieres ver una foto de T. L. Spangler?

«No, la verdad es que no», quiso decir Bailey, pero en cambio le dirigió una leve sonrisa.

Rodney dejó la escopeta en el suelo y fue hacia un armarito que había en un rincón. Las puertas de la mitad superior estaban a punto de soltarse de las bisagras, pero las inferiores estaban cerradas con un gran candado. Rodney buscó en el bolsillo y sacó una cadena con un manojo de llaves. Insertó una en el candado y se volvió hacia Bailey.

—Hay que ser muy cuidadoso por aquí, con tantos condenados chiquillos alrededor.

Una vez más, lo único que pudo hacer Bailey fue sonreír.

Dentro del aparador las cosas estaban limpias y en perfecto orden. En un estante había dos álbumes de fotos, encuadernados en piel. Bailey conocía demasiado bien los productos de muy buena calidad como para no advertir que esos álbumes eran caros. La invadió una oleada de cólera. Sus hijos vivían rodeados de porquería, pero a él no le faltaba la cerveza y los álbumes de fotos de piel de primera calidad.

Como si llevara en sus manos un tesoro de valor incalculable, Rodney sacó un álbum y lo abrió a la altura del segundo tercio de sus páginas.

—Por una página —dijo con orgullo mientras se acercaba a Bailey—. Por lo general suelo acertar cualquier cosa que busque en el primer intento, pero contigo no puedo pensar a derechas; haces que me lata el corazón a lo loco.

Bailey se preguntó por qué no se había traído consigo a Matt o a Violet. O una colt 45.

Tomó el álbum que él le tendió con reverencia y miró la foto que le señalaba con la negrura de una uña.

—Aquí la tienes. Ésta es tu T. L. Spangler cuando estaba con nosotros en el instituto. ¿No es de lo más feo que has visto en tu vida?

Bailey miró a la chica de la foto y tuvo que admitir que era lo que algunas veces se denominaba «desafortunada». Tenía el pelo rizado estilo *afro*, gafas gruesas, dientes torcidos y protuberantes, sin barbilla perceptible y con un severo acné.

—Ahora mira ésta —dijo Rodney y volvió la página.

Era una portada de la revista *Time*. Aparecían las caras de tres mujeres y el titular rezaba «El futuro es mañana». Bailey tuvo que leer el pie para ver que la mujer que estaba en primer plano era la senadora Spangler. Se había estirado el pelo, no llevaba gafas, se había arreglado los dientes, ahora disponía de barbilla y el acné había desaparecido.

—Buen cirujano —dijo Bailey con admiración—. Me pregunto quién habrá hecho el trabajo.

Rodney la miró como si fuera estúpida y no se enterara de nada. Cerró el álbum de golpe.

—Esta chica estaba loca por Kyle. Lo quería consigo a toda costa. Hizo todo lo que estuvo en su mano para llamar su atención cuando estaba en el instituto, y al no lograr que la tocara, juró que se vengaría de él. Por eso escribió aquel libro.

—Ya veo —dijo Bailey y le tendió el álbum—. Así que, señor Yates, ¿usted no recuerda a un chico con labio leporino?

Rodney llevó el álbum hasta el aparador.

—¿Qué edad tenía en 1968?

—Nueve años —respondió Bailey.

—No, no tengo memoria de ningún chico así. ¿Estás segura de que era de Calburn?

—Sí. Yo... —Iba a decir que tenía una foto suya delante del moral de su granja, pero algo la hizo abstenerse. Y, desde luego, también omitió decirle que tenía una copia de esa foto en el coche—. ¿Sabe?, creo que será mejor que me vaya.

—No puedes irte todavía. Tengo tres álbumes llenos de fotografías. Tú y yo podemos sentarnos aquí juntos y mirarlas todas, una a una.

Bailey se levantó.

—Quizás en otra ocasión —dijo mientras se encaminaba hacia la puerta. «Tal vez cuando traiga conmigo una escolta armada.»

—No puedes irte. Es demasiado pronto —dijo él

con un tono que Bailey interpretó como insinuante.

Abrió la puerta y en dos segundos estuvo fuera, en unos pasos bajó los escalones y se dirigió al coche. «Por favor, déjeme salir de aquí. Por favor», imploró para sí.

—¡Espera un momento! —llamó Rodney desde el porche.

Bailey se detuvo, pero no se giró.

—Se me había olvidado. Lucas McCallum tenía labio leporino, pero lo que pasa es que aquel verano tenía catorce años. Gran chico, una mole.

Poco a poco, Bailey se giró para mirarlo.

Rodney hizo un movimiento de hombros que ella había visto hacer a Jimmie miles de veces.

—Era un chico feo. Vaya, feo de verdad. Tenía el labio superior abierto hasta la misma nariz. Podías verle las encías por encima de los dientes. Y las orejas le salían rectas hacia fuera. ¿Ése es el chico que buscas?

—¿McCallum? —dijo Bailey.

—Sí, el hijo de Frank. Has oído hablar de Frank, ¿verdad?

—Sí —respondió ella en voz baja—. Era uno de los Seis de Oro, el que se vio involucrado en el asesinato y suicidio.

—Sí, ése es Frank. Luke era hijo de Frank y se fue de la ciudad cuando murió su padre. No volvimos a saber nada de él pero tampoco es que le importara a nadie. Era un resentido. Se peleaba con cualquiera. Un chico enfadado con el mundo.

Bailey supo sin asomo de duda que Lucas McCallum y James Manville eran uno y el mismo. A pesar de que su mente le ordenaba marcharse, descubrió que sus pies se desplazaban de nuevo hacia la casa.

—Eso es —dijo Rodney—, vuelve otra vez aquí y yo te contaré todo sobre Frank. Era un hombre maravilloso.

—Lucas —dijo Bailey cuando llegó a la escalera—. Hábleme de Lucas.

—Sí, claro, de quien quieras —dijo Rodney mientras abría los brazos como para que Bailey se dirigiera hacia ellos—. Tú vuelves aquí y yo te contaré todo lo que quieras saber.

Esta vez Bailey tuvo que sentarse en la parte elevada del sofá y, mientras resistía para mantenerse firme, visualizaba la película *Titanic*, en la que la gente se agarraba a las barandillas del barco mientras éste se iba a pique. En su caso los esperaba el mar; en el de ella eran las manos de Rodney. No estaba segura de qué era peor.

Tuvo que escuchar cómo Rodney le contaba la gloriosa historia sobre los seis magníficos muchachos que habían salvado un instituto completo. Bailey se agarraba al brazo del sofá, tratando de no deslizarse hacia el regazo de Rodney, e intentaba por todos los medios hacerle volver al tema de Lucas.

Era probable que sólo hubieran pasado cuarenta y cinco minutos desde su llegada, pero le habían parecido horas.

—¿Qué hay de Lucas? —preguntó por veinteava vez.

Rodney frunció las cejas, molesto de que volviera a interrumpirlo.

—No era gran cosa y tampoco estaba allí cuando ocurrió lo importante. Fue más tarde cuando Frank se marchó y volvió con ese... con eso. —Rodney movió la mano en señal de desaprobación.

—¿Qué hay de la madre de Luke?

—Nunca la conocí. Tampoco me apetecía. Si tenía una cara como la del chico, es probable que drogara a Frank para que se fuera a la cama con ella y luego le mintiera diciéndole que ese niño era suyo. Frank fue siempre un tipo muy generoso. Te daba todo lo que tenía. No descarto que se hiciera cargo del chico sólo por ser amable. Frank era así.

—San Frank —masculló Bailey y Rodney la miró con suspicacia.

—¿A qué viene que me hagas tantas preguntas sobre ese niño? ¿Lo conoces? ¿Sigue vivo?

—No lo creo —dijo ella, y no le gustó la forma en que Rodney la miraba.

—Ese chico era más feo que la Spangler e incluso más malo. ¿Estás escribiendo un libro sobre él?

—No —respondió Bailey—, por supuesto que no. —La forma en que se fijaba en ella ahora estaba empezando a ponerla nerviosa, pero de otra manera.

Rodney la miró con ceño, como si estuviera tratando de decidir si podía creerla o no.

—Y entonces, ¿cómo se entiende que quieras saber sobre ese chico feo y no sobre nosotros, unos héroes?

—Yo, er... Yo...

La mirada de él se iba haciendo cada vez más feroz. A Bailey tenía que ocurrírsele algo. Respiró hondo.

—Quiero abrir una empresa de envasado de conservas y me han dicho que el anterior propietario de mi granja solía envasar cosas. Sólo quería saber algo sobre él. Nosotros, bueno, yo busqué en Internet, pero no encontré nada.

Él la miraba con tal severidad que el vello de la nuca se le erizó. Se levantó del sofá lo más discretamente que pudo y fue retrocediendo lentamente hacia la puerta principal.

—Eso es todo. Tenía curiosidad por saber de quién era la granja que compré y quería saber algo más acerca del lugar. Está ese gran moral y...

Los ojos de Rodney se abrieron de par en par.

—¿El moral? —dijo lentamente—. ¡Santo cielo, apiádate! ¿Eres tú esa viuda que está viviendo en la granja del viejo Gus?

Bailey sintió alivio.

—¡Sí! Soy yo. He oído que se llamaba Guthrie, pero puede que usted tenga razón y fuera Gus. Pobre hombre. ¿Sabía usted que se ahorcó?

Rodney estaba sentado en el extremo del sofá y Bailey estaba a un paso de la puerta, pero al instante siguiente él tenía cogida a Bailey por el cuello y trataba de estrangularla.

—¡Gus Venters era el diablo hecho hombre! ¡Un diablo, te lo digo yo, y merecía la muerte! ¡La merecía!

La empujó contra una ventana al tiempo que Bailey trataba de que sus manos le soltaran el cuello.

De golpe la ventana se abrió hacia fuera y Bailey cayó hacia atrás... en los brazos de un hombre joven. Él dio unos pasos hacia atrás, tambaleándose, a la vez que profería una exclamación en sordina. Cuando Bailey se recuperó lo suficiente para abrir los ojos, se encontró con los ojos azules de un hombre que había visto en diversas fotografías: Rodney Yates.

«¿El túnel del tiempo? —pensó—. He caído por una ventana para ir a parar a los años cincuenta.»

Al segundo siguiente el joven la puso sobre sus pies, la agarró de la mano y echó a correr.

—¿Tiene las llaves? —le gritó por encima del hombro.

A Bailey le llevó un momento saber de qué le estaba hablando, luego vio su Toyota al pie de la colina y detrás de ella pudo oír los gritos de Rodney. Cuando llegaron al vehículo oyó un disparo de escopeta y luego el rugido de un motor.

—¡Vamos, señora! —le gritó el joven mientras subían al coche—. ¿Dónde diablos están las llaves?

Bailey estaba todavía aturdida. ¿Qué había convertido al viejo lascivo de Rodney en un asesino? Le dolía tanto la garganta que pensaba que no podría tragar.

—En el suelo. —Se las arregló para susurrar.

El joven metió la cabeza debajo del salpicadero y en unos segundos se irguió con las llaves. Al girarse para mirar de dónde procedía el ruido de aquel motor, ella vio un enorme camión negro con unas ruedas gigantes que venía hacia ellos. No pensó en lo que hacía, reaccionó ciegamente. Cogió las llaves de las manos del joven y encendió el motor.

Rodney había conducido su camión negro colina abajo y ahora quería bloquearles el paso por el único camino que Bailey conocía para bajar de la montaña. Cuando vio que el camión se dirigía hacia ella, comprendió que había una sola manera de escapar: lanzarse directamente contra él. Si perdía el tiempo en girar y buscar otra forma de bajar la montaña, Rodney la arrollaría. Así pues, pisó el acelerador.

—¡No! —gritó el joven—. Baja la montaña. ¡Por allí! ¡Ese camino! ¡Sal de aquí! Cuando está así de enfadado es capaz de matar y las preguntas las hará más tarde.

Bailey miró el estrecho sendero entre los árboles que le indicaba el joven. Tendría que detenerse y luego girar para alcanzarlo. A Rodney le sería muy sencillo golpearle desde atrás. Así que continuó de frente hacia el camión acelerando cada vez más. Uno de los dos tendría que apartarse.

—¡Gira! ¡Gira! ¡Gira! —aullaba el joven.

Pero Bailey no giró. Lo hizo Rodney. En el último segundo dio un volantazo a la derecha y el camión no chocó con el Toyota por los pelos.

—Estás loca, ¿lo sabías? —gritó el joven.

Bailey frenó y metió la marcha atrás.

—No. He vivido mucho tiempo con un hombre que

sabía jugar fuerte —comentó mientras le lanzaba un vistazo—. ¿Llevas puesto el cinturón?

El joven se lo colocó.

—Ahora vamos a bajar —dijo Bailey mientras Rodney todavía estaba maniobrando. Sabía que esta vez él no se apartaría, aunque le costara la vida.

«El elemento sorpresa se puede utilizar una sola vez —le había dicho Jimmie—. Después es necesario utilizar el cerebro y la habilidad.»

—Vale —dijo ella—. Ahora toca utilizar el cerebro.

—¿Con quién estás hablando?

Bailey cogió un bache que hizo que las cabezas de los dos golpearan contra el techo.

—Con alguien a quien conocía. ¿Cómo te llamas?

—Alex. ¿Y quién te enseñó a conducir?

—Creo que fue en las Bermudas —comentó. Había ido bajando por un prado, pero ahora tenía de frente una valla, y una piedra en el sendero. Viró con tanta brusquedad que hicieron el giro sobre dos ruedas—. No —dijo Bailey—. Fue en Sudáfrica. En Johannesburgo. —Había una vieja carretera a la izquierda y volvió a girar repentinamente—. No, no fue allí. Estábamos en... —Delante tenía un arroyo con unas rocas bastante grandes. Si una de ellas tocaba los bajos del coche, podía arrancárselos y entonces se habrían quedado en la estacada. Giró a la derecha, luego a la izquierda en mitad del arroyo y esquivó dos grandes rocas—. En realidad creo que fue... —dijo cuando llegó a la otra orilla.

—Ya me lo contarás más tarde —replicó Alex, sujetándose al salpicadero con ambas manos y lanzándole miradas de reojo.

—¿Por casualidad no conocerás el camino hasta la autopista?

—Pensaba que lo sabías... —empezó Alex, pero se

detuvo—. Vale, aminora. Hay una carretera vieja que pasa por aquí, por algún sitio, pero ha estado fuera de uso durante años. Es posible que esté cubierta de vegetación. Además, pienso que has despistado a mi padre hace mucho rato.

—¿Tu padre? — dijo Bailey, mirando por el espejo retrovisor.

—Sí, él... —Los ojos de Alex se abrieron más cuando divisó el camión a través de los árboles—. Ya sabe qué camino has tomado, así que nos va a tender una emboscada.

De repente, Bailey paró el coche y luego dio marcha atrás.

—¿Qué haces ahora? —vociferó Alex.

—Voy a desandar el camino. Si él va por ahí abajo yo iré por otro camino.

—Pero es que no puedes. Has cruzado ese arroyo por pura suerte. No podrás hacerlo otra vez.

Cuando tuvo el vehículo apuntando ladera abajo lo miró.

—¿Sigues o te apeas? —preguntó.

Alex respiró hondo.

—Sigo —dijo, mientras se sujetaba.

Bailey pisó a fondo el acelerador y entró en el arroyo a toda velocidad. Y, por segunda vez, se las arregló para sortear las rocas.

—Necesito beber algo —dijo Alex cuando estuvieron al otro lado.

—Eres demasiado joven para beber —soltó Bailey.

—También soy demasiado joven para morir.

Bailey dio un volantazo y entró en la carretera por la que había subido la montaña. Casi se relajó por un momento, pero entonces apareció rugiendo entre los árboles el gran camión negro. Bailey se dirigió camino abajo a ochenta por hora.

—¿Pero qué diablos le has hecho? —gritó Alex.

—No lo sé. He mencionado a Gus, a Luke y al árbol de las moras y se ha vuelto loco.

Dio un viraje para evitar una roca y Alex casi salió despedido a través del parabrisas.

—Se está acercando —dijo ella mientras miraba por el retrovisor.

—Ochocientos metros. Si puedes permanecer delante de él durante ochocientos metros lo habrás conseguido. No puede conducir por la autopista. Demasiadas multas, entre otras cosas. Si asoma la nariz fuera de estas montañas el *sheriff* lo encerrará para siempre.

—¿Hay un camino más corto para salir de aquí?

Como él no dijo nada, ella le lanzó una mirada fulminante.

—¿Dónde? —gritó.

—Es una vieja carretera impracticable. ¡No puedes ir por ahí!

—¿Dónde? —volvió a gritar ella.

Alex señaló con la mano y ella distinguió un claro entre los árboles justo delante de ellos.

—¡Sujétate! —le gritó, y lanzó el coche por la vieja carretera.

Alex miró hacia atrás.

—Por este camino no nos seguirá. Sabe que no lo conseguiría. Sabe... ¡Coño! Está justo detrás de nosotros.

—¡Modera tu lenguaje! —dijo Bailey mientras el irregular camino hacía que las cabezas se golpearan contra el techo.

—Vamos a morir en cualquier momento y tú te preocupas de que no diga juramentos.

—El Señor es mi pastor —dijo Bailey—. Nada me pasará si conmigo va...

Alex se giró para mirar al frente. Antes había allí un

puente completo, pero ahora la mitad estaba caída sobre el río. Un profundo río de aguas rápidas.

—... en verdes pastos. Él me condujo junto a aguas tranquilas. Sí, aunque yo...

»... camine a través del valle de las sombras de la muerte...

El siguiente sonido no fueron cánticos sino gritos al unísono cuando el coche salió volando por el puente y atravesó el río. Aterrizaron en la otra orilla, con violencia y por un momento quedaron excesivamente aturdidos como para comprender que lo habían logrado y que estaban vivos.

Alex fue el primero que se recuperó. Miró hacia atrás y vio a su padre al otro lado del río, bajando del camión con la escopeta.

Alex miró a Bailey y ésta lo miró a él.

—... no temeré al diablo... —salmodiaron juntos, y Bailey pisó el acelerador, pero el coche se había detenido. Le dio al contacto pero no arrancó. Alex se inclinó y miró los indicadores.

—No queda gasolina.

Antes de que Bailey pudiera responder, Alex la empujó del asiento. Rodearon agachados el Toyota y se quedaron delante hasta que oyeron dos disparos.

—¡Ahora! Mientras carga —gritó Alex, y salieron corriendo.

No pararon hasta llegar a la autopista.

—Ya estamos a salvo —dijo Alex—, así que ya no hace falta que corramos tanto. Por cierto, ¿cuál es tu nombre?

—Bailey James —dijo ella y le tendió la mano.

Mientras estaban en el arcén, con camiones de dieciocho ruedas que pasaban a gran velocidad, se sonrieron el uno al otro. Luego se echaron a reír.

—No había estado más asustado en toda mi vida —dijo Alex.

—Yo tampoco.

—¿Tú? Pero si tú has estado genial. Tranquila y relajada. Debes de haber conducido así toda una vida.

—Sólo soy un ama de casa —dijo ella y eso les hizo reír de nuevo—. Quizás haya conducido un total de doscientos cincuenta kilómetros en mi vida.

—Eso lo explica todo —dijo Alex—. Nadie con algo de experiencia se hubiera atrevido a hacer lo que hiciste.

Fueron caminando por el arcén, riendo a carcajadas, cerca de kilómetro y medio, hasta que pasó por allí el señor Shelby y los llevó a casa de Bailey.

18

Cuando Matt llegó esa noche a casa, Bailey se había quedado dormida en un sillón de la sala. Tenía puesto un camisón y el albornoz, el pelo aún mojado por la ducha y a él le pareció que aparentaba unos doce años.

Últimamente entre ellos las cosas no estaban yendo de la forma en que quería. Intentara lo que intentase, ella siempre parecía echarse atrás. Estaba metida con Janice y Patsy en algún asunto secreto, y francamente no la culpaba. Scott y Rick se habían reído al contar cómo habían quitado de la cabeza a sus esposas sus «tontas ideas» de iniciar un negocio.

—¡Mi esposa es mía! —había dicho Scott—. No voy a dejar que todo Calburn diga que no puedo mantener a mi familia.

Y a media docena de amantes, hubiera querido decir Matt, pero se contuvo.

Rick había estado más suave, pero igualmente inflexible.

—Patsy parece haber olvidado lo cansada que estaba cuando tenía que levantarse temprano cada mañana para ir a trabajar.

—Y cuando iba a trabajar cada día te tocaba hacer la mitad de las tareas del hogar —había comentado Matt sin ningún tapujo sobre lo que pensaba de su hermano menor.

—Eso no tiene nada que ver —respondió Rick—. Pienso que es mejor que Patsy se quede en casa con los chicos.

Matt no pudo hacer otra cosa que aceptar y observar cómo los dos impedían que sus mujeres comenzaran un negocio. Por otra parte, por respeto al código de honor entre hombres, no podía contarle a Bailey lo que estaba pasando. Con todo, ella lo sabía. Y aún peor, cuando Matt le pidió ayuda en sus proyectos, era consciente de que iba a pensar que él estaba haciendo lo mismo que Scott y Rick.

Matt sabía que estaba perdiendo terreno con Bailey, pero no veía la manera de mostrarle que podía confiar en él, que no traicionaría ninguno de sus secretos ni socavaría nada de lo que quisiera hacer con su vida.

Cruzó la sala sigilosamente y le acarició el pelo. Deseaba conquistarla, hacerle el amor, pero, a juzgar por lo que parecía que sentía últimamente, estaba seguro de que lo rechazaría. Y no creía que su orgullo pudiera soportarlo.

Se inclinó y la cogió en brazos.

—Sssh —murmuró cuando ella empezó a despertarse—. Soy yo.

Bailey se arrebujó en su pecho y volvió a dormirse, pero cuando la metió en la cama se despertó lo suficiente como para retenerlo por el brazo.

—Hoy he hecho una cosa... —dijo Bailey.

—¿Sí? —Se dispuso a sentarse en el borde de la cama y le pasó la mano por el cabello que le había quedado revuelto.

—He tenido un encuentro con Rodney Yates.

Matt detuvo la caricia.

—Deberías haberme dicho que querías encontrarte con él y habría ido contigo.

Bailey dio un gran bostezo.

—Mmm, lo siento. Debería haberlo hecho. Parece un poco loco.

—Lo está, y mucho. Ahora duérmete. Ya me contarás mañana por la mañana.

—¿Matt? —llamó Bailey cuando él ya llegaba a la puerta.

—¿Sí?

—Me he traído a casa a uno de los hijos de Rodney. Sólo por unos días. ¿Está bien?

—Es tu casa —respondió con tono seco, pero cuando ella parecía que iba a decir algo más, le sonrió—. Claro que está bien. De todas formas, pienso que ya era hora de que alguien hiciera algo por esos chicos. Quizá podamos encontrarles hogares adoptivos. Los dos juntos. Es algo que podemos hacer juntos.

—Sí —dijo ella con suavidad, cerrando los ojos—. Juntos. Nosotros tres.

La idea de los tres hizo sonreír a Matt a la vez que cerraba la puerta del dormitorio. En ese momento pensó que quizá, después de todo, las cosas pudieran arreglarse.

Al día siguiente Matt despertó para encontrarse con una pesadilla. Era como si hubiera sido transportado de vuelta a casa de Patsy. El cuarto de baño era una pocilga. No quedaba ninguna toalla seca, ni una superficie libre de alguna de ellas. La bañera estaba rodeada de un borde de espuma grasienta de color gris. En el lavabo había pelos y el espejo estaba salpicado de crema de afeitar.

Al salir del cuarto de baño casi fue a parar al suelo al tropezarse con una caja en mitad del pasillo. Se dispuso a investigar, receloso, y se encontró con que todas sus cajas de la mudanza, al menos unas cincuenta, habían sido retiradas de la habitación que estaba vacía y colocadas en el despacho del desván. Ahora no podía llegar a su ordenador ni a la mesa de dibujo.

De vuelta en el piso inferior, abrió la puerta del dormitorio libre y pudo comprobar que en lugar de sus cosas había sólo el mobiliario que Bailey había puesto en principio.

Se pidió a sí mismo tranquilidad. Se repitió que ella había traído a uno de los hijos de Rodney a casa y que no se podía esperar que un chico que había crecido de aquella manera limpiase el cuarto de baño después de utilizarlo. Era probable que el pobre chico no hubiera visto nunca un cuarto de baño dentro de su casa. Aun así, le ofendía que sus posesiones hubieran sido llevadas a otro lugar, como si ya no fuera a vivir allí.

Al llegar a la cocina, Matt fue derecho al tarro en que Bailey guardaba el muesli casero y se lo encontró vacío. Se dirigió luego al horno. No estaba esperándole la suculenta tortilla de otros días. De hecho, cuando miró en la nevera se encontró con que no había huevos, ni leche.

En ese momento apareció Bailey. Tenía mejor aspecto que nunca. Un fulgor que él nunca le había visto iluminaba sus ojos.

—¡Buenos días! —exclamó—. Anoche llegaste tarde.

—Sí, yo...

—He puesto a lavar toda su ropa —lo interrumpió. Y añadió—: Oh, lo siento. Alex buscaba su camisa, pero yo le he dicho... Pero entonces has oído lo que le dije. ¿Estás bien? ¿Necesitas algo?

Matt le lanzó una sonrisa de niño perdido e indefenso que habría hecho flaquear a muchas mujeres.

—El desayuno...

—Ah, sí, claro, pero tendrás que hacértelo tú mismo. Alex y yo tenemos que salir. Tenemos que... eh... hacer algo.

—Ya —dijo Matt con una sonrisa congelada—. No encuentro los cereales.

Bailey abrió un armarito y sacó una caja de Cornflakes.

—¿De caja? —dijo Matt con tono pesaroso.

—Lo siento, pero Alex y yo nos hemos comido todo el muesli que quedaba. Puedes coger unos huevos.

—No queda ni uno —respondió él haciendo esfuerzos por mantener la sonrisa.

—Ah, es verdad. Anoche hice una tortilla para Alex y para mí.

—Ayer había ahí una docena de huevos.

Bailey se encogió de hombros.

—Bueno, supongo que sí, pero anoche teníamos tanta hambre que debimos comérnoslos todos.

—Cómo puede comerse un chico una docena de... —empezó Matt, pero se detuvo cuando Alexander Yates entró en la cocina. Se esperaba a un niño de nueve o diez años, pero en su lugar vio a un hombre joven, hecho y derecho, y su mirada transmitía que sabía exactamente lo que él estaba pensando... y sintiendo.

Matt intentó permanecer tranquilo, pero no pudo.

—¿Qué estás haciendo aquí? —le soltó.

—Soy su cómplice en el delito —dijo Alex, y Bailey y él rieron. De hecho ella rió tanto que tuvo que sentarse en el sofá.

—Te acuerdas...

—Cuando te abalanzaste directamente contra él pensé que ése era el último minuto de mi vida —dijo Alex, riendo y dejándose caer junto a Bailey—. Y ni siquiera sabía que recordaba ese salmo.

—Estuviste perfecto en cada palabra.

—No temeré al diablo... —salmodiaron al unísono después de mirarse el uno al otro.

—Al abrirse aquella ventana pensé que había caído... Oh, Alex —dijo Bailey a la vez que le tomaba del brazo. Estaba llorando de risa.

Cuando Alex levantó la vista y se encontró con la mirada ceñuda de Matt, hizo un pequeño gesto con los hombros como si le dijera: «¿Qué puedo hacer? Las mujeres me aman.»

Bailey se enjugó las lágrimas con la mano y se dirigió a su dormitorio.

Matt la siguió.

—¿Sabes quién es este chico?

Bailey trataba de serenarse tras las risas.

—Es uno de los hijos de Rodney Yates. Te lo dije anoche. Por cierto, fue muy amable de tu parte llevarme en brazos a...

—No es un niño, es un hombre. Has traído a un desconocido (no a un niño, a un hombre) a tu casa. Incluso lo estás alimentando. ¿No te das cuenta de que podría ser peligroso?

Bailey lo miró con asombro.

—Oh Dios mío, sí, tienes razón. A ti tampoco te conocía y te dejé dormir aquí, ¿verdad? Además te preparo la comida y, caray, creo que tienes un aspecto más peligroso que el suyo. Y ahora perdona, pero tengo cosas que hacer.

—Y le cerró la puerta del dormitorio en las narices.

Matt dio una patada a una toalla sucia tirada en medio del pasillo.

19

El mes siguiente pasó volando y durante ese tiempo Bailey estuvo tan ocupada que se olvidó de los Seis de Oro. La verdad, estaba un poco harta de ellos. Alex ya le había preguntado con insistencia qué le había dicho a su padre para provocarle una furia de tal calibre, pero lo que Bailey le contestaba no le convencía.

—Sólo se pone así cuando la esposa de turno le dice que va a divorciarse —replicó Alex, pensativo—. Así que me pregunto qué pudiste decirle para sacarlo de sus casillas.

Bailey miró a Matt al otro lado de la mesa del desayuno, pero él guardaba silencio. Tuvo que admitir que los celos de Matt por Alex le sentaban muy bien.

Había resultado que Alex vivía en Calburn con una de las hermanas de Rodney y que cuando se encontraron sólo llevaba unos días en la cabaña, de visita a sus hermanastros. Bailey no sabía muy bien cómo se había producido el traslado de Alex a su casa, con Matt y con ella, pero así había sido.

Más tarde, cuando le contaron que la hermana de Rodney cuidaba de seis nietos y que todos vivían en una casa de dos habitaciones y un cuarto de baño, no culpó a Alex por aprovechar la situación. De todas formas, estaba bien porque a Bailey le gustaba su compañía.

—Es un chico agradable —le comentó a Matt—.

Trabaja después de salir del instituto en Wells Creek y guarda todo el dinero que gana para dárselo a su familia. Si no fuera por Alex, no tendrían nada.

Matt masculló una respuesta.

Aunque Alex trabajaba y tenía buenas notas en los estudios, aún encontraba tiempo para participar en el grupo de teatro del instituto.

—Alex es muy natural actuando. Lo único que tiene que hacer es leerse la escena una vez y ya la tiene memorizada. No necesita ensayar demasiado. Podría aparecer por primera vez el día de la representación y lo haría perfecto —le había dicho el profesor a Bailey con tono de admiración.

El día de la representación, Matt fue con Bailey a ver actuar a Alex. Una vez acabada la función, ambos regresaron a casa en la camioneta.

—Alex en muy buen actor —dijo Bailey—. He estado pensando en llamar a un hombre que conocí para que le haga una prueba en Hollywood.

—¡Qué gran idea! —respondió Matt enfáticamente—. ¿Qué te parece si lo llamas esta misma noche? Podrías arreglarle al niño una prueba para mañana. Yo pagaré el billete de avión a Hollywood.

Bailey se echó a reír.

—Sí, en serio. Alquilaré un vuelo privado para él —añadió Matt con seriedad y ella rió con más ganas.

Carol había llegado al día siguiente de la llamada telefónica de Bailey, ya dispuesta para ponerse a trabajar. Por extraño que resultase, ella y Violet se entendieron muy bien y Carol se instaló en su casa. A los dos días de instalarse había ocho camiones a la puerta: carpinteros, fontaneros, electricistas, pintores, paisajistas, entregas de electrodomésticos, mobiliario y una cuadrilla de limpieza. Tres días después las hijas de Carol, de ocho y doce años, llegaron con su niñera para pasar el fin de semana, pero el lunes no se marcharon. Se quedaron con su madre y ella las matriculó en la escuela local.

Y en el conocimiento de que sólo el trabajo la mantendría en sus cabales, Carol escribió el guión de un anuncio televisivo de la empresa de conservas El Moral. Después pagó el tiempo de visualización televisiva durante un partido de fútbol universitario que sería retransmitido para tres estados y, una vez logradas esas dos cosas, y con el anuncio programado, abordó un frenético proyecto de producción que tuvo a Patsy veinte horas diarias cosiendo a máquina. Carol reclutó también a casi todas las personas que Bailey le había presentado en Calburn para que interpretaran algún papel en el anuncio.

Al principio de la segunda semana Arleen apareció en la casa de Bailey con veintiocho maletas.

—¿Cómo me has encontrado? —balbuceó Bailey.

—Puedes esconderte del resto del mundo, pero en esta ciudad todo el mundo sabe quién eres. Y no me mires de esa manera. No saben quién fuiste en el pasado. Venga, querida, ¿dónde está la habitación de invitados?

—Tengo tres dormitorios y hay dos hombres viviendo conmigo, así que...

—Oh. ¡Pero bueno! Cómo has cambiado —exclamó Arleen con picardía.

Bailey tenía seis ollas de mermelada en el fuego y cuatro cajas de fresas todavía por limpiar, de forma que no tenía tiempo para enzarzarse con Arleen.

—Tendrás que buscar un hotel.

—No puedo, querida. Estoy en la ruina. Sin blanca.

Bailey iba a decirle que ése era su problema cuando se le ocurrió una idea genial. Era una extraña carambola, pero pensó que Janice y Arleen podían gustarse mucho. Janice andaba siempre intentando elevarse de sus orígenes, así que Arleen podía impresionarla. Años atrás Janice había conseguido que su marido comprase la casa Longacre, la mansión que el abuelo de Matt había construido para mostrar a toda la ciudad lo rico que era. «La casa que precipitó la quiebra de mi abuelo», había dicho Matt. Scott había comprado la ruinosa vivienda casi por nada y la había remodelado.

—Déjame hacer una llamada —dijo Bailey a Arleen.

Diez minutos más tarde aparecía en su Mercedes una boquiabierta Janice que se llevó consigo a Arleen, junto con tanto equipaje como pudieron meter en el coche.

Carol incorporó a Arleen al anuncio nada más llegar, lo que hacía casi imposible mantener en secreto lo que se traían entre manos. Pero para entonces ya estaban tan involucradas en el negocio que no tenían ni tiempo para escuchar lo que los hombres pudieran decir para disuadirlas. Además, la superioridad numérica era un hecho. Ya eran seis.

Todas pasaron varias veladas juntas calculando la cantidad de dinero de la que podrían disponer. Patsy contaba con la venta de un amplio garaje y Arleen vendió a una *boutique* de Richmond dos trajes de baile parisinos. Cada una de ellas hizo todo lo que pudo por contribuir al fondo común, y una vez logrado prepararon una oferta, con los corazones desbocados, para hacerse con una fábrica en Ridgeway. Antes de hacer la oferta por escrito, resultó que el agente inmobiliario les dio la sorprendente noticia de que el propietario había bajado el precio una tercera parte. Bailey estaba segura de que esta rebaja tenía algo que ver con un encuentro que Violet había tenido con el propietario, pero se cuidó mucho de pedir detalles.

Janice estaba sumida en la organización de la contabilidad, la obtención de los permisos y el estudio de la normativa para empresas de conservas.

—Siendo una mujer de la aristocracia, Arleen sabe manejarse con el dinero —dijo Janice en tono admirativo—. Es mejor que una calculadora para sumar y restar mentalmente. Y además... caramba, lo que puede llegar a regatear. Nunca he visto nada igual. Logró que el decorador instalara cortinas de seda en mi comedor por la mitad de lo'que me habían presupuestado a mí por unas de algodón. Y no sé de dónde sacó esas alfombras, pero... —Levantó las manos, llena de asombro—. Y lo que llega a decirle a mi suegra hay que oírlo para creerlo. Pensé que la vieja bruja le diría a Scott que Arleen tenía que marcharse, pero la pajarona se lo traga todo. Cuanto peor la trata Arleen, más intenta mi suegra agradarla.

Patsy estaba disfrutando de poder contratar a todas las mujeres que habían trabajado para ella años antes; mujeres a las que había tenido que despedir porque su empresa cerraba. También estaba encantada con la idea de que ahora tenía una excusa para dejarles a su marido e hijos la mayor parte de las tareas de casa.

—Como en los viejos tiempos —dijo con aire soñador—, cuando tenía un trabajo.

En una de las reuniones de degustación en casa de Bailey, hablaron de realizar un folleto publicitario para entregar en tiendas de alimentación y mayoristas, pero en ese terreno eran inexpertas. Ninguna de ellas tenía vocación artística ni sabía nada de diseño por ordenador o de páginas web.

—¿Sabes con quién tendrías que hablar? —le dijo una mañana Alex durante el desayuno—. Con Carla.

Bailey tuvo que pensar dónde había oído antes ese nombre.

—La hija de Opal —aclaró Matt.

—¿Quieres decir la chica del pelo de mil colores y varios *piercings* por el cuerpo?

—¿Lo ves? —comentó Alex—. Sólo por eso ya puedes darte cuenta de que es una artista.

—En realidad... —empezó Bailey.

Matt la miró.

—Si incluyes a Carla en esto, su madre lo descubrirá, y Opal es la mujer más cotilla de Calburn.

—No pasa nada —afirmó Bailey—. Queríamos mantenerlo en secreto sólo por vosotros tres. —Lo dijo buscando resultar graciosa, pero se sorprendió cuando vio que a Matt el rubor le subía por el cuello.

—No soy vuestro enemigo —dijo. Se levantó y abandonó la mesa.

Al día siguiente Alex le pidió a Carla en el instituto que lo acompañara a la casa. A Bailey le divirtió ver cómo no le quitaba los ojos de encima a la chica. Temía que Carla fuera tan esquiva como lo había sido en el salón de belleza de su madre, pero no lo fue. Se mostró entusiasmada y ofreció buenas ideas, además de parecer saberlo todo sobre abrir páginas web. En poco tiempo realizó un bonito folleto, lo imprimió y luego reclutó a Alex y a los hijos de Patsy para escribir los sobres de envío.

—¿Cómo lo consigue? —le preguntó Bailey a Matt. Alrededor de Carla revoloteaban tres espléndidos jóvenes, pero al parecer no estaba interesada en ninguno de ellos.

—Igual que tú —respondió Matt, encaminándose a la escalera del desván. Había quitado las cajas y ahora pasaba la mayor parte del tiempo allá arriba. Con toda esa gente que trabajaba para la empresa de conservas El Moral, llenando la casa, no había mucho espacio para él en la planta baja.

Sin saber por qué, empezaron a recibir pedidos incluso antes de enviar los folletos por correo.

—¿Os habéis dado cuenta de que todos los pedidos los hacen hombres? —comentó Patsy—. La mayoría de los directivos de empresas tienen secretarias, pero nos escriben ellos directamente.

—Ha sido Violet —dijo Carol mientras cerraba un sobre—. Hizo algunas llamadas pidiendo unos favores.

Bailey iba a formular una pregunta pero Patsy y Janice le lanzaron una mirada penetrante y ella optó por cerrar la boca.

—Vale, entonces ¿cuál os gusta más: la de cerezas o la de arándanos?

Tres días antes de que el anuncio se emitiera en la televisión, el teléfono sonó a las tres de la mañana y despertó a Bailey.

Era Phillip y llamaba desde un bar ruidoso; apenas se le oía.

—Bailey, no tengo mucho tiempo —dijo—. Acabo de pagarle a un tipo por utilizar su móvil para que nadie pueda descubrir que te he llamado. Tengo que advertirte... aunque no sé exactamente de qué. Atlanta y Ray están asustados por algo. Están liquidándolo todo y sacando el efectivo fuera del país. Es posible que digan algo en las noticias.

—Phillip —repuso Bailey —, no quiero ser negativa, pero ¿qué tiene que ver eso conmigo? Es su dinero y pueden hacer lo que quieran.

—¿Estás segura de que James no recibió de tu madre la autorización para casarse contigo?

—No podía haberlo hecho. Ni siquiera conoció a mi madre hasta después de estar casados. Ya sabes que nos escapamos.

—Sí, claro, pero ¿estás segura?

—¿Por qué lo preguntas?

—Porque Atlanta y Ray me han estado haciendo preguntas sobre ti... Muchas preguntas. Les he dicho que cuando te enteraste del testamento yo ya estaba trabajando para ellos, que te marchaste y que no sé dónde estás.

—Nada de esto tiene sentido si se exceptúa que Atlanta y Ray están locos y siempre lo han estado. Mi casamiento con Jimmie no fue legal, además en su testamento no me dejó nada, y Atlanta y Ray son sus únicos parientes vivos.

—¿Lo son?

—¿Qué? No te oigo.

No se le oyó durante unos momentos, hasta que el ruido de fondo disminuyó. Bailey pensó que había ido a un lugar más tranquilo.

—¿De verdad crees que son parientes suyos? —le oyó decir finalmente.

—¡Claro que sí! Jimmie los odiaba. ¿Por qué iba a aguantarlos si no eran parientes suyos? Nadie soportaría amigos tan repulsivos como Atlanta y Ray.

—No estoy seguro de nada, pero me pregunto si no sabrían algo de James que él no quisiera que supieran los demás. Sabes lo reservado que era con su pasado. ¿Qué pasaría si ellos tuvieran la información sobre algo terrible? ¿Algo que James hubiera hecho? Además, he estado pensando en muchas cosas. James no era el tipo de persona a la que se le escapan los detalles. Me resulta difícil creer que no supiera que tenías diecisiete años cuando os casasteis. Y si lo hubiera sabido, ¿cómo es que no le pidió autorización a tu madre?

—Pero no lo sabía y no pidió ningún permiso. Me lo hubiera dicho.

—Tú tampoco se lo dijiste a él. Quizás estaba esperando que fueras tú la que lo confesara, pero no lo hiciste, ¿no es así?

—No, no lo hice. Si lo hubiera hecho podríamos habernos casado legalmente. Pero ya está bien, Phillip, deja de preocuparte por mí. Estoy bien, muy bien.

—Bailey, escucha... —Se oyó un pitido—. Oh, no, se le está acabando la batería. Escucha, Bailey, ¿qué pasaría si existe una autorización de tu madre por alguna parte? ¿Qué pasaría si James y tú os hubieseis casado legalmente? ¿Qué pasaría si Atlanta y Ray no fueran parientes suyos? Eso significaría que todos esos miles de millones son tuyos y no de ellos. ¿Y qué pasaría si la persona que está al corriente de que estabais legalmente casados se presentara con esa información? Quizá sea eso lo que preocupa ahora a Atlanta y Ray.

—Pero el testamento de Jimmie...

—Declara que el dinero es para su hermano y hermana. Y si al tribunal le llegara la información de que ellos no lo son... Bailey, ¿te has enterado de algo que pueda relacionar a Atlanta y Ray con James?

Bailey no quiso contarle nada sobre aquella foto que conservaba Matt. No quería meterse. Era mejor dejar atrás a Atlanta y Ray, e incluso a Jimmie.

—¡Oh, Dios mío! —exclamó Phillip—. Bailey, no sabes lo importante que es esto. Tienes que descubrir todo lo que puedas sobre ellos. Si pudiera demostrar que no son parientes directos, podría detener esta locura. Y si conoces a alguien que pueda saber si estabais legalmente casados...

—¡Yo no quiero ese dinero! —replicó Bailey. Podía sentir los flases, escuchar a los reporteros preguntarle cómo se sentía sobre nada y sobre todo.

—¡Esto no tiene que ver sólo contigo! —vociferó Phillip—. Esos dos están cerrando y vendiendo todos los negocios de James. Miles de personas se verán afectadas por lo que están haciendo. ¿Es que no puedes descubrir nada? —Se oyó otro pitido—. Prométeme que investigarás. Júramelo. Es muy, muy importante.

—De acuerdo —respondió Bailey a regañadientes—. Haré... —Se detuvo; la comunicación se había interrumpido—. Haré lo que pueda —acabó la frase e hizo una mueca.

Levantó la vista al oír un ligero golpe de nudillos en la puerta.

—¿Sí?

Era Matt.

—¿Todo bien? —preguntó—. He oído el teléfono.

—Sí —contestó Bailey, pero Phillip la había trastornado. Últimamente casi había llegado a olvidar que en el pasado había sido la regordita mujer de James Manville. Había pasado tiempo desde que lo primero que le venía a la cabeza era: «lo que decía Jimmie» o «lo que hacía Jimmie». Le había preocupado que Carol o Arleen cometieran un desliz, pero ellas estaban acostumbradas a guardar secretos.

«¿Crees que me gustaría que sepan que mi marido trabaja para multimillonarios?», le había dicho Carol una tarde, y por la forma en que lo dijo Bailey tuvo que echarse a reír. Había pronunciado la palabra «multimillonarios» como si se tratara de una enfermedad contagiosa.

—No —le respondió a Matt, sin mirarlo—. Era un viejo amigo que estaba de celebración. Es su cumpleaños.

Matt permaneció inmóvil y ella se dio cuenta de que sabía que le estaba mintiendo.

—Ya —replicó él con frialdad—. O quizá se equivocaron de número.

Sin darle oportunidad de decir nada, Matt cerró la puerta y Bailey oyó cómo se alejaba y subía al desván. No volvía a la cama, sino que se iba arriba a trabajar.

Ella trató de dormirse otra vez, pero la llamada de Phillip la había afectado demasiado. Se preguntaba por qué no le había preguntado por Carol y sus hijas. Era casi seguro que sabía que toda su familia estaba con ella en Virginia. ¿O no?

Una hora más tarde Bailey se levantó, se vistió y fue a la cocina. Para cuando Alex se despertó ella ya había hecho un montón de crepes y cuatro salsas diferentes. Matt se sentó a la mesa, pero no comió ni dijo casi nada. Ni siquiera respondió cuando Alex lo pinchó:

—Es bueno que hayas perdido el apetito. Los hombres de tu edad engordan con facilidad.

Cuando Matt se marchó de casa, Alex preguntó:

—¿Qué le pasa?

—Son... cosas de adultos —contestó Bailey como si Alex tuviese cinco años.

—Ya, cosas de sexo —comentó él y sonrió—. Tienes razón. Con un padre como el mío, yo no tengo ni idea sobre sexo.

—No es cuestión de sexo —replicó ella con sarcasmo—. No entre Matt y yo. Eso te lo puedo asegurar.

—¿Sí? —repuso Alex mientras cogía otra crepe y la rellenaba de queso de ricota y salsa de naranja—. ¿Y cuál es el problema? ¿El viejo Matt no puede? Porque no se me ocurre otra razón, que no pueda.

—Pero ¿de qué estás hablando?

—De deseo sexual, señorita inocente. Del eterno deseo sexual. Ese que origina guerras. Matt está tan encendido que no puede más.

—Tú estás loco, y además vas a perder el autobús. ¡Deja de comer de una vez y márchate!

—Si no me crees, acércate a él y ponle la mano...

—¡Fuera! ¡Lárgate! Y no trates de ser como tu padre.

Él agarró sus libros y antes de salir, mientras Bailey oía frenar el autobús escolar en la entrada, dijo:

—Soy demasiado bueno para acabar como él. —Y sonrió cuando Bailey soltó una carcajada.

20

El anuncio tuvo un gran éxito. Todos se reunieron en casa de Bailey para verlo y ella vio que los hombres, después de haber comprendido que las mujeres iban en serio, se habían resignado con amabilidad.

—He estado tan excitada con todo esto que Rick y yo hemos tenido los mejores encuentros sexuales de nuestra vida —le confió Patsy—. Quiere que abra dos negocios. ¿Y qué hay de Matt y tú?

—Tres —dijo Bailey, y sonrió cuando Patsy lanzó una risita tonta.

Bailey había servido la comida en el patio, pero estaban tan nerviosas que ninguna probó bocado mientras esperaban que apareciera el anuncio. Bailey se retiró para observarlas. En una ocasión la Madre Teresa había dicho que lo que más daño hacía a la gente no era la pobreza o la enfermedad sino el sentimiento de no ser necesitada. Y en ese momento, contemplando a todas las que se agrupaban bajo el moral, se dijo que la religiosa tenía razón. Todas la mujeres presentes, incluida ella misma, habían experimentado un gran cambio las semanas anteriores y era porque ahora sentían que tenían un objetivo en la vida.

El cambio más espectacular había sido el de Arleen. Durante todos los años que había estado revoloteando alrededor de Jimmie, Bailey no había sido capaz de aguantarla. Era un parásito. Pero había resultado de gran valía para ellas y en las últimas semanas había ganado peso mientras degustaba y volvía a degustar las recetas de Bailey. Desaprobó la mitad de los diseños propuestos por Carla, diciendo que parecían estar pensados para camioneros.

—Ten cuidado —le había dicho Bailey—, te asoman tus orígenes.

Pero finalmente, gracias a Arleen, acabaron aceptando una etiqueta sencilla que transmitía la idea de que el producto tenía categoría, era elegante y a su vez accesible.

Carol había ejercido una buena influencia sobre Violet, que había adelgazado nueve kilos. Últimamente nunca se la veía fumar porros.

—Es la hora —dijo Carol, y todo el mundo dio un respingo antes de precipitarse hacia la puerta trasera. Alex y los mellizos de Patsy se quedaron atascados en la puerta... con Carla en el centro.

—¡Dejad de hacer el tonto! —dijo Patsy mientras le daba al hijo que tenía a mano en la cabeza con un catálogo enrollado.

Los chicos dieron un paso atrás y dejaron, entre risas, que Carla los precediera.

Bailey se sentó en el sofá junto a Matt y todos contuvieron la respiración cuando en el intermedio del partido de fútbol empezaron los anuncios. Sin pensarlo, Bailey tomó una mano de Matt y la retuvo entre las suyas.

En el anuncio una madre y sus dos hijas (Carol, su hija menor y Carla) estaban sentadas en la sala familiar viendo la televisión. La habitación estaba hecha un desastre y las tres vestían con desaliño. De repente aparecía el marido (Alex con bigote postizo) y les decía que el jefe y su mujer iban a venir a cenar.

«Lo siento, cariño —se excusaba Alex—, pero le he contado lo buena cocinera que eres.»

Carol decía que había preparado carne asada.

«¿Pero ¿qué puedo servir antes y después?», se lamentaba.

La cámara enfocaba a Carla.

«Ya lo sé, mami. ¿Qué te parece si utilizamos esas conservas que compraste?»

La siguiente escena estaba filmada a doble velocidad y en ella aparecía Carla en la cocina, ayudando a vestir a su madre (su manera de ponerle los panties era hilarante), mientras Carol abría tarros de conservas El Moral y preparaba un maravilloso plato de aperitivo. La hija menor sacaba un pastel del congelador y le vertía un bote de cerezas confitadas por encima.

La cámara disminuía la velocidad para mostrar a una bella Carol, peinada y arreglada (tres horas con Opal, bajo la supervisión de Arleen), ofreciendo los aperitivos al jefe de su marido y a su mujer (el señor Shelby y Arleen, que se había puesto un traje de Chanel). La última escena mostraba a las dos parejas, sentadas a la mesa, acabándose el pastel.

«Ha logrado el ascenso y la subida de sueldo», decía el jefe a Alex.

Una vez finalizado el anuncio, Patsy apagó la televisión y miró a todo el mundo.

—¿Y bien? —preguntó.

Rick empezó a aplaudir y todos le imitaron. Matt sacó las botellas de champán de la nevera y llenó las copas.

—Por la empresa de conservas El Moral —propuso, y todos brindaron y bebieron.

Salieron al patio en busca de la comida, mientras comentaban cada uno de los aspectos del anuncio. Pero Bailey se rezagó y se quedó con Matt a solas, en la cocina.

—¿Te ha gustado? —preguntó.

—Sí —dijo él en voz baja—. Ha sido espléndido. Transmite muy bien vuestra idea y además es divertido. No se puede pedir más.

—¿Tú qué cambiarías?

—Nada. No cambiaría nada.

—Matt, últimamente... Lo siento. Parece que...

—Está bien. No me debes nada. —Matt se inclinó y le dio un beso en la nariz. Luego cogió el mando a distancia, mientras Bailey le seguía—. ¿Te importa si veo las noticias?

—Quieres saber los resultados de los partidos, ¿verdad?

Matt sonrió.

—Estás empezando a conocerme demasiado.

—Quizá no lo suficiente —respondió ella y le miró a los ojos.

La sonrisa de Matt se hizo más cálida.

—¿Otra copa de champán? Quizá luego podríamos...

—¿Acurrucarnos y ver una película antigua? —completó Bailey.

—Acurrucarnos, seguro —dijo él con una amplia sonrisa.

—Marchando dos copas de champán —dijo Bailey volviendo a la nevera.

Cuando regresó habían empezado las noticias y el nombre «Manville» la hizo detenerse detrás del sofá, con una copa en cada mano.

Se veía a una mujer llorando.

«Han cerrado la fábrica —decía—. Y yo tengo tres hijos que mantener.»

El presentador del telediario se volvía hacia la camara.

«Ésta es sólo una de las muchas fábricas que Atlanta y Ray Manville han cerrado en las últimas semanas.»

Cuando Bailey carraspeó, Matt se giró para mirarla, pero tenía los ojos fijos en el televisor.

«Los Manville han convulsionado Wall Street al deshacerse de las acciones y vender todo lo que fue el imperio del multimillonario James Manville.»

Aparecía Ray en la pantalla, rodeado de reporteros y gente enfurecida por la pérdida del trabajo. Estaba flanqueado por tres guardaespaldas y cuatro abogados que le abrían camino entre la multitud. Ray se detuvo ante un micrófono.

«Mi hermano menor sabía llevar estos negocios, pero nosotros, mi hermana y yo, no. Somos gente sencilla de campo, así que vamos a venderlo todo y a retirarnos», añadía.

«¿Y qué pasará con toda esa gente a la que deja sin trabajo?», preguntaba el reportero.

«Se habrían quedado sin trabajo igualmente si hubiéramos quebrado, ¿no?», le soltaba Ray sin miramientos.

Mientras subía a una limusina que lo esperaba, la cámara volvía a enfocar al reportero.

«Se calcula que Atlanta y Ray Manville han hecho efectiva la suma de catorce mil millones de dólares. ¿Dónde los van a depositar? No será en un banco estadounidense, ya que desde la muerte accidental por ahogamiento de Phillip Waterman, abogado del difunto James Manville, ocurrida ayer...»

Fue entonces cuando a Bailey se le cayeron al suelo las copas y se quedó en un silencio helado con los ojos abiertos de par en par y la mirada fija. Matt se levantó, rodeó el sofá y la llevó hasta el asiento. Él siguió mirando la televisión, pero observando a Bailey.

«... la liquidación de los negocios se ha duplicado —continuaba el reportero—. Nadie sabe los motivos que se esconden detrás de esas ventas... y en especial las razones de tantas prisas. Gracias por su atención. Nancy, te devuelvo la conexión.»

Detrás de las cabezas de los dos presentadores aparecía la foto de James Manville y de su esposa. El informador se preguntaba dónde estaba ahora la viuda.

«¿Ella podría haber evitado esto, Chuck? —decía su compañera—. ¿Habría ocurrido lo mismo si la mujer que vivió con él dieciséis años se hubiera quedado y hubiera peleado?»

De golpe a Bailey todo empezó a darle vueltas. Matt la tomó entre sus brazos y la llevó por el pasillo hasta su dormitorio.

—¿Se encuentra bien? —preguntó Carol desde atrás.

—Perfecto —respondió Matt, tratando de mantener la tranquilidad—. Se le han caído unas copas y está un poco mareada. Estaremos con vosotros dentro de un momento.

—Voy a limpiarlo y si necesitáis algo, llamadnos —dijo Carol desde el pasillo.

Matt dejó a Bailey en la cama y fue al cuarto de baño para humedecer un paño. Luego se sentó a su lado, en el borde de la cama, y se lo colocó en la frente.

Bailey trató de incorporarse, pero Matt se lo impidió y volvió a tumbarla.

—Tranquilízate. No dejes que vean que estás afectada o te harán preguntas.

—No... no sé de qué me hablas. Yo...

Matt le enjugó el rostro con el paño húmedo.

—James Manville es tu Jimmie, ¿verdad? Te he reconocido en la foto. Ahora tienes la cara más delgada y la nariz es diferente, pero eras tú. —Hizo una pausa—. Ni se te ocurra mentirme. Había demasiadas cosas raras en ti, como el hecho de que no supieras cosas tan sencillas como encargar algo por catálogo, y sin embargo haber dado la vuelta al mundo. Y además... Bueno, parecías haber vivido aislada en algún tipo de prisión de lujo o... La verdad es que no encontraba una explicación convincente. Todo lo que sabía era que tenías un secreto importante.

—¿Y qué pretendes hacer ahora? —preguntó ella, suspicaz.

—Devolverte a cambio de un préstamo.

—No... Vale, es un chiste, ¿no?

—Un mal chiste. ¿Es el Phillip que se ha ahogado el mismo que pagó la limpieza y el arreglo de este lugar?

Bailey se cubrió la boca con la mano.

—Phillip. Es el marido de Carol. El padre de las niñas. ¡Ay, Matt! Ella no sabe nada. Estaba enfadada porque él trabajaba todo el tiempo... Y no creo que él supiese que ella está aquí... —dijo Bailey y los ojos se le anegaron en lágrimas.

—No llores —le dijo Matt, poniéndole las manos en los hombros—. No debes hacerlo. ¿De quién era la llamada? Esa que tuviste en mitad de la noche.

—Era Phillip —respondió ella, tragándose las lágrimas—. Me advertía de que... Me advertía de algo, pero no puedo recordar qué.

—Desde que estás aquí has hecho un montón de preguntas sobre todo el mundo. ¿Por qué?

—Jimmie me había pedido... quiero decir, me dejó una nota con el testamento. Quería que descubriera qué había pasado.

—¿Qué había pasado con qué?

—No lo sé. Sólo que... —Se interrumpió para sacar del cajón de la mesilla de noche la libreta de direcciones. Entre las páginas estaba la nota que Phillip le había dado.

Matt la leyó.

—¿Qué quiere decir esto? ¿Quiere que descubras la verdad sobre qué?

—No lo sé —contestó ella con cierta impaciencia—. No lo sé —repitió y se dejó caer indolentemente sobre la almohada—. ¿Qué voy a decirle a Carol? No sé cómo, pero sé que la culpa de la muerte de Phillip es mía. Quizá si yo hubiera descubierto la verdad... Quizá si hubiera escuchado a Phillip...

—Tu único error ha sido no confiar en mí. Y ahora escucha lo que quiero que hagas. Quiero que vayamos los dos ahí fuera y aparentemos no haber oído esa noticia terrible. Le diré a Violet que mantenga a Carol alejada de todos los medios hasta que tú y yo podamos decírselo. Ya se me ocurrirá algo para deshacernos de todos ellos lo antes posible. Después tú y yo vamos a sentarnos para tener una conversación. ¿Estás de acuerdo?

Una parte de Bailey quería ponerse en pie, pero otra quería apoyar la cabeza en el acogedor hombro de Matt y que él se ocupara de todo. Salió victoriosa esta parte.

—Gracias —dijo Matt al ver cómo se relajaba. La tomó de las manos, la incorporó y le alisó el pelo—. No está mal —aseguró—. Tu aspecto es el de alguien que acaba de caerse.

—Ojalá hubiera sido eso —dijo Bailey, recomponiéndose.

—Y ahora me lo dices —dijo Matt con tanta sinceridad que ella casi llegó a esbozar una sonrisa—. Venga, vamos. La barbilla bien alta. Pronto nos libraremos de ellos.

Pasó lo que Matt había anticipado. Salieron al patio y todo el mundo los miró con maliciosa curiosidad. Matt se acercó a Violet y le susurró algo, mientras todos estaban pendientes de Bailey. Como ella no se atrevía a mirarlos de frente, sonrieron imaginando qué habían estado haciendo en el dormitorio. Todo eso posibilitó que captaran la indirecta cuando Matt bostezó y dijo:

—Caramba, ha sido un día muy largo.

Todo el mundo, a excepción de Alex, dijo que tenía que marcharse. Patsy comentó algo a Rick, éste dijo algo a sus hijos y luego ellos murmuraron algo a Alex.

—Odio los videojuegos —replicó Alex.

Fue entonces cuando Carla se adelantó y le dio un codazo en las costillas.

—Eh, ¿qué demonios...? Ah, sí, creo que yo también me voy —dijo.

Treinta minutos más tarde Bailey y Matt se habían quedado solos. Él le trajo una taza de té y la hizo sentar en el sofá.

—Ahora hablemos —dijo.

A Bailey no le llevó demasiado contarle la verdad. Que su marido multimillonario había muerto en un accidente y que su regordeta viuda, a la que había dejado sin nada, había aparecido en los telediarios de todo el planeta. Matt había visto la nota y todo lo que Bailey fue capaz de descubrir en el tiempo que llevaba en Calburn era que Jimmie, tal vez, fuera hijo de Frank McCallum.

—Entonces, por todos los diablos, ¿quiénes son Atlanta y Ray? —preguntó Matt.

Los ojos de Bailey se abrieron de par en par.

—¿Cómo voy a saberlo? En esta ciudad, paraíso del chismorreo, hay secretos por todas partes. Si Jimmie es hijo de Frank, entonces supongo que Atlanta y Ray son también hijos suyos. —Se llevó las manos a la cara—. Todo ha sucedido demasiado rápido. Cuando vi su foto entre las tuyas...

—¿Mi foto? ¿De qué estás hablando?

—Tienes una foto de Atlanta y Ray en la caja de zapatos.

—¿Esos dos adolescentes feos? —preguntó Matt entornando los ojos—. Y tú me mentiste al decirme que no sabías quiénes eran.

—Yo...—empezó a balbucear Bailey, pero Matt hizo un gesto con la mano.

—Traeré la caja —dijo, y fue a buscarla. Al cabo de un momento regresó con ella y sacó la foto—. Nunca hice mucho caso a esta foto y muchas veces pensé que debía tirarla, pero no lo hice. —Dejó la caja en la mesilla del café—. Ahora quiero que recuerdes cada una de las palabras que te dijo Phillip cuando llamó por teléfono.

Bailey tuvo que admitir que tenía la cabeza tan ocupada con el negocio que no había escuchado a Phillip con mucha atención, así que le sería difícil acordarse de los detalles. Pero le contó lo que recordaba.

Después de un rato él se levantó para preparar otra taza de té.

—Quizá Manville hizo que tu madre firmara un permiso, pero nunca te contó que lo había hecho —dijo Matt cuando volvía con el té.

—Eso dijo Phillip, pero no tiene sentido. Yo le dije a Jimmie que cumpliría diecinueve el próximo aniversario. No tenía motivo para pensar que necesitaba un permiso de mi madre. Yo le había dicho... —De repente los ojos de Bailey se abrieron como platos—. Oh, Dios mío.

—¿Qué pasa?

—No, no puedo creerlo.

—¿Qué?

—Conocí a Jimmie cuando me entregó un premio. Yo formaba parte... —Por un momento quedó tan conmocionada que no podía hablar—. Formaba parte de la categoría de menores de dieciocho años.

Matt se reclinó en el sofá.

—Quiero que me lo cuentes todo sobre el día que os conocisteis —dijo—. Todo.

21

—Me gustaría saber quién diablos dijo que yo iba a hacerlo —comentó James Manville con sarcasmo, mirando al hombrecillo de la medalla en el pecho.

Jimmie era alto y corpulento, y vestía ropa de cuero negro. Su mata de pelo leonino y el espeso bigote le daban una apariencia aún más imponente.

—Es que era parte del contrato suscrito, señor —dijo en tono amable el hombrecillo—. La organización de la feria garantizaba un puesto para su coche en la...

—De acuerdo —le interrumpió tajante Jimmie—. ¿Qué se supone que tengo que juzgar? ¿Arreglos florales? —Miró por encima de la cabeza del hombrecillo a sus dos empleados, que por supuesto le rieron la gracia en silencio.

El hombrecillo no advertía que Jimmie estaba bromeando.

—No —dijo a la vez que consultaba su libreta—. Conservas. Mermeladas y jaleas —corrigió y levantó la vista hacia Jimmie—. Le pido disculpas, señor. Pedirle a alguien de su categoría que juzgue algo tan nimio como esto es impensable, y por supuesto me ocuparé de que quien lo haya hecho sea expulsado. Él...

—¿Dónde?

—Querrá usted decir quién.

—¡No! —respondió Jimmie con brusquedad—. Quiero decir lo que digo. ¿Dónde está la exhibición de confitura?

—Está por aquí, señor —dijo y echó a andar con rapidez, tratando de mantener el paso de Jimmie y su entorno.

—¡Lillian, le has gustado! —dijo Sue Ellen.

—No, no es verdad —contestó Lillian Bailey, aferrándose a las cuatro cintas azules que había ganado—. Sólo se mostró educado.

—¿Estás de broma? ¿Cuántos jueces besan en la mejilla a las ganadoras?

—¿Por qué iba él...? —empezó Lillian, pero no pudo continuar porque la cuarta vez que James Manville la había besado en la mejilla le susurró: «A las tres junto a la noria», y Lillian había asentido—. Tengo que marcharme —dijo. Y salió corriendo hacia la pista principal, donde sabía que estarían su madre y su hermana.

Dolores iba a cantar justo después de las primeras carreras de coches. Lillian pensó que era precisamente la carrera en que él participaba y le asaltaron los escalofríos. A su madre y hermana les habían asignado una pequeña barraca en la parte posterior de la pista. Estaba abierta por la parte de delante y era de lona por los otros tres lados. Al fondo habían colocado un contrachapado de madera sobre unos caballetes y Dolores estaba sentada delante de un espejo, retocándose las pestañas. Llevaba puesto todo su conjunto de chica vaquera, aquel con tantos flecos.

—Vaya, por fin —dijo Freida Bailey cuando vio a su segunda hija—. No te quedes ahí parada, ayuda en algo. Mira qué puedes hacer con el pelo de tu hermana.

Lillian cogió el cepillo y comenzó a pasarlo por el cabello de su hermana.

—¡Ten cuidado! —exclamó Dolores—. Si me sigues dando esas sacudidas voy a dejarme rímel por toda la cara.

—Perdona —dijo Lillian y contuvo el aliento. ¿Cómo iba a decirles que James Manville, el mismísimo James Manville, le había pedido una cita? ¿La zarandearían y chillarían de contento como hacían su madre y Dolores cuando ésta ganaba un concurso?—. He ganado —anunció.

Freida rebuscaba dentro de la gran maleta que llevaban de espectáculo en espectáculo.

—No puedo encontrar la pistolita —comentó.

—Está por ahí, en algún sitio —replicó Dolores—. Sigue buscándola.

—He ganado —repitió Lillian en voz más alta, a la vez que se le atascaba el cepillo en el pelo de Dolores. Su hermana gritó de dolor.

—¿De verdad, Lillian? —dijo Freida—. Es maravilloso que hayas ganado otra cinta azul. Tus mermeladas ganan siempre. ¿Podrías ser útil y echar una mano? Tu hermana va a subir al escenario dentro de diez minutos y se rumorea que James Manville estará entre el público. No está casado y es rico. —Tras esa declaración, miró a su hija mayor y ambas rieron.

De pronto, Lillian no pudo soportar seguir allí.

—¡Oh! Se me había olvidado. Tengo que... —Lillian no podía encontrar una mentira rápida, así que no lo intentó y salió corriendo. Cuando oyó gritar a su madre continuó corriendo. Todavía faltaban horas para encontrarse con «él» y necesitaba tiempo de soledad para disfrutarlo de antemano.

—No puedo creerlo —dijo Matt—. Tú tenías diecisiete años y ¿cuántos tenía Manville?

—Veintiséis.

—Y supongo que te encontraste con él junto a la noria.

—Sí —dijo Bailey y cerró los ojos al evocarlo.

Cuando aislaba aquello de todo lo que le había pasado desde entonces y pensaba sólo en aquel día maravilloso, era lo más bonito que le había ocurrido en la vida.

—Sí, me encontré con él y fue un día glorioso. Jimmie era como un niño. O como si nunca lo hubiese sido. Dimos paseos y me llevó a ver su coche de carreras. Entonces era tan conocido por su conducción temeraria como por el dinero que había ganado. Abrieron el circuito de carreras sólo para él y me llevó a dar un par de vueltas por la pista. Incluso me dejó conducir.

—Te hacía saber que le gustabas —dijo Matt en voz baja.

—Sí. Me hizo reír y le gusté, anticuada como era. Le gustaba lo que decía y lo que hacía. Le gustaba mi aspecto y, si se considera que estaba gorda y que tenía una nariz del tamaño de...

Matt le puso un dedo sobre los labios.

—Manville vio en ti lo que realmente eres. Miró en tu interior y lo aprobó.

—Sí —dijo Bailey—. A veces pienso que la aprobación puede ser el afrodisíaco más poderoso del mundo.

—Eso pasa cuando ha escaseado en tu vida —comentó Matt con suavidad mientras la acariciaba.

—De acuerdo —dijo ella—. Pero no era sólo en mí. También yo sentí que había algo necesitado en él. Si hubiera sido mayor, habría sido más cínica. Hubiera pensado que era un viejo verde en busca de la virginidad de una jovencita. Porque ya me había encontrado antes con un hombre mayor y había sido espeluznante. Jimmie me hizo sentir maravillosamente. Y a pesar de nuestra diferencia de edad no sentía que fuéramos muy distintos. —Se detuvo y miró a lo lejos por un momento—. Quizá porque cuando lo conocí yo ya era una mujer, o al menos así me veía, y él era un hombre al que parecía haberle faltado la infancia.

—¿Cuánto tiempo pasaste con él ese día?

—Horas. Toda la tarde y el atardecer.

—¿A tu madre no le preocupó que su hija adolescente estuviera por ahí sola todo ese tiempo?

—No lo creo —dijo Bailey—. Dolores y ella estaban muy ocupadas.

—Es casi seguro que alguien debió de decirle que su hija y el infame James Manville andaban juntos.

—No conocíamos a nadie ahí. Era en Illinois y nosotras vivíamos en Kentucky.

—Ya —asintió Matt—. Continúa. ¿Qué ocurrió después?

—Eso es todo. Jimmie y yo estábamos subiendo por la montaña rusa cuando dijo: «Tú no querrías casarte conmigo, ¿verdad?», y yo grité «Síííí» a lo largo de toda la bajada.

Bailey se levantó del sofá y se aproximó a la chimenea. Los recuerdos la estaban poniendo triste. ¿En qué se habían equivocado Jimmie y ella? ¿Cuándo había empezado lo malo?

—Al llegar al final de la montaña rusa me cogió de la mano y empezó a tirar de mí. «¿Dónde está tu madre?», me preguntó. Y fue entonces cuando tuve pánico. Sabía que si le pedíamos a mi madre permiso para casarnos, no nos casaríamos. Era muy probable que ella o mi hermana lo hicieran desistir. O quizás una de las dos me lo robara, ya que ambas eran preciosas. En el mejor de los casos, sabía que llevaría meses proyectar la boda y no podía imaginarme a Jimmie soportando todo el ajetreo consiguiente. Pude verlo todo en un instante. Y, antes de que lo preguntes, te diré que no, no quería perder mi única oportunidad con un hombre como James Manville, y podía perderla si le decía que tenía diecisiete años. Y como después sucedería muy a menudo, Jimmie comprendió mi vacilación.

Bailey respiró hondo y continuó:

—«¿Estás segura?», preguntó Jimmie. «Sí, lo estoy», le dije yo. «No tienes dudas?», insistió. «Ninguna.» «Cuidaré de ti», me dijo. «Ya sé que lo harás», respondí yo. Luego coloqué mi mano entre las suyas y lo seguí al coche. Tres horas más tarde estábamos casados. Y no volví a ver a mi madre ni a mi hermana hasta pasados tres meses. Para entonces habían tenido tiempo de hacerse a la idea de que me había casado con James Manville.

Matt sonrió con un ligero gesto de cinismo.

—Entonces te recibieron en el hogar con los brazos abiertos, ¿verdad?

—Con los bolsos abiertos se ajusta más a la realidad.

—No soy abogado, pero para que fuera legal, creo que Manville debería haber pedido el consentimiento de tu madre antes de la boda. ¿Existió tal posibilidad? ¿Es posible que lo hiciera? ¿Hay alguna pista de que alguna de ellas supiera que ibas a casarte con Manville antes de la ceremonia?

Bailey trató de recordar los detalles de la primera visita.

—Jimmie me dijo que tenía que arreglar las cosas con mi familia, así que volvimos a Kentucky. Quizás otra mujer se hubiera sentido triunfante, pero yo estaba avergonzada. Sentía que había cometido una falta al escaparme para la boda. Y deseaba su aprobación con toda mi alma.

—Haz memoria —dijo Matt—. Trata de recordar todo lo que se dijo ese día.

Bailey cerró los ojos y trató de concentrarse.

—Recuerdo que había un montón de cosas nuevas en la casa, incluso muebles, y habían instalado un lavavajillas. También se habían hecho algunas reparaciones. Creo recordar que el tejado parecía nuevo. Nunca hablé del tema, pero supe que habían recibido dinero de Jimmie, aunque también es verdad que era muy generoso.

—¿Y cómo se comportaron tu madre y tu hermana contigo?

Bailey tragó saliva. Algunas heridas no cicatrizan nunca.

—Frías y distantes, como desconocidas. Yo quería que ellas me abrazaran fuertemente y me dijeran lo felices que eran. Pero en cambio...

Bailey se giró y al cabo de unos momentos volvió a mirar a Matt.

—No me gusta todo este hurgar en el pasado. Es desagradable y... hace daño.

—¿Te acuerdas de esa mujer que salió en la televisión llorando por haber perdido el trabajo y tener tres hijos que mantener? —dijo Matt en tono suave—. Ella y bastante gente más está sufriendo mucho.

Bailey volvió a cerrar los ojos.

—Era como si no se acordaran de mí, como si nunca hubiera sido parte de sus vidas; yo era una desconocida para ellas. En vez de darme una Coca-Cola, como tomaban ellas, mi madre me sirvió una taza de té y me preguntó si quería uno o dos terrones de azúcar. Yo nunca había bebido té en mi casa ni oído hablar de terrones de azúcar. Era todo muy extraño...

—¿Dijo algo alguna de ellas?

—No demasiado. No recuerdo más que cháchara. Sobre el mal tiempo y cosas así. Jimmie estuvo sentado en un sofá, divertido en algunas ocasiones y a veces tan aburrido que parecía que iba a quedarse dormido. Yo tenía tantos deseos de que fuera divertido para todo el mundo... Quería que mi madre le mostrara las fotos de cuando yo era pequeña y le hablara de mí cuando era bebé. En cierto momento mi madre me llamó señora Manville. «Gracias a ti», añadió mi hermana, pero mi madre le lanzó una mirada para hacerla callar. Aquella mirada me trajo malos recuerdos... La relación entre ellas sí que me era familiar. Era...

—Retroceder a la vida anterior —completó Matt—. ¿Qué quería decir tu hermana con «gracias a ti»?

Bailey se encogió de hombros.

—No lo sé. Algo relativo a la familia, supongo. Yo no era parte de la familia.

—Vuelve a contarme lo que dijo tu madre.

—Dijo: «¿Quiere más té, señora Manville?» Entonces mi hermana dijo: «Gracias a ti.»

—¿Tu hermana se dirigía a ti o a tu madre?

—Pensé que me lo decía a mí, pero yo estaba mirando a Jimmie y... —Se detuvo y abrió los ojos de par en par—. ¿Crees que mi hermana estaba diciendo que yo era la señora Manville gracias a mi madre?

—Quizá. Piensa. ¿Cuándo pudo Manville obtener el permiso de tu madre?

—No podría haberlo hecho. Desde la montaña rusa fuimos a un pastor que nos esperaba. No tuvo tiempo de... —Se detuvo y miró a Matt.

—¿Que esperaba? Un pastor que estaba esperando. Él sabía que eras menor de edad porque habías ganado un premio en la categoría de menores de dieciocho años. Ya debió de pensar en casarse contigo cuando te hizo entrega de las cintas azules. Cuando te reuniste con él ya debía de haberlo arreglado todo. De no ser así, tu madre hubiera ido a buscarte. No puedo imaginar que en la fiesta de una ciudad pequeña no hubiera chismorreos sobre una celebridad con una adolescente. Alguna alma caritativa habría cumplido la tarea de localizar a tu madre y contárselo.

—Preparó la boda por anticipado —susurró Bailey.

—¿Era el tipo de hombre que toma una decisión y luego está tan seguro de la aceptación que va adelante con los preparativos?

—Oh, sí. Eso es exactamente lo que Jimmie hacía siempre. Para él era un estilo de vida. Decía que casi todas las personas son tontas e indecisas y que incluso aunque dedicasen años a comprender lo que para él estaba claro, aun así no cambiarían. Así pues, por eso tenía listos los contratos antes de empezar las reuniones. En el mismo momento en que el otro aceptaba, él le presentaba los documentos, por miedo a que se retractase.

—Creo que te vio, te quiso y, como sabía que eras menor de edad, dispuso lo necesario para conseguirte.

—Entonces ¿piensas que consiguió el permiso de mi madre?

—Sí. Hay algo más: creo que a Atlanta y Ray les han dicho hace poco que ese documento existe, y saben que si aparece lo perderán todo. Por esa razón lo están liquidando todo, para sacar del país la mayor cantidad de efectivo posible.

—¿Pero dónde está ese documento? —preguntó Bailey—. ¿Dónde está el papel de la autorización? No apareció cuando los abogados revisaron los documentos de Jimmie.

—Hay alguien que lo sabe.

—¿Quién?

—Tu hermana. Supongo que lo tiene ella o sabe dónde está.

Bailey esbozó una sonrisa.

—Eres agudo. Así pues, ¿la llamo y se lo pregunto directamente? Estoy segura de que le encantaría contármelo —ironizó—. Hablé con ella hace... veamos, hace tres años. Me gritó que había arruinado su vida, que por mi culpa su primer marido se había divorciado de ella. Nunca supe si Jimmie había arreglado las cosas para que su marido recibiera una oferta de trabajo en Oriente Medio, y la verdad es que tampoco quise saberlo. Pero Dolores estaba segura de que había sido así. El hecho de que Jimmie les pasara una renta vitalicia a ella y su hija, que les comprara una mansión en una zona exclusiva de Florida y que continuara manteniéndola después de su segundo y tercer matrimonio no parecía significar nada para ella. Desde su punto de vista yo le había hecho la vida desgraciada. —Bailey respiró hondo para calmarse.

—Vale, es posible que no puedas preguntárselo, pero tiene que haber alguien a quien sí puedas, alguien que sea capaz de sonsacarle la información.

—No sé a quién.

—Pongámonos a pensar en ello —dijo Matt.

Pero por mucho que lo intentaron, no llegaron a una solución.

Después de un rato él consultó la hora y se levantó. Bailey supo en qué pensaba, como si pudiera leerle el pensamiento. Lo habían aplazado demasiado. Tenían que decirle a Carol que su marido había muerto.

22

Matt no iba a permitir que Bailey fuera sola a casa de Violet. Condujo el coche hasta allí y dijo que la esperaría el tiempo que fuera necesario.

Cuando Violet los vio llegar llamó a las hijas de Carol y se las llevó al patio de atrás. Matt dio a Bailey un apretón en el hombro para transmitirle confianza y la dejó a solas con Carol.

Pasaron dos horas antes de que Bailey saliera de la casa hacia el patio trasero, donde Matt jugaba con las niñas y Violet los miraba desde su mecedora.

—¿Cómo está? —preguntó Matt.

—Mejor de lo que cabía esperar. Carol me ha contado que dejó a Phillip y ni siquiera le dijo adónde iba. Quería conmoverlo lo suficiente para que dejara de trabajar para Atlanta y Ray, pero el dinero que le pagaban era demasiado. —Levantó la vista hacia Matt—. ¿Sabes una cosa? Creo que Phillip no era sincero con Carol. Creo que había alguna otra razón para que no dejara a Atlanta y Ray. Jimmie me contó en una ocasión que su abogado tenía un montón de dinero ahorrado y sin embargo nunca me pareció que le importara el tema económico. Phillip me habló de que lo que le gustaba de trabajar para Jimmie era que nunca se aburría.

—¿Y ahora qué? —preguntó Matt, dirigiendo la mirada hacia la casa.

Bailey miró a las hijas de Carol, que jugaban en el columpio. Violet les daba impulso y ellas gritaban que querían más alto y más alto. Aunque la mayor ya tenía doce años, todavía era una niña.

—Carol tiene que decirle a sus hijas que su padre ha muerto. Tiene que...

Cuando Bailey rompió a llorar, Matt la atrajo a sus brazos e hizo un gesto a Violet de que se iban. En el camino no abrieron la boca.

Una vez en casa, Matt la trató como si fuera una inválida. La sentó en el sofá, la envolvió en una manta y luego le preparó unos huevos revueltos con mantequilla.

—Has pasado malos tiempos —dijo Matt con ternura mientras se sentaba a su lado.

—¿Sabes? —dijo ella, dejando el plato vacío en la mesilla de café—. Perdí a mi marido y, por culpa del dinero, no se me permitió velarlo. ¿Has oído lo que han dicho de mí en el telediario? Que lo que están haciendo Atlanta y Ray debe de ser culpa mía. Poco después de la muerte de Jimmie hablaron de que yo era una dominadora. Vi programas en los que intervinieron terapeutas que hablaban de «mujeres que manipulaban». Y ahora...

Matt sonreía.

—¿Qué te resulta tan divertido?

—Tú —dijo él—. Cuando te vi por primera vez daba la impresión de que todo te asustaba tremendamente, pero mírate ahora. Estás preparada para plantarle cara al mundo entero.

—Quizás... —empezó ella, pero se detuvo—. Tienes algo en la barbilla.

Matt se pasó la mano.

—¿Me lo he quitado?

—No. Ven aquí, déjame —dijo. Y, cuando Matt se

inclinó, le cogió por el cuello de la camisa y atrajo sus labios hacia los de ella.

Había algo en esa cercanía de la muerte que hacía que aumentaran sus ganas de vivir. Carol había llorado y dicho lo mismo que Bailey pensó tras la muerte de Jimmie, que nunca podría volver a hablarle ni a reír con él.

Bailey hubiera querido expresarle que al menos tenía amigos que llorarían con ella. Ella no había podido darse ese lujo después de la muerte de Jimmie. Todo lo contrario: la habían etiquetado como una persona horrible que había provocado que su marido la desheredara.

Matt volvió a besarla, pero se retiró y la miró a los ojos.

—No soy un hombre fácil —dijo con dulzura—. Yo juego en serio.

Ella lo miró con intensidad.

—No me voy a ir a ningún sitio.

Matt sonrió, la tomó en brazos y la llevó al dormitorio, donde la depositó en la cama. Pero cuando se disponía a abandonar la habitación, Bailey le retuvo por un brazo.

—¿Dónde vas? —dijo.

—A buscar algo de protección —respondió él con los ojos encendidos.

Bailey no le soltó. No dijo nada, pero levantó la vista hacia él y en sus ojos podía verse la petición de que no se fuera.

—¿Estás segura? —preguntó Matt con voz ronca.

—Sí —susurró ella.

Él sonrió de tal forma que a Bailey le pareció ver lágrimas en sus ojos.

Sin saber cómo, al cabo de un momento él estaba sobre ella. El deseo contenido durante semanas les hizo lanzarse uno sobre el otro. Las ropas salieron volando por la habitación. Era un momento feliz, gozoso, con el que ambos querían exorcizar las terribles horas pasadas.

Bailey deseaba olvidar las muchas semanas de soledad. Lo que necesitaba era la alegría de sentir un cuerpo junto al suyo.

—Qué bello eres —murmuró cuando lo vio desnudo, y lo besó en el hombro.

—¿De veras? Yo pensaba que aquella pantomima con el agua sobre el pecho te había espantado.

Bailey emitió una risa profunda mientras sus manos recorrían la piel, sentían los músculos, las caderas de Matt... ¡Dios mío, qué delicia sentir el peso de un hombre sobre ella!

—Te amo, eso lo sabes, ¿verdad? —le dijo Matt al oído, justo antes de succionarle un lóbulo de la oreja.

Todo lo que pudo hacer Bailey fue asentir, porque cuando él la penetró todos los pensamientos se diluyeron. Se sentía un ser especial en el auténtico centro de la vida.

Matt la embistió tanto que ella acabó dando contra la cabecera de la cama, pero luego, sin saber cómo, quedó colgando del borde de la cama, con la cabeza en el aire. Matt continuó embistiéndola, ambos cegados por el deseo.

Cuando él eyaculó, Bailey gritó y su cuerpo se aflojó tanto que si Matt no la hubiera sujetado hubiese caído al suelo. Tiró de ella hacia la cama con un brazo y la arropó con su cuerpo para yacer luego empapados de sudor.

Después de un rato Bailey sintió que Matt se tensaba y se dio cuenta de que quería decirle algo importante.

—¿Sabes, verdad, que podrías haberte quedado...? —Matt no acabó la frase.

—¿Embarazada? —dijo ella y él asintió sonriendo. Ella se elevó sobre un codo para mirarlo. A las veinticuatro horas de conocer a Jimmie estaba casada con él, pero había tenido que conocer mucho a Matt antes de irse a la cama con él. Ya sabía lo amable y dulce que era. Sabía que el orgullo era su perdición y en muchas ocasiones podía ver a ese chiquillo tan ávido de todo lo que le había faltado en la vida.

—No —dijo—. No puede ser.

—Ya —dijo Matt con expresión alicaída—. Utilizas algún método, ¿no?

Ella se apartó el cabello negro de la frente sudada.

—La única forma de concepción es el sexo oral, por si no lo sabías.

—¿Ah, sí? —dijo Matt con los ojos brillantes—. ¿Es cierto eso?

—Sí. Mi mejor amiga del instituto me lo dijo. Me contó que mientras un hombre y una mujer no pusieran la boca en la «cosa» del otro, ella nunca podría quedar embarazada.

—Vaya. Entonces será mejor que no lo probemos.

—Desde luego que no si estamos así de sucios.

—Tienes razón —dijo Matt y, a continuación, se palmeó la frente—. ¿Sabes lo que se me ha olvidado? El fontanero... ¿Te acuerdas de él?

—Cómo iba a olvidarme. Fue quien me regaló el cortador de cebollas en forma de flor.

Matt rió.

—Me dijo que comprobara si la bañera de tu cuarto de baño funcionaba bien y nunca lo hice.

—¡Eso es terrible por tu parte! Realmente espantoso. ¿Qué clase de amigo eres?

—El peor —dijo él y le recorrió el hombro desnudo con su boca—. ¿Cómo puedo remediarlo?

—¿Comprobándolo ahora?

—Mmmm —susurró él y la besó en el cuello—. Pero será mejor que estés conmigo para asegurarte de que lo compruebo bien.

—Con una condición.

—¿Cuál?

—Nada de sexo oral. Cualquier cosa excepto sexo oral.

—Palabra de *boy scout* —dijo él, para luego levantarla en brazos y llevarla a la bañera.

—Matt, ¿alguna vez en tu vida has sido *boy scout*?

Él no respondió y se echó a reír.

23

Cuando a la mañana siguiente Bailey fue a la cocina, Alex ya estaba allí y tenía la mesa llena de comida. Ella se sorprendió. Había rollos de canela calentados en el horno, tortitas, huevos duros y pequeñas salchichas.

—Pensaba que a Matt y a ti os gustaría reponer fuerzas esta mañana —dijo Alex con un tono que hizo ruborizar a Bailey. Se giró y miró la tetera—. ¿Lo pasasteis bien anoche?

—Modera tu lenguaje. ¿A qué hora llegaste anoche? —dijo Matt desde la puerta.

—A las diez —contestó Alex.

—Eran las dos de la mañana —replicó Matt—. Si vas a vivir bajo este techo, jovencito, deberás cumplir algunas normas.

—Ya tengo un padre —dijo Alex, y lo miró airadamente.

Bailey se colocó entre ambos.

—Tenéis los dos cinco años. ¿Dónde estuviste anoche, Alex?

—Con Carol. —Y como ambos lo miraron con asombro, se encogió de hombros—. Les gusto a las mujeres mayores. Confían en mí. Dadme una señora y me querrá desnudar su alma. Y en ocasiones otras partes. Pero Carol no... Pobrecilla.

—¿Cómo está? —preguntó Bailey.

—Bien, pero bastante enfadada con su marido. Lamenta no haber hecho las paces antes de que muriera.

Matt tomó asiento a la mesa y Bailey fue a ponerse agua caliente en su taza, pero entonces, mientras miraba el moral desde la ventana, se conmovió ante lo que Alex había dicho. Él había querido ser impertinente, pero... Se giró hacia Matt y vio que él la miraba con el mismo pensamiento. Por un momento se quedaron con la mirada fija y los ojos abiertos de par en par.

—¿Me he perdido algo? —comentó Alex.

—Creo que tenemos un trabajo para ti —dijo Matt.

—Un trabajo de interpretación.

—¿Haciendo qué? —preguntó Alex, suspicaz.

—Necesitamos alguien que se gane a una mujer de... —Matt miró a Bailey—. ¿Cuántos años tiene tu hermana?

—Cuarenta y uno.

—¿Tantos más que tú?

Bailey asintió y Matt se giró hacia Alex.

—Necesitamos alguien que sintonice con una mujer de cuarenta y un años y averigüe si existe cierto documento y, si es así, dónde está.

Alex recorrió a los dos con la mirada.

—Necesitaré algo más de información —dijo.

Matt miró a Bailey. Al cabo de unos segundos de vacilación ella asintió. Matt comenzó a contarle al chico lo que necesitaba saber. Por supuesto, en los reportajes él había visto a Bailey del brazo de su famoso marido. Cuando llegó a la parte en que entraba Dolores, Matt se giró hacia Bailey.

—Si tu hermana tiene ahora cuarenta y uno, quiere decir que cuando tenías diecisiete ella tenía veintiséis.

—Sí —asintió Bailey sin saber adónde quería llegar.

—Y ¿no me dijiste que era preciosa?

—Sí. Parecía una reina de la belleza. De hecho ganó algunos concursos.

Matt esbozó una sonrisa.

—Así pues, déjame ver si lo he captado bien. Dolores tenía veintiséis años, era preciosa y estaba soltera.

Alex miró a Bailey.

—Y tú tenías diecisiete, eras gorda y tenías una nariz tan grande como para proteger de la lluvia a una bandada de patos.

—¿Qué tiene que ver todo eso? —dijo Bailey entrecerrando los ojos para mirar a ambos con recelo.

Matt y Alex se lanzaron una sonrisa y éste asintió con la cabeza como cediéndole la palabra a aquél.

—Pero a pesar de las diferencias entre vosotras, fuiste tú la que cazó al hombre que soñaban la mitad de las norteamericanas. ¿No es así? —dijo Matt.

—Nunca se me ha ocurrido mirarlo desde ese punto de vista —dijo Bailey—, pero supongo que tenéis razón. Así fue.

—Pues tu hermana se ha vengado de ti negándote una información que podría haberte proporcionado miles de millones —concluyó Matt, enarcando las cejas.

—No puedo creer que no te estrangulase —ironizó Alex mientras atacaba su tercer bollo de canela—. Una muerte lenta, dolorosamente lenta.

—Santo cielo —dijo Bailey, comprendiéndolo—. La verdad es que viví el cuento de Cenicienta, con hermana bruja y todo.

Matt y Alex rieron.

—Bien, ¿crees que podrás averiguar qué pasa con ese documento? —dijo Matt.

—Claro que sí. Eso es cosa hecha. Pero necesitaré una moto y ropa de cuero. A las cuarentonas les gustan las motos y se vuelven locas por el cuero. ¿Puedes pagar, tío?

Bailey se dio la vuelta para mirar por la ventana de la cocina mientras, Alex y Matt discutían los pormenores.

«El hogar», pensó. Estaba en casa.

24

Bailey no asistió al funeral de Phillip por miedo a ser reconocida, pero fueron Violet y Arleen. Ella y Matt se acurrucaron en el sofá abrazados y vieron la CNN todo el tiempo que pudieron.

La cobertura del funeral fue escasa y casi lo único que dijeron fue que la viuda de James Manville «no ha salido de su escondite para asistir al entierro de un hombre que fue su amigo durante más de la mitad de su vida».

—Otro golpe más —rezongó Bailey—. Haga lo que haga siempre está mal.

Matt no dijo una palabra. Estaba de acuerdo con ella, pero sabía que mostrar su enfado no aliviaría la situación.

Atlanta y Ray sí asistieron y en una toma Atlanta apareció enjugándose las lágrimas con un pañuelo.

«No puedo creer que haya pasado esto —le dijo a un periodista—. Era nuestro amigo además de nuestro abogado.»

La cobertura se complementaba con un vídeo de fondo en el que aparecían escenas de la vida de James Manville.

—Me cuesta creer que Manville y esos dos fueran hermanos —comentó Matt—. No se parecen en nada. Y ninguno de ellos se parece a Frank McCallum. ¿Estás segura de que eran parientes?

—Eso también me lo preguntó Phillip —dijo Bailey

mientras miraba la pantalla. Al cabo de un momento sintió que Matt estaba mirándola. Cuando se giró él parecía enfadado—. ¿Qué ocurre?

—¿Phillip no creía que Manville y esos dos fueran hermanos? ¿Cuándo lo dijo? ¿Durante la última llamada que te hizo? ¿Aquella que te pedí que repitieras palabra por palabra? ¿Esa llamada?

Bailey esbozó una débil sonrisa.

—Pues sí. ¿Se me olvidó mencionarte que él dudaba de que Atlanta y Ray fuesen hermanos de Jimmie?

—No, no se te olvidó —repuso Matt con suavidad—. ¿Qué más «olvidaste» contarme?

Bailey respiró hondo.

—¿Te he contado que encontré una foto de Jimmie con el hombre que se ahorcó en el establo?

—Uno, dos, tres... —empezó a contar Matt a la vez que la miraba con los ojos entrecerrados—. Será mejor que esa foto esté en mis manos antes de que llegue a diez.

—¿O qué? —replicó ella desafiante.

—O no habrá más sexo oral.

Bailey saltó del sofá y estaba de regreso con la foto antes de que él hubiera llegado a nueve. Pero no se la tendió.

—Verás, antes de que las veas tengo que contarte algo. Cuando conocí a Jimmie (en realidad, cuando todo el mundo lo conoció) le habían hecho unas reparaciones quirúrgicas. Bueno, creo que fue un trabajo importante.

—Qué clase de... —empezó a decir Matt, pero se detuvo y extendió la mano para coger la foto.

Bailey se la dio con lentitud.

—Ya veo —asintió Matt, después de estudiar la foto—. ¿Y estás segura de que este chico es el hombre con quien te casaste?

—Sí. Cuando vives con alguien tanto tiempo y le conoces tan íntimamente... —Se detuvo porque Matt la miraba de una manera que no dejaba lugar a dudas de que no quería oír nada sobre intimidades con otro hombre.

—¿Dónde conseguiste esta foto?

—Estaba buscando el «chino». Ya sabes, ese colador cónico que pusiste en la parte superior de la despensa. Lo habías colocado tan alto que tuve que trepar por los estantes para cogerlo. Y entonces vi la esquina de esta foto saliendo entre las tablas.

—La única habitación de esta casa que no ha sido desmontada y reparada es la despensa —dijo él, pensativo—. Espera aquí mientras voy a buscar la palanca.

—¡No! No lo hagas —dijo Bailey, asustada—. Esa habitación es la única que me resultó agradable desde el principio. No quiero que la destruyas.

—¿Se te ha ocurrido que la muerte de Phillip Waterman probablemente no fue accidental? ¿Que es posible que descubriera algo que le costara la vida? ¿Y cómo te advertía días antes de morir, que si esos dos cabrones lograran descubrir tu paradero quizá serías la siguiente de la lista en tener un «accidente»?

—No —dijo Bailey, tragando saliva—. No he pensado en eso. ¿Volverás a dejar la despensa tal cual está?

—Eso será más fácil que volver a dejar tu cuerpo tal cual está —repuso de camino a la puerta.

—Lo sacaré todo antes —dijo Bailey con desesperación, antes de salir corriendo hacia la despensa.

—Nada —dijo Matt mirando las paredes desnudas. Había retirado cada estante y cada tabla clavada a la pared, pero no había encontrado nada, sólo polvo de años, insectos muertos y roedores disecados.

Al mirar las feas paredes desnudas de su hermosa despensa Bailey trató de no sollozar. Las tablas estaban apiladas en el suelo, junto a la puerta de la cocina.

Matt se recostó contra el marco de la puerta.

—Mirémoslo de una forma lógica. En primer lugar, aquí no puede haber nada más. Esa foto remetida entre unas tablas podía estar ahí de chiripa. Por otra parte, si alguien hubiera necesitado esconder una cosa, probablemente habrá muchas más en cualquier otro lugar. Y si hay un tesoro escondido tendrá que ser en este suelo o en el establo. Así pues, ¿dónde miramos a continuación?

Bailey no se molestó en mirar el maravilloso entarimado antiguo. Sus amplios listones estaban desgastados por el uso.

—En el establo —contestó con ansiedad—. Siento en el corazón y me llega hasta los pies que si hay algo escondido, está en el establo. Después de todo, el hombre se... Bueno, se colgó allí. Así que estoy segura de que si quería esconder algo lo habría hecho en el establo.

—De acuerdo —repuso Matt—, el suelo de la despensa.

—Odio a los hombres —murmuró Bailey mientras él encajaba su palanca en el primer tablón.

—¿Qué has dicho? —preguntó Matt, y desclavó el tablón. En el hueco se vio la esquina de una caja de metal—. ¿No sientes curiosidad? En realidad creo que podemos esperar —añadió, retirándose del agujero—. De hecho, antes de seguir me gustaría comer algo.

—Háztelo tú —le soltó Bailey. Luego agarró la palanca y continuó ella misma con el segundo tablón. Cuando ya había retirado el cuarto y la caja quedó completamente al descubierto, levantó la vista y se encontró con la sonrisa irónica de Matt, apoyado contra la jamba de la puerta.

Bailey sacó la caja del agujero y con el mentón erguido pasó por delante de Matt de camino al exterior.

—Si en alguna ocasión quieres comer algo que yo haya cocinado o compartir mi cama, tendrás que borrar esa expresión del rostro.

El gesto de Matt se trocó en seriedad con tanta rapidez que Bailey rió.

—Y ahora —añadió ella—, llévate esta cosa sucia fuera mientras yo busco algo para beber. Y si la abres antes de que yo llegue... —Dejó que fuera él quien imaginara el castigo.

Unos minutos más tarde se reunió con él. Matt había quitado el polvo de la caja y, sentado en una silla, miraba el moral mientras esperaba pacientemente a que ella apareciera.

—El honor de abrirla es tuyo —dijo él mientras cogía el vaso de limonada que ella le tendió.

Era una antigua caja de metal, con el rótulo «Earnest's Crackers. Buenas para la digestión.» Bailey respiró hondo antes de tirar de la tapa. ¿Qué podía encontrar ahí dentro?

Lo que vio le resultó conmovedoramente familiar. En la parte superior había cuatro cintas azules; todas premios a confituras. Bailey las cogió y miró, luego se sentó y las recorrió con los dedos. Nunca había visto esas cintas en concreto, pero le traían recuerdos.

—¿Qué es eso? —preguntó Matt.

—No se me había ocurrido atar cabos. Me contaron que el hombre que se ahorcó hacía mermeladas y encurtidos y que los vendía en la ciudad. Cuando vi su foto con Jimmie habían pasado ya tantas cosas que no recordaba lo de sus conservas. Pero en la foto pude ver que él y Jimmie eran amigos.

Matt la miraba con expresión concentrada. Trataba de entender de qué le hablaba.

Bailey levantó la vista.

—La primera vez que vi a Jimmie, acababa de ganar una cinta azul por mi jalea de frambuesa. —Se inclinó hacia las cintas—. Una casi idéntica a ésta.

—¿Crees que hay conexión?

—Creo que al ganar un concurso de conservas le recordé a Jimmie a alguien que conocía... y probablemente amaba.

Matt miró dentro de la caja y sacó un fajo de fichas dispuestas en orden alfabético y sujetas con una goma reseca. La goma saltó en el momento que la tocó.

—Hmmm —murmuró y se puso a leer los encabezamientos de las fichas—. Jalea de jengibre, mermelada de arándanos silvestres, mantequilla de manzana caramelizada.

—Dame eso —dijo Bailey y se lo arrebató de las manos—. ¿No sabes que las recetas de los conserveros son secretas? —lo amonestó mientras se lanzaba a la lectura—. Oh, Dios mío. Dos cucharadas de zumo de limón. ¡Por supuesto! ¿Cómo no se me había ocurrido?

—Si son secretas, entonces quizá sería mejor que respetáramos a los muertos y las quemáramos.

Bailey abrió la boca para replicar, pero luego sonrió.

—Claro. ¿Por qué va a querer nadie conserva de melocotones al coñac?—Le tendió las fichas—. Quémalas.

—Odio a las mujeres —replicó él sonriendo, mientras sacaba el sobre que había en el fondo de la caja.

Se miraron y ambos tuvieron la sensación de que habían encontrado lo que buscaban. Matt le tendió el sobre a Bailey pero ella negó con la cabeza, así que él acercó su silla y abrió el sobre. Contenía dos fotografías. La primera era una copia de la misma foto que tenía Matt. Unos adolescentes, Atlanta y Ray de pie delante del moral, donde ahora estaban sentados Matt y Bailey, mirando a la cámara con expresión hostil. En el reverso de la foto había una anotación a lápiz: «Eva y Ralph Turnbull, 1966.»

La otra foto era un retrato de estudio en el que aparecían el hombre que se había colgado y una mujer mayor que él. No era bonita y a su gesto triste se añadía un aspecto general de infelicidad. Pero el hombre parecía inmensamente feliz; sus ojos claros —la foto era en blanco y negro— le daban aire de mirada lejana, pero en esa foto parecían entusiastas.

Ambos vestían sus mejores galas.

—La boda —dijo Bailey—. Es la foto de la boda, y ella no quería casarse con él.

Matt le dio la vuelta. En el dorso, escrito con una letra que parecía de colegial, se leía: «Hilda Turnbull y Gus Venters. Casados el 12 de mayo de 1966.»

—Parece que Atlanta y Ray no eran suyos —reflexionó Bailey.

—Ni Jimmie. ¿Cómo encaja aquí él?

—Tal vez esta mujer en una época estuvo casada con Frank McCallum. Si no recuerdo mal, leí que Frank había dejado Calburn poco después de conseguir el diploma de bachiller y que no volvió hasta transcurridos varios años, con un hijo.

—Sí, es cierto.

—¿Podría ser que Frank se marchase, se casara con esta mujer, Hilda Turnbull, tuvieran tres hijos y luego se divorciara? ¿Y si ella hubiera dicho que no quería al pequeño, al de labio leporino?

—Así pues, Frank volvió a Calburn con el hijo menor, y años más tarde apareció ella con los otros dos. —Matt la miraba con admiración—. No es mala deducción para venir de una chica —añadió.

Cuando Bailey le tiró un cojín, él la atrajo a sus brazos y empezó a besarla.

—¿Quién podría saber más? —dijo ella mientras le mordisqueaba la oreja.

—¿Saber qué? —Los labios de Matt bajaban por su cuello.

—Sobre esta gente. No podemos preguntarle a Rodney. Enloqueció cuando mencioné el nombre de Gus.

—Mmmm —balbució Matt mientras sus labios bajaban más allá del cuello—. Podríamos preguntarle a Violet cuando vuelva del entierro.

—Exacto. Conoce a todos los hombres de la ciudad.

—Me refiero a que podemos preguntarle qué le contó Burgess —dijo Matt. Ya había desabrochado cuatro botones de la blusa de Bailey.

Ella se apartó para mirarle.

—¿Burgess? ¿El jugador de fútbol? ¿Fueron amantes Violet y él?

—Supongo, ya que estuvo casada con él.

Bailey se incorporó.

—¿Violet estuvo casada con uno de los Seis de Oro y nadie me lo ha dicho?

Matt suspiró con resignación. Sabía que no iba a haber entrega amorosa hasta que esto no quedara aclarado. Se pasó las manos por los ojos.

—Por eso vino a Calburn. Burgess fue a California en viaje de negocios en los años sesenta y volvió a casa con esposa. Yo entonces no era más que un niño, pero todavía recuerdo las habladurías que ella provocó.

—¡¿Le puso cuernos?! —exclamó y preguntó Bailey con los ojos como platos.

—No —dijo él—. Eso no. Era por la ropa que se ponía y por cómo se comportaba.

—Ah. Minifaldas y botas de chica gogó.

Matt sonrió.

—En una ocasión mi madre me contó que Violet había escandalizado a todo el mundo porque no llevaba sombrero ni guantes.

—¡Qué escándalo! —ironizó Bailey—. ¿A tu madre también le escandalizaba?

—Creo que a mi madre le gustaba Violet, aunque nunca manifestó ni lo uno ni lo otro. Sin embargo, un día que yo estaba viendo *Bonnie and Clyde* en la televisión ella me dijo: «Así vestía Violet el primer día que la vi.»

—Claro —dijo Bailey—. Una de las películas que marcaron la moda en todo el país. Así que Violet venía de California, vestía lo último de lo último y estaba casada con uno de los Seis de Oro.

—Exacto. Burgess había comprado años antes la casa en que vive Violet, y vivieron allí hasta que el almacén de madera quebró y Burgess murió en un accidente aéreo —explicó Matt con una mueca—. Mucha gente piensa que se suicidó. He oído que nunca volvió a ser el mismo después de la muerte de Frank.

—Eso es lo que la gente dice de Jimmie —añadió Bailey en voz baja y luego levantó la cabeza—. «Asesinatos llamados suicidios.»

—¿Qué significa eso?

—Arleen...

—¿Hablas de la mujer que le endosaste a Janice? ¿Esa que cuando yo te preguntaba dónde la habías conocido siempre te llevaba a otra habitación antes de que me contestaras? ¿Esa Arleen?

Bailey agitó la mano para quitarle importancia.

—¿Quieres empezar una guerra o escuchar? Arleen me dijo que una noche, años atrás, Jimmie dijo algo sobre «asesinatos llamados suicidios».

—¿Qué dijo exactamente? —preguntó Matt.

Bailey se llevó la mano a la sien.

—Me contó que Jimmie había dicho que todo su dinero no podría enderezar algo torcido que había ocurrido cuando era un niño. Y que también había dicho algo sobre «asesinatos llamados suicidios».

Matt se quedó mirándola.

—Así pues, ¿cuántos suicidios tenemos ahora? —Levantó los dedos para enumerarlos—. Frank McCallum, Gus Venters y Frederick Burgess.

—¿Piensas que alguno de ellos fue un asesinato?

—Sí —dijo Matt—. Y creo que uno de los asesinatos tiene que ver con James Manville y esos dos cabrones que están vendiéndolo todo y sacando el dinero del país.

Bailey respiró hondo.

—¿Y crees que la muerte de Phillip Waterman no fue accidental y que mi vida puede estar en peligro?

—Sí —dijo Matt con suavidad.

25

Alex volvió tres días más tarde. Durante ese tiempo Matt descuidó su trabajo y estuvo buscando información en Internet sobre Hilda Turnbull, Gus Venters, Lucas McCallum, Eva y Ralph Turnbull. No encontró nada.

Bailey trataba de prestarle atención a la empresa de conservas El Moral, pero le resultaba difícil. Violet y Arleen estaban todavía con Carol y las niñas. Violet había llamado a Janice para comentarle que estaban comprobando las posesiones de Phillip y que a la viuda le resultaba bastante complicado. «Estaremos de regreso en cuanto podamos», anunció antes de colgar.

Durante la cena Matt comentó que no había encontrado nada sobre nadie, ni en Internet ni en los archivos de la ciudad.

—Es como si no hubieran existido nunca.

—Es posible que fueran borrados —dijo Bailey mientras servía pez espada con salsa agridulce—. Estoy segura de que lo hizo Jimmie. Sé que sus biógrafos dedicaron mucho tiempo y esfuerzo a intentar rastrear su pasado y que no pudieron encontrar nada de sus primeros años.

—Pero no puede ser que pudiera borrarlo todo de todas partes —se exasperó Matt.

Bailey se limitó a mirarlo con una ceja levantada, como si dijera: «Si supieras de lo que era capaz...»

Cada día que pasaba, Matt se iba poniendo más nervioso pero trataba de esconderle a Bailey su preocupación. ¿Qué pasaría si fuera reconocida? ¿Qué pasaría si Arleen o Carol cometían el desliz de decir algo sobre Lillian Manville? Alex estaba con la hermana. ¿Qué ocurriría si involuntariamente le revelaba dónde estaba Bailey? ¿Y si Alex era un indeseable como su padre y los dos habían tramado un complot contra ella?

Matt estaba en la cama, junto a Bailey, incapaz de dormir. Había pasado otro día frustrante sin descubrir nada. Entonces oyó el ruido sordo de una moto. Lanzó una ojeada a Bailey para comprobar que estaba profundamente dormida y se deslizó fuera de la cama.

En el momento en que salió de la casa, Alex bajaba de la moto y se quitaba el casco.

—¿Dónde demonios has estado? —le soltó Matt.

—Y yo también me alegro de verte —dijo Alex con amabilidad.

Matt se tranquilizó.

—Disculpa. ¿La encontraste? No hemos sabido nada de ti en todo este tiempo —añadió sin poder evitar reprenderle.

Cuando Alex miró hacia la casa, Matt vio a la brillante luz del porche su rostro agotado y el enfado le desapareció.

—¿Está dormida? —preguntó Alex.

—Sí. Pareces agotado. ¿Quieres comer algo?

—Podría comerme los neumáticos de la moto, pero necesito hablar contigo en privado. Creo que debemos decidir qué le contaremos.

Matt supo que hablaba de Bailey. Asintió.

—Te haré algo de comer y nos vamos a charlar al establo. Hay una ducha allí, si necesitas...

Alex lanzó un gruñido por toda respuesta, se giró y dirigió sus pasos hacia el establo.

Veinte minutos más tarde, Alex estaba sentado sobre una bala de heno con el pelo mojado por la ducha, ropa limpia que Matt le había traído y dispuesto a hablar.

—La he machacado —dijo Alex mientras comía.

—¿Cómo? ¿A quién has machacado?

—A la moto. No quería perder el tiempo, así que hice unas cuantas preguntas en las tiendas de alrededor de su casa. Me enteré de que vive sola y lancé la moto delante de sus ventanas. Cuando dijo que llamaría una ambulancia hice un intento por escapar, como si me asustara que me encontrara la policía. A ella le encantó y me invitó a entrar para atenderme personalmente hasta que me curara.

Matt se quedó boquiabierto, mirando al joven con admiración. Le vinieron a la mente palabras como audaz, valiente y... estúpido. Volvió a servirle té frío.

—Si te cargaste la moto, cómo... —Señaló con la cabeza hacia el exterior. Fuera estaba la moto.

—Es nueva. Ella me la compró.

Los ojos de Matt se abrieron como platos.

—¿De dónde saca el dinero? Me imaginaba que al morir Manville se le habría acabado la fuente de ingresos.

—No sé de dónde lo saca, pero tiene mucho dinero. Lo que sí vi es que no lo obtiene de manera legítima. ¡Señor! ¡Qué mujer más amargada! Dice que tiene que guardar su dinero en muchas cuentas para que nadie se entere de lo que tiene. Y se queja de tener que vivir en una pocilga, cuando podría estar viviendo mucho mejor. Pero dice que «ellos» no le dejarían demostrar que es rica. —Alex sacudió la cabeza—. Tiene una mansión de seis dormitorios en un terreno que parece salido de una revista. La piscina podría utilizarse en unas olimpiadas.

—¿Descubriste algo sobre Bailey y su boda?

—Sí. Manville consiguió la autorización de la madre

—dijo Alex. Matt abrió la boca para hablar, pero él le detuvo con la mano en alto—. Pero Dolores no sabe dónde está el documento. Cuando me contó eso se echó a reír y dijo: «Pero ellos no saben que yo no lo sé», y luego soltó una risita como una niña.

Matt esperó a que Alex bebiese un sorbo de té para decir:

—Quiero conocer todos los detalles.

Alex dejó el plato en el suelo, luego se levantó la camisa y se dio la vuelta. Tenía arañazos en la espalda, del estilo de los que deja una mujer apasionada.

Matt lanzó un silbido.

Alex volvió a coger el plato.

—No me extraña que haya perdido a tres maridos —continuó—. Nunca he conocido a una mujer más llena de odio. —Echó una ojeada hacia la puerta del establo y siguió—: Y todo ese odio está dirigido a Bailey... Lillian. Dolores odia profundamente a su hermana. Cree que Lillian (quiero decir Bailey) le quitó a Manville. Pero Dolores ni siquiera llegó a conocerlo hasta después de que estuviera casado con su hermana. ¿A ti te parece lógico?

—Sí, digamos. Venga, continúa.

—Dolores dice que no estaba allí cuando ocurrió (la firma, quiero decir) porque de otra manera lo hubiera impedido. Dolores estaba en el escenario, cantando. Me dijo que estaba cantando para Manville, pero que él...

—Continúa —lo urgió Matt con impaciencia—. Háblame del documento.

Matt tenía miedo de que Bailey despertara y se levantase para buscarlo. No quería que Bailey oyera lo que Alex le estaba contando.

—Dolores dijo que aquel día infernal, así es como lo llama, se presentaron tres hombres de traje con un papel escrito a máquina y, ¡agárrate!, uno de ellos era un notario. Me contó que a su madre no le dio tiempo ni de pensar y que «la pobre mujer» apenas se dio cuenta de lo que estaba haciendo. También me contó que el notario le pidió su carné de conducir y luego otro de los hombres le ordenó que firmara el papel «si sabía lo que era bueno para ella». El notario puso el sello junto a la firma y luego los tres se marcharon con el documento.

—¿A la madre no le dieron una copia?

—No. Dice que su madre estaba tan deslumbrada (y utilizo la misma palabra que usó ella) por todo lo ocurrido que no se lo contó a Dolores hasta última hora de la noche.

—¿Dolores no se preguntó dónde estaría su hermana?

—Parece que no —dijo Alex mirando la cesta de comida que Matt había llenado con todas las existencias de la nevera.

—Una familia agradable. Venga, ¿qué más?

—Eso es todo. Según Dolores, la única vez en que volvió a mencionarse el documento fue en el entierro de su madre. Me contó que le preguntó a Manville qué había pasado con ese papel. Dice que sólo lo hizo como una broma, pero al parecer Manville se puso furioso. Ella no entendió por qué hasta que comprendió que era probable que Lillian no supiera nada. Se imaginó que Manville no quería que su mujer supiera que había estado tan seguro de conseguirla que incluso antes de pedirle que se casara con él ya tenía el documento preparado. Dolores cree que es la única persona que ha vencido a James Manville en algo. Le dijo: «Así pues, ¿dónde has escondido el documento, Jimmie?» Me dijo que, por lo que ella sabía, Lillian era la única persona en el mundo que se dirigía a él con el diminutivo. Y añadió que Manville la miró con desprecio, pero que a ella la hizo sentirse fenomenal. Al parecer le dijo: «Le he dado el documento a la persona en quien más confío.» Dolores disfrutaba con sólo pensarlo, ya que eso quería decir que él no confiaba en Lillian. Y que Manville no le dejara nada de dinero es la demostración de su falta de confianza.

Alex se detuvo un momento para dar otro bocado.

—¡Cómo he echado de menos la cocina de Bailey! De todas formas, en el entierro Dolores le dijo a Manville que había visto el último modelo de Mercedes descapotable, y que era una monada, blanco y con tapicería roja. Así que a la semana siguiente apareció un tipo y le tendió las llaves de un Mercedes blanco descapotable con tapicería roja. Y después de eso Dolores recibió de Manville una paga anual de seis cifras, y si quería algún extra, como ingresar en algún club social exclusivo, Manville también se lo proporcionaba.

—Pero no era suficiente —comentó Matt en voz baja.

—Ni mucho menos. Y ahora Dolores dice que está dispuesta a llegar al fondo de todo lo que debiera haber sido suyo. —Alex tragó saliva y continuó—: Por todos los diablos, no concibo cómo cree que Manville era suyo si ni siquiera lo conoció realmente.

—Si me pides que te explique cómo son las mujeres, creo que no he vivido lo suficiente —repuso Matt y Alex bostezó—. Vamos, chico, necesitas irte a la cama y mañana, a primera hora, voy a mandarte a casa de Patsy para que te quedes allí. Cuanto menos sepa Bailey de los detalles de todo esto, mejor.

Violet volvió a llamar a Janice para decirle cuándo llegarían a casa Arleen y ella. Janice se lo contó a Bailey, así que fueron con Matt a buscarlas al aeropuerto.

A Arleen le parecía de lo más normal tener a alguien esperándola pero Violet se olió algo, así que se sentó con Bailey en el asiento trasero del Toyota.

—¿Qué te ha movido a hacer todo el camino hasta el aeropuerto para recogernos, señora Manville? —preguntó Violet.

En el asiento de delante Arleen charlaba sin parar sobre el entierro y los asistentes.

—¿Quién más lo sabe? —preguntó Bailey con inquietud.

—Sólo nosotras, pero no pasará mucho tiempo antes de que ellos lo descubran. —Por supuesto, ese «ellos» designaba a Atlanta y Ray.

—Le han apretado las clavijas a Carol, pero no les ha dicho nada. En cierto momento casi se puso histérica. Cree que esos dos mataron a Phillip.

Bailey contuvo el aliento.

—¿Sospecha Carol por qué?

Violet la miró.

—No, pero tú sí, ¿verdad?

Bailey vaciló mientras Violet la miraba. Ahora tenía mucho mejor aspecto que cuando Bailey la conoció. Vestía mejor y la pérdida de peso le permitía caminar más erguida y con mayor agilidad.

—Existe la posibilidad de que esos miles de millones de Jimmie me pertenezcan a mí y no a ellos —dijo por fin.

Violet se recostó en el asiento y sacudió la cabeza.

—En ese caso, cariño, será mejor que te escondas en una de esas cuevas de Afganistán. Y aun así te encontrarán.

—Pero Atlanta y Ray están dejando a la gente sin trabajo y...

—¡Oh, Dios mío! Una filántropa. Será mejor que te largues de Calburn antes de que...

Bailey no quería oír consejos sobre dónde esconderse o cómo echar a correr y no parar. Era cuestión de tiempo que Atlanta y Ray descubrieran dónde estaba, pero hasta entonces ella haría todo lo posible por descubrir lo que pudiera.

—¿Por qué no me dijiste que estuviste casada con uno de los Seis de Oro?

—¿Se puede saber qué diablos tiene que ver con esos dos asesinos esquilmadores...? —Se detuvo al ver la expresión de Bailey. Esbozó una tibia sonrisa—. Ya veo. Tú y tu espléndido hombre estáis sobre la pista de algo, ¿verdad? —Al ver que Bailey no respondía sonrió más ampliamente—. ¿Y qué tal es en la cama? No te molestes en decirme que no lo sabes, porque os vi lanzaros miradas de tanta calentura como para incendiar un bosque.

Bailey entrecerró los ojos.

—Olvida tus obsesiones sexuales. Lo único que quiero saber es lo que tu difunto marido te contó sobre el hijo de Frank McCallum.

—¿El hijo de Frank? —repitió Violet, sorprendida—. Ni siquiera sabía que Frank tuviera un hijo. Él... Espera un momento. Creo haber oído que tenía un hijo retrasado que vivía arriba, en la montaña. Nunca bajó. Nadie vio nunca al chico.

Bailey desvió la mirada hacia la ventanilla y por un momento se le revolvió el estómago. Jimmie. Un hombre tan gregario y sociable como él escondido en aquella cabaña. ¿Cuántos años? ¿Se le impondría el aislamiento o habría sido voluntario?

Violet la observaba atentamente.

—Labio leporino —dijo en voz baja—. ¿El chico era retrasado o sólo estaba deformado?

A Bailey se le hizo un nudo en la garganta y no pudo hablar. Las pocas palabras que acababa de decir Violet explicaban muchas cosas de Jimmie. No podía soportar estar solo ni un segundo. Su necesidad de reconocimiento era imperiosa. El día que lo conoció, había recorrido aquel circuito como si no lo hubiera hecho antes... y quizá no lo había hecho.

Violet le palmeó la mano mientras tomaban el camino de entrada a la casa.

—Deja a Arleen y luego vuelve. Te contaré lo que sé.

Dos horas más tarde, Bailey y Matt retomaban el camino de entrada a la casa de Violet. Habían hecho un alto en la tienda de comestibles y cargado la parte posterior del vehículo con bolsas de comida para dejarle a Violet, además de una pierna de cordero y vino para que Bailey preparase esa tarde la cena de los tres.

—Tú te llevas a Violet fuera y charlas con ella de Carol mientras cocino —le dijo Bailey a Matt—. Después hablamos los tres de los Seis de Oro.

—¿Qué te inquieta? —preguntó Matt—. Has estado muy callada desde que las recogimos en el aeropuerto...

Bailey estuvo a punto de decir que no pasaba nada, pero le contó que se decía que Luke McCallum era retrasado y que vivía recluido en las montañas.

—No estamos hablando de la Edad Media —replicó Matt—. La boca del chico podía arreglarse. De hecho, se arregló.

—¿Y entonces por qué no lo hicieron cuando era pequeño? —preguntó Bailey—. Esa foto de Jimmie fue tomada cuando era adolescente. Aun cuando no tuvieran dinero para cirujanos, existían servicios de beneficencia. Estoy segura de que en un caso como ése cualquier médico habría hecho el trabajo gratis. Jimmie... —Hizo una pausa y tomó aire—. Jimmie solía donar mucho dinero a clínicas para que realizaran operaciones quirúrgicas a niños con malformaciones.

Matt la besó con delicadeza.

—Al final lo descubriremos todo, pero empecemos por enterarnos de qué sabe Violet.

No obstante, después de tomar en el jardín el cordero y la sopa fría de pepinos que Bailey sirvió, ella y Matt descubrieron que Burgess le había contado poca cosa a su mujer.

—Cuando conocí a Burgess en California —dijo Violet— acababa de escapar de una vida bastante insoportable en Luisiana. Mi madre tenía seis hijos, todos de padres diferentes y... —Hizo un movimiento con la mano—. Eso no importa mucho ahora. Yo era joven y bonita y pensé que si lograba llegar a Hollywood, me convertiría al instante en actriz de cine.

Bailey sonrió ante esa ingenuidad.

—Puedes imaginar lo que pasó. A los cuatro meses de llegar a California estaba haciendo lo mismo que había hecho mi madre para ganarse la vida, pero aunque no lo hacía mal, ya había visto hacia dónde me conduciría esa vida. Ya sabía que no iba a ser toda la vida joven y bonita, y que algún día iba a tener el aspecto que tengo ahora. —Hizo un gesto, señalando su propio cuerpo, pero ni

Matt ni Bailey le rieron el chiste autodespectivo—. Bueno, un día se me estropeó el coche en una carretera secundaria y se detuvo a ayudarme ese hombre grande y de movimientos lentos de Virginia. En ese momento supe que había llegado a una encrucijada en mi vida y decidí tomar la oportunidad que se me ofrecía. Interpreté mi mejor papel de jovencita indefensa, inventé historias sobre mi pasado y mi presente y unos días más tarde Burgess y yo estábamos casados y veníamos a vivir a Calburn.

Violet lanzó un vistazo al jardín como para comprobar si Carol le había cortado realmente las plantas de marihuana, y por supuesto no quedaba ni una.

Bailey se levantó a buscar el postre, una crema quemada de infusión de mango, y volvió con dos cuencos llenos, uno para Matt y otro para Violet.

—Venga, continúa con tu relato. ¿Qué te pareció vivir aquí, en Calburn?

Violet se echó a reír.

—Estaba bien. Era aburrido, pero no estaba mal. Traté de ser ama de casa y lo hice bien. Burgess era fácil de complacer. Aparte de sus viejas historias interminables, no hablaba demasiado, así que a veces me sentía sola. De todas formas, era un hombre agradable.

—¿Qué te contó de los Seis de Oro? —preguntó Matt.

—Ni una palabra. De hecho, llevábamos aquí meses cuando oí hablar de ellos por primera vez. Alguien los mencionó en la tienda de comestibles y dijo que mi marido había sido uno de ellos. Pensé que debía de tratarse de un chiste, así que esa noche, como tomándole el pelo le dije que había oído que era un «chico de oro». Me sorprendió porque se enfadó. Burgess nunca se enfadaba. ¡Nunca! Pero esa noche sí.

—Y eso te picó la curiosidad —anticipó Bailey.

—No. La curiosidad no es uno de mis defectos. He

conocido demasiada gente en mi vida con demasiados secretitos asquerosos como para estar interesada. Si él no quería hablarme de los Seis de Oro, yo tampoco tenía necesidad.

Violet acabó con la última cucharada del postre.

—Buena cena. Carol me ha tenido comiendo seis tipos de verduras en cada comida. ¡Estoy empezando a odiar el color verde! ¡Y su idea de postre de gelatina sin azúcar!

—¿Qué pasó el 30 de agosto de 1968? —preguntó Matt con suavidad.

—¡Ah! —dijo Violet—. Fue entonces cuando todo cambió. Ese verano estaban aquí los seis. Mi marido pasó de estar en casa cada noche a estar fuera cada noche... y cada día. Ese verano se pasaron el tiempo llamando del almacén de madera para preguntar cuándo iba a ir Burgess a trabajar. Lo necesitaban y no podían localizarlo.

—¿Por qué estaban todos en Calburn? —preguntó Bailey.

—Por razones diferentes. Ese mariquita de Harper dijo que había vuelto para ver a su madre porque se estaba muriendo, pero no pasó mucho tiempo con ella. Burgess me contó que Harper era un pez gordo, productor de Hollywood, y que estaba renunciando a mucho por estar con su madre enferma. No podía entenderlo y estaba segura de que estaba mintiendo, así que llamé a alguien que conocía en Los Ángeles e hice algunas preguntas. Era justo como pensaba. Harper Kirkland no era nadie. Había trabajado en algunos platós como chico de la claqueta. Ya sabéis, ese que golpea la claqueta antes de empezar. —Hizo el gesto como si tuviera en las manos la pequeña pizarra en que se indica la escena y el número de la toma—. Pero el muy imbécil originaba tantas peleas que siempre lograba que lo echaran. Se ganaba la vida embaucando.

—¿Peleas? —preguntó Matt—. ¿Qué tipo de peleas? ¿A puñetazos?

—Sí. De cualquier tipo. Le gustaba enmarañar diciéndole a una persona una cosa y luego a otra algo diferente. Le encantaba provocar líos.

—Y mi padre estuvo en casa todo ese verano —dijo Matt—. Se había roto un hueso del tobillo y no podía conducir.

—Sí —respondió Violet, mirando a Matt—. Sólo vi a tu papá un par de veces y era un tipo verdaderamente agradable.

—Tan agradable que abandonó a su familia.

—Así que los seis estaban aquí, y Frank... —dijo Bailey, intentando que Violet continuase.

—Sí —retomó Violet—. El 30 de agosto Frank mató a su joven mujer embarazada y luego a sí mismo.

—Y Gus Venters se colgó en un establo —dijo Matt.

—Y yo me pregunto si Jimmie no lo vio todo —añadió Bailey en voz baja.

—Mi marido cambió a partir de esa noche —comentó Violet—. Desde esa noche cayó en una depresión; una depresión profunda. Y así estuvo hasta que su avión se estrelló y terminó con su sufrimiento.

Durante un rato los tres permanecieron en silencio. Luego Violet retomó la palabra.

—Después de la muerte de mi marido encontré algunos álbumes de recortes que había guardado de cuando era niño. ¿Queréis verlos?

—¡Sí! —exclamó Bailey antes de que Matt pudiera abrir la boca.

Quince minutos más tarde tenían la mesa despejada y los platos en el lavavajillas que había mandado instalar Carol. Bailey tuvo que reconocer que Carol había hecho un magnífico trabajo con la remodelación de aquella vieja cocina. Había hecho retirar el linóleo desgastado y había dejado los anchos tablones de pino con un nuevo acabado. Quitó uno de los armarios del fregadero para instalar el lavavajillas, pero no reemplazó ningún otro. Eso sí, los habían limpiado y cambiado los pomos y bisagras estropeados, que muy acertadamente no repintaron. El fregadero, la vieja cocina e incluso la antigua nevera, fueron limpiados y reparados, pero no los sustituyeron. Así pues, la cocina parecía lo que probablemente había sido cuando se instaló en los años treinta. Y Bailey tuvo que admitir que el efecto era maravilloso.

—Aquí están —dijo Violet poniendo los tres álbumes en la mesilla de café de la sala, para sentarse luego en un sillón recién retapizado. Aquí también, Carol había devuelto la sala a su estado original y una vez más el resultado era espléndido y encajaba a la perfección con el estilo de la casa.

Durante una hora, mientras fuera oscurecía, los tres tomaron café, bebieron licores y revisaron los recortes.

—No los veía desde hacía años —dijo Violet, y cada uno cogió uno de los álbumes.

No había en ellos nada destacable. No eran otra cosa que los habituales recortes y fotografías de chicos de instituto, pero cuando Bailey pensaba lo que les había pasado a los sonrientes muchachos de las fotografías, los álbumes se convertían en algo bastante triste. En su mayoría las fotos eran de cuando Burgess estaba en el instituto de Calburn y no en el de Wells Creek.

En cierto momento Matt señaló una foto y le preguntó a Violet si era Bobbie. Por la forma en que ella contestó, Bailey supo que debía preguntar quién era.

—El hermano mayor de Burgess —dijo Violet.

—Murió cuando era un niño —añadió Matt, y luego volvió a su álbum.

La brevedad y sequedad del comentario hizo comprender a Bailey que no iba a obtener de él más información, de la misma manera en que no había sido capaz de sonsacarle más sobre lo que Alex había descubierto de Dolores. Todo lo que Matt le había contado era que Dolores había dicho que sí, que Jimmie había hecho que su madre firmara el documento y que se lo había dado «a la persona en quien más confiaba». Aparte de eso no pudo sacarle nada más. Ni siquiera si a Alex le había gustado Dolores, o si iban a continuar en contacto, nada. La única cosa que Matt le dijo fue que había estado legalmente casada con James Manville y que ahora les tocaba a ellos demostrarlo. «Y aprender a gestionar un imperio de miles de millones de dólares», refunfuñó entonces Bailey. A lo que Matt le devolvió una sonrisa.

—¿Qué es esto? —señaló ahora Bailey mientras abría un sobre grande que estaba en la parte posterior de uno de los álbumes. Dentro había una pila de recortes de periódicos, cuidadosamente doblados.

Matt miró a Violet y le dijo:

—No ha leído el libro.

Bailey se lo recriminó con la mirada.

—He estado algo ocupada tratando de descubrir la forma de salir adelante y he pasado horas en la cocina tratando de llenar tu creciente barriga.

—¡Y haciendo un condenado buen trabajo en ambos campos! —repuso Matt.

Violet rió entre dientes y señaló el sobre lleno de recortes.

—Después de que la prensa denominara a los chicos de Calburn los Seis de Oro, Harper se apuntó al carro y escribió un montón de artículos que glorificaba a los muchachos. Esos artículos eran mitad verdad y mitad... ¿cómo decirlo? —Violet pidió ayuda a Matt con la mirada.

—Historieta —dijo él con la mirada fija en el álbum que tenía en el regazo.

Bailey no sabía si Violet lo notaba, pero se dio cuenta de que Matt había visto algo que le interesaba muchísimo.

De golpe, él lanzó un gran bostezo y miró la hora.

—¿Te importa si tomamos prestados estos álbumes y los miramos en casa?

Por la forma en que Violet sonrió Bailey sospechó que había creído que Matt tenía un arrebato sexual.

—Claro —dijo Violet—. Tomaos vuestro tiempo. Estas cosas han estado guardadas en un armario durante años, así que no voy a necesitarlas ahora.

Quince minutos más tarde Bailey y Matt estaban en el coche de regreso a casa con los álbumes.

—Y bien, ¿qué has visto? —le preguntó Bailey por fin.

—El número de la seguridad social de Burgess. Está en una copia de la solicitud de su primer trabajo.

—¿Y eso? —interrogó Bailey.

—Puedo cargarlo en el ordenador y ver qué aparece.

—¿Para qué puede servir ahora? Una vez muerto.

—No lo sé —se sinceró Matt—, pero es una pista. Si ese ex marido tuyo borró su pasado es posible que se le escapara algo en algún sitio. Quizá no borró todo lo que se podía saber sobre Frederick Burgess.

En cuanto llegaron a casa Matt corrió escaleras arriba hacia su ordenador y Bailey fue a escuchar los mensajes telefónicos. Tenía diecisiete; todos de Janice y Patsy sobre el negocio. Cuando pudo acabar con el teléfono, ya era demasiado tarde para repasar los álbumes. Además, Matt ya se había duchado y la esperaba en la cama.

Ella tomó una ducha y luego se deslizó entre los brazos de él. Bastante más tarde, cuando ya casi se abandonaba al sueño, murmuró:

—¿Has encontrado algo?

—He introducido el número de la seguridad social en un servicio de búsqueda. Me dirán algo en un plazo de veinticuatro horas. Es probable que nada —añadió—. En el caso del apellido Turnbull no encontraron nada.

—Mmmm —fue todo lo que dijo Bailey antes de quedarse dormida.

Lo siguiente que Bailey oyó fue un sonido distante cuando Matt abrió la puerta del dormitorio.

—¡Mira esto! —exclamó, tendiéndole una hoja de papel.

Bailey estaba demasiado dormida como para enfocar la vista.

—¿Qué es?

—Es... —Matt tuvo que tomar aire varias veces para calmarse—. La búsqueda a través del número de la seguridad social de Burgess ha dado como resultado tres direcciones que corresponden a los años 1986, 1992 y 1997.

Bailey se incorporó en la cama.

—No tiene sentido. Si murió en...

—Sí, en 1982. Pero su avión quedó tan calcinado que no encontraron nada, ni siquiera los dientes.

Bailey se estiró, bostezó e hizo unas muecas.

—Es muy temprano... —empezó, y de golpe los ojos se le abrieron de par en par mirando a Matt—. ¿Quieres decir que piensas que Burgess podría seguir vivo?

Matt le tendió el papel y ella le echó una ojeada.

—Éstas son las direcciones de un hombre que se llama Kyle Meredith.

—Es él —dijo Matt.

—¿Qué te hace pensarlo? Sé que Kyle era el nombre de tu padre, pero...

—Burgess Meredith, ¿te acuerdas de ese actor?

—Sí —afirmó Bailey, pensativa, a la vez que volvía a

revisar el papel—. La última dirección es el Hogar de Reposo Meadow Acres, en Sarasota, Florida. ¡Oh, Dios mío! Aquí aparece un número de teléfono.

—Sí. Ya he telefoneado, pero no reciben llamadas hasta las nueve.

—De acuerdo —dijo Bailey, captando la excitación de Matt—. No tenemos más que esperar hasta las nueve. ¿Qué hora es?

Matt no tuvo que mirar el reloj para responder.

—Las siete y veintidós.

—Bien —repuso Bailey—. Nos portaremos bien, estaremos tranquilos y esperaremos. Haré crepes. Llevan su tiempo.

Cuando el reloj dio las nueve, Matt cogió el teléfono y pulsó al botón de rellamada. Atendieron al primer timbrazo. Matt tuvo que aclararse la voz antes de preguntar:

—¿Vive todavía el señor Kyle Meredith en su casa de reposo?

—Sí, así es —respondió la recepcionista—. ¿Quién le llama, por favor?

Matt no pudo responder. Colgó y miró a Bailey.

—¡Bingo! —exclamó.

Ella respiró hondo.

—Haces las reservas para el vuelo mientras yo hago las maletas y llamo a Patsy para preguntarle si Alex puede quedarse con ellos.

—De acuerdo —repuso Matt. Y casi chocaron el uno contra el otro al intentar ponerse en marcha a la carrera.

Cuando se sentaron en el avión, él le tendió el libro de T. L. Spangler.

—Creo que ya es hora de que lo leas.

Bailey lo abrió. En la página de créditos ponía que la autora había escrito ese libro cumpliendo con los requisitos para obtener el doctorado en psicología.

No le llevó mucho tiempo enterarse de que la señorita Spangler creía que fueron los propios chicos los que colocaron la bomba en el instituto y que ya tenían planificada la acción de rescate. Spangler planteaba la hipótesis directamente y luego abordaba lo que más le interesaba: la psicología de los chicos.

Bailey continuó leyendo.

El sistema de clases sociales es interesante en cualquier sociedad, pero en las pequeñas ciudades de Estados Unidos lo es todavía más. ¿Qué ocurre cuando desaparece el sistema de clases? ¿Qué ocurre cuando una mujer rica y un hombre pobre quedan abandonados en una isla desierta? Si la mujer posee alguna habilidad, como la de coser, puede que sea posible que mantenga su estatus. Pero ¿qué pasa si la mujer no tiene habilidades y el hombre es carpintero? ¿Cómo queda entonces su nivel social?

Lo que ocurrió en Wells Creek, Virginia, en 1953, es la pérdida de un sistema de clases sociales. Seis muchachos que habían crecido en la cercana Calburn, también de Virginia, tenían muy claros los conceptos de quiénes y qué eran cuando llegaron a la adolescencia.

Kyle Longacre pertenecía a la familia más rica de Calburn. Para demostrar su riqueza, el padre de Kyle había construido una mansión en una colina que dominaba la ciudad. Como consecuencia de ello Kyle era el príncipe en el instituto de Calburn. Los estudiantes se apartaban en los pasillos cuando él pasaba; todo el mundo quería conocerlo, estar con él.

Frederick Burgess era el capitán del equipo de fútbol, el muchacho que conducía a su grupo a la victoria..., claro está, en las infrecuentes ocasiones en que el equipo resultaba victorioso.

Harper Kirkland procedía de una familia adinerada y con abolengo. Podían rastrear sus antepasados hasta llegar a los primeros colonos de Virginia. En Calburn no tenía importancia que el abuelo de Harper se hubiera gastado todo el dinero de la familia en los caballos, o que hubiera vendido la abandonada plantación familiar para comprarle a su amante una casa en la ciudad. Y tampoco importaba que lo único que poseyera la familia entonces fuera el periódico local. En Calburn el apellido Kirkland era tratado con reverencia porque la gente sabía lo que significaba.

En cuanto a Frank McCallum, Rodney Yates y Thaddeus Overlander, en Calburn pasaban inadvertidos por los pasillos del instituto. Por supuesto, Frank era conocido por «hablar de cualquier cosa con cualquiera», todo el mundo veía lo guapo que era Rodney y los profesores sabían que Thaddeus era inteligente, pero esos rasgos eran pasados por alto debido a sus orígenes familiares. Frank y Rodney eran primos y habían crecido en la pobreza. Las chicas guapas de Calburn no se dignaban a mirarlos. Y Thaddeus tenía unos padres que pertenecían a una secta religiosa y nunca le permitieron participar en ninguna actividad social. Taddy era la quintaesencia del empollón.

Cuando los seis muchachos fueron enviados a cursar el bachillerato superior en un instituto fuera de Calburn, sus pasados se borraron o bien fueron magnificados.

En Wells Creek nadie sabía que la familia de Harper Kirkland era una de las más antiguas de Virginia. No recibía trato especial por el hecho de ser quien era. Allí había chicos cuyos padres eran mucho más ricos que el padre contratista de Kyle. Y en el instituto había varios chicos que jugaban mucho mejor al fútbol que Burgess.

Esos tres chicos se vieron degradados por el simple hecho de ser trasladados a otro instituto. Pero los otros tres vivieron la experiencia contraria. Durante la primera semana de la escuela Frank recibió, en clase de oratoria, el encargo de preparar un «discurso persuasivo». Si hubiera recibido en Calburn esa tarea, habría sido acogida con un interés muy relativo porque, después de todo, los otros chicos ya sabían quién era. Pero en Wells Creek Frank fue juzgado, probablemente por primera vez en su vida, no por quién era sino por lo que era. Y pronunció un discurso tan persuasivo que recibió una ovación cerrada de todos sus compañeros, puestos en pie.

Rodney, tan guapo como un astro de la pantalla, era ignorado en Calburn por sus orígenes familiares, pero en Wells Creek las chicas lanzaban risitas y parpadeaban a su paso.

Thaddeus, ampliamente ignorado en Calburn, fue adorado por el departamento de matemáticas de Wells Creek debido a su habilidad para realizar cálculos mentales complicados. El equipo docente, ajeno a su estatus social, empezó a considerarlo el número uno.

Desde las primeras semanas en el instituto de Wells Creek, Kyle Longacre inició su ascenso, quizá debido a la conmoción de encontrarse por primera vez abajo o porque necesitaba demostrarse la valía a sí mismo. Es posible que quisiera demostrar que no necesitaba el dinero de su padre para ser el «príncipe» de la escuela y que podía lograr ese reconocimiento por méritos propios. Aun cuando conocía a muy poca gente del instituto, Kyle Longacre se presentó a delegado de la clase. Se incorporó al equipo organizativo del libro del curso y al grupo de debates.

Burgess, quizá deseoso de ser la estrella del equipo como lo había sido en el instituto de su ciudad natal, empezó a aparecer muy temprano y a quedarse hasta tarde en los entrenamientos de fútbol. Se decía que, debido a los grandes esfuerzos que realizaba, su juego había mejorado de forma espectacular.

Harper se incorporó al equipo del periódico y al finalizar el primer mes, cuando el muchacho que había sido el editor durante tres años tuvo un grave accidente, ocupó su lugar.

Por Navidad los seis muchachos ya se habían dado a conocer en el instituto de Wells Creek. Tres de ellos estaban ya en condiciones de establecerse en una posición elevada como lo habían estado en Calburn. Y los otros tres empezaban a disfrutar de una posición que no habían logrado nunca antes.

Quizá fue el éxito de estos «recién llegados» lo que enfadó tanto a los demás estudiantes, porque ellos también tenían su propio sistema de clases sociales. Frank McCallum había ocupado el espacio de un estudiante conocido desde el sexto curso por sus excelentes discursos. El padre de ese chico era el hombre más rico de Wells Creek.

El chico más guapo del instituto empezó a odiar a Rodney Yates cuando comprobó que las chicas se susurraban que «Roddy» estaba muchísimo mejor que él. Los celos. Una de las emociones más poderosas que existen asomó su fea cabeza en la pequeña ciudad de Wells Creek. Y para combatir esos celos los estudiantes trataron de volver al estatus del que disfrutaban anteriormente. Tomaron la decisión de investigar a esos intrusos y utilizar los secretos que pudieran obtener para reinstaurar la jerarquía anterior.

En las ciudades pequeñas todo el mundo sabe todo sobre los demás, pero existe una norma tácita: no se cuentan las cosas. Por ejemplo, en ocasiones todo el mundo sabe que el padre de un chico está en la cárcel, pero la ciudad entera decide no hacer público este hecho como medida de protección para el chico.

Y Wells Creek contaba con su propio código de protección. Algunos estudiantes laboriosos se fueron a Calburn, escucharon las habladurías y descubrieron los «secretos» de los seis muchachos de esa ciudad. Luego los difundieron por todo el instituto.

En Wells Creek se supo entonces que Frank y Rodney habían crecido rodeados de una pobreza inimaginable y el insulto de «paletos» volvió a estarles asociado. En Calburn era un secreto a voces que Kyle Longacre odiaba a su autoritario padre, a quien le encantaba hacer alarde de riqueza. La gente soportaba su personalidad jactanciosa y por lo general repulsiva porque quería comprar las casas que él construía, pero cuando las historias del padre de Kyle llegaron a Wells Creek, los estudiantes empezaron a reírse de Kyle a sus espaldas. Y así desapareció la posibilidad de que llegara a delegado del curso.

Aunque nadie lo sabía con seguridad, se corrió la voz de que Thaddeus Overlander llevaba manga larga todo el año para esconder los azotes que le daba su fundamentalista padre. Corrieron por el instituto los cuchicheos sobre los extraños servicios religiosos a los que acudía Taddy.

Se dijo que Harper estaba enamorado de Kyle, y en 1953 no se admitía ese tipo de amor.

Y finalmente estaba Frederick Burgess, asesino ya a sus cuatro años. Todo el mundo en Calburn conocía la historia de Burgess, como se le llamaba, y la de Bobbie, su hermano mayor. Bobbie Burgess era uno de esos raros chicos en que se dan a la par habilidades atléticas y aptitudes escolares. Era director del grupo de debates, a la vez capitán del equipo de fútbol, y los domingos por la tarde daba clases de lectura a chicos desvalidos. El 12 de julio de 1940, cuando tenía dieciséis años, Bobbie estaba lavando el coche de la familia mientras su hermano Frederick, de cuatro años, jugaba dentro del vehículo. Desde fuera un vecino vio lo que pasaba. El niño, que jugaba a que era su hermano mayor y conducía, movió la palanca de cambios. El coche, aparcado en una zona en desnivel, se fue hacia atrás, pilló a Bobbie por los pies, le pasó por encima y lo mató al instante.

Frederick no heredó la inteligencia ni la capacidad atlética de su malogrado hermano y en Calburn se decía que los padres desdeñaban a su hijo menor por lo que había hecho, por todo lo que les había quitado. De hecho, una persona de Calburn dijo que el padre de Burgess había expresado con frecuencia el deseo de que su segundo hijo no hubiera llegado a nacer.

Bailey levantó la vista del libro.

—Creo que no puedo leer nada más —dijo mientras lo cerraba—. El bachillerato ya es bastante difícil y encima a esos chicos les tocó pasarlo fatal.

—Pero si la tortura acabó cuando recibieron el diploma, ¿por qué les ocurrieron luego tantas cosas malas?

—No lo sé —respondió Bailey—. Quizás era su destino. ¿Estás seguro de que tienes la dirección?

—Sí —contestó Matt con aire distraído.

—¿Qué estás leyendo? —preguntó ella y apoyó la cabeza en su hombro.

—Nada. Estaba pensando en que todo conduce a los Seis de Oro. Sea lo que sea que queramos saber, siempre nos lleva de vuelta a esos seis muchachos.

—A tu padre —dijo Bailey con suavidad.

—Todo ocurrió antes de que fuera mi padre. De todas formas, lo que estaba pensando ahora es que cuanto más sepamos sobre ellos, más factible será encontrar a la persona en que Manville confiaba.

—Si está viva... —dijo Bailey.

—Claro que lo está —respondió Matt.

27

—Nunca había tenido visitas —les dijo la enfermera a Bailey y Matt pocos minutos después de que entraran en la casa de reposo—. Bueno, le visitaron un par de compañeros de trabajo, pero nadie de su familia.

—¿Dónde trabajaba? —preguntó Matt.

—Era entrenador de fútbol de instituto —contestó la enfermera y les dedicó una mirada especulativa ante ese desconocimiento—. Si es su tío...

—Disensiones familiares —se justificó Matt—. Ya sabe cómo son esas cosas.

—Claro —replicó ella y se detuvo delante de una puerta—. De acuerdo, y ahora las normas. Es un hombre muy enfermo, así que si le molestan, van fuera. ¿Entendido?

Tanto Bailey como Matt asintieron mientras entraban en la habitación. En ese preciso momento Bailey ya quiso salir. El hombre que había en la cama no parecía superar los cuarenta kilos de peso y le salían tubos por todas partes. En el brazo izquierdo tenía puesto un gotero, y una máscara de oxígeno le cubría gran parte de la cara. Todo él estaba rodeado de máquinas que medían desde su respiración hasta los latidos del corazón.

—Matt, yo... —empezó Bailey mientras le sujetaba el brazo con la mano.

Pero Matt se adelantó hacia la cabecera de la cama.

—Señor Burgess —dijo con firmeza—, nos gustaría preguntarle algo sobre la noche en que murió Frank McCallum.

El hombre abrió unos ojos como platos y todas las alarmas se dispararon. Al cabo de un segundo irrumpieron en la habitación un médico y dos enfermeras, que apartaron a empujones a Matt y Bailey.

Bailey sujetó las manos de Matt mientras observaban cómo el médico examinaba al paciente y las enfermeras apagaban las alarmas. Al cabo de un momento Bailey oyó una voz.

—Estoy bien. ¡Déjenme! —dijo la voz y ella respiró con alivio—. He tenido un mal sueño —añadió.

El médico y las enfermeras les tapaban la vista pero Bailey supo que era Burgess quien hablaba.

—¿Quieren largarse de una vez y dejarme solo con mi visita? —dijo la voz.

El médico se dio la vuelta y lanzó a Matt y Bailey una mirada severa. El paciente no había logrado engañarlo.

—Si lo vuelven a molestar de esa manera, les escoltaré personalmente hasta la puerta —dijo. Y salió de la habitación seguido por las enfermeras.

Bailey se acercó a la cabecera de la cama. El hombre estaba demacrado, consumido por aquello que le estaba arrebatando la vida, pero tenía los ojos vivaces. Y más allá de la cara arrugada ella pudo reconocer al joven que había visto en muchas fotografías.

—Quizá sea mejor que nos vayamos —dijo tímidamente—. Nosotros sólo queríamos...

—¿Qué? ¿Matarme? —refunfuñó Burgess y luego tosió.

Bailey cogió un vaso de agua con una pajita que había en la mesilla, y se lo acercó para que bebiese.

Matt permanecía expectante a los pies de la cama, aferrado a las barras de metal.

—Tú eres el muchacho de Kyle, ¿verdad? —dijo Burgess—. Eres igual que él, sólo que más gordo.

—Come demasiado —dijo Bailey con una sonrisa.

Burgess volvió la vista hacia ella.

—¿Y tú quién eres?

Matt se adelantó, antes de que Bailey respondiese:

—La viuda de Lucas McCallum.

—¡Oh, Señor! —exclamó Bailey y luego se sentó en una silla junto a la cama. Estaba segura de que esta noticia acabaría de matar a ese hombre. Las máquinas soltaron unos pitidos, pero las alarmas no se dispararon.

—Manville —dijo Burgess al cabo de un momento—. James Manville. Lo vi en una ocasión. Yo estaba en Oregón comprando madera y alguien contó que James Manville acababa de llegar a la ciudad e iba a hacer piragüismo en los rápidos. Como todo el mundo, yo también quería verlo, así que estuve entre la multitud que le esperaba. Nos saludó con la mano y yo creí que se me iba a parar el corazón porque lo que veía eran los ojos de Lucas McCallum.

—¿Lo vio él a usted? —preguntó Bailey.

—Claro que sí. Me vio, y cuando lo hizo desapareció de su rostro la mirada arrogante de James Manville y volvió a ser la de aquel muchacho asustado. Pero le di a entender con un gesto que nunca lo diría. Luke me lanzó una sonrisa. Siempre me había gustado Luke.

—Quiero saberlo todo sobre él —pidió Bailey.

Burgess sonrió.

—Lo siento. En eso no puedo ayudarte. Todo lo que sé es que Frank dejó la ciudad en cuanto acabó el bachillerato, estuvo fuera unos cuantos años y cuando volvió traía un niño consigo. Una vez le pregunté a Kyle por qué no veíamos nunca al chico y él me dijo que era deforme, así que Frank lo mantenía escondido en la montaña para que la gente no se riera de él. No era asunto mío, así que nunca hice preguntas sobre él. Ni siquiera lo vi hasta que fue adolescente. Solía escabullirse de la montaña y visitar... —Hizo una pausa—. Una granja. Allí había un hombre agradable, en...

—Owl Creek Road —se adelantó Bailey—. La casa del viejo Hanley.

—¡Sí! Eso es. ¿La conoces?

—Sí —asintió Bailey con dulzura—. Es hermosa. En la parte de atrás hay un árbol de moras añoso que... —Se detuvo. Las máquinas habían comenzado a pitar—. Lo siento, le he molestado. Creo que deberíamos marcharnos.

—No, por favor, no os vayáis —dijo Burgess—. Éste es un lugar solitario y además me gustaría charlar más. Pasan días en que no cruzo una sola palabra con nadie. Solía ser conocido como un narrador de historias bastante bueno.

Bailey miró a Matt y éste sonrió.

Burgess se quedó en silencio un momento mientras miraba al uno y luego al otro.

—Quizás os gustaría que os hablara de los Seis de Oro y lo que sucedió en realidad.

—Sí —dijo Matt—. Nos gustaría escuchar lo que quiera contarnos.

Por un momento Burgess cerró los ojos.

—La cercanía de la muerte me ha hecho querer contar la verdad —añadió. Luego abrió los ojos y miró a Bailey—. Toda la culpa es de esa zorra, T. L. Spangler, ¿sabes?

—He leído gran parte del libro —comentó Bailey—. Al menos todo lo que he podido soportar.

Burgess sacudió la cabeza.

—No, no esa parte. No lo que está escrito en ese libro. Trató de justificar el horror que había causado, pero ella sabía lo que había hecho. He oído que ahora está en Washington —dijo Burgess y sonrió—. Política. Murmuraciones y astucias poco limpias. Ella pertenece a todo eso. —Se detuvo un momento para calmarse—. Todo empezó con una apuesta que perdió Roddy y que cambió la vida de mucha gente. Si has leído el libro, entonces sabrás sobre esa porquería de las clases sociales con que machacó, aunque algo de eso era cierto. Éramos reyes en Calburn y don nadies en Wells Creek.

»Lo que esa mujer no escribió en su libro fue que ella estaba detrás de todo el odio que se desencadenó en Wells Creek. Mira, Roddy... ¿Sigue vivo?

—Sí —respondió Bailey—. Está vivo. Y es malo y está loco, pero todavía sigue casándose con muchachitas y haciéndoles hijos.

Burgess sonrió.

—Entonces no ha cambiado nada. Siempre fue despreciable y estaba chalado, pero por entonces era también guapo y pocas personas de fuera de Calburn podían ver más allá de esa belleza. Tu padre sí podía —dijo mirando a Matt, que había tomado asiento junto a Bailey—. Kyle no soportaba a Roddy, lo detestaba, y al contrario de lo que se ha escrito, no tenía nada que ver con el origen familiar de Roddy o su estatus social. Roddy nació malo y no cambió nunca.

—A mi padre no le gustaba —comentó Matt, pensativo—. Pero yo pensaba que los Seis de Oro eran...

—¿Uno para todos y todos para uno? —ironizó Burgess y luego trató de reír, pero entonces las máquinas empezaron a pitar otra vez. Se calmó y levantó el brazo cargado de agujas—. Yo me las quitaría, pero ellos las volverían a poner —dijo con un suspiro—. Bueno, ¿dónde estaba?

—Una apuesta —recordó Bailey—. Decía que todo empezó con una apuesta.

—Sí. Recuerdo ese día con toda claridad. Estábamos

en el instituto de Wells Creek, de pie junto a las taquillas. Kyle, Roddy, Frank y yo. Roddy trataba de impresionar a Kyle y se mostraba más pagado de sí que nunca. Alardeó sobre que él podría conseguir cualquier chica que se propusiera. Por alguna extraña razón Kyle, en vez de ignorarlo como normalmente hacía, se giró y lo miró de frente. Fue entonces cuando le lanzó esa sonrisita que no olvidaré nunca. «¡A ella! —dijo—. «Consíguela a ella.» Era Theresa Spangler. ¿Habéis visto alguna foto suya?

—Yo sí —dijo Bailey y, mirando a Matt, preguntó—: ¿Y tú?

—Claro, estaba en la portada del *Time* —aseguró Matt.

—No —replicó Bailey—, no me refiero a una foto reciente. ¿Has visto el aspecto que tenía en el instituto? Entonces era...

—Un perro —añadió Burgess—. Un verdadero bulldog —puntualizó. Luego cerró los ojos un momento, recordando aquel día—. Roddy se dirigió a ella e intentó engatusarla con sus más estudiadas zalamerías, sus piropos más sensuales, pero Spangler no se los creyó. Le dijo a Roddy que se largase, que ella no quería nada con él. Tendríais que haberle visto la cara —comentó con una risita—. Roddy creía que todas las chicas de Wells Creek estaban locas por él, pero ahí tenía a ese perro que le decía que se perdiera. Para entonces se había reunido un montón de chicas que murmuraban entre ellas. El orgullo de Roddy estaba herido, así que dijo: «De todas formas, ¿quién iba a querer a una fea como tú?» e iba a marcharse, pero Spangler... —Tuvo que hacer un alto para tomar aliento antes de continuar—. En voz alta, como para que se la pudiera oír al otro extremo del pasillo, Spangler le dijo: «Puede que tú tengas belleza y yo fealdad, pero yo tengo cerebro y tú no. A mí pueden arreglarme la cara, pero tú no podrás conseguir un cerebro. Algún día yo estaré en la Casa Blanca, mientras que tú estarás en una choza soñando con los días en que fuiste guapo.»

—¡Vaya! —exclamó Matt—. Desde luego tenía toda la razón, ¿no es así? Chica lista.

—Su buena memoria le permitió plagiar a Winston Churchill —comentó Bailey.

Los dos la miraron con desconcierto.

—En una cena, una mujer que desagradaba a Winston Churchill y que estaba sentada junto a él le dijo: «Usted, caballero, está borracho», y Churchill le contestó: «Y usted, señora, es fea, pero yo mañana por la mañana estaré sobrio.»

Matt y Burgess continuaron mirándola con expresión de «qué tiene que ver».

—Roddy podría haberle señalado el plagio —dijo Bailey. Pero los hombres siguieron mirándola fijamente—. Claro, se me olvidaba. Vosotros sois chicos. Es probable que penséis que Roddy tendría que haberle dado un puñetazo en la nariz. Vale, ¿qué dijo él?

—Nada —respondió Burgess—. Roddy era guapo, pero no listo, así que no dijo nada y todo el mundo se rió de él. Lo que nosotros, los de Calburn, no sabíamos era que nadie hacía bromas con Theresa Spangler porque era peligrosa. Desde el colegio todos los chicos de Wells Creek habían aprendido a mantenerse lejos de ella. Si no lo hacían, sus desayunos «desaparecían» o se encontraban chicle en el pelo, o había «accidentes» en el patio.

—Una jugadora sucia —dijo Matt.

—La más sucia —confirmó Burgess—. Nunca hacía nada directamente. Todos los chicos sabían quién les había fastidiado, pero los profesores nunca se enteraban. Ellos sentían lástima por Spangler, porque era tan fea que todo se lo perdonaban, así que si uno de los chicos la acusaba, por lo general el que recibía el castigo era el inocente. En el instituto, la presuntuosa jefa de las animadoras del equipo de fútbol hizo un comentario grosero sobre la fealdad de Theresa Spangler y las otras chicas rieron. Al día siguiente alguien había puesto tinte verde en el champú del equipo de animadoras. Después de eso, todo el mundo en el instituto de Wells Creek trataba a Theresa con el máximo respeto.

—Estoy segura de que los métodos no eran los mejores, pero al menos se defendía —reconoció Bailey. También a ella la habían llamado fea con demasiada frecuencia y a menudo había fantaseado con una buena venganza.

—Ya sé lo que estás pensando —dijo Burgess—. Tenía razón al vengarse, pero esa chica jugaba demasiado sucio y además no perdonaba. Después de que esas animadoras se rieran de ella, no se quedó sólo en el tinte y los pelos verdes. Les hizo la vida imposible a lo largo de todo el curso. Al año siguiente tres de ellas se cambiaron de instituto y las otras tres... Bueno, no te diré nada más, pero necesitaban desesperadamente una terapia.

—Así que vosotros sin daros cuenta elegisteis a la persona más inadecuada de la escuela para meteros con ella —comentó Matt.

—Sí. Y dirigió su furia contra todos y cada uno de nosotros. Tomó como objetivo deshacer la fama de héroes que habíamos conseguido con el asunto de la bomba. El lunes siguiente Kyle abrió su cuaderno y se encontró dentro las tareas de algunos chavales que supuestamente los habían extraviado. Cuatro de ellos le esperaban a la salida de clase. Le dieron una paliza tan grande que pasó dos días en el hospital. —Burgess movió la cabeza en señal de desaprobación—. Ese año se nos acusó a los seis de cosas horribles, pero no éramos culpables. Se descubrió una nota obscena de Roddy en la casilla de la novia de un jugador de fútbol y se libró de una paliza por pura casualidad. Se encontró un trozo de la camisa de Frank en el exterior del vestuario de las chicas y se le acusó de ser un mirón. A Taddy lo acusaron de copiar en un examen. Y a Harper lo encerraron en la taquilla de Kyle cuatro muchachos que dijeron que los estaba espiando. Lo hicieron el viernes por la tarde y no lo encontramos hasta el sábado por la noche. Tuvimos que forzar la entrada del instituto para rescatarlo.

—¿Y a usted? —preguntó Bailey—. ¿Qué le hicieron a usted?

—Escribieron «asesino» en mi taquilla. Y dentro de todos mis libros y cuadernos.

Los tres guardaron silencio.

—¿Fue un asunto amañado? —preguntó Bailey con suavidad—. Me refiero al tema de la bomba. ¿Lo planeasteis vosotros o fuisteis realmente héroes?

—Sí y no —respondió Burgess—. De alguna forma lo planeamos porque días antes fantaseábamos con hacerlo, pero realmente no creo que a ninguno de nosotros se le ocurriera colocar una bomba en la escuela.

—Excepto a Harper —dijo Matt en voz baja.

—Exacto. ¿Cómo lo has sabido?

—Creo que es posible que mi padre le contara a mi madre la verdad, porque en una ocasión en un telediario hablaron de una bomba que había desaparecido de algún lugar y mi madre comentó: «Será mejor que vigilen a Harper.» Se suponía que yo no lo había oído. Entonces yo era tan pequeño que pensé que hablaba de un instrumento musical, de un arpa, pero lo que decía era tan impactante que lo recordé. Años más tarde oí el nombre de Harper y lo relacioné con el comentario de mi madre.

—Así pues, ¿cómo ocurrió? —recondujo la conversación Bailey.

—Empezó como soledad, como dijo Spangler. Éramos forasteros en un instituto donde no se nos quería y nosotros deseábamos con desesperación ser aceptados.

—Spangler dice en su libro que Frank, Rodney y Thaddeus estaban mejor en Wells Creek de lo que lo habían estado en Calburn —comentó Bailey—. Cuenta que Frank había impresionado a toda la escuela con su discurso persuasivo.

Burgess lanzó un bufido tan fuerte que una de las máquinas pitó y él tuvo que respirar hondo un par de veces para calmarse.

—¿Sabes por qué tenía Frank esa voz tan persuasiva? Porque llevaba fumando sin parar desde los once años y tenía los pulmones carbonizados. Spangler escribió ese libro para impresionar a los profesores. Éramos todos unos inadaptados. La única cosa en la que esa mujer tenía razón era en que, ya que procedíamos todos de Calburn, se nos podía meter a todos en el mismo saco. También tenía razón cuando decía que en Calburn nunca hubiéramos sido amigos entre nosotros. Los petardos como Taddy nunca llegan a rozarse con luminarias como Kyle Longacre.

Bailey desvió la mirada hacia Matt y vio que tenía la boca apretada, formando una línea. Era evidente que no consideraba a su padre una «luminaria».

—Las primeras semanas fueron espantosas —continuó Burgess—. Estábamos aislados, solos, y echábamos de menos nuestro instituto, del cual conocíamos las reglas. Cada tarde debíamos esperar más de media hora el autobús que nos llevaba de regreso a nuestra ciudad. Y, como era habitual por entonces, nos manteníamos aparte de las chicas. La primera vez que se mencionó la bomba nos estábamos lamentando, como siempre, de lo mucho que odiábamos el instituto de Wells Creek.

—¿Qué haríais si alguien bombardeara este lugar? —preguntó Harper a los otros chicos mientras esperaban la llegada del autobús.

—Correr —contestó Roddy, y todos rieron.

—Yo me largaría lo más lejos posible con la esperanza de que volara todo —dijo Frank.

—¡No! —exclamó Harper con fiereza—. Ésa no es la manera de llegar a héroes.

—¿Héroes? ¿Quién quiere ser un héroe? —replicó Roddy.

—Mirad, tenemos que estar aquí un curso completo y puede llegar a ser un paraíso o un infierno —reflexionó Harper—. ¿Qué es lo que queréis?

Frank empezaba a desentenderse del giro estúpido que había tomado la conversación, pero las palabras de Kyle lo retuvieron.

—Te escucho —dijo Kyle—. ¿Qué tienes en mente?

—Nada —respondió Harper—. No planeo nada. Es sólo que quiero ser escritor y me gusta imaginar historias. ¿Qué pasa? Es mi afición favorita.

—¿Quieres decir además de olisquear las bragas de las chicas? —dijo Burgess.

Harper miró a Burgess de arriba abajo.

—¿Quieres probar con una?

Kyle los interrumpió.

—Vale, seré yo el que pique. ¿Qué nos convertiría en héroes?

—Sólo era algo que estaba pensando para una narración, eso es todo. Estaba imaginando lo que haría si una bomba cayera aquí.

—¿Empujar a todos al hueco del ascensor y luego lanzar un cartucho de dinamita detrás? —dijo Taddy y todos lo miraron, sorprendidos por la malevolencia que contenía su voz.

—Justo lo contrario —dijo Harper—. Yo los rescataría. Interpretaría el papel de tipo sereno y con sangre fría mientras ellos corrieran sin rumbo, aterrorizados. Los dirigiría hacia las salidas, me haría cargo de todo en medio del pánico general. Después, me mostraría modesto cuando hablara con los periodistas —añadió mientras lo demostraba bajando la cabeza y mirando con timidez—. «Caray, señora, pero si no ha sido nada.»

Todos rieron.

—Una buena idea. Los conduciríamos hacia las salidas y luego nos largaríamos a Calburn —dijo Kyle.

—¿Y qué pasaría si las puertas de las aulas estuvieran cerradas con llave? —cuestionó Taddy.

—¿Y quién rescataría a las chicas desnudas del gimnasio? —quiso saber Rodney.

—¿Qué pasaría con los pequeños del piso de abajo? —preguntó Burgess—. Me gustaría ayudarlos a salir.

—Y a mí —dijo Frank—. Yo también ayudaría a escapar a los pequeños. —Cuando todos lo miraron, se encogió de hombros y añadió—: Me gustan los niños. Me gustan mucho más que los adultos.

—¿Y tú qué, Taddy? ¿A quién te gustaría salvar? —preguntó Kyle.

Taddy sonrió burlonamente.

—Salvaría a los jugadores de fútbol. Estarían... —pensó un momento— estarían encerrados en el gimnasio con el humo anegando el lugar. Toserían y estarían seguros de que iban a morir, entonces yo rompería un vidrio, lanzaría una soga por la ventana y los ayudaría a subir.

Su relato fue tan vivo que los otros rieron, pero Harper estaba muy serio.

—¿Con qué romperías el cristal y dónde conseguirías la soga? Y si salen del lugar de uno en uno, ¿no morirían algunos por la inhalación de humo?

Guardaron silencio, mirando a la carretera y esperando el autobús. La conversación parecía haber llegado a su fin, pero Harper no la iba a dejar. Se giró hacia Kyle.

—¿Qué harías tú?

—Atrapar al hijo de perra que lo hubiera hecho —dijo Kyle sin vacilar, como si hubiera estado pensando en ello—. Me pondría la capa, volaría a través del humo y atraparía al psicópata.

—¿Y qué pasaría si el psicópata ya se hubiera ido? —quiso saber Harper.

—Iría por la bomba y evitaría que estallase, incluso aunque tuviera que lanzar mi cuerpo sobre ella. —Cuando Kyle se dio cuenta de cómo lo miraban los otros, esbozó una media sonrisa y añadió—: Así que demandadme, quiero ser un héroe. Quisiera ser lo contrario que mi padre.

—Y así fue como empezó todo —dijo Burgess—. No fue más que una historia que inventamos para distraernos de la larga espera del autobús.

—Pero luego ocurrió de verdad —señaló Bailey.

—Sí. Harper colocó la bomba en el instituto y, esto entre vosotros y yo, creo que ya lo había hecho antes. Durante ese verano explotaron varias en la zona y creo que Harper las había colocado todas. En realidad, en Wells Creek hubo una media docena repartida por todo el instituto, pero, aprovechando la confusión, Harper se las arregló para deslizarse por ahí y sacar la mayoría antes de que la policía encontrara los restos. De todas formas, no eran auténticas; eran sólo de humo.

»Con todo, para cuando explotaron, habíamos perfeccionado tanto la historia que conocíamos a la perfección las tareas que nos correspondían. Harper también había hecho los deberes; todo lo que necesitábamos para el rescate estaba exactamente en su sitio. Y cuando llegaron los periodistas, incluso nuestros humildes discursos habían sido ensayados. Pero lo que no había sido ensayado era la ira de Kyle. Esa noche Kyle fue a nuestras casas, nos sacó de la cama uno por uno y nos hizo salir furtivamente para tener un encuentro con Harper. Kyle estaba furioso y amenazó a Harper con expulsarlo del grupo si volvía a hacer algo así en su vida. Lo dejaríamos de lado y lo ignoraríamos.

—Pero acabasteis la historia de la bomba con el título de los Seis de Oro —comentó Matt.

—Sí. Eso fue algo que no habíamos previsto —dijo Burgess, pensativo, y guardó silencio un momento—. Por una temporada fue fantástico. Éramos héroes en Wells Creek y gobernábamos Calburn. Por todas partes la gente nos adoraba.

—Hasta que Roddy ofendió a Theresa Spangler —dijo Matt.

—Exacto —dijo Burgess y sonrió—. Para entonces ya nos habíamos olvidado bastante de la responsabilidad de Harper, ya que todo había funcionado bien. De hecho, gracias a él nos estaba yendo mejor de lo que nos había ido nunca. Después de que Spangler se sintiera ofendida empezaron a pasarnos cosas horribles, pero Harper nos salvó.

—Escribió aquellos artículos —dijo Matt—. Bailey no los ha leído. —Y añadió rápidamente—: Esto no supone una crítica, cariño.

—No me había dado cuenta de que estuvierais casados —dijo Burgess.

—No lo estamos —respondió Bailey.

—Sólo ha empezado por dormir conmigo... —comenzó a contar Matt.

—¡Por favor! —le dijo Bailey y los dos hombres rieron—. Bueno, cuénteme sobre los artículos.

—La familia de Harper era la propietaria del periódico de Calburn. La madre de Harper estaba en casa y lo tenía sojuzgado, mientras el hijo mayor de su difunto esposo llevaba el diario. Era una tirana que trataba de dominar a cualquiera que se encontrara en un radio de treinta kilómetros.

»Justo después de que Roddy ofendiera a Spangler, ésta empezó a contarle a la gente que creía que los que habían puesto la bomba éramos nosotros. Dijo que los héroes no se hacían de la noche a la mañana, como era nuestro caso. La experiencia me ha enseñado que la gente necesita héroes a los que admirar, así que la mayoría de la gente la ignoró. Así que fue a Calburn, fingió que necesitaba información para un artículo sobre los Seis de Oro e hizo un montón de preguntas.

—Igual que actuó muchos años más tarde para su libro.

—Exactamente —dijo Burgess—. Se las arregló para que la gente confiara en ella y a continuación difundió todo aquello de lo que se había enterado, y entonces los estudiantes empezaron a aborrecernos. Como no éramos de Wells Creek, no supimos de dónde llegaban esos malévolos rumores. Fue Roddy quien lo descubrió. Una chica se lo dijo en el asiento trasero de un coche.

»Cuando Harper se enteró, se enfadó muchísimo. Dijo que ninguna Medusa bizca, dentona y de pelo crespo podría ganarle. Así que le dijo a su madre que iba a ser escritor, que necesitaba empezar joven y que era importante que sus trabajos se publicaran ya en el periódico. La madre se lo permitía todo, excepto la libertad, así que aceptó y él escribió su primer artículo. Pero cuando su primo, el editor del diario, lo leyó, se negó a publicarlo y le dijo a su tía: "¿Has leído esto? Dice que Kyle Longacre es un cruce entre un caballero de la mesa redonda y Buda. Lo llama el benefactor de los desvalidos. Conozco a Kyle de toda la vida y nunca ha sido benefactor de nadie, si se exceptúa un partido de fútbol. Es un chico agradable, pero no es un santo. Y tu hijo ha descrito a Thaddeus Overlander como a un gran matemático, que trabaja secretamente para el gobierno en pos de salvar al mundo de la destrucción. Y Burgess es…" "Creo que el artículo demuestra una gran imaginación", dijo la señora Kirkland. "Esto no es imaginación, es un libelo. Y además, todo es una enorme mentira." "Mi hijo lo ha escrito, así que tú lo vas a publicar o te quedas sin trabajo", decidió ella, e iba a ser exactamente de ese modo.

»Y así fue como empezó. Harper tomó todas las historias que Spangler había utilizado contra nosotros y les dio la vuelta en nuestro favor. Describió a Frank como un hombre con voz de ángel y dijo que había logrado abrirse camino desde una pobreza extrema, y todo gracias a su voz. Como consecuencia, una emisora de radio local contrató a Frank para que leyera los resultados del fútbol.

»De Kyle contó que era un joven con un carácter de tal nobleza, exponente de épocas pasadas, que en el instituto le asignaban tareas que requerían una absoluta fiabilidad.

»Roddy se distinguía por ser irresistible para las mujeres y ello era tan evidente que no podía abrir su taquilla sin que cayeran al suelo notas de amor.

»De Kyle dijo que era brillante y como consecuencia recibía atención especial por parte de los profesores, lo que elevaba sus calificaciones.

»De sí mismo señaló que había escrito libros con un famoso seudónimo, por lo que en las aulas le paraban continuamente para preguntarle si él era este o aquel escritor.

Burgess se detuvo un momento y Bailey le ofreció más agua.

—En cuanto a mí, todo el condado sabía lo que me había pasado a los cuatro años, pero, en vez de ocultarlo, Harper escribió un artículo que todo el mundo leyó entre lágrimas. Me describió viviendo bajo el peso de una terrible y dolorosa tragedia, la cual me hacía sufrir cada minuto de mi vida. El día que se publicó se vendieron más periódicos. Después de eso no volvió a aparecer ningún «asesino» más escrito en mis pertenencias.

Al finalizar su relato Burgess estaba agotado, o al menos eso le pareció a Bailey. La piel se le había vuelto grisácea y ella le hizo a Matt un gesto de que deberían marcharse. Éste asintió, aunque todavía no le habían planteado el gran dilema.

Matt tomó aire.

—James Manville tenía un documento muy importante y al parecer se lo entregó a «la persona en quien más confiaba».

Burgess sonrió.

—Ésa debía de ser Martha, la madre de Frank. Fue la que crió a Luke.

A Bailey se le cayó el alma a los pies al visualizar cómo el documento había ido a parar a la basura junto con los efectos de la anciana.

—Gracias —dijo a la vez que miraba a Matt y trataba de que no se trasluciera su decepción—. Creo que ya le hemos robado demasiado tiempo. Será mejor que nos vayamos.

—Sí. Estoy cansado —dijo Burgess—. Pero con un buen cansancio. Me siento muy aliviado.

Bailey no pudo resistirse a una pregunta más.

—¿Por qué se casó con Violet y luego la abandonó?

—Por muchas razones. Yo tenía algunos amigos en California y en cierta ocasión uno de ellos me preguntó si no me apetecía acostarme con una mujer. Y lo siguiente que hizo fue llamar a una prostituta que, según contó, era de las mejores que conocía. Me gustó la idea hasta que él empezó a hablarme de ciertas perversiones. Entonces me marché de su casa. Llevaba unos kilómetros conduciendo cuando vi a una chica en el arcén de la carretera. Se le había estropeado su coche y al instante supe que era la prostituta. Cuando llegara a casa de mi amigo no le iba a sentar bien no encontrar a su cliente, así que me sentí un poco culpable y detuve mi coche para ayudarla.

»Todo el tiempo que dediqué a arreglarle el coche ella lo empleó en mostrarse como muchachita joven e inocente que cantaba en el coro de una iglesia, allá en su pueblo. Pero aunque supe que mentía con cada respiración, me gustó. Y aún más importante, supe que quería mi vida. No me quería a mí exactamente, sino mi vida. Y eso era extraño, porque no hay muchas chicas guapas que quieran casarse con un viajante de comercio de maderas y mudarse a vivir a un lugar perdido.

Burgess hizo una pausa para tomar aliento.

—Además, me gustaba la idea de llevarme a vivir a Calburn a una prostituta. Me gustó la idea de presentársela a mi padre como su nuera. Y si Violet y yo teníamos hijos... —Esbozó una sonrisita—. Digamos que planeaba contarle a mi viejo algunas cosas interesantes en su lecho de muerte.

—¿La amaba? —preguntó Bailey.

—Exactamente igual que ella me amaba a mí. Y no quiero decir que fuera de mala manera. Violet y yo nos gustábamos; estábamos bien emparejados.

—Pero usted simuló su propia muerte y se marchó.

—No, no fue un montaje. El avión se estrelló pero yo, milagrosamente, pude salir con apenas unos rasguños. Cuando me alejé y vi aquel destrozo, pensé que si había salido de ésa, quizá también podría abandonar la ciudad y a su gente y empezar una nueva vida, siendo otra persona.

—¿Funcionó? —quiso saber Bailey.

—No.

—¿Por lo que ocurrió el 30 de agosto de 1968? —preguntó Matt, y en el acto las máquinas pitaron al unísono.

El doctor los sacó de la habitación antes incluso de que pudieran despedirse de Burgess.

—¡Hemos perdido! —exclamó Bailey una vez estuvieron en el vestíbulo—. Bueno, como Frank vivió en la cabaña de la montaña, con un poco de suerte es posible que utilizaran el documento de autorización para empapelar una habitación y que todavía esté ahí.

Matt rió, pero luego sacudió la cabeza dando a entender que no sabía por dónde seguir.

—Perdón —oyeron una voz detrás de ellos—. El señor Meredith me ha pedido que les dé esto —dijo una enfermera y les tendió una vieja agenda de direcciones.

Bailey la cogió y miró a la enfermera.

La muchacha levantó las manos.

—No sé qué es. Lo único que me ha dicho es que se la diera.

—Gracias —respondió Bailey y continuaron andando hacia la puerta.

Una vez en el exterior, abrieron la libretita y recorrieron unas cuantas páginas. Eran todas direcciones de Florida y en su mayoría parecían de trabajo.

—Mira la letra M —dijo Matt—. De McCallum.

Bailey pasó el dedo por las iniciales y se paró en la M. Allí, en primer lugar, aparecía el nombre de Martha McCallum y un número de teléfono.

Antes de que Bailey tomara aire, Matt ya había echado mano de su teléfono móvil. Ella contuvo el aliento hasta que Matt preguntó por Martha McCallum a la persona que contestó.

—¿Está viva? —dijo Matt—. ¿Lúcida? Muchas gracias. —Y colgó.

—¿Dónde?

—En una casa de reposo en las afueras de Atlanta.

Bailey empezó a girarse y a mirar a los edificios circundantes, en vez de dirigirse al coche de alquiler que tenían aparcado.

—¿Qué haces? —quiso saber Matt.

—Buscar la agencia de viajes más cercana.

Él hizo una mueca.

—Tenemos unas cabezas muy parecidas. Cuando acabe todo esto recuérdame que te diga cuánto te quiero.

Bailey no se detuvo en su camino hacia el coche, pero el corazón le dio un vuelco.

—Vale, ya te lo recordaré.

28

El teléfono móvil de Matt sonó a las tres de la mañana. Bailey y él estaban en un hotel de Sarasota. Habían reservado billetes en un vuelo a Atlanta de primera hora de
la mañana. No habían podido encontrar asientos juntos,
pero de todas formas la reserva estaba hecha.

Matt pensó que no sería nada bueno. Y cuando contestó y oyó la voz de su hermano, supo que se trataba de
muy malas noticias. Se levantó de la cama sigilosamente,
se llevó el móvil al baño y cerró la puerta.

—¿Qué ha ocurrido? —preguntó ansioso.

—Han arrestado a Alex —respondió Rick con voz
tranquila, aunque Matt, que lo conocía bien, supo que
estaba muy afectado.

—¿Por qué? ¿Exceso de velocidad? ¿Altercados? ¿Por
qué demonios dejaste a un chico tan joven salir hasta tan
tarde? Sabes que...

—Por asesinato —respondió secamente Rick—. Alex
ha sido arrestado por asesinato.

Matt se sentó en el borde de la bañera.

—Cuéntame —murmuró, mientras imaginaba a Alex
en una pelea de bar por una chica.

—¿Has oído alguna vez el nombre de Dolores Ca-
rruthers?

Matt creyó que se le iba a parar el corazón.

—Sí. —Se las arregló para contestar.

—Fue asesinada ayer y la policía dice que hay huellas de Alex por toda la casa. Ella tenía piel bajo las uñas y, escucha, el chico tiene arañazos profundos en la espalda. Si el ADN coincide... —Rick se detuvo y tomó aliento—. No entiendo qué estaba haciendo con ella. Es una mujer de cuarenta y un años, y Alex tiene diecisiete.

Matt se pasó la mano por la cara. Todo esto era por su culpa. Si a Alex lo condenaban...

—¿Sigues ahí? —preguntó Rick.

—Sí, sigo aquí.

—¿Quién es esa mujer?

—La hermana de Bailey —contestó Matt.

Hubo un silencio.

—Es mal asunto, ¿verdad? —dijo Rick al cabo—. Y tú estás involucrado, ¿no es así?

—Hasta el cuello.

—¿Bailey es la viuda de James Manville? —preguntó Rick en voz baja.

—Sí.

—¡Oh, Dios mío! La policía también la busca a ella. Les dije que nunca la habíamos visto. Nos mostraron una foto y yo...

—¿Tú qué? —preguntó Matt cuando su hermano hizo silencio.

—Ahora lo entiendo. Patsy también vio la foto y no dijo nada. Dejó que fuera yo el que dijera a la policía que no conocía de nada a esa mujer. Pero después de que se llevaron a Alex, Patsy me dijo que tenía que ir a ver a Janice. Ya sabes que no ha pronunciado el nombre de Janice durante años, así que se me ocurrió que este lío al menos tenía algo de positivo si conseguía acabar de una vez ese estúpido contencioso que se traen. Y resulta que...

—Ella supo que Bailey era Lillian Manville.

—Sí, creo que sí —dijo Rick—. ¿Dónde estáis vosotros?

—En Sarasota. Estamos...

—¿En Florida? —exclamó Rick—. Pero ahí es donde vivía la mujer asesinada. ¿Quieres decir que Bailey y tú estabais allí cuando ella murió? ¿Tiene Bailey algún motivo para asesinar a su hermana?

—Había mucho odio y miles de millones de dólares en juego. ¿Te parece razón suficiente?

Rick se serenó un poco.

—¿Crees que Bailey y tú podríais ser considerados instigadores del crimen?

Matt respiró hondo.

—Sí, no sólo lo creo probable, también me parece factible.

—Matt... —empezó Rick con tono ahogado, y al hermano mayor le recordó la época en que siendo un niño le pedía protección y amparo.

—De acuerdo —dijo Matt—, tranquilízate. No te derrumbes. Bailey y yo saldremos de Florida dentro de pocas horas. Necesitamos ver a alguien que puede darnos algunas pistas sobre todos estos asesinatos.

—¿Asesinatos? —repitió Rick—. ¿En plural? ¿Acaso hay más?

—Te lo explicaré todo más tarde. Escucha, puedes darle este número a la policía. Puedes decirles con toda honradez que no te he contado adónde vamos, ni a quién vamos a ver. Recuérdalo bien: ¡tú no sabes nada!

—Vale —respondió Rick, como si volviese a tener seis años—. Pero ¿por qué vino a Calburn la viuda de James Manville? ¿Qué...?

—Tengo que colgar —avisó Matt antes de cortar la comunicación. A continuación desconectó el teléfono.

Se quedó en el cuarto de baño tratando de calmarse.

Una parte de él estaba sumida en el pánico, pero la otra sabía que no podía permitirse ese lujo. Debía mantener la cabeza despejada, para pensar en lo que había que hacer. ¿Deberían volver a Calburn? Como Bailey y él habían enviado a Alex, que era menor de dieciocho años, a buscar a Dolores, era posible que fueran acusados de instigadores del crimen.

Se concedió unos minutos de respiro y luego salió. Bailey estaba sentada en la cama.

—¿Qué ha ocurrido? —preguntó con aire grave.

Matt se debatía en la duda de si contárselo o no, pero era una mujer madura y merecía el respeto de que se le contara la verdad.

—Han matado a tu hermana y la policía ha detenido a Alex. Te buscan, nos buscan a los dos, así que si queremos salir de aquí será mejor que lo hagamos ahora mismo.

Bailey siguió sentada, mirándole con asombro.

—¿Cuánto dinero en efectivo tienes? —preguntó Matt.

—No lo sé. Quizá cien dólares. ¿Por qué?

Él vio cómo Bailey hacía un gran esfuerzo por no derrumbarse.

—Porque vamos a ir a Atlanta en coche y necesitamos pagar la gasolina en efectivo. No podemos utilizar las tarjetas de crédito porque podrían localizarnos —explicó Matt.

Bailey levantó la vista. Tenía la expresión tranquila, pero las manos aferraban con fuerza la colcha de la cama.

—¿No deberíamos ir a Calburn y estar cerca de Alex? ¿Por qué tenemos que ir a Atlanta? ¿Qué nos puede aportar una anciana (en el caso de que no esté senil) que le sirva de ayuda a Alex?

—No lo sé —contestó Matt—, pero si Manville confió lo suficiente en esta mujer como para dejarle el documento que autentificaba vuestro matrimonio, quizá le confiara también otras informaciones. ¿Se te ocurre otra manera de poder ayudar?

—No —admitió ella—. No, pero Alex debe de estar muy asustado. Y mi hermana...

Matt la agarró por los brazos y la sacó de la cama.

—Podrás llorar más tarde. Incluso podrás tener una crisis de nervios si quieres (de hecho la tendremos los dos), pero ahora tienes que vestirte, hacer el equipaje y marcharnos.

Veinte minutos más tarde ya estaban en el coche de alquiler, pero Matt no lo puso en marcha.

—Quiero comprobar algo —comentó y salió.

Había un cajero automático en el banco contiguo al hotel. Introdujo la tarjeta y pulsó unas teclas.

Al cabo de unos minutos volvió al coche y arrancó.

—Está bloqueada —dijo—. Me han bloqueado la cuenta corriente.

Bailey no hizo otra cosa que asentir y ponerse el cinturón de seguridad.

29

Martha McCallum tenía ochenta años, muchos menos que los que habían calculado Bailey y Matt. Habían hecho nueve horas seguidas de viaje hasta llegar a Atlanta a última hora de la tarde; demasiado tarde para visitar una residencia de la tercera edad. Habían utilizado todo el efectivo del que disponían en gasolina y comida, así que no podían permitirse el lujo de ir a un hotel.

Matt condujo hacia una carretera de tierra, donde aparcó y cenaron lo último que les quedaba de pan y queso, con una botella de agua mineral. Cuando cayó el sol, se arrebujaron el uno junto al otro en el pequeño asiento trasero y trataron de dormir.

—Tu pie —advirtió Bailey.

—Puede que uno de nosotros debiera dormir delante —dijo Matt—. O bien hacer de Daniel Boone y dormir fuera, en el suelo.

—Bichos o palanca de cambio —comentó Bailey—. No sé por cuál decidirme.

Él le atrajo la cabeza hacia su hombro y sonrió. Le encantaba que Bailey fuera capaz de bromear porque, a juzgar por la forma en que había llorado las primeras tres horas del viaje, había creído que nunca podría volver a sonreír.

A las nueve de la mañana siguiente estaban en la sala de espera de la residencia de ancianos, para ver a Martha McCallum. Los dos se habían lavado como los gatos en los aseos de una estación de servicio y habían hecho lo posible por aparecer presentables.

La residencia en que estaban era muy diferente a la de Burgess, que pese a su modestia era cómoda y limpia, casi como un verdadero hogar. En cambio, ésta era lujosa. Cuando Bailey contempló la majestuosa escalera pensó: «Aquí debió de casarse la emperatriz Sissi.»

—Ahora los atenderá —dijo una recepcionista, vestida con lo que evidentemente era un traje de diseño.

—¿Te parece que Manville pagó por esto? —le susurró Matt a Bailey.

—Perdone —dijo Bailey en voz alta, dirigiéndose a la joven—. ¿A quién pertenece este lugar?

—Forma parte de una de las corporaciones del difunto James Manville —respondió con una sonrisa a la vez que les indicaba una puerta.

Al entrar por delante de Matt, Bailey elevó las cejas y su gesto fue de asombro.

La *suite* de Martha McCallum era espectacular y Bailey reconoció en ella la mano de un buen interiorista. El estilo era el de la campiña francesa y todas las antigüedades eran auténticas.

—Vaya, vaya. —Se oyó desde la izquierda una voz que surgía de un sillón—. Así que finalmente me has encontrado, Lillian.

Bailey se giró para encontrarse con una anciana menuda vestida con un planchadísimo vestido de seda y adornada con unos discretos pendientes de oro y un collar de perlas. También llevaba un pequeño reloj y una pulsera de oro. El vestido era sencillo, pero Bailey sabía que todo su atuendo era de la mejor calidad y había costado un dineral. La cara de la mujer presentaba algunas arrugas ligeras y su cabello rubio grisáceo estaba retirado hacia atrás. En el cuello llevaba un fular de Hermes. Bailey se preguntó si le habría hecho el trabajo el mismo cirujano que había reparado la boca de Jimmie.

—Sí —respondió Bailey y tomó asiento en el sofá ante la indicación de la anciana.

—¿Y quién es este hombre encantador?

—Matthew Longacre —contestó Bailey. Martha lo saludó antes de que Matt fuera a sentarse.

Bailey fue la primera en hablar.

—Parece que usted nos aventaja, ya que me conoce, pero yo no había oído hablar de usted. No quiero ser descortés, pero una bomba de relojería pende sobre nuestras cabezas y cuando llegue el momento nos va a explotar, así que necesitamos saber todo lo que pueda contarnos y lo más rápido posible.

—Sí, por supuesto —dijo Martha—. Me he enterado de lo de tu hermana esta mañana. Siento su muerte, querida, pero ella nunca se comportó como una buena hermana contigo, ¿verdad? Luke la detestaba —añadió, gesticulando con una mano muy bien arreglada—. Perdóname, pero nunca he sido capaz de llamarle por otro nombre.

—¿Qué le contó Jimmie... mi marido?

—Todo —repondió Martha—. Absolutamente todo. No hablo de negocios, de eso nunca me dijo nada, pero me lo contó todo sobre ti, Eva y Ralph y sobre cómo lo extorsionaba tu hermana...

—¿Mi hermana? ¿Cómo...?

Martha dirigió la vista hacia Matt.

—Tú lo sabes, ¿verdad? Me llevó un tiempo atar cabos, hasta que comprendí que habías mandado al bello mancebo para que se enterara de lo que había pasado con el documento de autorización, ¿no es así? Cuando leí que era uno de los hijos de Roddy puedo deciros que casi se me para el corazón. ¿Descubrió todo lo que necesitabais saber?

—Sí, creo que sí —dijo Matt, ignorando la dura y fija mirada de Bailey. En ese momento Bailey estaba dándose cuenta de que Alex le había contado mucho más de lo que él le había transmitido a ella.

—¿Te enteraste del coche que Luke tuvo que regalarle a Dolores, de la renta anual y de todo lo demás? —preguntó Martha.

—Sí señora, así es —respondió Matt, sin volverse hacia Bailey.

—¿Y a ti, querida Lillian, qué te han contado?

—Parece que muy poco —replicó Bailey y apretó la boca.

Martha la miró con una sonrisa.

—Los hombres tratan de protegernos, ¿no es así? Por cierto, veo que te has arreglado la nariz y que has perdido todo ese peso que Luke hacía que conservaras.

—Sí —contestó Bailey, evitando mirar a Matt—. ¿Y usted? ¿El cirujano de Jimmie?

La sonrisa de Martha se hizo más amplia. Tenía una dentadura perfecta y cara.

—Sí, fue el mismo. Estaba acostumbrado a guardar secretos.

—¿Y de dónde sacó Jimmie todo el dinero que debió de requerirle la cirugía de su boca? —preguntó Bailey.

Martha vaciló.

—Había llegado a mi poder inesperadamente algo de dinero... una caja llena de dinero, así que se la di a Luke y le dije que lo gastara en lo que quisiera —contó y luego sonrió—. Lo utilizó con sabiduría. Se arregló la boca y utilizó el resto para empezar los negocios que luego le darían miles de millones de dólares. —Volvió a sonreír, con el orgullo reflejado en la cara.

—¿Tiene usted la autorización firmada de la boda de Lillian? —preguntó Matt al cabo de un momento.

—Sí —dijo Martha mirando a Bailey—. Luke siempre tuvo miedo de que lo dejaras. ¿Lo sabías?

—Sí —dijo Bailey con dulzura y los ojos llenos de lágrimas—. Yo lo maté.

Matt la miró asombrado, pero ella mantuvo los ojos fijos en Martha.

—No, tú no lo hiciste —puntualizó la anciana, y anticipándose a Bailey levantó la mano—. Antes de que me digas que no conoces toda la historia, déjame decirte que yo sí la conozco. Tres noches antes de morir, Luke me llamó y me dijo que le habías pedido el divorcio.

Matt desplazó la mano por el sofá y palmeó la de Bailey.

—Pero Luke no se sentía descorazonado por eso —añadió Martha—. Estaba contento.

—¿Contento? —preguntó Bailey, desconcertada—. ¿Quería el divorcio?

—No. Le regocijaba que por fin pusieras los pies en la tierra. Luke solía decirme que no lo querías lo suficiente como para estar celosa.

Bailey se puso en pie como impulsada por un resorte. Fue hasta la ventana y contempló los hermosos jardines que rodeaban la residencia. Después se giró hacia Martha.

—¿Celosa? ¿Creía que no estaba celosa de todas esas altas y esbeltas mujeres?

—Para él no significaban nada —dijo Martha en voz baja.

—¡Para mí significaban muchísimo! —repuso Bailey. Luego se serenó—. ¿Iba a concederme el divorcio?

—No, desde luego que no —respondió la anciana entre sonrisas—. Te iba a cortejar. Me dijo que era algo que te debía. ¿Sabes adónde iba cuando su avión se estrelló?

—No. En viaje de negocios. Jimmie siempre estaba visitando sus propiedades. —Y añadió en voz baja—: Como ésta.

Martha volvió a sonreír.

—¿No te parece encantador? Cuando Luke era un niño y él y yo estábamos solos en aquella horrible cabaña de la montaña, solíamos inventar historias sobre lo que compraríamos si tuviéramos todo el dinero del mundo. Frank se las arregló para que tuviéramos televisor, libros y revistas, así que Luke y yo estábamos al corriente de lo que se podía conseguir, incluso aunque no tuviéramos nada.

—¿Y qué deseaban? —preguntó Matt.

—Yo sólo quería cosas normales, como una casa con baño, pero Luke quería poseer el mundo. «Y os lo regalaré todo a ti y a papá», decía. Adoraba a su padre.

Bailey la miró.

—¿Dónde iba Jimmie el día que murió?

—¿De verdad no lo supiste? ¿No te dio ninguna pista?

—No —dijo Bailey—. Estaba muy deprimida entonces. Estaba cansada de todo, de tanto movimiento alrededor, de la gente que me menospreciaba y de todas las amantes de Jimmie. —Lo último lo expresó con una furia que le quebraba la voz.

—Pero ¿qué era lo que querías más que a tu propia vida? —preguntó Martha.

—No... no lo sé —contestó Bailey, perpleja.

Martha se volvió hacia Matt.

—¿Qué es lo que quiere?

—Niños —dijo él—. Babea cada vez que ve uno.

Bailey lo miró con asombro.

—Yo no hago tal cosa.

—Entonces ¿qué te pasaba cuando viste a los mellizos de la tienda de alimentación?

—Ésos eran bebés muy monos —explicó Bailey, a la defensiva—. Además...

Martha la interrumpió.

—Tiene razón. Niños. Luke no se sentía capaz de tenerlos. Temía que heredaran su labio leporino, así que había arreglado una adopción en privado.

Ante aquello Bailey se recostó en el sofá.

—¿Una adopción? —susurró.

—Sí. Ya sabes cómo era Luke. Lo arregló todo en unos días y cuando ocurrió el accidente volaba hacia California para recoger al niño. Quería darte una sorpresa.

—¿En una caja envuelta con un lazo? —dijo Matt con sarcasmo.

—Sí. Así podría haberlo hecho él —dijo Martha mientras observaba cómo encajaba Bailey la noticia—. Le dije que debería tratarte como a una adulta y que deberíais ir los dos a tramitar la adopción, pero Luke argumentó: «Pecas es demasiado sentimental. Querría adoptar un orfanato en pleno, pero yo soy demasiado egoísta como para soportar a más de uno que me la robe, así que voy a buscarle una niña rubia de ojos azules.»

—Eso sí que suena a él —dijo Bailey tragándose las lágrimas. Llevaba meses cargando con el peso de que quizá Jimmie había acusado tanto el golpe de que le hubiese pedido el divorcio que se había suicidado.

—¿Te sientes mejor ahora? —preguntó Martha.

Bailey estaba demasiado conmocionada como para contestar, pero asintió. Sí, se sentía mejor. Se sentía aliviada de la gran carga que había soportado.

Martha le ofreció un pañuelo de la caja (con un elegante estuche de madera de arce taraceada con nogal) que había en la mesa. Bailey lo tomó y se sonó.

—Entonces ¿fue realmente un accidente?

—¡Oh, no! —exclamó Martha—. Eva y Ralph Turnbull mataron a Luke.

Bailey se detuvo con el pañuelo a medio camino de la nariz y Martha miró a Matt.

—¿Atlanta y Ray? —preguntó Matt.

—Así es como se hacen llamar ahora, pero todavía son Eva y Ralph.

—Turnbull —añadió Matt—. Ni Manville ni McCallum.

—¡Santo Cielo, claro que no! —dijo Martha—. Esos dos asesinos no son parientes míos ni de mi hijo... y nunca tuvieron nada que ver con Luke.

A Matt y Bailey les llevó un rato digerir esas palabras.

—Phillip me dijo que no creía que Atlanta y Ray estuvieran emparentados con Jimmie.

—¿Chantaje? —preguntó Matt.

—Sí, chantaje. Si Luke no los hubiera declarado parientes y no les hubiera dado millones ellos le habrían contado a todo el mundo su infancia de Calburn. La gente se hubiera enterado de los inicios de Luke y él habría recibido lo que más temía —dijo, y miró a Bailey para que concluyera el acertijo que ella había iniciado.

—Lástima —concluyó Bailey—. Jimmie no podía soportar que nadie sintiera pena por él.

—Exacto.

—Hay más que eso también, ¿no es cierto? —dijo Matt—. Bailey me habló de «un asesinato llamado suicidio». ¿Hacía referencia a la muerte de su padre?

Por un momento Martha se giró y miró hacia la ventana, luego volvió el rostro hacia Bailey.

—No sé si debería contar la historia. En parte creo que el secreto debe morir con Luke. Trabajó mucho para mantener su infancia en secreto. —Hizo una pausa y contuvo las lágrimas—. Cuando me enteré de la muerte de Luke por la televisión (nadie me llamó para contármelo porque nadie sabía de mi existencia) supe que lo habían matado. Luke había hecho enfadar a mucha gente.

—Sí —dijo Bailey—. Yo se lo había advertido. A veces hería a la gente en lo más hondo.

—A él se lo habían hecho tantas veces que era lo que conocía —replicó Martha—. Eva y Ralph encontraron la manera de sobornar a alguien que trabajaba para Luke para que les contara lo que hacía. Cuando se enteraron de que Luke estaba a punto de adoptar un niño no pudieron soportarlo. ¿Cómo iban a aceptarlo?

—Un heredero —dijo Matt.

—Exacto —dijo la anciana y miró a Bailey—. En el entierro de tu madre, tu hermana descubrió que no sabías que Luke había conseguido la autorización para la boda. Y Dolores comprendió que si no sabías nada sobre el documento, entonces creías que Luke y tú no estabais legalmente casados. ¡Qué lástima! ¿Cómo podías creer que alguien como Luke descuidara algo tan importante?

—Cuando me casé con Jimmie ni por un momento pensé en cuestiones legales —dijo Bailey en su defensa.

—¿Así que Atlanta, Ray y Dolores actuaron juntos? —preguntó Matt.

—No, no creo que Dolores les sirviera de algo a esos dos. Sólo que tenía una boca muy grande. Lo siento, querida, pero con sólo sugerirle que hiciera comentarios sobre su hermana menor era capaz de contarle a todo el mundo lo que fuera.

—Le contó a Alex lo del permiso firmado por la madre al cabo de unas horas de conocerlo —apuntó Matt.

—Sí. Eso le costó la vida a Dolores —dijo Martha.

—¿Lo han hecho Atlanta y Ray? —preguntó Matt.

—Por supuesto. Como mataron a Luke y a su abogado, también a la hermana de Lillian. Siempre he querido proteger el pasado de Luke para que nadie lo descubriera, así que guardé silencio después de la muerte de Luke. Me fue más difícil después de que muriera su abogado y dejara huérfanos a dos niños. ¿Cómo está su esposa?

—Le está costando mucho asumirlo —dijo Bailey.

—Sí. Luke me había contado que hacían un buen matrimonio.

—Dice que Jimmie le contaba. ¿La llamaba por teléfono? —preguntó Bailey con un matiz de celos. Sí, Jimmie había estado con muchas mujeres, pero Bailey había sobrevivido a ello porque sabía que él no hablaba con ninguna mujer más que con ella.

Martha señaló, sonriente, hacia un armario que había en la pared más alejada. Era un gran mueble de pino encerado y Bailey dudó de que hubiera costado menos de cien mil dólares. Abrió ambas puertas y miró dentro. Había estantes llenos de bonitas cajas forradas de seda color melocotón. Cada caja tenía una placa de cobre con una fecha. Cada caja cubría el lapso de seis meses.

—Continúa —señaló Martha—. Ábrelas.

Bailey sacó una caja, retiró la tapa y miró dentro. En una ordenada hilera había cartas. Cada una de ellas en un sobre verde con la letra de Jimmie.

—Una carta y una fotografía —comentó Martha con suavidad—. Cada dos semanas, desde julio de 1978, me enviaba una carta y una fotografía. También mantenía viva mi cuenta corriente. Por cierto, querida, Luke nació en 1954, no en 1959. Estaba tan orgulloso de su cara nueva que también se quitó unos años.

Bailey abrió una carta y la leyó.

Pecas se enfadó mucho conmigo cuando llegué a casa la noche pasada, pero pronto pude ponerla de buen humor. Había perdido dos kilos mientras yo estaba fuera, así que le pedí al chef que horneara ese pastel de *mousse* de chocolate que tanto le gusta. Ya sé que soy un diablo, pero me gusta gorda. De esa forma es toda mía.

Bailey dobló la carta y la devolvió al sobre, pero no pudo evitar el impulso de sacar la foto y mirarla. Era una foto suya. Estaba sentada en el patio de su casa de Antigua. Cerca había un grupo de personas; todas con bebidas en la mano y aspecto de divertirse mucho. Pero Bailey daba la impresión de estar sola en medio de la multitud y su rostro reflejaba infelicidad. «No cabe duda de lo mucho que me disgustaban», pensó. Luego buscó a Matt con la mirada. «Ahora soy mucho más feliz», se dijo mientras deslizaba la foto dentro del sobre, lo colocaba en su lugar, dejaba la caja y cerraba el armario. Esa parte de su vida había terminado. James Manville no se había suicidado porque su esposa le hubiera pedido el divorcio.

—¿Cómo demostramos que Atlanta y Ray asesinaron a Jimmie? —preguntó Bailey.

—Yo tengo las pruebas —dijo Martha, y sonrió ante sus miradas de asombro—. He contado con meses y gracias a Luke con fondos ilimitados, así que mientras el resto del mundo se dedicaba a crucificarte, querida, yo contraté unos detectives.

—¿Qué quería descubrir? —preguntó Matt.

—Quién había estado cerca del avión las cuarenta y ocho horas antes de que Luke despegara. E hice que algunos hombres (en realidad una docena) subieran a la montaña, encontraran los restos del avión y trajeran cada una de sus piezas.

—Pensaba que lo había hecho la policía. El cadáver de Jimmie... —empezó Bailey.

—La policía investigó en el lugar del accidente, pero sólo de manera superficial. No buscaban ninguna prueba de nada porque dos jóvenes del aeródromo donde Luke guardaba su avión habían declarado que le rogaron que no volara en ese avión. Dijeron que le habían advertido de que había algo en ese avión que no iba bien.

—No —dijo Bailey—. Podría admitir que Jimmie estrellara el avión contra la ladera de una montaña en un momento de desesperación. Pero nunca hubiera despegado en un aparato que no funcionara bien, ni dejado que una pieza de una máquina decidiera sobre su vida o su muerte.

—Eso es exactamente lo que yo pensé —dijo Martha con una sonrisa y los ojos brillantes—. Estuve segura de que Atlanta y Ray habían pagado a esos dos hombres. Así que mientras todo el mundo estaba pendiente de ti, yo dirigí silenciosamente mi propia investigación.

—Y descubriste que el avión había sido saboteado.

—Sí —dijo Marta—. En realidad, fue muy sencillo. El indicador del nivel de combustible había sido modificado, de forma que Luke se quedó sin combustible en pleno vuelo.

Guardaron silencio por un momento.

—Después del accidente sería muy difícil descubrir si ese indicador estaba estropeado o no —señaló Matt.

—Sí —dijo Martha—, pero además nosotros no pudimos encontrarlo.

—Entonces cómo... —empezó Bailey, pero de pronto sus ojos se abrieron de par en par—. La caja negra.

—Sí —dijo Martha y sonrió.

Bailey se volvió hacia Matt.

—Me había olvidado de eso. Una noche en que Jimmie y yo estábamos viendo el telediario, nos enteramos de que se había estrellado un avión. El presentador estuvo hablando de la caja negra que había grabado las últimas palabras de los pilotos. Recuerdo que Jimmie dijo: «Debería conseguir una de ésas y así...» —Se detuvo.

—«Así podría decirte que te amo antes de caer» —finalizó Martha con voz suave y Bailey asintió—. Sí. Eso es lo que me escribió que te había dicho. Hizo instalar una en su aparato y lo hizo en secreto, como muchas otras cosas.

—Y sus hombres la encontraron —añadió Matt—, porque ellos sabían qué tenían que buscar.

—Sí —respondió la anciana—. Jimmie pasó sus últimos momentos buscando un sitio para un aterrizaje de emergencia y mientras lo intentaba iba hablando para que la caja recogiera sus palabras. Contó qué era lo que no funcionaba en el avión, a quiénes había visto en el aeropuerto y cómo demostrar que Eva y Ralph (así los llamaba) lo habían asesinado.

—Pero usted no fue a la policía con esa información —dijo Matt.

—No. No lo hice porque Luke me pidió que no diera a conocer su asesinato a no ser que su amada Lillian estuviera en peligro. «Ella te encontrará —dijo justo antes de caer—. Y cuando te encuentre, dile que la amo.» Ésas fueron sus últimas palabras.

Bailey se quedó con la mirada ausente.

—Quiero escucharlo todo —dijo al cabo—. Quiero saber la verdad. Quiero saber sobre «un asesinato llamado suicidio».

30

—No sé cuándo empezó a ir todo mal, si fue con Vonda, con la mujer Turnbull, o cuando Frank perdió el uso de su brazo —dijo Martha mientras servía té con una tetera de plata. Había cogido el teléfono y pedido un desayuno para tres. Diez minutos más tarde apareció un carrito con un verdadero festín. Había pequeñas salchichas envueltas en pastelitos de hojaldre, tres clases de huevos, tomates asados y suficientes tortas y brioches como para abrir una pastelería.

Matt y Bailey pasaron unos minutos intentando ser educados antes de que lo venciera la inanición que venían padeciendo en su viaje sin dinero, tras lo que se lanzaron sobre la comida.

—La Turnbull, la mujer del envasador, era la propietaria de mi granja —dijo Bailey mientras comía.

—Sí —asintió Martha, y se contuvo de preguntar cuánto tiempo hacía que no comían—. Hilda era una mujer muy reservada y pocas veces hablaba con alguien, pero lo que se decía por la ciudad era que cuando era muy joven se había casado con un hombre viejo y muy rico. Por lo que pude oír, la gente imaginaba que ella había deseado la muerte del marido para quedarse con todo el dinero.

—Un momento —interrumpió Matt—. La oigo decir continuamente «se oía decir». ¿Dónde estaba usted?

—¿Y dónde estaba Jimmie? —preguntó Bailey.

Martha tomó aliento.

—Luke y yo estábamos solos en la montaña. Cuando Luke era pequeño, Frank lo llevaba a la ciudad, pero la gente lo miraba con tanto desagrado que Frank dejó de llevarlo y el niño se quedó conmigo. Él venía a vernos los fines de semana.

—¿Por qué no le arreglaron la boca? —quiso saber Bailey.

Martha tardó un momento en responder a esa pregunta.

—Me da miedo decírtelo, porque odiarás a mi hijo... y a mí.

Bailey negó con la cabeza.

—Podría pasar —dijo—, pero tengo tanta otra gente a la que odiar que Frank y usted estarán muy abajo en la lista.

Tanto Matt como Martha rieron.

—He tenido mucho tiempo para pensar en los motivos, pero creo que al final todo se reduce al amor —dijo la anciana—. No sé cómo explicarlo, pero... —Se detuvo y sus ojos taladraron los de Bailey—. Puede que no necesite explicártelo a ti. Luke amaba con mucha fuerza. Si tú recibiste su amor, tienes que entender lo que quiero decir. El amor de Luke nos hacía seguir viviendo a Frank y a mí. ¿Entiendes lo que quiero decir?

—Claro que sí —dijo Bailey—. Era un amor asfixiante, pero no podías dejarlo.

—Exacto —dijo Martha—. Y yo también estaba en falta. —Recorrió la habitación con la mirada—. Dios me perdone por ello, pero ¿qué iba a hacer si a Luke le arreglaban la boca y se marchaba? Era una viuda pobre. Frank era mi único hijo. Sabía que si Luke se iba, Frank me visitaría muy pocas veces. Luke y ese labio cortado nos transformaron en una familia.

Matt la observaba retorcerse las manos. Era evidente que llevaba una pesada carga con lo que le había hecho al nieto.

—¿Qué hay de Hilda Turnbull? —preguntó amablemente.

—Ella... —trató de responder la anciana mientras hacía lo posible por recuperarse—. La vi alguna vez. Era una mujer de baja estatura, flaca y con una mirada fiera.

—¿Murió su anciano marido? —intervino Bailey cuando le pareció que Martha perdía el hilo.

—Sí —dijo Martha, recuperándose—. Pero no hasta que Hilda tuvo casi cuarenta años y los dos hijos estaban ya criados.

—Eva y Ralph —apuntó Bailey.

—Sí.

—¿Cómo es que nadie en Calburn los reconoce? Han aparecido muy a menudo en la televisión. ¿Cómo es que nadie ha exclamado que ésos eran los hijos de Hilda Turnbull y que no tienen parentesco con James Manville? —preguntó Matt.

Martha lo miró sonriente.

—En primer lugar, la gente de Calburn los vio en muy contadas ocasiones. Hilda estuvo pasándolos de un internado a otro y luego los mandaba a campamentos de verano. Eran chicos regordetes y carentes de gracia, así que nadie se fijó mucho en ellos. Luke me escribió que habían ardido un par de escuelas a las que habían asistido y estaba seguro de que había sido Ralph, pero nadie sospechó de él porque era tan...

—Nada —añadió Bailey—. Tenía cara de nada, pero siempre me daba hormigueo verlo. Él y Atlanta trabajaban en equipo. Cuando nos visitaban, ella siempre hacía algo para llamar nuestra atención y entonces, ¡zas!, algún pequeño y caro adorno se deslizaba por la manga de Ray.

Nunca supe si Jimmie se daba cuenta, no iba a decirle que su hermano era un ladrón, pero él empezó a comprar reproducciones de las cajitas Fabergé. Cuando le pregunté por qué compraba esas cosas horribles me dijo: «Ellos no notarán la diferencia, así que déjalos que roben falsificaciones», y los dos nos reímos.

—Siga contándonos sobre Hilda —pidió Matt.

—Algunas veces Luke me escribió sobre... bueno, sobre lo que había ocurrido (algo de ello, claro está), y me decía que suponía que Hilda se casó con Gus porque le hacía el trabajo gratis. Cuando el viejo marido de Hilda murió le dejó dos granjas. Aquella en que vivían ella y Gus estaba casi en ruinas, pero Hilda también heredó el lugar del viejo Hanley, en Calburn, una granja que le había pertenecido durante generaciones. Creo que su tatarabuela, una Hanley, ya había vivido allí.

»Después de que el viejo muriese, Gus quiso regresar a la ciudad donde había crecido, y como le habían ofrecido un par de trabajos, le dijo a Hilda que se marchaba.

—Así que ella se casó con él —dedujo Bailey.

—Sí. Se casó con él, pero se negó a utilizar su apellido. Él tenía veintiocho años y ella treinta y nueve. Gus nunca hubiera dado un nivel muy alto en un test de inteligencia, pero era un gran cocinero y tenía habilidad para que creciera todo aquello que cultivaba. Luke solía decir que Gus podía clavar en la tierra una varilla de acero y se convertiría en un árbol. Igual decía de ti —añadió Martha y miró a Bailey con una sonrisa—. Luke me contaba que tenías tanto talento como Gus, pero que a diferencia de él, tú tenías la mente de un profesor universitario.

—Por una vez estoy de acuerdo con algo de lo que opinaba Manville —dijo Matt, y pasó el brazo por los hombros de Bailey. Ella se ruborizó.

—Nos contaron que Hilda Turnbull vivió una aventura amorosa con un hombre casado. ¿No sería Frank? —preguntó Bailey.

—¡Santo cielo, no! Fue con Roddy.

—Debí suponerlo —comentó Bailey—. Ese hombre parece estar en el centro de todo lo malo que ocurre.

—Sí, Roddy tuvo mucho que ver en todo ello, sobre todo porque iba detrás del dinero de Hilda. Se rumoreaba que ella tenía muchos miles de dólares escondidos en alguna parte de su casa. Pero para nuestra familia el problema era Gus. Mira, Gus amenazaba con alejar a Luke de Frank. No quiero decir que lo amenazara de palabra, pero en 1968 Luke tenía catorce años y estaba ansioso por tener compañía.

—Siempre lo estuvo —apuntó Bailey—. Nunca tenía suficiente.

Martha sacudió la cabeza.

—No soy una buena narradora. Necesito retroceder unos años, hasta 1966, a la fecha en que Frank se casó. Una noche mi hijo se emborrachó y cuando despertó tenía ante los ojos el cañón de una escopeta. Se quedó horrorizado al ver que estaba en una cama, desnudo y junto a una chica del instituto igualmente desnuda. Más tarde me contó que no recordaba haber visto antes a esa chica. Pero su padre, que era el que lo apuntaba con la escopeta, le dio a Frank la posibilidad de elegir entre casarse con ella o morir de un escopetazo, así que Frank se casó.

»Se llamaba Vonda Oleksy. Desde el principio Frank no pudo soportarla y además sabía que le había tendido una encerrona para casarlo con ella. Sus tontas amiguitas no pudieron esperar para contarle que desde que Vonda tenía trece años decía que de mayor se casaría con uno de los Seis de Oro. A Frank no le llevó mucho tiempo darse cuenta de que él había sido una especie de trofeo y que, una vez casada, la tal Vonda había perdido todo interés por él.

»Era mala, perezosa y estúpida. Él podría haberse divorciado si ella no hubiera tenido cuatro hermanos y un padre que eran peores y más estúpidos que ella. Le dijeron que si se divorciaba de Vonda encontraría muerto a Luke o a mí.

Martha hizo una pausa.

—Lo peor del matrimonio fue que Frank se convirtió en motivo de risas para todo Calburn. Él tenía treinta años y Vonda sólo diecisiete, así que todo el mundo supuso que Frank era un corruptor y que la había seducido con malas artes. Y tampoco ayudó el hecho de que Vonda le contara a todo el mundo su versión de cómo habían llegado al matrimonio. De un día para otro, Frank pasó de ser un hombre respetable a objeto de las burlas de todo el mundo.

»Además, Vonda gastaba el dinero con mayor rapidez de la que Frank necesitaba para ganarlo. Ella estaba de compras todo el tiempo, mientras él trabajaba. Cuando él llegaba a casa se encontraba con media docena de cajas nuevas apiladas en el salón, sin la cena en la mesa y con los platos de la noche anterior en el fregadero. Después de pasar todo el verano tratando de convivir con ella, Frank desistió y la envió a la cabaña de la montaña a vivir con Luke y conmigo.

Martha hizo un silencio y su boca esbozó un feo gesto.

—Esa chica odiaba a Luke. Frank me había advertido de que Vonda podía ser cruel, pero yo estaba tan decidida a llevarme bien con ella que tardé un par de semanas en descubrir la desesperación de Luke. Ella solía sentarse fuera, cerca de Luke, mientras él realizaba sus tareas, como cortar leña, y la verdad es que yo pensaba que era muy amable por su parte. Pero un día me escondí detrás de unos arbustos para escuchar lo que le decía. —Martha tuvo que tomar aire para poder continuar—. Le estaba diciendo a mi nieto que su labio le venía de Satanás y que ésa era la prueba de que él era malo.

—¡Qué mujer enferma! —exclamó Matt.

—Sí —aseguró Martha mirando a Bailey, que permanecía en silencio—. Le dije a Frank que no podía tenerla más conmigo, que se tenía que marchar. Así que él se llevó a su esposa de vuelta a la casa de la ciudad. Seis semanas más tarde, Frank se presentó borracho en el trabajo y fue entonces cuando el coche lo atropelló y perdió el uso del brazo izquierdo. Pero... —Miró a lo lejos—. Vi a Frank unas horas antes del accidente y estaba absolutamente sobrio y feliz. No me dijo qué le hacía tan feliz, pero me contó que había encontrado una manera de arreglarlo todo. Yo no sabía de qué me hablaba, pero le contesté: «La única manera de arreglarlo todo es que te deshagas de esa baratija de chica con la que te casaste», y él rió con tantas ganas como no le había visto en años. Unas horas más tarde un coche se abalanzó contra él y le destrozó el brazo. Frank le dijo a la policía que había dejado su propio coche en punto muerto y que accidentalmente éste lo había arrollado, pero ellos notaron que apestaba a whisky, así que en su informe escribieron que estaba borracho. Después, cuando estaba en el hospital le dije que no podía creer que hubiera estado bebiendo. Le dije que creía que el hermano mayor de Vonda lo había golpeado con el coche y que él no lo había denunciado por temor a que nos hicieran daño a Luke o a mí. Pero Frank se ajustó a la historia que había contado y no le dijo a nadie la verdad.

Martha se dio un respiro antes de continuar.

—A mi hijo lo despidieron del trabajo y no le dieron

ninguna indemnización debido al informe de la policía. Después de quedarse sin trabajo, Frank descubrió que esa chica terrible se había gastado o les había dado a sus familiares todo lo que él había ahorrado a lo largo de los años. Ya no tenía ahorros ni ingresos, y tuvo que vender la casa de la ciudad para pagar las deudas que ella había contraído.

»Por pura necesidad tuvieron que mudarse los dos a la cabaña de la montaña con Luke y conmigo. Frank me juró que mantendría a su mujer controlada y que se la llevaría tan pronto las cosas mejoraran. Pero nada mejoró.

»Frank trató de reparar motores de coches con un solo brazo, a la vez que su mujer se puso a trabajar en una fonda de Calburn. Frank pronto empezó a oír risitas disimuladas y comentarios sobre cómo su joven esposa estaba incluida en el menú.

Martha se miró las manos por un momento.

—Las cosas cambiaron. Frank las hizo cambiar, pero... —Los miró con aire desafiante—. Frank era mi hijo y yo lo quería. Yo sé que lo que hizo no estaba bien, pero puedo entender sus motivos. Durante años había formado parte de los malditos Seis de Oro (¡cómo llegué a odiar el término!) y lo habían tratado como un héroe. Después, de repente, entró a formar parte del repertorio de chistes de las mismas personas que antes le daban palmadas en la espalda y estaban orgullosos de ser sus amigos. Tenía una mujer infiel y había perdido el uso de un brazo y el trabajo.

—Frank debía de sentir que ya no era un hombre —dijo Matt en tono suave y Martha hizo una pausa antes de proseguir.

—La primera vez que ocurrió fue por accidente. Gus Venters era un gigantón rubio, torpe de habla y de movimientos, y nadie le prestaba mucha atención. Un día que Frank estaba en la ciudad vio cómo Gus llevaba algunos de sus productos a la tienda. No sé por qué, pero hizo un comentario irónico sobre Gus y los hombres que lo rodeaban le festejaron la gracia. Era la primera vez en un año que Frank no era el objeto del chiste... o lo que es peor, el destinatario de la compasión.

»Después de eso, se puso en marcha una escalada. Yo veía cómo Frank se paraba y soltaba una risita, y ya sabía que estaba pensando un nuevo chiste sobre Gus. Con el tiempo esos chistes se convirtieron en la razón de Frank para ir a la ciudad. Los hombres le preguntaban si tenía alguno más sobre Gus.

Martha cerró los ojos un momento para infundirse fortaleza y poder continuar.

—El problema fue que Frank pronto se dio cuenta de que para que fueran divertidos, los chistes sobre Gus tenían que acercarse a la realidad, pero aquel grandullón iba poco a la ciudad, así que Frank sabía poco sobre él.

—¿Usted no intentó...? —empezó Bailey.

Martha levantó la mano.

—¡Si supieras cuánto supliqué, rogué, amenacé, y las lágrimas que vertí para que Frank lo dejara! Sí, claro que lo hice. Dije todo lo que me pasó por la cabeza. Y quizá si hubiera cerrado la boca no habría pasado nada de lo que ocurrió. En principio Frank practicaba sus chistes con Luke y conmigo, pero yo protestaba y Luke no se reía, así que él comenzó a callarlos delante de nosotros. Y cuando decidió utilizar a Luke lo hizo con reserva y no me enteré de nada de ello.

»Frank le pidió a Luke que espiara a Gus, para luego contarle todo. Luke no quería hacerlo. Sabía demasiado bien lo que significaba sentirse objeto de burlas. Pero el padre se enfadó, cosa muy rara en él. Al fin Luke lo hizo, pero el espionaje se volvió contra Frank, porque

Luke volvió contando lo mucho que trabajaba Gus y lo próspera que era su granja. Dijo que era como el jardín del Edén. Esto hizo que Frank se enfadase y le dijera si no había visto nada malo. A lo que Luke contestó que sí, que su esposa lo trataba con desprecio y lo mandaba como si fuera un perro. Luke lo dijo en defensa del pobre hombre, pero Frank lo escuchó y sonrió. Al día siguiente Frank fue a la ciudad e hizo desternillar a la gente con la parodia de un Gus vapuleado por su mandona esposa.

—Cruel —comentó Bailey—. Jimmie debió de aborrecer todo eso.

—Sí, así fue, y le dijo a su padre que no volvería nunca más a espiar a Gus. Luego, cuando a Frank se le acabó el repertorio de chismes, la gente de Calburn volvió a ignorarlo. Así que él y Vonda empezaron las riñas una vez más. Había noches que Luke pasaba completamente en vela por los gritos de su padre y su madrastra. Y aborrecía el alboroto en su propia familia.

—Siempre fue así —asintió Bailey—. A Jimmie no le importaba si el mundo entero estaba enfadado con él, pero no podía soportar que yo lo estuviera.

—Creo que Luke sintió una gran afinidad con Gus desde el primer momento —continuó Martha—. Para escapar de aquel ambiente crispado, Luke bajaba por la montaña y se tumbaba cuan largo era bajo un árbol desde donde podía ver la granja del jardín del Edén. Una vez, cuando despertó, Gus estaba sentado a su lado y le ofrecía algo de comer. Años más tarde Luke me contó que había sido la comida más buena que había probado en su vida..., lo cual habla de mi manera de cocinar.

—Había nacido una amistad —señaló Matt.

—Sí —dijo Martha—, una amistad de almas afines, un vínculo entre proscritos. Pero ni Frank ni yo nos enteramos de esa amistad. Poco después Frank encontró un trabajo como vigilante nocturno, así que se marchaba por la noche y dormía durante el día. Yo estaba todo el tiempo ocupada en las tareas de la casa, además de lavar y planchar los uniformes de Vonda y Frank. Y no tenía lavadora. Estaba demasiado atareada como para preocuparme de las andanzas de un chico de catorce años.

—¿Pasaba todo el día con Gus? —preguntó Matt.

—Sí. La mujer de Gus estaba todo el día en el trabajo y tonteando por ahí con Roddy durante la noche, así que ni se enteraba de que su marido y Luke estaban juntos. Dudo de que conociera a Luke. —Martha se dio un respiro—. Como siempre, todo lo malo se originaba en Vonda.

»Frank era desgraciado en su trabajo. Tenía que estar todo el tiempo en Ridgeway, así que no contaba con el respaldo de los Seis de Oro y las historias sobre Gus ya no hacían reír a nadie. Los compañeros del trabajo le llamaban «Tragaperras» por el apodo que recibía el protagonista de la película *El bandido de un solo brazo*.

»Frank no podía dejar el trabajo ni podía enfrentarse a ellos. Estaba desesperado. Su mujer estaba por ahí cada noche hasta tarde; se pasaban horas peleando y cuanto más empeoraban las cosas en casa, más tiempo pasaba Luke con Gus.

»Por supuesto, en una ciudad como Calburn no se pueden mantener los secretos para siempre. Unos cuantos repartidores vieron a Luke con Gus y lo contaron. Por otra parte, en la fonda mi nuera se enteraba de todo.

»Una tarde de domingo, Frank hizo un alto en la fonda y tuvo que contar uno de sus chistes sobre Gus, haciendo reír a sus amigos. Entonces Vonda, despechada, le dijo: «Gus es más padre para tu hijo que tú.» Todos los presentes rieron con ganas.

»Ahora se reían de Frank. En ese momento él supo

que Gus Venters había ganado la partida. Frank había hecho reír a la gente a costa de Gus, pero al final éste se había llevado lo que Frank más amaba: a su propio hijo.

»Entonces fue cuando surgió la furia que se le había acumulado por todo lo malo que le había sucedido... y la dirigió toda contra un hombre: Gus Venters.

—Y todo el odio se le subió a la cabeza una noche.

—El 30 de agosto de 1968 —dijo Matt.

—Sí —afirmó Martha—. El 30 de agosto de 1968. Empezó aquella tarde cuando Vonda le contó a Frank que estaba embarazada. Aquel día yo estaba fuera. Una conocida mía estaba enferma, así que había ido a hacerle compañía, pero años más tarde Luke me detalló palabra por palabra lo que había sucedido. Durante aquel día Vonda le dijo a Luke algo que ni siquiera yo sabía. Mi suposición es que Frank se lo había contado a los muchachos —Martha tuvo que tragar saliva para poder continuar—, a esos Seis de Oro, y uno de ellos se lo había dicho a Vonda.

—¿De quién es? —vociferó Frank, que estaba borracho como de costumbre.

—De un hombre —soltó Vonda con otro grito—. Que es mucho más de lo que tú serás nunca.

—Me divorciaré de ti —dijo Frank—. Y diré en el juicio lo que eres de verdad. Cuando haya acabado contigo...

Vonda se rió de él.

—¿Me vas a llevar a juicio? ¿Con qué dinero? No tienes nada —continuó. En ese momento volvió la cabeza y vio a Luke de pie en la puerta del dormitorio—. Tú, chivatillo. Siempre estás espiando, ¿verdad? ¿No tienes suficiente con pasarte el día espiando al pobre Gus? A ese pobre retrasado.

—Él es más listo de lo que tú nunca llegarás a ser —le espetó Luke—. Y más rico.

—¿Pretendes hacerme callar, tú? —replicó Vonda con sarcasmo y los ojos se le llenaron de brillo—. Frank, ¿por qué no le cuentas a este chico tan feo la verdad sobre su madre?

—Cállate, Vonda, te lo advierto. No sabes lo que soy capaz de hacerte.

—¿Y qué puedes hacerme tú que no me haya hecho ya otro? —lanzó su pulla—. ¡Eh, chico! Venga, gallina. Adelante. Infórmate sobre tu madre.

—Cállate —repitió Frank, y fue por ella, pero tambaleó y fue a parar al suelo. Se le quedó el pie enganchado entre la pared y la estufa de carbón.

Vonda miró a Luke y levantó el labio superior en señal de burla por la malformación del chico.

—Éste conoció a tu madre en un bar de Nueva Orleans. Se mostró amable con ella porque tenía un labio exactamente igual al tuyo. Bueno, se lo habían cosido, pero era como el tuyo, y lo que es más, estaba a diez minutos de tener un niño. A ti.

Luke miró a su padre, que estaba en el suelo, mientras asimilaba lo que le estaba contando Vonda, y su cara palideció.

—Luke —dijo Frank con dulzura, tendiéndole la mano, pero seguía atrapado y no podía levantarse.

Luke se apartó de la mano implorante de su padre.

—Frank McCallum no es tu padre. No lo es más que ese Gus con el que estás tan unido —dijo Vonda con una sonrisa malévola—. También es posible que Gus Venters sea tu padre. Vaya una a saber. ¿Y sabes lo que le pasó a tu madre? No murió después de que nacieras ni tuvo ese bonito entierro que Frank te ha contado todos estos años. Ella te lanzó una mirada, se puso a chillar y salió corriendo. No podía soportar ver tu fea cara. —Los pequeños ojos de Vonda brillaban—. A Frank le diste pena, así que te trajo aquí, a su maldito agujero, y te escondió para que nadie te viera. —Miró a Frank y continuó—: Y después de todas las molestias que te tomaste para cuidar del hijo deformado de una zorra, él prefiere a un aburrido granjero.

Bailey se había llevado la mano a la boca e imaginaba lo que debió de sentir una persona tan orgullosa como Jimmie al oír algo así.

—Después de eso Luke salió de la casa y no volvió en tres días —continuó Martha—. Pero para entonces ya había pasado todo. Gus Venters estaba muerto. Ahorcado.

—En mi establo —puntualizó Bailey.

—No. Lo colgaron de ese árbol de las moras que hay en la parte posterior de la casa.

Bailey apretó la mano de Matt. Su hermoso moral.

—Ha dicho que lo colgaron —inquirió Matt—. ¿Es que no fue suicidio?

—No —dijo Martha—. Ellos lo colgaron. Esos... —Se la veía luchar con las palabras—. Los Seis de Oro. Los seis estaban en la ciudad ese verano y Frank se dirigió a ellos y les contó... —Apartó la mirada un momento. Su voz temblaba cuando continuó—: Mi hijo los reunió y les contó que ese hombre dulce, amable e inocente, Gus Venters, había... había... —Se interrumpió una vez más—. Frank les dijo que había violado a Luke.

—¡Dios quiera perdonarlos! —exclamó Bailey.

—Cuando volví a casa era tarde, Frank estaba sumido en la desesperación. Estaba retorcido en el suelo y lloraba a mares. Y lo que era peor, tenía una pistola en la mano. Estaba decidido a pegarse un tiro. Yo no entendía qué pasaba. Le pregunté una y otra vez si Luke estaba herido o muerto, pero Frank lloraba cada vez más y decía: «Es peor, es peor.» Para mí, si Luke estaba bien no podía haber nada demasiado malo. Me las arreglé para quitarle la pistola. Frank había bebido mucho y fui a la cocina a preparar café. El cubo de agua estaba vacío, así que fui al pozo a llenarlo. Al cabo de un momento oí un disparo y comprendí que en un descuido imperdonable había dejado el arma en la cocina. Dejé caer el cubo y salí corriendo, porque en el fondo de mi alma sabía que a mi único hijo le acababan de disparar.

Martha se dio un respiro.

—Mi hijo yacía en el suelo, muerto, y de pie a su lado estaba Vonda con la pistola en la mano. «Esta noche han ahorcado al pobre Gus Venters. Lo han colgado de un árbol. Roddy me dijo que sería mejor que lo hicieran parecer un suicidio, así que lo llevaron al establo», me dijo ella, y hasta el día de hoy veo sus ojos brillantes. Había disfrutado matando a mi hijo.

»Vonda dejó el arma sobre la mesa, pasó por encima del cadáver de mi hijo como si fuera basura, y recogió una caja de metal del suelo. "Mientras colgaban al pobre Gus por segunda vez, Roddy se metió en la casa y sacó esto." La abrió y vi que estaba llena de dinero. "Roddy ha estado acostándose con esa vieja bruja, Hilda Turnbull, porque sabía que tenía dinero escondido y quería averiguar dónde lo guardaba. Le ha costado mucho sonsacarle, pero al final lo ha logrado. Y esta noche Roddy ha conseguido la caja, él solo..." Miró a mi hijo muerto con desprecio y continuó: "Él le quitó la caja a Roddy;

dijo que iba a devolvérsela a Hilda." Y me miró con aire de triunfo. "Ahora tengo yo el dinero, llevo un hijo de Roddy en mi vientre y él me espera fuera. Ahora sí va a ir todo bien", añadió. Entonces fue cuando recogí el arma y le disparé entre los ojos.

Epílogo

Un año más tarde

Bailey miró a través del velo negro que le desdibujaba la cara de la gente reunida ante la tumba de Martha. Matt no estaba con ella porque no había habido modo de disfrazarlo adecuadamente. Y si los periodistas que rondaban por la periferia lo identificaban, también habrían descubierto a Bailey.

Permanecía camuflada en un grupo de una docena de mujeres, todas tocadas con el velo negro que Patsy se había encargado de confeccionar. La prensa no podría distinguirlas, y además lo que buscaban era sólo a la viuda de James Manville, una mujer mucho más voluminosa que cualquiera de las que asistían al entierro de Martha McCallum.

Cuando Bailey bajó la mirada hacia el ataúd, ya cerrado, resbalaron por sus mejillas lágrimas de gratitud y amor. Martha se había sacrificado para conservar el anonimato de Bailey. Su sacrificio había supuesto que ella, Bailey, pudiera mantener la felicidad que había conseguido. La anciana le había explicado que se lo debía a Luke por haberlo retenido tantos años para sí misma, y que la mejor manera de reparar el daño era ofrecerle su acción a la mujer que él había amado.

Así fue como Martha se encargó de todo. Supervisó

a los abogados y presentó las pruebas que había obtenido. Contrató unos detectives privados y ellos descubrieron a una mujer que había hablado con Dolores un día después de que Alex regresase a Virginia. Y también a media docena de chicas de Calburn que pudieron atestiguar exactamente dónde y cuándo habían visto a Alex Yates. Los cargos contra él desaparecieron por falta de pruebas.

Esa noche Bailey la pasó en vela hablando con Matt, luego telefoneó a Martha y llegaron a un acuerdo. Si Bailey daba un paso adelante y se presentaba ante el tribunal —y ante el mundo— para aclarar que había estado legalmente casada con James Manville, era factible que le adjudicaran lo que quedase de la fortuna de su difunto marido. Pero si lograba el dinero, perdería su intimidad.

—¿No te importa? —le preguntó a Matt.

—¿Importarme perder miles de millones? —repuso Matt con los ojos brillantes. Luego sonrió—. No. Yo no quiero el dinero. Ya he visto lo que el dinero hace con las personas. Además, todo lo que quiero lo tengo, justo a mi lado.

Ella sonrió, pero no pudo impedir que las lágrimas aflorasen a sus ojos. Había llegado a amarlo tanto. Él había estado a su lado y la había ayudado en todo momento. En ninguna ocasión había intentado retenerla ni apartarla de lo que necesitara hacer.

Bailey tenía las manos entrelazadas sobre el regazo y una vez más acarició la sortija de compromiso que le había regalado Matt la noche anterior.

—¿Podría ser una gran boda? —preguntó, e incluso a ella misma le pareció la pregunta de una niña.

—La boda más grande que se haya visto en Calburn. Pero... —titubeó Matt.

—¿Qué?

—Si no dejas que Patsy te haga el vestido, nuestra vida será un infierno.

Bailey aceptó entre risas.

Al día siguiente hablaron del dinero y de lo que harían con él. ¿Cómo se pueden gestionar miles de millones de dólares y a la vez permanecer en el anonimato?

En último término fue Arleen la que más ayudó. Durante muchos años se había considerado a sí misma, como ella decía, como un parásito. «Pero uno bueno, querida, un parásito muy bueno.» Le explicó a Bailey que esa posición había posibilitado que se convirtiera en una hábil observadora. «Cuando la cena depende de llevarte bien con alguien, tienes que aprender rápido a parecer lo que ellos quieren que parezcas y decir lo que quieran oír.»

Para sorpresa de Bailey, Arleen confeccionó una lista de las personas en que más confiaba James.

—Si necesitas gente que lleve tu empresa, dirígete a éstos —dijo Arleen a la vez que le tendía la lista.

—¡Nada de mi empresa! ¡Nada de mi dinero! —había aclarado Bailey—. No lo quiero.

Fue Martha la que aceptó heredar la fortuna de James Manville. Tenía un certificado de nacimiento que demostraba que Frank era su hijo, y el nombre de Frank aparecía en el certificado de nacimiento de Luke McCallum. Con las pruebas de ADN no había resultado difícil demostrar que Lukas McCallum y James Manville eran la misma persona.

Martha lo había hecho todo y había tenido que hacerlo sola. Aun siendo una anciana frágil, había reunido toda la fuerza necesaria para arreglárselas ella sola con abogados, detectives y hasta con la prensa. Nadie del entorno de Bailey podía arriesgarse a ayudarla por temor a que la descubriesen, así que Martha encontró el único apoyo en una amiga suya de la residencia de ancianos. Un par de enfermeras cuidaron de su salud.

Mientras se desarrollaba el juicio contra Atlanta y Ray, difundido a través de todos los medios de comunicación, Matt había recorrido Estados Unidos en busca de los nombres de la lista que le había dado Arleen. Tardó los tres meses del juicio en agruparlos, pero cuando llegó el veredicto de culpabilidad, Matt había logrado un consejo de administración para que supervisara las industrias de las que James Manville había sido propietario.

Matt, Bailey y los hombres de la lista habían acordado, después de días y noches de trabajo, un plan de trabajo de diez años en que las empresas pasarían a ser anónimas. Al finalizar esos diez años serían vendidas y los beneficios repartidos entre los empleados o continuarían en régimen de cooperativas. El plan definitivo fue que al finalizar los diez años, el imperio de James Manville ya no existiera.

Cuando por fin acabó el juicio, Martha había envejecido de forma evidente. Era como si se hubiera mantenido viva y sana para cumplir con su misión y ahora que había concluido quisiera descansar... para siempre.

Después de dictarse las sentencias de cadena perpetua para Atlanta y Ray, dos enfermeras ayudaron a Martha a sentarse, fuera de la sala, en una silla acolchada. Con manos temblorosas, leyó una declaración sobre los planes para el futuro de las propiedades de James Manville.

Más allá de los reporteros y fuera del edificio de los tribunales hubo gente que vitoreó emocionada el anuncio de que no perderían sus trabajos. Pero los periodistas estaban visiblemente decepcionados. Querían que Martha le dejara todo el dinero a una sola persona. Las payasadas de herederos y herederas vendían mucho.

—¿Qué parte le corresponderá a Lillian Manville? —vociferó uno tan pronto Martha acabó de leer su declaración.

Ella sonrió al periodista.

—Se la ha cuidado —respondió Martha y luego, antes de que nadie pudiera lanzar otra pregunta, se llevó la mano a la cabeza y cayó contra el respaldo de la silla como si se hubiera desvanecido.

Las enfermeras la rodearon y por el pasillo apareció un médico corriendo. Tras un rápido examen, el doctor anunció que la señora McCallum había soportado una tensión excesiva y que debían marcharse.

—Pero ¿qué hay de la viuda de Manville? —gritó alguien. El doctor ni se giró. Se adelantó hacia Martha mientras la colocaban en una camilla y salieron del Palacio de Justicia.

Los representantes de los medios de comunicación hicieron guardia alrededor del hospital en que estaba ingresada Martha McCallum. Los diagnósticos eran optimistas y hablaban de recuperación, pero los médicos no habían tenido en cuenta la falta de interés de Martha por recuperarse. La vida ya no le interesaba y quería reunirse con su hijo y con Luke.

Martha falleció la mañana del cuarto día y las enfermeras comentaron que lo había hecho con una sonrisa en los labios.

Bailey lloró desde que se anunció su muerte hasta el día del funeral.

—Ni siquiera podré asistir al entierro —se lamentó Bailey—. Y eso que pasaron tantos años en que no pudimos conocernos porque James nos mantuvo apartadas.

—¿James? —comentó Arleen con suavidad y levantó las cejas al mirar a Matt. Ahora Bailey se refería a su difunto esposo como «James», ya no como «Jimmie».

Matt rodeó a Bailey con sus brazos para confortarla, pero sonreía. Al fin, después de descubrir la verdad, Bailey había sido capaz de dejar atrás a James Manville. Había visto lo bueno y lo malo de su difunto marido y finalmente era capaz de verlo como a una persona. Su amor por James Manville ya no estaba vivo. Ahora era sólo un recuerdo.

—Creo que podremos encontrar una manera de que asistas —le susurró Matt al oído.

Diez minutos más tarde Patsy y él llegaron a la idea de vestir con velos idénticos que permitieran la asistencia al entierro de Martha a todas las mujeres implicadas en la empresa de conservas El Moral.

Y ahora Bailey colocó tres rosas blancas sobre el ataúd de Martha. Una para Martha, otra para Frank y otra para James, el muchacho que había vuelto a nacer en aquel terrible día de agosto de 1968.

Arleen posó la mano en el brazo de Bailey.

—Vámonos a casa —le susurró.

—Sí —dijo Bailey—. Vámonos a casa.